Sandra Del Popolo, in Berlin geboren, verschlug es der Liebe wegen nach Gran Canaria, wo sie mit ihrer Familie lebt. Auf der kanarischen Insel nutzt die Großstadtinsulanerin die traumhafte Ruhe, um ihre Geschichten zu spinnen. Nur ab und an muss sie der Hitze entfliehen, um sich vom Trubel und Lärm ihrer Heimatstadt inspirieren zu lassen. Während ihres Journalismus-Studiums hat sie sich mit dem Schreibvirus infiziert und widmet seither ihre freie Zeit dem Schreiben. Unter dem Pseudonym Ava Blum hat sie bereits einige Jugendbücher veröffentlicht und gewann 2019 den 1. Platz beim Schreibwettbewerb des Piper Verlags.

Weil du meine Welt bist

SANDRA DEL POPOLO

Überarbeitete Neuausgabe Juni 2025

Copyright © 2025 dp Verlag, ein Imprint der
dp DIGITAL PUBLISHERS GmbH
Made in Stuttgart with ♥
Alle Rechte vorbehalten

Weil du meine Welt bist

ISBN 978-3-69090-116-1
E-Book-ISBN 978-3-69090-111-6
Hörbuch-ISBN 978-3-69090-126-0

Copyright © 2022, dp Verlag, ein Imprint der
dp DIGITAL PUBLISHERS GmbH
Dies ist eine überarbeitete Neuausgabe des bereits 2022 bei
dp Verlag, ein Imprint der dp DIGITAL PUBLISHERS GmbH erschienenen Titels Nur einen Song von dir entfernt sil(ISBN: 978-3-96817-969-8).

Covergestaltung: Buchgewand
Umschlaggestaltung: ARTC.ore Design
Unter Verwendung von Abbildungen von
shutterstock.com: © the8monkey, © Radzas2003,
© AQ_taro_neo, © sayu
stock.adobe.com: © Iryna Petrenko, © slowbuzzstudio,
© djvstock, © moremari

Lektorat: Stephanie Schilling
Satz: dp DIGITAL PUBLISHERS GmbH
Druck und Bindung: Books on Demand GmbH, Norderstedt

Das Werk darf – auch teilweise – nur mit
Genehmigung des Verlages wiedergegeben werden.

Sämtliche Personen und Ereignisse dieses Werks sind frei erfunden. Etwaige Ähnlichkeiten mit real existierenden Personen, ob lebend oder tot, wären rein zufällig.

Vorwort

Wann habt ihr zuletzt einen Liebesbrief gelesen? Einen, der euch den Atem geraubt hat. Der euch lächeln ließ oder schlucken oder an jemanden denken, den ihr längst vergessen glaubtet.
Ob romantisch, feurig oder auch tiefgründig, Liebesbriefe kommen nie aus der Mode, weil sie das ausdrücken, wofür uns von Angesicht zu Angesicht oft der Mut oder die Worte fehlen – echte Gefühle.
Weil du meine Welt bist erzählt die Geschichte von Mimi, einer Frau, die für viele den Traum lebt. Als Foodscout reist sie um die Welt, spürt kulinarische Raritäten auf und lernt dabei fremde Kulturen und faszinierende Menschen kennen. Doch so bunt und aufregend ihr Leben auch ist, für das perfekte Glück fehlt ihr noch etwas – die große Liebe.
Bis plötzlich Liebesbotschaften unter ihrer Tür durchgeschoben werden. Strophen aus Liebesliedern voller Sehnsucht, Humor, Verletzlichkeit – handgeschrieben und anonym. Und je mehr Mina liest, desto mehr beginnt sie zu hoffen, dass irgendwo da draußen jemand ist, der ihr Herz höherschlagen lässt.
Diese Geschichte ist eine Hommage an die Sprache der Liebe, an Musik als heimlicher Botschafter des Herzens – und an den Mut, zu seinen Gefühlen zu stehen. Im Zeitalter moderner Kommunikationsmedien ist sie

eine Erinnerung daran, dass Liebesbriefe nicht von gestern sind und niemals ihren Zauber verlieren werden. Sie sind unsterblich.
Danke, dass ihr Mimi auf ihrer Reise begleitet – es wird eine, die durch den Magen geht. Und direkt ins Herz.

Viel Spaß dabei,
eure Sandra Del Popolo
Gran Canaria, April 2025

Kapitel 1

Ich hatte Mühe, mit Kahil Schritt zu halten. Er kannte jeden Winkel der Medina, in der ich mich ohne ihn wie in einem Labyrinth heillos verlaufen hätte. Während unseres kurzen Kennenlern-Plauschs bei Minztee und Msemen hatte ich ihm mitgeteilt, dass hauptsächlich die Gewürzstände für mich von Interesse wären. Doch diese Information war offenbar untergegangen, denn Kahil ließ es sich nicht nehmen, mich durch unzählige der 9400 Gassen von Fès' Medina zu lotsen.

Ich blickte über die Schulter zurück. Gleißendes Licht fiel durch den maurischen Torbogen aus kleinsten dunkelblauen und weißen Mosaiken. Ich kniff die Augen zusammen und beschirmte sie mit einer Hand. Es war erst Anfang April, doch das hinderte die marokkanische Sonne nicht daran, von einem blitzblauen Himmel zu brennen. Ich genoss es in vollen Zügen, lediglich Shorts und T-Shirt zu tragen, denn der Frühling in Berlin hatte bisher nichts weiter als schlechte Laune gebracht. Ein schwer bepackter Esel zog einen alten Karren über das holprige Pflaster des kleinen Vorplatzes, irgendwo aus der Ferne erklang der Ruf des Muezzin, der die Gläubigen an ihre Gebetspflicht erinnerte.

Als ich wieder in Laufrichtung blickte, war Kahil nicht mehr zu sehen, eine Horde verschleierter Frauen versperrte mir die Sicht. Schnell bahnte ich mir einen Weg an der schwatzenden Meute vorbei.

„Ist es noch weit?", fragte ich beiläufig, erleichtert, ihn wieder neben mir zu wissen.

„Geduld, Madame. Nur noch ein Katzensprung, dann sind wir da", ließ er mich in fast akzentfreiem Deutsch wissen und strich sich dabei den von grauen Haaren durchzogenen Schnäuzer glatt. Irgendwie hatte ich das vage Gefühl, dass das nicht ganz der Wahrheit entsprach. In seinen Augen blitzte der Schalk, aber trotz seiner Schlitzohrigkeit mochte ich ihn gerne. Er hatte etwas Väterliches an sich und vermittelte mir das Gefühl, mich als Frau ernst zu nehmen. Er hatte mir erzählt, dass er kurz vor seiner Pensionierung stand, was man ihm keineswegs anmerkte, so agil, wie er sich gab. Seit über fünfzig Jahren arbeitete er als Fremdenführer, es war nicht zu übersehen, dass er in seiner Arbeit aufging. Eine Sache, die uns verband. Außerdem fühlte ich mich in seiner Gegenwart sicher und beschützt, das war auf einem arabischen Souk schon mal viel wert. Abgesehen davon würde er dank meiner dunklen Haare beim Kameltausch sowieso keinen großen Reibach mit mir machen.

Einige Touristen waren unterwegs, aber hauptsächlich Einheimische strömten durch das bunte Treiben. Arabische Wortfetzen flogen durch die Luft und mischten sich mit ein paar Brocken Englisch und dem Hämmern von Meißelwerkzeug.

Wir verloren uns in einem Meer von üppig ausgestatteten Marktständen, die Okraschoten, riesige Wassermelonen und schwarz-lila glänzende Auberginen feilboten. Gewaltige Petersiliensträuße, leuchtend rote

Chilischoten, getrocknete Feigen und Datteln fielen mir ebenso ins Auge. An jeder Ecke gab es traditionelle Handwerkskunst, wie buntes Keramikgeschirr, silberne Teeservices und Kupferkessel. Händler woben in atemberaubender Geschwindigkeit Teppiche, die die unverputzten, schäbigen Mauern der Häuser ringsherum schmückten. Doch bisher hatte ich noch nichts Außergewöhnliches entdeckt, das für mich von Interesse war.

Kahil grüßte ein paar Händler im Vorbeigehen, während er mich über kleine Plätze und durch dunkle, enge Häuserschluchten führte.

Ein Lächeln umspielte meine Lippen. Der Geruch von Freiheit und Abenteuer verursachte mir jedes Mal aufs Neue ein flaues Gefühl im Magen. Ich folgte Kahil durch eine schmale, höhlenartige Gasse. Die Luft war stickig und roch nach Leder, das hier in Form von Taschen, Portemonnaies und Rucksäcken verkauft wurde. Ein alter Mann mit weißer Djellaba und einem Fes auf dem Kopf kam uns entgegen, er trug einen Sack voll Gewürzen auf dem Rücken. Ein strenger Geruch kroch mir in die Nase, eine Mischung aus altem Schweiß und Currypulver. Wir machten ihm Platz und ich hielt den Atem an, als ich ihn passieren ließ.

Es war nicht das erste Mal, dass Tim mich als kulinarische Schatzjägerin nach Marokko schickte, aber in Fès war ich noch nie gewesen und die vielen Eindrücke überforderten mich regelrecht. Ein Lampenladen mit marokkanischen Leuchten säumte die schmale Gasse und ließ mich einen Augenblick innehalten. Durch die ausgeschlagenen Ornamente im Metall der unzähligen orientalischen Laternen und geschwungenen Leuchten warf das Licht wunderschöne Schattenspiele an die Wände und hüllte den dunklen Raum in goldenen Schein. Einen Moment lang ließen sie mich vergessen, welche Mission mich hierhergeführt hatte.

Tim war immer auf der Suche nach kulinarischen Raritäten, die ihn für neue Gerichte inspirieren sollten und durch die er sich einen Michelin-Stern mehr zu erkochen erhoffte. *Finde eine Zutat, die der europäische Gaumen noch nicht kennt und die geschmacklich alles andere in den Schatten stellt*, war seine Ansage gewesen. Ein bescheidener Wunsch, wie ich fand, etwa mit der Bitte gleichzusetzen: *Besorge mir Aladdins Wunderlampe und sorge dafür, dass sie mindestens fünf Wünsche für mich bereithält.*

Dennoch, ich liebte meinen Job und ich liebte es, dabei jedes Mal neue Leute zu treffen. Ich war glücklich und stolz, unabhängig und frei im Leben zu stehen. Tim scheute keine Kosten, um mich für eine besondere Algenart nach Japan zu schicken oder für eine seltene Wurzel nach Indien. Dank ihm war ich viel herumgekommen und hatte schon unzählige Flugmeilen gesammelt.

Die verwinkelte Gasse mündete in einen kleinen Platz, bei dessen Anblick ich leise aufatmete. *Endlich!* Jetzt waren wir dort angekommen, wo ich hinwollte. Ich strich mir das schulterlange Haar zurück und lächelte Kahil wortlos zu.

Pyramidenartig aufgetürmte Gewürzberge leuchteten mir in bunten Farben entgegen. Ich zog mein Handy aus der Tasche und machte ein paar Bilder. Seit einiger Zeit hatte ich einen Foodblog, auf dem ich von meinen Reisen berichtete. Bessere Fotos, die die Atmosphäre so einfingen wie hier, würde ich nicht bekommen.

Wir schlenderten an den Marktständen entlang, während sich die verschiedensten Gerüche durch meine Nase schlängelten. Sie lösten Empfindungen in mir aus, versuchten mir zu schmeicheln. Manche penetrant wie ein aufdringlicher Liebhaber, andere schlichen sich mit Raffinesse erst nach einer Weile in mein Bewusstsein, dafür aber umso nachdrücklicher. Ich nahm sie alle in mich auf, saugte sie ein, während vor meinem inneren Auge Bilder entstanden. Exotische, würzige Aromen wie Kurkuma, Muskatnuss, Safran gaukelten mir eine Welt von Tausend und eine Nacht vor. Der süßliche Duft von Kardamom, Anis und Zimt weckte Kindheitserinnerungen in mir und ließ den Geschmack vom Milchreis meiner Großmutter auf der Zunge aufleben. Auch strenge, unangenehme Aromen buhlten um Aufmerksamkeit. Mein Geruchssinn war ausgeprägter als der anderer, deshalb war ich auch so prädestiniert für diesen Job. Meiner Nase entging nichts. Tim nannte mich den Jean-Baptiste Grenouille des Essens. Womit er wohl recht hatte, was aber nicht immer von Vorteil war – leider erspürte meine Nase nicht nur die angenehmen Gerüche.

Mich zog es weiter an einen Stand, an dem die Gewürze in kleinen Säckchen verpackt waren. Ich entschied mich für getrocknete Rosenblüten, Kardamomkapseln und Paradieskörner, mit denen Tim sich sein geliebtes Ras el-Hanout selbst zusammenstellen konnte. Das war zwar noch nichts Außergewöhnliches, so wie er es sich erhofft hatte, aber immerhin schon mal ein Anfang. Mit Hilfe von Kahil handelte ich einen guten Preis aus.

Am nächsten Stand fielen mir Gläschen mit gelbem, undefinierbarem Inhalt ins Auge.

„Was ist das verschrumpelte Etwas dort?" Ich zeigte auf eines der Gläser.

„Das ist Zitronenconfit, hervorragend zum Würzen", sagte Kahil. „Meine Frau macht das selbst. Ein toller Begleiter zu gegrilltem Gemüse, Fisch, Fleischbraten oder Geflügel."

„Das könnte Tim gefallen. Wissen Sie, wie das hergestellt wird?"

Kahil zog nachdenklich die Mundwinkel nach unten. „Soviel ich weiß, wird eine Zitrone geviertelt und dann für drei Monate in Meersalz eingelegt."

„Klingt einfach, ... aber genial!" Vielleicht noch Korianderkörner und Sternanis dazu ... Aber das wird Tim schon selber wissen. „Ich nehme zwei davon", sagte ich auf Französisch zum Händler, der mir ein gewinnendes, wenngleich fast zahnloses Lächeln schenkte. „Und noch zwei Liter Arganöl und 20 Gramm Safranfäden. Wieviel macht das?" Ich bemühte mich, mein Pokerface aufzusetzen.

„2500 Dirham, Madame."

„Schukran", bedankte ich mich auf Arabisch, wandte mich ab und gab vor, kein Interesse mehr zu haben.

„Good price, Madame."

Das bezweifelte ich. Mit hochgezogenen Augenbrauen drehte ich mich wieder zu ihm. „Für 1500 Dirham nehme ich es."

Der Verkäufer schnalzte mit der Zunge, um sich danach ausgiebig am Kopf zu kratzen. Offenbar half ihm das beim Rechnen, wieviel für ihn noch übrigblieb. „2000, last price, my friend."

„Na gut, überredet", gab ich augenzwinkernd zurück, dabei war mir klar, dass ich eben einen super Preis rausgeschlagen hatte. Ich kramte ein paar Scheine aus dem Portemonnaie und Kahil raunte mir zu: „Jetzt wissen Sie, wie es geht."

Schmunzelnd zuckte ich mit den Schultern. „Ich hatte einen hervorragenden Lehrer."

Mein Begleiter erwies sich nicht nur als guter Guide, sondern auch als Berater und führte mich zu einem Metzger, bei dem seine Frau gerne Fleisch einkaufte. So füllte sich nach und nach meine Tasche und ich verlor langsam den Überblick.

Auf dem Rückweg durch den Souk überholte uns ein Einheimischer, der eine Platte mit marokkanischen Krapfen auf dem Kopf trug. Ich bekam augenblicklich Appetit auf etwas Süßes und spendierte uns beiden je einen in Fett ausgebratenen Kringel. Ich liebte Süßes. Eigentlich alles, was mit Essen zu tun hatte und war deshalb weit von einer elfenhaften Erscheinung entfernt. Erfreulicherweise setzten die zusätzlichen Pfunde bei mir immer zuerst an genau den richtigen Stellen an, dennoch wusste ich, dass ich mich dringend wieder sportlich betätigen musste, ehe alles um mich herum zu schwabbeln begann.

„Was gefällt Ihnen am besten an Ihrem Job als Foodscout?", riss Kahil mich aus meinen Gedanken.

Ein Lächeln zog an meinem Mundwinkel, als ich seinen mit Puderzucker bestäubten Schnäuzer bemerkte. „So nette Einheimische wie Sie zu treffen."

Verschmitzt grinste er zurück, ehe er noch einmal kräftig in seinen Kringel biss.

„Es reizt mich, in die verschiedenen Kulturen einzutauchen und landestypische Gerichte zu verkosten", fuhr ich nach einer kurzen Pause kauend fort. „Ich liebe gutes Essen und jedes Mal etwas Neues aufzuspüren. Essen ist nicht mehr nur da, um satt zu werden, sondern ein Lifestyle, fast schon eine neue Religion. Man ist, was man isst. Viele versuchen sich heutzutage durch das Essen in der Gesellschaft zu positionieren."

Er nickte. „Den Eindruck habe ich auch. Auf gesundes Essen wird heute viel mehr Wert gelegt als früher. Das, was Sie machen, klingt nach einer wichtigen Aufgabe. Und es vereint die unterschiedlichsten Kulturen. Wenn ein deutscher Koch durch Sie etwas zubereitet, wie es in unserer Kultur üblich ist, gibt er unsere Tradition weiter und trägt dazu bei, offener für unser Land zu werden."

„So habe ich das noch nie gesehen." Ich machte mir eine gedankliche Notiz, dass ich das auf jeden Fall mit in meinen neuen Blogbeitrag aufnehmen wollte.

Kahil lächelte leise. „Ist aber so. Hätte ich es mir aussuchen können, wäre ich auch als junger Mann gereist und hätte die Welt entdeckt wie Sie. Aber wir waren arm, ich musste meine Familie unterstützen und schnell Arbeit finden. Ich habe noch acht jüngere Geschwister."

„Donnerwetter, da waren ihre Eltern aber fleißig", sagte ich augenzwinkernd. „Ich habe nur noch einen älteren Bruder."

„Wissen Sie, ich bin noch nie aus Marokko rausgekommen. Ich beneide Sie darum, schon so viel von der

Welt gesehen zu haben. Jetzt, wo ich nicht mehr arbeiten muss, möchte ich auch noch ein paar Reisen mit meiner Frau unternehmen."

„Ja, das sollten Sie. Die Welt ist einfach zu groß und vielfältig, um nur an einem Ort zu sein. Eine Reise wird Ihnen atemberaubende Glücksmomente und einen Koffer voller Erinnerungen bescheren."

Kahil schmunzelte. „Das haben Sie schön gesagt. Und ihr Mann? Wie kommt er damit zurecht, dass Sie so viel unterwegs sind?"

Ich suchte nach einem zweideutigen Lächeln in seinem Gesicht, konnte aber nichts entdecken. Er sah mich abwartend und voller Interesse an. Auch wenn ich es mir nicht immer eingestand, sehnte ich mich manchmal nach Nähe und diesem Gefühl der Gemeinsamkeit, zu jemandem zu gehören. Andererseits wollte ich nicht um jeden Preis mit einem Mann zusammen sein, wollte keine Kompromisse eingehen und auf meine Freiheit verzichten, nur weil ich manchmal gerne jemanden an meiner Seite gehabt hätte. Die Männer meiner Vergangenheit ließen sich an den Fingern einer Hand abzählen, denn ich konnte mich nur auf jemanden einlassen, der einen Funken in mir entzündete. Und das geschah selten. Oft träumte ich davon, auf meinen Reisen den Richtigen zu treffen. Bevor ich fremden Menschen zum ersten Mal begegnete, malte ich mir manchmal aus, wie sich unser erstes Treffen abspielen könnte. Meist wie in einem romantischen Hollywoodfilm.

Ich warf einen verstohlenen Blick auf meinen Begleiter und grinste in mich hinein. Kahil war dafür nun wirklich nicht die passende Besetzung.

„Ich habe keinen Mann. In Ihrer Kultur muss das unbegreiflich sein, im Alter von 34 Jahren weder Mann noch Kinder zu haben, aber für ein Privatleben bleibt bei mir wenig Zeit und der Richtige hat sich mir noch nicht vorgestellt." Ich schnaubte belustigt, dabei war mir gar nicht danach zumute. „Die Liebe versteckt sich vor mir. Ich weiß auch nicht, woran das liegt." Als mir bewusst wurde, dass ich diesen Satz gerade laut ausgesprochen hatte, versuchte ich mich peinlich berührt an einem Lächeln, aber es verrutschte irgendwie. Was mich geritten hatte, einem Fremden so etwas Persönliches anzuvertrauen, war mir schleierhaft. Vielleicht gerade deshalb, weil er mir fremd war und ich ihn nie wiedersehen würde.

„Als Frau gilt man in Marokko schon lange nicht mehr als gescheiterte Existenz, wenn man nicht verheiratet ist. Vor allem nicht, wenn man Karriere macht wie Sie. Heutzutage gibt es viele emanzipierte Frauen, die studieren und erst danach eine Familie gründen. Zu meiner Zeit war das noch anders, die Frau war auf einen Versorger angewiesen."

Von Karriere konnte bei mir wirklich nicht die Rede sein. Ich tingelte für ein Restaurant und ein paar Feinkost-Läden durch die Weltgeschichte und verdiente mir noch mit redaktionellen Beiträgen für Gourmet-Magazine ein paar Euros nebenbei. Na wenigstens hatte er sich Plattitüden wie: *Eine schöne Frau wie Sie ...* gespart und war auf meinen freudlosen Spruch über die Liebe nicht eingegangen. Dennoch hinterließ dieses Thema immer eine gewisse Melancholie in mir und ich spürte, wie sich mein Brustkorb verengte. Meine letzte Beziehung war zwei Jahre her. Marc hätte ich geheiratet, hätte er mich gefragt. Doch darauf musste ich vergeblich warten. Und als ich begann als Foodscout durch die Welt zu reisen, verliebte er sich in eine andere. Eine wunderbare Vorlage für ihn, mir die Schuld an der gescheiterten Beziehung zu geben.

„Ich muss Sie jetzt leider verlassen, Madame", durchkreuzte Kahil meinen Gedankenstrom. „Es hat mir viel Vergnügen bereitet, Sie durch die Medina zu führen. Und wissen Sie was: Das war das letzte Mal, dass ich dafür Geld bekommen habe."

Erfreut hob ich die Augenbrauen. „Wirklich? Ich war Ihre letzte Kundin? Ich hoffe, ich bleibe Ihnen in guter Erinnerung!"

Er lachte auf. „In bester!"

„Mir hat es auch viel Spaß gemacht. Sie waren eine sehr angenehme Begleitung und ein guter Guide, vielen Dank." Ich reichte ihm die Hand und drückte sie fest. „Ich wünsche Ihnen einen wundervollen neuen Lebensabschnitt. Tun Sie, was Sie schon immer machen wollten, reisen Sie und sehen sich mit Ihrer Frau die Welt an!"

„Das werden wir." Ein bescheidenes Lächeln zuckte um seine Mundwinkel, ehe er hinzufügte: „Und wenn ich mir die Bemerkung erlauben darf: Die Liebe versteckt sich vor Ihnen, weil sie Größeres mit Ihnen im Sinn hat." Kahil drückte meine Hand und beugte sich vertraulich zu mir vor. „Und das braucht Zeit." Die Wärme in seinen Augen und die Zuversicht seiner Worte ließen mich schlucken. Das klang zu schön, um wahr zu sein.

Nachdem Kahil und ich uns verabschiedet hatten, sah ich ihm noch nach, wie er im Gewusel der Altstadt verschwand. Am liebsten hätte ich noch einen Minztee mit ihm getrunken und seinen Weisheiten über das Leben gelauscht.

Ich atmete tief durch, ehe ich mich ganz ohne Ziel weiter durch die Gassen treiben ließ. Bis mein Magen irgendwann nach etwas Herzhaftem verlangte. Ich entschied, nach einer Kleinigkeit Ausschau zu halten, so konnte ich mir das Essen am Hotel-Buffet heute Abend sparen.

An einem der Streetfood-Stände kaufte ich mir ein für das Land typisches Sandwich mit fettigen Pommes drin. Die sahen schwabbelig aus, aber schmeckten trotzdem lecker. In diesem Fall beschloss ich, das Auge einfach nicht mitessen zu lassen.

Langsam taten mir die Füße weh. Der Flug vom Morgen sowie der anstrengende Tag im Souk steckten mir in den Knochen und alles in mir sehnte sich nach meinem großen Kingsize Bett im Hotel. Doch der Tag war noch lange nicht vorbei. Mir stand noch ein wichtiger Termin bevor.

Kapitel 2

Ich winkte mir ein Taxi von der Straße heran und ließ mich in mein Hotel, das feudalste der ganzen Stadt, fahren.

Der Küchenchef höchstpersönlich hatte mich eingeladen. Ich hatte Informationen über ihn eingeholt und dabei rausgefunden, dass er sogar schon für Mohammed VI., den König von Marokko, gekocht hatte.

Mittlerweile hatte ich Informanten in aller Welt, die mir Kontakte auch zu hochrangingen Köchen vermittelten. Es hatte sich in der Gourmet-Branche rumgesprochen, dass ich jedem von ihnen ein kulinarisches Gastgeschenk mitbrachte und ihr Name in einer gastronomischen Fachzeitschrift erwähnt würde – so empfing man mich stets mit offenen Armen. Und ich profitierte von dem jeweiligen Wissen ihrer einheimischen Küche. Sozusagen eine Win-Win-Situation. Es war mir jedes Mal ein Vergnügen, den Einheimischen in den Topf zu gucken. Oftmals konnte ich dadurch tolle Gerichte und Rezepte an Tim weitergeben, der sie dann in seinem Gourmet-Restaurant ausprobierte.

Als ich durch die Drehtür trat, raubte mir das prunkvolle Foyer erneut den Atem. Alles erinnerte an einen orientalischen Palast. Es war angenehm kühl und der Geruch von Jasmin und Sandelholz lag in der Luft. Ein Page führte mich durch eine Tür mit der Aufschrift

Staff only, die nur für Mitarbeiter zugängig war. Ein wenig fühlte ich mich wie eine Celebrity, die von einem Bodyguard abgeschottet wurde, als er mich durch die vielen, dunklen Gänge schleuste. Dann stiegen wir in einen Fahrstuhl, der bis in die zweite Etage glitt und uns direkt vor der Küche ausspuckte.

Suchend wanderte mein Blick durch den Raum, aber nirgendwo konnte ich den schwarzen Koch mit Schnauzbart erkennen, von dem ich ein Foto im Internet gefunden hatte.

„Es tut mir leid, aber Sie müssen mit mir Vorlieb nehmen", sprach mich ein junger Mann auf Englisch an und hielt mir lächelnd die Hand entgegen. „Der Küchenchef ist kurzfristig verhindert. Ich bin Daniel, der Souschef."

Für einen Moment wallte Enttäuschung in mir auf, die aber dank des charmanten Lächelns des Mannes vor mir schlagartig verpuffte. Ich schüttelte seine Hand, die in einem schwarzen Gummihandschuh steckte, und erwiderte sein Lächeln. „Mimi Berger. Kein Problem, Sie sind sicherlich genauso kompetent wie er."

Ich folgte ihm in die Großraumküche, in der die Küchenmannschaft schon die ersten Vorbereitungen fürs Abendessen traf. In einer Stunde, ab 19 Uhr, kamen die ersten Gäste. Weiß gekleidete Personen wuselten umher, schwenkten Pfannen, hantierten mit Schöpfkellen und brüllten sich gegenseitig Anweisungen entgegen.

„Woher stammen Sie?", wollte ich wissen, als wir an einem relativ ruhigen Posten angekommen waren, der offenbar uns vorbehalten war.

„Aus London. Ich bin jetzt ein Jahr hier und ich liebe dieses Land. Die Küche ist sehr vielfältig und gibt zahlreiche Möglichkeiten zum Experimentieren her." Er wandte sich zu mir und hob erwartungsfroh die Augenbrauen. „Was haben Sie mir denn Schönes mitgebracht?"

„Also ehrlich gesagt keine Rarität, sondern etwas typisch Nordafrikanisches." Ich lächelte schief. „Bin gespannt, was Sie daraus zaubern werden."

„Dann lassen Sie mal sehen."

Ich griff in meine Umhängetasche und zog das mit Papier umwickelte Mitbringsel hervor.

Ein Schmunzeln spielte um seine Lippen, als er den Inhalt sah. „Merguez. Ich hätte mit allem gerechnet, allerdings nicht damit. Aber Sie haben Glück, ich bin Fan der scharf gewürzten Bratwürste. Und ich weiß auch schon, was wir damit machen."

„Ich bin immer für eine Überraschung gut." Innerlich atmete ich auf. Ich hatte nämlich schon befürchtet, dass man mich auslachen würde, als ich auf Kahils Anraten die Würste beim Metzger gekauft hatte.

„Sie gefallen mir", sagte er augenzwinkernd, ehe er für einen Moment in einem der Kühlräume verschwand und mit einem Paar Merguez in der Hand zurückkam. „Die sind aus unserer eigenen Produktion. Wir werden jetzt beide verkosten und die Unterschiede herausschmecken. Was halten Sie davon?"

„Einverstanden."

Nachdem er die Würste kurz in der Pfanne angebraten hatte, probierten wir zuerst von der mitgebrachten.

„Hier ist scharfes Paprikapulver und Cumin drin."
Das schmeckte ich heraus, wusste es aber auch vom Händler, dem ich die Würste abgekauft hatte.

Daniel nickte anerkennend. „Sie haben gute Geschmacksknospen. Da ist so viel Knoblauch enthalten, dass die anderen Gewürze kaum eine Chance haben, sich zu entfalten." Er hielt mir ein Stück aus seiner eigenen Herstellung an den Mund.

Irritiert sah ich ihn an und lachte verlegen.

„Nun nehmen Sie schon", drängte er mich und ich zog das Stück Wurst mit den Zähnen aus seinen Fingern. Es war noch so heiß, dass ich mir fast die Zunge verbrannte, versuchte mir jedoch nichts anmerken zu lassen.

Irgendwie gefiel mir Daniel. Seine lockere, direkte Art, offenbar hatte er keine Berührungsängste mit fremden Menschen. Äußerlich erinnerte er mich ein wenig an Jude Law, besonders die grünen Augen, in denen man sich schnell verlieren konnte.

„Hervorragend", sagte ich und schluckte den letzten Bissen hinunter. „Zimt und Harissa kann ich herausschmecken. Verraten Sie mir, was sonst noch alles drin ist?"

„Nur, wenn Sie heute Abend mit mir etwas trinken gehen."

Die Erwiderung kam so prompt, dass ich lachen musste. Er jedoch blieb ernst, seine Augen blitzten erwartungsvoll.

„Ach, so einer sind Sie. Dann sollte ich mich wohl vor Ihnen in Acht nehmen", sagte ich halb im Scherz. Doch er ging nicht weiter darauf ein, sondern tat so, als hätte sein kurzer Flirtversuch nie stattgefunden.

„Auf was achten Sie, wenn Sie nach neuen Produkten Ausschau halten?", wollte Daniel wissen, während er die Pfanne vom Herd nahm und zur Seite stellte.

„Sie müssen haltbar sein und nicht zu empfindlich. Außerdem sollten sie in ausreichender Menge verfügbar sein."

„Und bei Männern?"

Wieder überraschte er mich mit dem abrupten Themenwechsel. Das Ganze schien spannend zu werden.

„Er muss gut riechen."

„Und, rieche ich gut?"

Ich unterdrückte ein Lächeln. „Kann ich nicht beurteilen."

„Vielleicht kommen Sie mal näher ran." Er reckte mir seinen Hals entgegen.

Als ich mich nicht rührte, trat er einen Schritt auf mich zu. „Ist das da ein Leberfleck unter Ihrem rechten Auge?"

Plötzlich war er mir ganz nahe und Hitze stieg in mir hoch. „Ähm ... ja."

„Hat was. Sehr anziehend."

Jetzt musste ich doch schmunzeln. „Sie flirten doch nicht etwa mit mir?"

„Wie kommen Sie darauf? Was für ein absurder Gedanke. Wer würde schon mit *Ihnen* flirten wollen?" Das freche Grinsen, das er mir daraufhin schenkte, ging mir durch und durch.

Mein Lächeln verblasste. Der Macht seiner grünen Augen konnte ich mich nur schwer entziehen. Rasch senkte ich den Blick. Ich war schon lange aus der Übung, was das Flirten betraf und irgendwie hinkte ich bei Daniels Tempo hinterher. *Bleib professionell und mach deine Arbeit*, mahnte ich mich. Ein Räuspern half mir, wieder einen klaren Kopf zu bekommen. „Also, was kochen wir jetzt mit der Merguez?"

„Was halten Sie von einem Quinoa Taboulé? Eignet sich hervorragend als Vorspeise."

Ich nickte zustimmend. „Klingt gut."

Während die Quinoa in der Gemüsebrühe vor sich hin köchelte, schälte Daniel eine Gurke, entkernte sie und schnitt sie in kleine Würfel. Aufmerksam verfolgte ich jeden seiner Handgriffe, während ich nebenbei tief in meinen Träumereien versank.

Wir stehen auf einem Balkon über den Dächern der Stadt. Um meinen Hals flattert ein kirschrotes Seidentuch im Wind, weht mir ins Gesicht und verdeckt Nase und Mund. Daniel tritt an mich heran, hebt die Hand und streicht es mir in einer sanften Geste zur Seite. Mein Blick wandert hinab zu seinen Lippen, die mir wunderschöne Worte zuflüstern. „Ich kann mich nicht daran erinnern, wann ich zum letzten Mal die Gesellschaft einer Frau so sehr genossen habe. Weißt du, wie lange ich schon darauf warte, auf eine wie dich zu treffen ...?" Mit einem Mal tritt seine Stimme in den Hintergrund und verschmilzt mit dem immer lauter werdenden Pochen meines Herzens. Ich spüre seinen Atem, die Hitze seines Körpers und die statische Spannung zwischen uns, die kaum noch zu bändigen ist. Mein Wunsch, die Distanz zwischen uns zu überwinden und ihn zu küssen, wird übermächtig. Das Verlangen pulsiert kribbelnd durch meine Adern, bis ich plötzlich seine weichen Lippen auf meinen spüre. Sein Kuss verschlägt mir den Atem und versetzt alles in mir in Aufruhr.

„Mimi ...", drang eine Stimme durch den dichten Nebelwald meiner Gedanken.

Kurz zuckte ich zusammen. Eine Gabel schwebte vor meinem Gesicht. Ich lächelte meine Verlegenheit fort und versuchte mir selbst einen geistigen Eiskübel zu verpassen.

Während mein Bewusstsein irgendwo in meinem Tagtraum verloren gegangen war, hatte Daniel ganze Arbeit geleistet. Das Gemüse vermengt, gewürzt und alles zu einem appetitlichen Salat angerichtet, den er mir nun geduldig entgegenhielt. Rein äußerlich und auch von seiner unbefangenen Art her hatte er tatsächlich das Potential, sich in mein Herz zu schleichen.

„Bevor ich probiere, muss ich das erstmal fotografieren", gab ich geschäftsmäßig von mir. „Stellen Sie sich bitte mit dem Teller in Position."

Daniel präsentierte die Vorspeise in seiner Hand mit seinem schönsten Lächeln. Fotogen war er also auch noch. Ich unterdrückte ein Seufzen, brachte mein Handy auf Position und machte ein paar Bilder. Dann steckte ich es zurück in meine Tasche, nahm die Gabel von der Anrichte und versenkte sie in der Quinoa. Ich nahm einen großen Happs. „Mmh. Leicht, angenehm würzig und mit einem Hauch Schärfe. Wirklich lecker."

Daniels Lächeln wurde breiter. „Na, wenn Sie das sagen. Beim Stiftung-Berger-Test für gut befunden."

„Für sehr gut befunden", erwiderte ich lachend und wunderte mich, dass er meinen Namen richtig aussprach und nicht wie *Burger*.

„Und wie geht's jetzt weiter?", fragte mich Daniel und sah mir dabei tief in die Augen.

„Sie geben mir die Mengenangaben für die Wurst ..."

„... und im Gegenzug erweisen Sie mir heute Abend die Ehre Ihrer Gesellschaft. So ist der Plan. Oder nicht?"

Unverhohlen grinste er mich an, während er sich die Gummihandschuhe von den Händen zog.

Perplex starrte ich auf seinen Ringfinger, an dem ein goldener Ring schimmerte, zeitgleich erklang ein seltsames Geräusch – die Seifenblase meines Tagtraums war soeben zerplatzt. Ein Knäuel aus verletztem Stolz, Ärger und Scham verfing sich in meinem Hals und ließ mich schlucken.

„Sie sind ... verheiratet?", hörte ich mit dünnem Stimmchen den Volltrottel in mir fragen.

„Stört Sie das?"

Ein verblüffter Laut entkam mir, halb lachend, halb schnaubend. „Und ob mich das stört, schließlich haben Sie die ganze Zeit mit mir geflirtet." *Jetzt bloß nicht überreagieren*, mahnte ich mich. Es war nichts weiter als verletzter Stolz, weil ich dem Falschen Einlass in meine Tagträume gewährt hatte.

Belustigt zuckte er mit den Schultern. „Meine Frau stört das nicht. Sie weiß, dass sie die Einzige für mich ist."

Einen kurzen Moment lang verschlug es mir die Sprache. Ich wusste, es war dumm, aber es ärgerte mich trotzdem, dass sein Interesse für mich nicht über eine schnelle Nummer hinausging. Rasch schluckte ich die Kränkung herunter. „Auch wenn es für Ihre Frau in Ordnung ist, für mich ist es das nicht."

„Ganz wie Sie wollen." Er wandte sich ab und wusch sich die Hände.

Seinem abgebrühten Verhalten nach zu urteilen, hatte er noch andere Frauen in der Hinterhand. Vermutlich konnte ich mich glücklich schätzen, rechtzeitig herausgefunden zu haben, was für ein Arsch er war.

Ich seufzte leise. Waren meine Ansichten, was Beziehungen und Ehen betraf, wirklich so altmodisch? Aber egal, wie ich es drehte und wendete, Liebe und sexuelle Treue ließen sich für mich einfach nicht trennen.

„Die meisten Frauen, die ich kenne, haben nichts gegen eine Liaison mit einem verheirateten Mann." Mit einem entschuldigenden Lächeln trocknete Daniel sich die Hände an einem Küchentuch. „Das Rezept bekommen Sie natürlich trotzdem, ich schreibe es Ihnen eben auf."

In meinem Zimmer angekommen, bestellte ich mir eine Flasche Chardonnay. Ich hätte es nicht ertragen, jetzt allein an der Bar zu sitzen. Es machte mich traurig, dass mir entweder nur verheiratete Männer gefielen oder welche, die beziehungsunfähig waren.

Nachdem ich den gekühlten Weißwein vom Zimmerservice entgegengenommen hatte, öffnete ich die Balkontür.

Für einen Moment stockte mir der Atem. Der Abend träufelte gerade flüssiges Kupfer vom Himmel in das nachtschwarze Meer. Ich versuchte mich an diesem Anblick sattzusehen. Es war einfach wunderschön. In solchen Momenten wünschte ich mir, einen Mann an meiner Seite zu haben, mit dem ich das teilen konnte.

Ich trank einen großen Schluck Chardonnay, der angenehm kühl meine Kehle hinabfloss. *Unglaublich.* Ich war tatsächlich auf so einen Aufreißer-Typen reingefallen. Das hatte er sicherlich nicht zum ersten Mal gemacht. Er war sich seiner Wirkung auf mich bewusst gewesen, glaubte, mich mit ein paar Sprüchen herumzukriegen. Was ihm sicher auch noch gelungen wäre.

Soweit war es also schon mit mir gekommen. Ich musste unbedingt aufhören, mich wie ein kleines Mädchen der Illusion hinzugeben, dass der Richtige irgendwo da draußen auf mich wartete. Eins hatte ich jedoch daraus gelernt: Gehe nie auf die Flirtversuche eines Mannes ein, ohne vorher seinen Ringfinger gesehen zu haben. Ich stieß einen tiefen Seufzer aus und stützte die Unterarme auf das Balkongeländer. *Wer weiß, wozu es gut ist*, fiel mir der Lieblingsspruch meiner Mutter ein, den sie bei jeder Gelegenheit von sich gab. Auf eine Fernbeziehung zwischen Berlin und Fès konnte ich gut verzichten.

Manchmal fragte ich mich, was passiert wäre, wenn ich damals nicht Tims Angebot angenommen hätte, für ihn durch die Weltgeschichte zu reisen. Wären Marc und ich zusammengeblieben? Hätten wir jetzt Kinder, wie die meisten in meinem Alter? Schnell schob ich den Gedanken beiseite und nahm noch einen großen Schluck des leckeren Weißweins. *Die Liebe versteckt sich vor Ihnen, weil sie Größeres mit Ihnen im Sinn hat*, gingen mir Kahils Worte durch den Kopf. Nur zu gerne wollte ich daran glauben, aber langsam war es ratsamer, der Realität ins Auge zu blicken: Den Richtigen gab es für mich nicht.

Kapitel 3

Das Taxi hielt schlingernd auf der nassen Straße, direkt vor meiner Haustür. Nachdem ich mit meiner EC-Karte bezahlt hatte, drückte ich dem Fahrer zusätzlich ein angemessenes Trinkgeld in die Hand, stieg aus und schulterte meine Tasche. Augenblicklich kroch die feuchte Kälte unter meine Jacke und verursachte mir eine Gänsehaut.

Mittlerweile hatte der Abend sein dunkles Tuch über den Himmel ausgebreitet, Nieselregen fiel in dünnen Bindfäden herab. Schimmernde Pfützen hatten sich auf der Straße gebildet, in denen sich jetzt das Licht der Straßenlaternen spiegelte. Ich sehnte mich nach einer heißen Badewanne mit einem Meer aus Kerzen um mich herum. Das hatte ich mir verdient. Das marokkanische Wetter hätte ich gerne in meine Reisetasche gepackt, in Fès war ich um diese Zeit nur mit einer leichten Strickjacke ausgekommen.

Ich begann den Aufstieg bis ins vierte Stockwerk und merkte erst jetzt, wie ausgelaugt ich war. Schon bei der zweiten Etage kam ich ins Schnaufen. Die Stufen des Altbaus waren einfach zu hoch. Doch wenigstens hielten sie mich fit, wenn ich sonst schon kaum mehr zu einer sportlichen Betätigung kam. Meine Laufschuhe hatten meine Füße schon wochenlang nicht mehr zu Gesicht bekommen.

Ich freute mich auf Zsa Zsa, meine dicke Perserkatze, um die sich mein Nachbar Herr Sommerfeld in meiner Abwesenheit kümmerte.

Das Licht ging aus und ich tastete mich im Dunkeln zum nächsten Schalter. So ein Mist, das passierte mir ständig. Als es wieder ansprang, hörte ich Schritte von oben kommen und sah kurz darauf die dazu passenden Beine, die in dunklen Jeans steckten. Sie gehörten zu einem jungen Mann, den ich vorher noch nie gesehen hatte. *Vielleicht ein neuer Mieter?*

Keuchend blieb ich stehen. „Abend", grüßte ich ihn freundlich.

Er musterte mich und nickte kurz. „Hi", sagte er kaum hörbar. Dann fiel sein Blick auf mein Gepäck und er lief mir forschen Schrittes entgegen.

Verblüfft sah ich ihm dabei zu, wie er mir die Tasche aus der Hand nahm. Gerade war ich im Begriff, Einspruch zu erheben, da wandte er mir schon den Rücken zu und sprang behände die Stufen hinauf.

Aber ... woher wusste er, wo ich wohnte? Eilig stapfte ich hinter ihm her, doch er war so schnell, dass es mir nicht gelang, zu ihm aufzuschließen.

Als ich die letzten Stufen zu meiner Wohnung nahm, stand er auf dem Absatz und sah abwartend zu mir herab.

„Ähm ...", stammelte ich. „Woher weißt du, wo ich wohne?" Wie kam ich dazu, ihn einfach zu duzen? Hatten wir uns schon einmal gesehen?

Er wies mit dem Kopf auf die Wohnung von Herrn Sommerfeld. „Mein Opa."

„Ach so. Na dann ... vielen Dank!" *Seltsam.* Der alte Mann hatte mir noch nie von seinem Enkel erzählt.

Ich betrachtete ihn genauer. Ebenmäßige Gesichtszüge, männlicher Kiefer, große dunkle Augen. Leicht gebogene Nase, die ihm Charisma verlieh und verwuschelte Haare, die ich am liebsten mit den Fingern in Ordnung gebracht hätte. *Könnte er sich zu einem Lächeln durchringen, wäre er gar nicht mal so übel.* Während ich mir noch über sein Äußeres Gedanken machte, nickte er nur kurz, lief dann an mir vorbei die Stufen hinab und verschwand.

Ich stand so lange wie angewurzelt da, bis ich die schwere Eingangstür ins Schloss fallen hörte.

Stirnrunzelnd schüttelte ich den Kopf. Was war das denn gerade gewesen? Smalltalk war wohl nicht sein Ding. Oberflächliches Geplänkel war auch nicht meins, aber ein wenig aufgeschlossener hätte er schon sein können. Was für ein seltsamer Kerl, der die Zähne nicht auseinanderbekam. Eigentlich war das ja eine sehr charmante Geste von ihm, mir meine Tasche hochzutragen, nur sein brummiges Verhalten stand im krassen Widerspruch dazu.

Ich schloss die Wohnungstür auf. Ein vertrauter Geruch empfing mich. Es roch nach einer Mischung aus Sandelholz-Räucherstäbchen, dem getrockneten Lavendel in der Küche, meiner Lieblings-Orangenseife, Zsa Zsas Katzenstreu mit der Duftnote *Babypuder* und nach Farbe – obwohl es schon zwei Monate her war, dass ich im Wohnzimmer gestrichen hatte.

Ich liebte es, nach Hause zu kommen. In meinen eigenen vier Wänden fühlte ich mich am wohlsten. Da war zwar keiner, der auf mich wartete – nicht mal meine Katze – aber ich hatte gelernt, mir selbst zu genügen.

Ich stellte meine Tasche im Flur ab, drehte die Heizung hoch und betrachtete erfreut meinen Drachenbaum in der Wohnzimmerecke, der gar nicht mehr die Blätter hängen ließ. Kein Wunder, Herr Sommerfeld war die zuverlässigste Person, die ich kannte, er kümmerte sich besser um die Pflanzen als ich selbst.

Ich mochte den alten Mann sehr, er war so etwas wie ein Opa-Ersatz, denn meine Großväter waren schon lange tot. Ich seufzte leise. Meine Gedanken wanderten zu seinem Enkel zurück. Gerne hätte ich mehr über ihn erfahren. Ich nahm mir vor, Herrn Sommerfeld auf ihn anzusprechen. Mittlerweile kannte ich die gesamte Lebensgeschichte des alten Mannes. Seit er Vertrauen zu mir gefasst hatte, war er sehr redselig. Sein Enkel dagegen war so eloquent wie ein verstopfter Gartenschlauch.

Ich klingelte drei Mal kurz – unser Zeichen – und musste nicht lange warten, da hörte ich schon Schritte und seine heisere Stimme hinter der Tür. „Ich komme. Ich komme schon."

Er begrüßte mich mit einem herzlichen Lächeln. „Schön, Sie zu sehen!" Wie gewöhnlich trug er zu einem Hemd Hosenträger und darüber eine Strickjacke. An besonderen Tagen, wenn Besuch bevorstand, sogar in Kombination mit einer Fliege.

„Wie geht es Ihnen?"

„Wie es schlechten Menschen eben so geht." Sein Standardspruch, der mir aber jedes Mal aufs Neue ein Lächeln entlockte.

„Und, wie hat sich Zsa Zsa benommen?"

„Vortrefflich, wie immer."

„Das wundert mich nicht, Sie behandeln sie ja auch wie eine Königin."

„Sie *ist* eine Königin." Lachend trat er zur Seite und bat mich mit einer Handbewegung in seine warme Wohnung.

Vor Behaglichkeit und Wärme schüttelte es mich kurz und ein wohliger Schauer lief mir über den Rücken. In der Luft hing noch der Geruch von Bratkartoffeln mit Leberkäse vom Mittag, Herrn Sommerfelds Lieblingsessen. Mir lief das Wasser im Mund zusammen, obwohl ich meinen Magen schon mit einem labbrigen Sandwich im Flieger besänftigt hatte.

Ich folgte ihm durch den schummrigen Flur. Mein Blick strich beim Vorübergehen über die gerahmten Fotos auf der Kommode, auf denen er und seine Helene dem Betrachter glücklich entgegenlächelten.

Herr Sommerfeld lief im Dunkeln zum Beistelltisch der ausgesessenen braunen Ledercouch und knipste die Stehlampe an, die das Wohnzimmer in gelblich warmen Schein tauchte. „Ich glaube, mittlerweile schätzt Ihre Katze meine Gesellschaft – ich darf sie sogar bürsten – und ich schätze ihre. Ich habe ein Katzenklo für sie angeschafft, dann müssen wir das andere nicht immer hin- und herschleppen."

Es rührte mich, wie er sich um Zsa Zsa bemühte. Die Katzendame war alles andere als einfach. Doch Herrn Sommerfeld hatte sie schnell ins Herz geschlossen. Er bekam fast nie Besuch, deshalb konnte er ein bisschen Gesellschaft gut gebrauchen. Er hatte mir anvertraut, dass er sich oft sehr einsam fühlte, seitdem vor sieben Jahren seine Frau nach einem kurzen, jedoch heftigen Krebsleiden verstorben war. Die wenigen Bekannten, die noch lebten, erzählten meist nur von ihren Krankheiten, da blieb Herr Sommerfeld lieber für sich. Er sagte, Zsa Zsa und ich hätten frischen Wind in sein Leben gebracht und auch für mich war unsere Bekanntschaft eine große Bereicherung. Mit seiner liebenswerten, versonnenen Art schaffte er es immer, mich aufzuheitern, wenn ich mal einen Durchhänger hatte, und ließ mich viele Dinge von einer anderen Seite betrachten.

„Mittlerweile ist sie mehr bei Ihnen zu Hause als bei mir." Ich reichte ihm eine Tüte mit Mitbringseln. „Nur eine Kleinigkeit als Dankeschön."

„Ihre Kleinigkeiten kenne ich. Wo soll ich denn das alles hinessen?" Er zeigte auf seinen Bauchansatz und sein kerniges Lachen erfüllte den behaglichen Raum.

„Die Pistazienpralinen mochten Sie doch so, das habe ich mir gemerkt. Und der Minzlikör wird Ihnen auch schmecken. Ich hätte Ihnen noch eine Gewürzmischung mitgebracht, aber Sie kochen ja nicht so gerne orientalisch. Dafür lade ich Sie dann mal zum Essen zu mir nach Hause ein."

Er winkte ab. „Ach, das ist doch nicht nötig. Sie haben doch genug um die Ohren. Darf ich Ihnen etwas zum Trinken anbieten? Einen Tee vielleicht?"

„Das ist lieb, aber ich bin ziemlich ausgelaugt und sehne mich nach einem heißen Bad."

„Wie Sie meinen. Aber ein kleiner Absacker muss sein, sonst bin ich beleidigt." Augenzwinkernd zog er die Flasche Minzlikör aus der Papiertüte, die er auf dem ovalen Couchtisch aus Holz ablegte.

Zumindest das war ich ihm schuldig. Ich rang mich zu einem Lächeln durch. „Einverstanden." Mein Blick huschte über das weiße Spitzendeckchen, das den Tisch zierte und auf dem eine filigrane Porzellanschale mit Pralinen stand, daneben ein Igel und ein Delfin aus Glas. Mit Sicherheit hatte er seit dem Tod seiner Frau kaum etwas verändert. *Irgendwie rührend.*

„Wie war es denn in Marokko? Haben Sie etwas Feines gefunden?"

„Naja, nicht wirklich. Mein Chef wird diesmal wenig erfreut sein. Aus Fès habe ich nur etwas zum Verfeinern der Speisen und ein paar Würste mitgebracht. Die müssen Sie unbedingt probieren, etwas pikant aber lecker. Ich hole Ihnen nachher noch ein Paar von drüben."

„Lassen Sie mal, das hat Zeit. Können Sie auch morgen noch machen." Er holte zwei Schnapsgläser aus der Vitrine der antiken Schrankwand, die fast die ganze Seite des Raumes einnahm, und schenkte uns großzügig ein. „Zum Wohl, Frau Berger."

„Zum Wohl." Ich prostete ihm zu, setzte das Glas an und kippte die Flüssigkeit meine Kehle hinunter. „Brr. So süß habe ich ihn gar nicht in Erinnerung!" Ich verzog das Gesicht und schüttelte mich kurz, während der Likör sich warm in meinem Magen ausbreitete.

„Och, ich könnte mich daran gewöhnen." Sein verzückter Gesichtsausdruck sprach Bände.

„So, wo ist denn jetzt die Chefin?" Ich blickte mich um, doch nirgendwo konnte ich Zsa Zsa entdecken.

„Ich glaube, sie versteckt sich." Mit konspirativem Gesichtsausdruck zeigte mein Nachbar hinter sich auf die Kommode aus Mahagoni, als würde er das Versteck eines Kindes auffliegen lassen.

Großartig. Meine Katze zeigte mir die kalte Schulter. Seufzend kniete ich mich auf die dunkle Auslegware und sah unter die Kommode.

Die Beine angewinkelt kauerte Zsa Zsa in der Ecke, sah mich kurz an und dann an mir vorbei, ihr Schwanz fegte dabei von rechts nach links über den Boden. Das war eindeutig.

„Na, du untreue Tomate, hast du einen anderen Dosenöffner gefunden?"

„Ach iwo, Sie kennen sie doch", meldete sich mein Nachbar beschwichtigend zu Wort. „Sie spielt wieder die beleidigte Leberwurst und nach ein paar Tagen ist sie anhänglich wie eh und je."

„Ihre Zuversicht in allen Ehren." Lachend erhob ich mich. „Also, wenn Sie nichts dagegen haben, lasse ich sie noch bis morgen bei Ihnen. Auf dieses Spielchen lasse ich mich nicht ein, da ziehe ich eh den Kürzeren." Ich schob meinen Ärmel hoch und zeigte Herrn Sommerfeld die roten Striemen, die Zsa Zsas Krallen letzte Woche hinterlassen hatten.

Die Arme auf die Oberschenkel gestützt beugte er sich hinab. „Sowas machst du?", sagte er mit vorwurfsvoller Miene meiner Katze die Meinung. „Du kratzt die Hand, die dir zu Fressen gibt? Das hätte ich nicht gedacht!"

„Zu ihrer Verteidigung muss ich sagen, dass ich sie wohl an einer empfindlichen Stelle am Bauch erwischt habe, als ich sie unter dem Bett hervorziehen wollte. Aber ich weiß genau, warum sie das neuerdings macht."

Herr Sommerfeld tauchte mit gerunzelter Stirn aus der Versenkung auf. „Und warum?" Er nahm den Minzlikör zur Hand, schenkte noch mal großzügig nach, reichte mir mein Glas und sah mich erwartungsvoll an.

Rasch brachte ich es hinter mich und kippte das grüne Gift auf Ex hinunter. „Damit ich sie mit Leckerlis hervorlocke", erklärte ich, diesmal ohne das Gesicht zu verziehen. Langsam kam ich in Übung. „Und das einige Male am Tag. Aber bevor mich jemand wegen Überfütterung meines Haustiers anzeigt, lasse ich sie lieber schmoren."

Herr Sommerfeld lachte schallend auf. „Gut, sie ist vielleicht ein wenig übergewichtig ..."

„Sie ist nicht übergewichtig, sondern fett, bringen wir es mal auf den Punkt", fiel ich ihm schmunzelnd ins Wort. „Zsa Zsas Hängebauch schleift beinah auf dem Boden."

„Es könnte sein, dass ich ein klitzekleines bisschen daran schuld bin." Eine Pause entstand, in der Herr Sommerfeld sich über das schüttere Haar strich und mich reumütig anblickte. „Ich habe herausgefunden, dass sie ganz verrückt nach Schabefleisch ist."

„Herr Sommerfeld!", rief ich gespielt empört aus. „Das ist also einer der Gründe, warum sie so einen Narren an Ihnen gefressen hat. Bitte verwöhnen Sie meine Katze nicht zu sehr. Sie gehört dringend auf Diät gesetzt!"

Mein Nachbar kicherte vor sich hin. Seine Augen hatten einen glasigen Ausdruck angenommen. „Das ist wie mit den Enkelkindern, die darf man nach Herzenslust verwöhnen, Erziehung ist Frauchen-Sache." Mit einem Augenzwinkern versuchte er mich milde zu stimmen.

Mir entkam ein ostentatives Seufzen. „Hätte ich mir ja gleich denken können." Kopfschüttelnd zog ich eine Augenbraue in die Höhe. „Apropos Enkelkinder ... Ich habe Ihres im Treppenhaus getroffen. Sie haben nie ein Wort über ihren Enkel verloren. Schon gar nicht, dass er in Berlin wohnt."

„Tat er auch bis vor kurzem nicht. Ich hatte kaum Kontakt zu ihm. Das wollen wir aber jetzt ändern. Lian hat nämlich einen Job hier gefunden."

„Hat er sich denn vorher nie bei Ihnen gemeldet?"

„Da das Verhältnis zwischen mir und meinem Sohn – seinem Vater – nicht das beste ist, hatten wir seit seiner Teenagerzeit kaum Kontakt." Ein trauriger Schimmer trat in seine Augen. „Das ist sehr schade, denn er ist wirklich ein netter Junge."

Nickend stimmte ich ihm zu, obwohl ich mir da nicht ganz sicher war. Dennoch freute ich mich, dass sich endlich jemand von Herrn Sommerfelds Familie bei ihm blicken ließ. „Er war sehr hilfsbereit und hat mir mein Gepäck hochgetragen. Aber eine Plaudertasche ist er nicht gerade", fügte ich nach einer kurzen Pause hinzu. Die Bemerkung konnte ich mir einfach nicht verkneifen und vielleicht lockerte sie Herrn Sommerfelds Zunge in Bezug auf seinen Enkel.

Ein kleines Lächeln grub sich um seine Mundwinkel, für einen Moment schien er mit den Gedanken weit weg. „Nein, reden ist nicht so seins."

Ich nickte. Offenbar war das Thema damit beendet. Und für mich wurde es Zeit, zu gehen. „Dann werde ich mich mal auf den Weg machen. Richten Sie Zsa Zsa von mir aus, dass ab morgen andere Saiten aufgezogen werden." Mit einem strengen Blick sah ich ein letztes Mal unter die Kommode, wo Zsa Zsa erneut desinteressiert an mir vorbeischaute.

Als ich zurück in meine Wohnung kam, trat ich mir die Sneakers von den Füßen, schälte mich aus meiner engen Jeans und schlüpfte in meine kuschlige Schlafanzughose. Anstatt mir sofort ein heißes Bad zu genehmigen, entschied ich mich dafür, erstmal einen neuen Blog-Beitrag hochzuladen. Doch das ging nicht ohne einen Darjeeling-Tee, den ich mir aus West-Bengalen mitgebracht hatte.

Nachdem ich ihn drei Minuten hatte ziehen lassen, fügte ich etwas Milch und Honig hinzu und lief in meinen flauschigen Hüttensocken durch den langen Flur ins Wohnzimmer.

Die Dielen begrüßten mich knarzend und ich machte es mir auf meiner Couch neben dem Fenster gemütlich. In meine Fleecedecke gekuschelt, wanderte mein Blick zu der selbstgestrichenen Wand gegenüber und ich lächelte zufrieden. Das Türkis in Verbindung mit den goldenen Tupfen, die ich mit der Schwammtechnik aufgetragen hatte, verlieh dem Raum etwas Glamouröses.

Mit beiden Händen umfasste ich die Tasse und pustete auf die Oberfläche. Das Teegemisch verströmte einen herrlichen Geruch und erinnerte mich an meine Reise nach Indien im letzten Jahr. Lächelnd schloss ich die Augen und sog das Aroma in mich auf. Vorsichtig nippte ich an dem noch dampfenden Heißgetränk und genoss die samtige Süße auf der Zunge. Es ging doch nichts darüber, an einem feuchtkalten Tag eingewickelt in eine kuschlige Decke Tee zu trinken.

Aber irgendetwas fehlte. Das Tapsen von Pfötchen auf der Couch. Das Treteln von Vorderpfoten auf der

Decke, als würde Zsa Zsa auf meinen Oberschenkeln einen Teig kneten, um es sich dann auf meinem Schoss gemütlich zu machen. Und das leise Schnurren, das durch ihren Körper vibrierte. Ein wehmütiges Seufzen entkam mir. Nichts wollte ich jetzt lieber tun, als meine Finger in ihr dichtes Fell zu graben und sie zu kraulen. Wenn sie nach meinen Reisen doch nur nicht immer die beleidigte Leberwurst spielen würde. Vor gut einem Jahr hatte ich das eigenwillige Wollknäuel zu mir genommen, weil meine Freundin für ihren Job ins Ausland musste. Zsa Zsa war schon eine erwachsene Katze von sechs Jahren gewesen, aber wir freundeten uns schnell an und ich nahm mir vor, noch einen Spielgefährten für sie anzuschaffen. Und dann schaltete sich mein schlechtes Gewissen ein: Ich konnte Herrn Sommerfeld unmöglich noch eine weitere Katze aufhalsen. Hinzukam, dass Zsa Zsa sich mittlerweile zu so einer Diva gemausert hatte, dass ich befürchtete, mit einer Zweitkatze würden die Fetzen fliegen. Aber auch Zsa Zsa gegenüber fühlte ich mich schlecht: Der katzengerechte Balkon reichte bei weitem nicht als Auslauf aus, deshalb schaffte ich einen Kratzbaum und etliche Spiel-Utensilien an. Die jetzt größtenteils unbenutzt und verstaubt in der Ecke lagen. Zum Glück sorgte Herr Sommerfeld regelmäßig für Abwechslung. Vermutlich würde ich an ihrer Stelle auch schmollen und die Gegenwart meines Nachbarn vorziehen.

Statt Zsa Zsa nahm ich meinen Laptop auf den Schoss, um eins der Bilder vom Souk hochzuladen, doch zunächst checkte ich meine Mails. Neben viel Spam war auch eine Nachricht von meiner Jugendliebe Ben dabei. Ich runzelte die Stirn. *Seltsam.* Warum meldete der sich bei mir? Wir hatten uns eine Ewigkeit nicht mehr gesehen. Wenn ich mich recht erinnerte vor acht Jahren beim letzten Abitreffen, auf dem ich mich hatte blicken lassen.

Rasch überflog ich die Zeilen. Er schrieb, dass er einen Artikel von mir in einem Gourmet-Magazin gelesen hätte und ob ich nicht Lust hätte, mit ihm einen Kaffee zu trinken, um ihn über mein Leben *upzudaten*, wie er es ausdrückte. Ich musste lächeln. Sicher wollte er wissen, ob ich Mann und Kinder hatte. Da er über sich nichts schrieb, ging ich davon aus, dass er auf diese Art meine Neugierde wecken wollte. Immer wenn ich an Ben dachte, hatte ich den Geruch von Zimtkaugummi und frisch gewaschener Wäsche in der Nase. Ein Bild von uns beiden am Badesee schob sich vor mein geistiges Auge. Wir lagen knutschend auf der Decke und als es anfing zu regnen, störten wir uns nicht daran, sondern tauschten weiter Zärtlichkeiten aus. Damals in der Oberstufe waren wir schwer verliebt ineinander. Bis zu dem Tag, an dem Ben beschlossen hatte, in London zu studieren. In seinen Plänen war ich nicht vorgekommen, was mich traurig gemacht und enttäuscht hatte.

Auf dem Abitreffen gestand er mir damals, dass er es bitter bereut hatte, mich einfach so zurückgelassen zu haben. In London hatte er versucht Kontakt mit mir aufzunehmen, aber ich hatte nicht geantwortet. Mein Stolz und meine Enttäuschung hatten es einfach nicht zugelassen.

Je länger ich darüber nachdachte, desto mehr wollte ich wissen, was er so trieb. Rasch öffnete ich meine Facebook-Seite und suchte in meinen Kontakten nach seinem Namen. *Ben Schuster.* Ich erkannte sein Gesicht sofort. Er hatte sich seit dem Abitreffen kaum verändert. Das verschmitzte Grinsen ließ ihn noch immer jungenhaft wirken und dunkle Stoppeln auf den Wangen verliehen ihm einen markanten Touch. Ein paar Lachfältchen hatten sich um seine Augen gebildet, die ihm aber gut zu Gesicht standen. Ich nahm einen Schluck von dem bereits lauwarmen Tee und fasste mir ein Herz.

Lieber Ben,

habe gerade deine Mail gelesen. Hast Du Dich scheiden lassen, oder warum lässt Du nach so langer Zeit von Dir hören?????

Ich hatte es schon immer geliebt, ihn ein wenig zu provozieren.

Zu meinem großen Erstaunen leuchtete schon nach wenigen Sekunden ein grüner Punkt unter seinem Profil. Er war online! Leise kicherte ich vor mich hin. Der Abend verhieß spannend zu werden.

Die drei Punkte hüpften auf und ab, genau wie mein Herz, das in den Samba-Beat gewechselt hatte. Ich fühlte mich um Jahre zurückversetzt, als ich mit schweißfeuchten Fingern den ersten Liebesbrief auseinandergefaltet hatte. *Wie kindisch!* Aber wen wunderte es schon, mein eingerostetes Herz war männliche Avancen nicht mehr gewohnt.

Mimi!!

Wie schön, von dir zu lesen. Noch immer so direkt wie

eh und je. So falsch liegst du allerdings nicht. Ich habe mich vor einem Monat von meiner Freundin getrennt. Oder sie sich von mir. Wie man es nimmt. Ich hatte es als Zeichen gewertet, als ich auf deinen Artikel gestoßen war: Eine höhere Macht will, dass wir uns treffen.

Bens ausgekochtes Grinsen schwebte vor meinem inneren Auge und ich musste schmunzeln. Wie hätte ich da ein Treffen mit ihm ablehnen können?

Kapitel 4

Ich erwachte vom Klingeln an der Tür. Da ich noch bis spät in die Nacht mit Ben gechattet hatte, wollte ich zur Abwechslung mal so lange schlafen, wie mein Körper es verlangte. Offenbar war mir das nicht gegönnt. Die Uhr auf dem Nachttisch verriet, dass es erst halb neun war.

In meinem schlabbrigen Nicki-Pyjama und mit Schlaf in den Augen lief ich zur Tür, die Haare völlig zerzaust.

Herr Sommerfeld hatte sich Zsa Zsa wie eine Handtasche unter den Arm geklemmt und lächelte mir zu. Der Gesichtsausdruck meiner Katze hingegen war an Desinteresse nicht zu übertreffen.

Der Blick meines Nachbarn wanderte an mir herab. Bis er verblüfft und ein wenig beschämt wieder zu mir aufsah. „O Verzeihung, Frau Berger. Ich wollte Sie nicht aus dem Bett klingeln. Hätte ich gewusst, dass Sie noch nicht wach sind, wäre ich ..."

„Kein Problem", unterbrach ich ihn. „Entschuldigen Sie meinen Aufzug, bin gestern erst spät ins Bett gekommen."

„Ach Frau Berger, sogar im Pyjama sehen Sie noch aus wie das blühende Leben."

„Sie alter Charmeur", winkte ich ab und nahm ihm Zsa Zsa ab, die sich sofort aus meinen Armen kämpfte und mit einem lauten Plumps zu Boden fallen ließ. Das goldene Glöckchen an ihrem Halsband klingelte leise, als sie erhobenen Hauptes in die Küche schwänzelte. Unser Kriegsbeil war wohl lang noch nicht begraben. Aber wenn sie dachte, ich würde mich mit ein paar Leckerlis wieder bei ihr einschleimen, hatte sie sich getäuscht. Diesmal würde ich nicht nachgeben.

„Sie ist gefüttert, gebürstet und ich habe ihr eine Flo-Kur aufs Fell aufgetragen."

„Ich weiß gar nicht, wie ich Ihnen danken soll, Herr Sommerfeld. Wenn ich Sie nicht hätte ..."

„... gäbe es jemand anderen", vollendete er lachend meinen Satz. Als Schritte hinter ihm laut wurden, wandte er sich um. „Ach, da bist du ja schon."

Herr Sommerfelds Enkel tauchte mit einer Brötchentüte in der Hand neben ihm auf. Offenbar hatte er einen Schlüssel ausgehändigt bekommen.

Schamesröte stieg mir ins Gesicht. Mein Aufzug im Schlafanzug war nun wirklich nicht so eindrucksvoll, dass ich ihn der ganzen Welt präsentieren musste. Schon gar nicht einem Kerl, der unverschämt gut aussah, was ich zu meinem Leidwesen gerade feststellte. Jetzt, bei Tageslicht, erinnerte die Farbe seiner Augen an geschmolzenes Karamell. Doch als er mich ansah, versetzte mir sein finsterer Blick einen leichten Stich.

„Na dann wünsche ich Ihnen einen schönen Tag."

Doch so schnell ließ sich mein Nachbar nicht abwimmeln. „Das ist übrigens Lian." Herr Sommerfeld fasste seinen Enkel an der Schulter und zog ihn ein Stück zu sich heran. „Aber ihr habt euch ja schon kurz kennengelernt."

Lian nickte nur, verzog aber ansonsten keine Miene.

Irgendwas hatte er an sich, das es zu ergründen galt. Woran das wohl lag? Vermutlich an seinem ablehnenden Verhalten mir gegenüber.

„Hi, Lian." Seinem spürbaren Widerwillen zum Trotz reichte ich ihm die Hand, die er zögerlich entgegennahm. Er drückte kurz und fest zu, ließ dann schnell wieder los und wandte sich ab, um in der gegenüberliegenden Wohnung zu verschwinden.

Herr Sommerfeld sah ihm hinterher, drehte sich dann wieder zu mir um und zuckte entschuldigend die Schultern. „Na dann ... Schönen Tag, Frau Berger!"

Schon wieder so eine Begegnung der dritten Art. *Was habe ich nur an mir, das diesen Kerl so abweisend macht?*, fragte ich mich, während ich hinter mir die Tür ins Schloss fallen ließ.

Zwei Stunden später machte ich mich mit der U-Bahn Richtung Gendarmenmarkt auf. Das Frühlingswetter zeigte sich heute zur Abwechslung mal von seiner guten Seite. Als ich aus dem U-Bahnschacht Stadtmitte die Stufen hinaufstieg, blendete mir die Sonne entgegen und kitzelte mich auf der Nase.

Nur ein paar Gehminuten von der U-Bahnstation entfernt, befand sich das Gourmet-Restaurant *Dans Le Coin*. Wie der Name schon sagte, lag es an einer Straßenecke mit Blick auf den Gendarmenmarkt und war Tims ganzer Stolz. Er saß in seinem kleinen, verglasten Kabuff und fühlte sich wie der Herrscher über die Sieben Meere. So hatte er es mir gegenüber zumindest mal scherzhaft formuliert. Obwohl ich wusste, dass auch eine Prise Ernst dabei war. Er liebte es, seinen Untertanen beim Arbeiten zuzusehen. Ja, manchmal konnte er ein richtiger Tyrann sein, wenn nicht alles so lief, wie er es wollte und alle nach seiner Pfeife tanzten. Dann kam es schon mal vor, dass er seine Mannschaft so laut zusammenstauchte, dass selbst der hartgesottenste Koch zusammenzuckte. *Kochen ist purer Masochismus. Wenn du der mentalen Belastung nicht standhalten kannst, gehörst du nicht in meine Küche* – einer seiner Standardsprüche. Ich glaubte, am meisten frustrierte ihn, dass seine Hauptaufgabe nur noch im Delegieren bestand und er selbst kaum noch zum Kochen kam.

Verschiedenste Gerüche stiegen mir in die Nase, als ich die Großraumküche betrat. Ausgelassener Speck, frische Kräuter und Knoblauch.

Mein Blick wanderte die Küchenzeile entlang. Aus einem riesigen Topf stieg Dampf auf und waberte bis zur Decke. Daneben stand Lasse, der neue Auszubildende, und schnitt die Karotten zu Julienne. *Schon so schnell wie ein Profikoch,* stellte ich bewundernd fest. Als er mich bemerkte, winkte er mir zu und grinste dabei wie ein Honigkuchenpferd. Nur zu gut wusste er, was mein Erscheinen bedeutete: Tims Laune stieg in ungeahnte Höhen, denn ich verhalf ihm dazu, das zu tun, was ihm am meisten an seinem Job gefiel: Herumexperimentieren und neue Gerichte kreieren.

Freudestrahlend erhob er sich von seinem Drehstuhl, als ich die Tür seines Büros öffnete. „Da ist sie ja wieder!" Tim sprach mich gerne in der 3. Person an. Warum er das tat, hatte ich bisher noch nicht herausgefunden. Ich nahm jedoch an, dass man es mit einem Ritterschlag gleichsetzen konnte, da diese Anrede nur Leuten vorbehalten war, die besonders in seiner Gunst standen, was mir natürlich schmeichelte. „Meine Inspiration. Mein Augapfel. Meine Spürnase."

Ich kicherte. „Jetzt bin ich aber erleichtert, dass noch die Spürnase kam. Sonst hätte ich mir ernsthafte Sorgen gemacht, dass es zwischen dir und Kata kriselt."

Tim lachte auf und zog mich herzlich in seine Arme, ehe er mir rechts und links einen Kuss auf die Wange drückte.

Fettgeruch fraß sich schnell in Jacken und Schürzen der Köche und ließ sich nur schwer entfernen. Doch Tim verströmte stets einen angenehmen Duft nach Pfefferminze und Salbei, weil er für gewöhnlich Bonbons mit dieser Geschmacksrichtung lutschte – ich vermutete, um seine überreizten Stimmbänder zu schonen.

Wie selbstverständlich nahm er meinen Rucksack entgegen, stellte ihn auf seinem Schreibtisch ab und öffnete ihn.

„Und, was hat sie mir heute Schönes mitgebracht?" Er holte die Flasche Arganöl aus der Tasche, stellte sie kommentarlos auf den Tisch und zog den nächsten Schatz heraus. „Was haben wir denn hier?" Er besah sich das Glas mit der verschrumpelten Zitrone und lächelte mir anerkennend zu. „Zitronenconfit. Perfekt für Fischgerichte. Da fällt uns bestimmt etwas ein. Was meinst du?"

Tim fragte mich gerne um Rat. Meist entwickelten wir gemeinsam Rezepte, was mich sehr ehrte, immerhin hatte er sich zwei Sterne erkocht. Obwohl ich es nie gelernt hatte, lag mir das Kochen seit jeher im Blut.

Oft war es so, dass Tim sich manche Zutaten auch in Berlin beschaffen konnte. Ich war also nicht nur kulinarische Spürnase, exotischer Produktfahnder und investigativer Delikatessenjäger. Ihm ging es vor allem darum, dass ich ihn durch meine Reisen auf Ideen brachte, auf die er sonst nicht gekommen wäre. Er vertraute mir und ließ mich machen, das schätzte ich sehr an ihm.

„Ich habe mir sagen lassen, dass die Marokkaner es sehr gerne zum Würzen für gegrillte Speisen verwenden."

Tim nickte und förderte die Wurst aus dem Rucksack zutage. „Du hast mir Merguez mitgebracht?" Schallend lachte er auf.

„Zwei verschiedene Sorten sogar. Vielleicht inspiriert dich eine davon. Ich dachte, sie würde sich als Vorspeise eignen, kombiniert mit ..."

„... Wildkräutersalat, Röstkartoffeln und Estragon-Hummus", vollendete Tim den Satz strahlend.

„Oder so." Ich wollte ihn sicher nicht in seiner Kreativität bremsen.

Er nahm mein Gesicht in beide Hände und gab mir einen dicken Schmatzer auf die Stirn. Seine Art, mir seine Anerkennung zu zeigen. Dieses leidenschaftliche, ungestüme Naturell mochte ich schon immer an ihm. Auch wenn er mit seiner Impulsivität manchmal einen Schritt zu weit ging.

Auf einmal hielt Tim inne und sah mich an. „Du hast dir doch hoffentlich sagen lassen, was in der Wurst ist?"

Ich zeigte ihm ein ausgekochtes Lächeln. „Wie lange kennen wir uns jetzt schon?"

In gespielt nachdenklicher Pose ging sein Blick an die Decke. „Zwei Jahre?"

„Zumindest so lange, dass ich gelernt habe, jede einzelne Zutat aus dem Händler herauszuquetschen. Und nebenbei noch den Inhalt der selbst hergestellten Merquez des Luxushotels, in dem ich abgestiegen bin, herauszufinden."

„Das ist mein Mädchen. Was haben wir noch?"

„Ein paar Gewürze, damit du dir Ras el-Hanout selbst zusammenmischen kannst und Safran."

Er nickte. Dann blickte er hoch, sah mich an und rieb die Hände aneinander. „Wollen wir mit der Merguez gleich loslegen?"

„Gerne. Ich habe mir wie immer für dich Zeit genommen. Das wäre auch ein tolles Gericht für einen Beitrag. Könnte ich der Gourmet-Woche anbieten."

Eine Stunde später und mehrere Fotos im Kasten ließ ich wider Erwarten einen glücklichen Tim zurück.

Als ich auf die Straße trat, checkte ich mein Handy. Zwei Anrufe in Abwesenheit. Einer von meiner besten Freundin Zoe und der andere von meiner Mutter. Und eine Nachricht, in der Zoe fragte, ob wir morgen zusammen zu Abend essen wollten. Wenn ich von meinen Reisen kam, kochten wir regelmäßig zusammen. Naja, ich kochte und Zoe fragte, was ich erlebt hatte und sie erzählte mir, was ich verpasst hatte. Seit fünf Jahren war sie mit meinem Bruder Max verheiratet. Sie hatten eine sechsjährige Tochter namens Lily, die ich über alles liebte. Nicht nur, weil sie die perfekte Mischung aus Max und Zoe abgab, sondern weil sie noch dazu zuckersüß und so erfrischend ehrlich war.

Schwer beladen mit zwei Einkaufstüten vom Wochenmarkt bog ich in meine Straße ein und sah schon von weitem, wie Frau Westphal und unser Hausmeister Artur den Eingang belagerten. Die beiden hatten mir noch gefehlt. Das Albtraum-Gespann, so hatten Herr Sommerfeld und ich die beiden insgeheim getauft. Frau Westphal wohnte Parterre, weil sie gehbehindert war, und hatte ihren Rollator so in die Tür gestellt, dass keiner eine Chance hatte, an ihr vorbeizukommen ohne sie anzusprechen.

„Entschuldigen Sie, Frau Westphal, wären Sie so nett ..."

„Aber selbstverständlich, liebe Frau Berger", flötete sie, machte aber keine Anstalten, zur Seite zu treten und mir den Weg freizumachen. „Na, Sie habe ich ja lang nicht gesehen. Waren Sie wieder im Ausland?"

Ich spürte Arturs stechenden Blick auf mir. „Genau das verlangt mein Job von mir", sagte ich so kurz angebunden wie möglich.

Das Lächeln verwelkte auf ihren zerknitterten Lippen, als ich mit einem zuckersüßen Grinsen auffordernd die Augenbrauen hob. „Ich habe Fleisch gekauft, das muss schnellstens in den Kühlschrank." Diesmal hatte ich glücklicherweise sogar eine plausible Ausrede parat.

Gnädig ging sie ein Stück zur Seite und ließ mich passieren, während ich versuchte, ihre säuerliche Miene zu ignorieren. Ich konnte ihre scheinheilige Art nicht ausstehen. Sie war eine geschwätzige Person, die meinte, ein Recht dazu zu haben, über alles und jeden Bescheid zu wissen und nutzte jede Gelegenheit, um mich in ein Gespräch zu verwickeln. Artur hatte sie zu ihrem Verbündeten gemacht, da er sich ab und zu ein paar Euro durch sie dazuverdiente. Schon öfters hatte ich ihn mit vollbepackten Einkaufstüten an ihrer Tür klingeln sehen, manchmal drangen Bohrmaschinengeräusche aus ihrer Wohnung und einmal hatte ich beobachtet, wie Artur auf der Leiter bei ihr im Flur stand und eine neue Glühbirne in die Lampenfassung drehte. Aufgaben gab es offenbar genug, um ihn zu beschäftigen, wobei ich den Verdacht hatte, dass es ihr mehr um Gesellschaft ging. Artur war ein seltsamer Typ, etwa in meinem Alter, konnte mir aber nie in die Augen schauen. In den fünf Jahren in denen ich in meiner Wohnung hier lebte, hatte ich ihn noch nie zusammen mit einer Frau gesehen.

Eigentlich wohnte ich sehr gerne in diesem Haus. Von der Anonymität der Großstadt war hier kaum etwas zu spüren. Ich kannte jeden mit Namen und abgesehen von Artur war ich die einzige unter 70. Viele der alten Leute lebten schon mehrere Jahrzehnte in dem Altbau aus den 20ern des letzten Jahrhunderts. Mein Bruder Max und Zoe hatten einen guten Draht zu den Eigentümern, deshalb hatten Marc und ich damals einen guten Mietpreis bekommen, der seitdem noch nicht erhöht wurde. So konnte ich es mir nach unserer Trennung sogar erlauben, in den fast 100 Quadratmetern alleine zu wohnen.

Kaum hatte ich den vierten Stock erreicht, wanderten meine Augen zu Herrn Sommerfelds Tür und meine Gedanken zu Lian. Ich wünschte mir, ihn einmal zum Lächeln zu bringen. Das konnte doch nicht so schwer sein, wenn er nicht gerade Tim Thaler war und es verkauft hatte. Vielleicht war seine Mimik ja auch auf Jahreszeiten geeicht. Im Herbst durchwachsen, im Winter frostig. Obwohl ... dann hätte jetzt schon längst ein Lächeln auf seinem Gesicht erblühen müssen. *O Gott, Mimi, hör endlich auf damit, dir über einen völlig Fremden den Kopf zu zerbrechen*, mahnte ich mich kopfschüttelnd, ehe ich mich abwandte und meine Tür aufschloss.

Nachdem ich den Schlüssel abgezogen hatte, lauschte ich in den Raum. Weit und breit keine ausgehungerte Katze, die sich freute mich zu sehen.

„Zsa Zsa?", rief ich durch den Flur. „Wo hast du dich diesmal versteckt?"

Nachdem ich meine Jacke ausgezogen und meine Stiefeletten abgestreift hatte, bückte ich mich und schaute unter die Flurkommode.

Grüne Katzenaugen leuchteten mir entgegen. Ich musste lächeln. Offenbar wollte sie ihren Plan durchziehen. Sollte sie nur, ich würde mich nicht erweichen lassen.

Um ein wenig frische Luft in die Wohnung zu lassen, ging ich ins Wohnzimmer und öffnete die Balkontür.

Nasskalter Wind flutete mir entgegen, und überzog meine Unterarme mit einer dicken Schicht Gänsehaut. Leider hatte die Sonne heute Morgen nur einen Gastauftritt gehabt. An diese Kälte würde ich mich wohl nie gewöhnen. Ich war schon immer der mediterrane Typ gewesen, der stundenlang eidechsengleich Wärme tanken konnte.

Graue Wolken schoben sich träge über den Horizont, stoisch darauf bedacht, nur keine Sonnenstrahlen passieren zu lassen.

Mein Blick blieb an dem Wohnhaus gegenüber hängen. Ein Typ mit schulterlangen, dunklen Haaren winkte mir energiegeladen zu. Zögerlich hob ich die Hand zum Gruß und nickte ihm mit gezwungenem Lächeln auf den Lippen zu. Er war mir schon öfters aufgefallen. Er sah südländisch aus, Bulgare oder Albaner, schätzte ich. Auch bei niedrigen Temperaturen präsentierte er gerne seinen freien Oberkörper. Schon oft hatte ich mich gefragt, ob man von seiner Wohnung aus durch mein Fenster schauen konnte. Als würde er nur darauf warten, mich abzupassen, war er immer dann gerade draußen, wenn ich meinen Balkon betrat. *Irgendwie suspekt.* Ich stellte mir vor, wie er mit einem Fernglas am Fenster stand und mich heimlich beobachtete. Bei dem Gedanken lief mir ein unangenehmer Schauer über den Rücken. Ein Stalker hatte mir noch gefehlt. Rasch trat ich vom Balkon und nahm mir vor, von jetzt an immer die Vorhänge zugezogen zu lassen, damit der Couch- und Essbereich nicht einsehbar war. Durch die hohen Fenster der Balkontür drang ausreichend Licht hinein.

Der Südländer war mir schon öfters auf der Straße über den Weg gelaufen. Von nahem sah er eigentlich ganz harmlos aus. Wie ein Literaturstudent im zwanzigsten Semester, zumindest hatte er ungefähr mein Alter und wirkte ein wenig öko. Er hatte immer einen Jutebeutel umgehängt und trug Wollpullover, die aussahen, als würden sie kratzen.

Den Rest des Tages verbrachte ich mit eingehender Recherche über Entenmuscheln und wo man sie auftreiben konnte. *Dein süßer Hintern wird keine Zeit haben, es sich auf dem Sofa zu Hause bequem zu machen,* hatte ich Tims Stimme noch im Ohr. *Entenmuscheln sind das, was mein Herz begehrt,* hatte er mich mit diabolischem Leuchten in den Augen wissen lassen.

Kapitel 5

Es war schon dunkel, als ich mich auf den Weg zu Max und Zoe machte. Ich brauchte noch nicht einmal das Grundstück zu verlassen, musste lediglich über den Hinterhof laufen, um sie zu besuchen.

Ich zog die Zugangstür zum benachbarten Wohnhaus auf. Quietschend begehrte sie auf. Der Geruch nach kaltem Zigarettenrauch und abgestandenem Bier schlug mir entgegen, der vom Nebeneingang von *Arno's kleiner Eckkneipe* kam und durch das Treppenhaus zog. Um ein wenig durchzulüften, öffnete ich die Tür noch weiter und ließ den Türstopper einrasten.

Zoe empfing mich mit einem warmen Lächeln. „Na, Süße, wie war's in Marokko?" Sie zog mich an sich und drückte mich ganz fest. Der leichte Duft nach Vanille umhüllte mich für einen Moment sowie ein Hauch von Unbeschwertheit, der immer von meiner Freundin ausging. Schon als wir damals zusammen in eine Klasse kamen, hatte sie diese Mir-ist-scheißegal-was-andere-über-mich-denken-Einstellung, und war seitdem meine Heldin der Schulzeit gewesen. Eine Rebellin, die jede Sekunde meines Lebens durch ihre Freundschaft bereicherte.

Ich gab ihr einen Kuss auf die Wange. „Gefühlte zwanzig Grad wärmer. Du siehst umwerfend aus, aber ich frage mich, wie du bei der Kälte barfuß und mit so einem dünnen Hemdchen rumlaufen kannst." Mit hochgezogener Augenbraue musterte ich sie. Selbst das weite Bohème-Kleid konnte ihren Baby-Bauch nicht mehr verstecken, der mittlerweile so gewachsen war, dass es aussah, als hätte sie eine Melone verschluckt. Wer hätte gedacht, dass das Party-Girl von einst schon das zweite Kind erwartete, während ich noch immer nicht den Richtigen gefunden hatte, dachte ich in einem Anflug von Wehmut.

„Komm erstmal rein, bei uns ist es kuschlig und die Fußbodenheizung ist auch an." Lächelnd strich sie den Pony ihres Pixies zur Seite und schloss die Tür hinter mir. Erst vor kurzem hatte sie ihrem schulterlangen Haar eine Radikalkur verpasst. Ihr hübsches Gesicht mit den hohen Wangenknochen und der Stupsnase kam so noch besser zur Geltung. Als Gegenbewegung hatte Max sich daraufhin einen Vollbart wachsen lassen. Ich hätte es nie für möglich gehalten, aber er stand meinem Bruder ausgesprochen gut und verlieh ihm ein kerniges Aussehen. Von dem Milchbubi von früher war nichts mehr übrig. Für mich waren die beiden das perfekte Paar. Nach außen hin taten sie zwar oft so als könnten sie sich nicht ausstehen und frotzelten was das Zeug hielt, aber tatsächlich liebten sie sich heiß und innig.

Zoe nahm mir die Papiertüten mit den Lebensmitteln ab. Ich zog mir die Jacke aus und hängte sie an einen der Garderobenhaken, dann folgte ich ihr in die Küche.

Das Trampeln kleiner Füße auf den abgezogenen Dielen hinter mir wurde laut. Ich drehte mich um und sah Lily, die mir mit wehenden Locken entgegenbrauste.

„Tante Mimi!", kreischte sie und ich ging in die Hocke, gerade noch rechtzeitig, damit ich sie abfangen konnte. Lachend lagen wir uns in den Armen. „Ich hab dich soo vermisst", sagte sie und ich spürte ihren warmen Atem an meinem Ohr.

Gerührt verzog ich das Gesicht und meine Brust verengte sich. „Ich war doch nur drei Tage weg."

„Drei Tage sind lang." Sie schob mich von sich und gab mir einen lauten Schmatzer auf den Mund. Ihr zarter Geruch vermischt mit Gummibärchen stieg mir in die Nase und ich musste grinsen. „Manchmal schon, das stimmt. Ich habe dich auch vermisst, mein Schatz!" Ich umfing ihr Gesicht mit beiden Händen und gab ihr einen Nasenstupser.

„Hast du mir etwas mitgebracht?"

„Nun lass sie doch erstmal ankommen." Eine Hand in die Seite gestützt, strich Zoe sich über den Bauch.

„Mmh, ich muss mal überlegen ...", sagte ich gespielt nachdenklich, während ich mich erhob und Zoe folgte. Als wir in die Küche traten, gab ich Lily meine Tasche in die Hand. „Schau mal da rein."

Mit vor Aufregung gerötetem Kopf steckte sie ihre kleinen Finger hinein und förderte dann ein in rosa Papier eingewickeltes Geschenk zutage. „Das ist für mich." Es war keine Frage, sondern eine Feststellung.

Zoe und ich tauschten einen Blick und mussten lachen.

„Vielleicht ist da auch etwas für deine Mutter drin. Mach es auf." Ich ging zum Tisch, hängte meine Tasche über die Stuhllehne und setzte mich.

Mit einem Ratsch riss Lily das Papier ab und ließ es nachlässig auf den Boden fallen. Für einen Moment hielt sie den Atem an und ihre blauen Kulleraugen leuchteten mir entgegen, bis sie wieder die Sprache fand. „Aladdin-Schuhe." Aufgeregt streifte sie ihre Plüschpantoffeln von den Füßen und schlüpfte in die hellblauen Babouches, bestickt mit Glitzersteinen, deren Schuhspitze nach oben gebogen war.

„Ich würde eher sagen, das sind Jasmin-Schuhe. Für Prinzessinnen wie dich." Ich zwinkerte ihr zu und sie fiel mir erneut um den Hals. „Die sind wunderschön."

„Das freut mich." Ich wusste, sie würden ihr gefallen. „Und diese sind für dich." Ich reichte Zoe das andere Paar.

„Wow." Zoe zog auch gleich die dunkelblauen, mit Goldfäden durchwobenen Babouches über, deren Spitze ebenso gebogen war. „Passen wie angegossen. Kann man die auch auf der Straße tragen?"

„Kann man, ja", gab ich grinsend zurück. „Sind aber eher als Hauspantoffel gedacht."

„Die sind super bequem. Danke." Zoe zog mich an sich und gab mir einen Kuss auf die Wange."

„Die sind sowas von cool", bekräftigte Lily und wir mussten kichern. „Danke, Tante Mimi."

„Gern geschehen."

Zoe lugte in die Papiertüte, die sie auf der Anrichte abgestellt hatte. „Was gibt es heute eigentlich zu essen?"

„Ganz banale Spaghetti Bolognese, wenn ihr nichts dagegen habt. Habe ich schon ewig nicht mehr gegessen. Und dazu eine Flasche Rotwein. Und für dich Traubensaft mit ganz viel Eisen." Ich zwinkerte ihr zu.

„Oh, wie lecker, ich lieeebe Spaghetti Polonese!", rief Lily aus.

Ich lachte. „Das weiß ich doch."

„Klingt perfekt", pflichtete Zoe ihr bei. „Ich habe noch Tiramisu von gestern übrig, das passt. Dann mache ich Lily bettfertig, während du schon mal anfängst zu kochen. Damit es nicht wieder so spät für sie wird, morgen ist Schule."

„Och, nö, ich will bei Tante Mimi bleiben und ihr beim Kochen helfen."

„Kannst du, wenn du fertig bist", sagte ich. „Im Schlafanzug ist es doch sowieso viel gemütlicher. Ich würde auch lieber darin essen."

„Keiner hindert dich daran, Schwesterherz." Ich schaute zur Tür, wo Max gerade in seinen alten Pantoffeln in die Küche geschlurft kam. „Nächstes Mal essen wir einfach alle im Pyjama zu Abend", fügte er augenzwinkernd hinzu.

„Ich nehme dich beim Wort." Lachend ging ich auf ihn zu und zog ihn in eine flüchtige Umarmung. Er roch so vertraut, wie immer rauchig, als hätte er kurz zuvor einen Waldbrand gelöscht. „Der Bart steht dir wirklich gut. Lässt du ihn jetzt so stehen?"

„Mama hat gesagt, Papa sieht aus wie der Räuber Hotzenplotz."

Zoe und ich sahen uns an und pressten die Lippen aufeinander, um nicht loszuprusten.

„Charmant wie eh und je", murmelte Max gespielt beleidigt, um seine Mundwinkel zuckte es jedoch verräterisch.

Zoe rollte mit den Augen, aber so, dass nur ich es sehen konnte, und ging zu Max. „Aber ein unglaublich süßer Räuber Hotzenplotz", versuchte sie die Wogen wieder zu glätten, erhob sich auf Zehenspitzen und gab ihm einen zärtlichen Kuss auf den Mund, worauf sich ein dümmliches Grinsen auf seinem Gesicht ausbreitete. Die beiden schwebten nach so langer Zeit noch immer auf Wolke 7, man konnte glatt neidisch werden. Ich grinste in mich hinein, während ich mich diskret abwandte und Lily dabei zuschaute, wie sie ein hölzernes Jo-Jo auf- und abrollen ließ. Für das Geturtel ihrer Eltern interessierte sie sich herzlich wenig. „Willst du auch mal, Tante Mimi?", fragte sie, zog die Schnur von ihren Fingern und hielt mir das Jo-Jo entgegen.

„Jetzt geht's erstmal ab ins Bad, Lily", funkte Zoe dazwischen und gab ihr einen liebevollen Klaps auf den Po.

„Na gut. Aber Mimi bringt mich ins Bett."

„Versprochen!", antwortete ich.

„Na, wie war deine Woche?", wollte mein Bruder wissen, als Zoe und Lily im Bad verschwunden waren.

„Spannend. Morgen geht's nach Galicien. Tim gibt mir keine Ruhepause."

Mit verschränkten Armen lehnte Max sich seitlich gegen den Küchenschrank. „Das klingt nach Stress."

Für meinen Bruder, für den die Bequemlichkeit einen hohen Stellenwert hatte, und der als Programmierer von zuhause arbeiten konnte, war das viele Herumreisen definitiv nichts. „Absolut nicht. Das gefällt mir doch gerade an meinem Job."

„Wird zumindest nie langweilig." Lächelnd zupfte Max sich am Bart. „Na, dann werde ich schon mal den Tisch decken, während du kochst. Du weißt ja, wo alles steht. Mittlerweile kennst du dich in meiner Küche besser aus als ich."

„Da hast du wohl recht." Schmunzelnd wusch ich mir die Hände über der Spüle.

Während das Hackfleisch in der Pfanne brutzelte, wurde mir ein ums andere Mal bewusst, wie schön es war, Menschen um sich zu haben, in deren Gegenwart man sich so wohlfühlte. Ich genoss es sehr, bei Max und Zoe zu sein, es fühlte sich immer nach zuhause an. Insgeheim wünschte ich mir jedoch, auch irgendwann eine eigene Familie zu haben, die ich mit Liebe überschütten konnte.

Während des Essens plapperte Lily die ganze Zeit vor sich hin und erzählte ohne Punkt und Komma von ihrem Tag. Dass Felix aus ihrer Klasse nach dem Sport immer ganz verschwitzt war, aber sein Shirt nicht wechseln wollte. Dass sie in Mathe als erste fertig war und dafür ein Lob von der Lehrerin bekommen hatte. Dass Olivia beim Popeln erwischt wurde und sie jetzt alle Popel-Olivia nannten. Dass ihrem Sitznachbarn der Füller ausgelaufen war und er sich den ganzen Unterarm mit Tinte vollgeschmiert hatte. Und dass die Socken von ihrer besten Freundin Emily immer nach Käse stanken. Wenn Lily erzählte, gestikulierte sie immer so wild umher, dass man alles in ihrer Nähe in Sicherheit bringen musste. Diesmal hätte sich beinah mein Rotweinglas über den Tisch ergossen, wenn ich es nicht noch rechtzeitig aufgefangen hätte.

Nachdem wir jeder eine Riesenportion Spaghetti verdrückt hatten und stöhnend über unsere Bäuche strichen, sprang Zoe auf und begann abzuräumen. „Lily, geh bitte Zähneputzen."

Lily verschränkte die Arme vor der Brust und zog eine Schnute. „Immer, wenn es am schönsten wird."

Max zerzauste ihr das dichte Haar. „Ja, mein Schatz, so ist das im Leben. Wenn es am Schönsten ist, sollte man gehen. Also jetzt."

Laut stöhnend tat Lily ihren Ärger kund und stampfte aus der Küche.

Max, Zoe und ich tauschten einen Blick und mussten schmunzeln. „Ich komme gleich, such schon mal eine Geschichte raus", rief ich hinter meiner Nichte her.

Max hielt mir eine Schale mit Tiramisu entgegen. „Na, noch Platz?"

„Tiramisu geht immer." Ich grinste und machte mich genüsslich über die italienische Süßspeise her.

Lilys Zimmer war ein echter Mädchentraum. Die blassblau gestrichenen Wände zierten lilafarbene Feen-Tattoos und über ihrem Bett klebte eine Krone unter der: *Hier träumt eine Prinzessin* geschrieben stand. Ihr kleines Kinderbett umhüllte ein rosa Moskitonetz, eine leuchtende Sternchen-Lichterkette schlängelte sich um die Metallstreben am Fußende.

Als ich mich neben sie auf die Matratze quetschte, ächzte der Lattenrost und einen Moment befürchtete ich, er würde unter meinem Gewicht zusammenbrechen. Da ich meine Beine nicht ganz ausstrecken konnte, kam ich mir jedes Mal vor wie Alice im Wunderland. Ich legte einen Arm um Lily, die ihren Kopf gleich auf meine Schulter schmiegte und klappte das Buch auf.

Sie hatte sich für *den Daumenlutscher* entschieden. Während ich diese Geschichte jedes Mal aufs Neue als makaber empfand, war es für Lily völlig normal, dass Konrad der Finger abgeschnitten wurde, weil er immer am Daumen lutschte.

Nachdem ich das Buch auf dem Nachttisch abgelegt hatte und ich ihr gerade einen Gutenacht-Kuss geben wollte, fragte sie: „Kommt der Schnüffler heute nicht?"

„Doch, ich glaube schon." Ich beugte mich zu ihr hinab, meine Nase ganz dicht an ihrem Ohr und gab laute Schnüffelgeräusche von mir.

Lily kicherte vergnügt. „Das kitzelt. Und was ist mit dem Krauler?"

„Der ist im Urlaub", sagte ich so ernst wie möglich.

„Immer noch? Der ist aber lange im Urlaub." Lily schien enttäuscht.

Unvermittelt stürzte ich mich mit einer Kitzelattacke auf sie.

Lily stieß ein lautes Kreischen aus, das in meinen Ohren vibrierte.

„Der Abkitzler ist nicht im Urlaub", rief ich gegen ihr Gackern an.

„Bitte nicht, bitte nicht ..." Lilys Gesicht war schon rot angelaufen vor Lachen.

Ich zeigte Erbarmen und ließ von ihr ab.

Erstaunt sah sie mich an. „Weiter machen, Tante Mimi."

„Jetzt kommt nur noch der Knutscher und dann wird geschlafen." Mit einem übertriebenen Kussmund näherte ich mich ihrem Gesicht und gab unappetitliche Schmatzlaute von mir.

„Nein, bitte nicht, Tante Mimi ..." Kichernd zog sie ihr Kissen wie ein Schutzschild vors Gesicht und feuerte es nur ein paar Sekunden später auf mich ab.

Ich fing es auf und legte es ihr behutsam hinter den Kopf. „Jetzt ist wirklich Schluss, Süße." Es fiel mir schwer, mich von ihr zu trennen. Ich genoss die Zeit mit ihr immer so sehr. Aber ich wusste, wenn es nach Lily ginge, würde es nie ein Ende geben.

Ich deckte sie zu und küsste sie auf die Stirn. „Schlaf schön, mein Engel, und träum was Süßes." Schweren Herzens wandte ich mich ab und bemerkte Zoe, die uns offenbar schon einige Zeit beobachtete. Ein Lächeln zupfte an ihren Lippen, als ich an ihr vorbei aus dem Zimmer ging.

Sobald ich zurück in die Küche kam, füllte Max mein Glas mit Rotwein nach und hielt es mir entgegen. „Und, was hast du heute gemacht?"

„Nichts Besonderes. Ein bisschen rumgegammelt." Tief seufzend ließ ich mich auf den Stuhl plumpsen und nahm einen großen Schluck vom Rotwein. „Du weißt, wie sehr ich Sonntage schon immer gehasst habe. Seit ich Single bin noch viel mehr. Sonntage sind die Single-unfreundlichsten Tage und sollten abgeschafft werden."

Max strich sich über den Bart und sah mich nachdenklich an. Es war nicht seine Art, mich verkuppeln zu wollen – dafür war er zu sehr großer Bruder, der mich beschützen wollte.

„Du bist hier jederzeit willkommen, das weißt du." An die Anrichte gelehnt, überkreuzte er die Beine und trank von seinem Wein.

„Vor allem kannst du am Wochenende gerne vorbeikommen und das Arbeitszimmer deines Bruders entstauben und ihm seine stinkigen Socken hinterhertragen, dann muss ich das nicht machen", sagte Zoe trocken, als sie gerade wieder die Küche betrat.

Max stieß ein heiseres Lachen aus und schüttelte den Kopf. „Denkst du etwa, jeden Abend deine schrumpeligen Füße zu massieren, wäre ein Vergnügen?"

Zoe konterte, indem sie ihm das Küchentuch um die Ohren schlug. „Du nennst meine Füße schrumpelig? Du liebst sie doch heiß und innig, gib es zu!"

Max gluckste vor sich hin. „Ich liebe alles an dir, mein Schatz. Sogar deine schrundigen, schrumpeligen Füße."

Für den Zusatz bekam Max nochmal ordentlich das Küchentuch um die Ohren gehauen.

„Wenn ich ehrlich bin, sind Max und ich uns in der Hinsicht sehr ähnlich", warf ich schmunzelnd ein. „Aufräumen ist auch nicht gerade meine Lieblingsdisziplin."

„In was für eine Familie habe ich da nur eingeheiratet." Zoe schüttelte den Kopf, konnte sich ein Lächeln jedoch nicht verkneifen. „Um noch mal zum Thema zurückzukommen: Dass du Single bist, hast du dir selbst zuzuschreiben. Die Männer würden bei dir reihenweise Schlange stehen, wenn du es nur zulassen würdest."

„Ich lasse es zu. Aber irgendwie sind es immer die falschen." Scharf zog ich die Luft durch die Nase. „Aber darum geht es ja gar nicht." Bevor ich fortfuhr, schwenkte ich mein Glas. Das goldene Licht der Deckenbeleuchtung ließ den Wein rubinrot schimmern. „Single sein, ist gesellschaftlich gleichbedeutend mit irgendwo in der Warteschleife hängengeblieben zu sein. Das ist das, was mich ärgert. Die Ehe hat heute noch immer einen höheren Stellenwert in der Gesellschaft, auch wenn

Lifestyle-Magazine uns etwas von Freiheit und Abenteuer vorgaukeln wollen. Als Frau hast du dein Ziel erst erreicht, wenn du unter die Haube kommst."

Zoe kratzte den letzten Rest Tiramisu aus der Schale und steckte sich den Löffel in den Mund. „Gesellschaftlich schon, da hast du vielleicht recht", sagte sie, bevor sie die Schüssel in die Spüle stellte und mit Wasser abbrauste. „Aber das kann dir doch egal sein, der äußere Schein trügt doch immer. Was meinst du, wieviel Arbeit es bedeutet, eine glückliche Ehe zu führen? Genieß die Freiheit, die dir durchs Singlesein gegeben ist, solange du kannst. Sie wird schneller vorbei sein, als du denkst. Irgendwann stehen die Kinder an erster Stelle. Und der Mann verlangt mit allen Mitteln nach mehr Aufmerksamkeit, weil er sich vernachlässigt fühlt." Ihr Blick huschte hinüber zu Max und ein winziges Lächeln stahl sich auf ihre Lippen.

Seine rote Papierserviette zu einer Zipfelmütze geformt robbte Max auf Knien auf sie zu, schlang die Arme um ihren Melonenbauch und klammerte sich an sie.

Zoe lachte auf und wuschelte ihm durchs Haar. „Blödmann."

„Wisst ihr, wer sich bei mir gemeldet hat?", sagte ich beiläufig in die kurze Stille hinein.

Zoes Augen weiteten sich. „Wer denn?"

„Ben."

Max rappelte sich auf, legte die Serviette beiseite und sah mich mit in Falten gelegter Stirn an. „Welcher Ben? Etwa der Typ, der dich damals sitzengelassen hat?"

Ich verdrehte die Augen. „Ja, aber er bedauert es zutiefst und will mich treffen."

„Du hast doch zugesagt, oder nicht?" Zoe war immer gleich Feuer und Flamme, wenn es bei mir um ein Date ging.

„Der Traum aller Schwiegermütter", sagte Max kaum hörbar.

Ich erinnerte mich, dass er ihn damals schon nicht leiden konnte. *Ein selbstverliebter Angeber, der nicht gut genug für dich ist*, so seine Worte.

„Wir gehen nur völlig unverbindlich einen Kaffee trinken, mehr nicht."

„Unverbindlich, so, so." Zoe presste die Lippen aufeinander.

Ein Blick auf meine Freundin genügte und ein Lächeln huschte über mein Gesicht. „Da kannst du noch so unverschämt grinsen, ich treffe mich nur der alten Zeiten willen und aus reiner Neugierde." Um das Gespräch nicht vertiefen zu müssen, erhob ich mich vom Stuhl. „Seid mir nicht böse, mein Flug geht morgen früh, ich mach mich jetzt vom Acker."

Mit einer festen Umarmung verabschiedete ich mich von den beiden und versprach, mich zu melden, sobald ich zurück war.

Als ich nach unten ins Treppenhaus kam, sah ich schon von weitem, dass jemand die Tür zum Hinterhof zugezogen hatte. Ich drückte die Klinke hinunter und stellte fest, dass dieser jemand sie auch abgeschlossen hatte. Seufzend drehte ich mich um und verließ das Haus durch den Haupteingang.

Beinah lief Gitti, eine von Arnos Stammkunden, in mich hinein, gerade noch rechtzeitig bemerkte ich sie.

„Mensch, so 'ne Scheiße", nuschelte sie mit bereits verwaschener Aussprache und torkelte ihres Weges, eine Schnapsfahne hinter sich herziehend. Manchmal war sie schon mittags voll wie eine Strandhaubitze. Mitleid regte sich in mir und ich fragte mich, welcher Schicksalsschlag sie zu diesem Leben getrieben hatte.

Als ich um die Ecke bog, erkannte ich den Umriss eines hochgewachsenen Mannes. Die Hände in den Jackentaschen vergraben, wechselte er gerade die Straßenseite. Er zog die Schultern hoch, als würde er frieren.

War das nicht der Typ von gegenüber? Groß, schulterlange dunkle Haare ... Ich blieb stehen und sah ihm hinterher, aber er war schon zu weit weg, um ihn näher in Augenschein zu nehmen.

Vielleicht tat ich ihm auch unrecht und irrte mich, was das Stalken betraf. Möglicherweise war er ein netter Kerl, der lediglich Anschluss suchte.

Der Wind schlich sich von hinten heran und schlüpfte mit kühlen Fingern unter meine Jacke. Rasch setzte ich mich in Bewegung, in Gedanken schon in mein warmes Bett gekuschelt.

Eine Hand schützend um den Kragen gelegt, schloss ich rasch die Haustür auf und brachte mich vor der Kälte in Sicherheit.

Ich beeilte mich die Stufen hinaufzusteigen, damit nicht wieder mitten auf der Treppe das Licht ausfiel. Dabei kamen mir die Worte meines Bruders über Ben wieder in den Sinn. Es stimmte nicht, dass er selbstverliebt gewesen war. Zielorientiert vielleicht, das ja, aber das würde ich heute als etwas Positives werten. Was ich über unser Treffen gesagt hatte, entsprach nicht ganz der Wahrheit. Wenn ich ehrlich zu mir selbst war, klammerte ich mich seit unserem Chat an das Fünkchen Hoffnung, dass wir die Flamme aus unserer Jugend neu entfachen konnten und Ben der Grund war, weshalb die Liebe sich solange vor mir versteckte.

Außer Atem drehte ich den Schlüssel im Schloss und öffnete die Tür. Zsa Zsa empfing mich mit hochgestelltem Schwanz und leisem Gurren.

„Ich freue mich auch, dich zu sehen, meine Süße! Sind wir endlich wieder gut?" Lachend nahm ich sie auf den Arm und streichelte über das weiche Fell.

Sie strich ihr nasses Näschen über meine Wange und bekundete ihre Freude durch lautes Schnurren.

Gerade als ich auf dem Weg in die Küche war, um zu schauen, ob Zsa Zsa ihren Napf leergefressen hatte, fiel mir ein Brief auf dem Boden ins Auge. War der mir beim Weggehen aus der Tasche gefallen?

Stirnrunzelnd bückte ich mich und hob ihn auf. Seltsam, den Brief hatte ich noch nie gesehen. Oder hatte ihn mir jemand durch den Türschlitz geworfen? Ich drehte mich zum Eingang. Von der Entfernung her konnte das hinkommen.

Ich ging in die Küche und schaltete das Licht ein. Der Umschlag ließ sich leicht öffnen, weil man ihn nicht richtig zugeklebt hatte. Mit flinken Fingern zog ich eine rote Pappkarte daraus hervor und las die gut leserlichen Sätze in schön geschwungener Schrift:

Deine braunen Augen
haben es mir angetan
Ich kann nichts dagegen tun,
mich deiner Wirkung nicht entziehen

Ich kam hierher mit Ballast
und fühle mich so viel leichter
seit ich dich gefunden habe
Glaube mir,
seit dem Moment, als ich dich sah
ist alles anders
und wird es immer sein

Verwundert blickte ich auf. Im ersten Moment war mir nach Lachen zumute, aber dann kam ich ins Grübeln. Sollte das so eine Art Liebesgedicht sein? Irgendwie kitschig. Aber auch schön. Die braunen Augen stimmten schon mal. Und von welchem Ballast sprach der Verfasser? Ich goss mir ein Glas Wasser ein und trank es bis zur Hälfte aus. Dann nahm ich die Karte erneut zur Hand, drehte und wendete sie.

Nirgendwo stand ein Absender. Seltsam. Ich kaute auf meiner Unterlippe und besah mir den Umschlag genauer. Nichts. Kein einziger Hinweis auf den Verfasser. Von wem war der Brief? Von einem heimlichen Verehrer? Da fiel mir nur einer ein: Der Typ von gegenüber. Gerade eben hatte ich ihn noch über die Straße gehen sehen, das konnte doch kein Zufall sein! Aber wie war er ins Haus reingekommen?

Das war einfach, beantwortete ich mir selbst die Frage. Man brauchte nur alle Knöpfe zu drücken, irgendwer öffnete immer.

Dann kam mir ein anderer Gedanke: Wenn ich es recht überlegte, kam auch Ben infrage, denn seit kurzem kannte auch er meine Adresse. Ich selbst hatte sie ihm verraten.

Kapitel 6

Ein eisiger Wind peitschte die Wellen des Atlantiks gegen die Costa da Morte, Galiciens Todesküste, und zerrte unnachgiebig an meinen Haaren. Wie eine Nussschale schaukelte das kleine Fischerboot auf dem Meer, während ich die Hände in das Holz der Außenwand krallte. Es gab eine Menge Jobs, in denen ich mich gerne mal ausprobiert hätte. Entenmuschelsammeln gehörte definitiv nicht dazu.

Mit wild klopfendem Herzen sah ich Armando dabei zu, wie er auf dem vorgelagerten Felsen vor uns mit einem langen Stemmeisen vorsichtig einzelne Entenmuscheln vom Stein hebelte und sie dann in dem Beutel verschwinden ließ, der ihm an der Hüfte baumelte. Er trug Helm, Neoprenanzug und einen hochkonzentrierten Ausdruck im Gesicht. Ich schätzte ihn nicht viel älter als mich selbst, was aber auch seiner Lebendigkeit und Gewandtheit geschuldet war.

Da kam schon die nächste Welle. Tosend und schäumend warf sich das Wasser gegen die Felsen und traf Armando mit voller Härte. Gischt spritzte nach allen Seiten und rann über sein Gesicht. Die Wellen hatten ihn von oben bis unten durchnässt, was ihn allerdings nicht davon abhielt, wieder seiner Arbeit nachzugehen, sobald sich das Wasser zurückgezogen hatte.

Worauf hatte ich mich hier nur eingelassen? Seltene Delikatesse hin oder her – hier ging es offensichtlich gerade um Leben und Tod. Was mir sein Bruder Fernando auch gleich bestätigte, offenbar hatte er meine Gedanken gelesen. „Je gefährlicher die Gegend, desto besser die Qualität", rief er in Spanisch gegen das Tosen des Meeres an. „Die Sturmwelle erhöht den Jodgehalt der Schalentiere."

Statt einer Erwiderung nickte ich nur. Mir war ganz mulmig zumute. Jedes Mal riskierte Armando also sein Leben, wenn er sich in die Brandung stürzte und das nur, um für einen Hungerlohn Muscheln von den Felsen zu kratzen.

Fernando legte eine Hand auf meine Schulter, wies auf eine Welle hinter uns, die immer näherkam und gab einen lauten Warnruf von sich.

Mir brach kalter Schweiß aus, als ich sah, wie sie sich immer weiter auftürmte.

„Vor der *ola perdida*, der einzelnen, verlorenen Riesenwelle, fürchten sich alle", ließ Fernando mich wissen. „Sie hat schon einige von uns in den Tod gerissen."

Sehr beruhigend. Auf diese Information hätte ich gut verzichten können. Ich schluckte hart und kaute nervös auf meiner Unterlippe. Wassertropfen sprühten mir ins Gesicht, als Fernando das Motorboot vom Felsen weg aus der Gefahrenzone lenkte. Doch ich machte mir weniger Sorgen um mich als um seinen Bruder, der noch immer ungerührt Muscheln vom Felsen kratzte. „Er hat Sie nicht gehört", rief ich Fernando mit zittriger Stimme entgegen.

„Doch, hat er", erwiderte Fernando trocken. „Er geht gerne auf Risiko, nutzt jede Sekunde, die ihm bleibt."

Mein Puls schoss in die Höhe, Adrenalin flutete meine Blutbahn. Doch ich verharrte reglos, konnte nur zu Armando starren, während kalte Angst durch meine Adern kroch. Die Welle war mindestens drei Meter hoch und drohte, ihn jeden Moment von den Felsen zu schleudern. „Atención!", entschlüpfte der Warnruf meinen Lippen.

Jetzt drehte der Muschelfischer sich um. *Endlich!* In letzter Sekunde rettete er sich auf den nächsten Felsen und mir entwich ein erleichterter Seufzer.

Eigentlich war ich bei meiner Anreise gestern Nachmittag davon ausgegangen, dem Besitzer einer schummrigen Fischerkneipe ein paar Kilo von dem Meeresgetier abschwatzen zu können. Doch weit gefehlt – nicht mal auf dem Fischmarkt heute um fünf Uhr früh hatte ich welches ergattern können. Nach langem Durchfragen schickte man mich zum Hafen zu Fernando, der mir schließlich anbot, mich zur Muschelernte mitzunehmen. Ich hatte mit einer gemütlichen Bootstour auf dem Atlantik gerechnet, wurde aber schnell eines Besseren belehrt. Wo das Meer uns beim Herausfahren noch eine glatte ruhige Oberfläche präsentiert hatte, zeigte es sich jetzt von seiner tobsüchtigen Seite. Der Himmel war grau, der Wind rau und unbarmherzig.

Ich wusste nicht, wieviel Zeit vergangen war. Immer wieder überschwemmten Wellen den Felsen, leckten an ihm, und zogen sich wieder zurück, während Armando auf den scharfkantigen, glitschigen Steinen herumkraxelte.

Ich zog die Kapuze meiner Wachsjacke tief ins Gesicht und versuchte, dem rauen Wind zu trotzen. Doch es nutzte nichts, ich fror erbärmlich und schlang zitternd die Arme um meinen Oberkörper.

Eine gefühlte Ewigkeit später tuckerte das Boot nah an die Felsen heran und ich sah Armando dabei zu, wie er ins Boot sprang. Er sah zufrieden aus. Und ich war es auch, denn endlich hatte die Zitterpartie ein Ende.

Als erstes wog Fernando die Muscheln, ganze fünf Kilo hatte sein Bruder erbeutet. Große, fleischige Entenmuscheln von bester Qualität. Insgeheim dachte ich mir, dass ich lange nicht mehr ein so unansehnliches Meeresgetier gesehen hatte. Wie Hühnerfüße mit gepanzertem Stiel sah es aus.

Auf dem Weg zurück in den Hafen half ich den beiden, den Fang vorzusortieren. Armando hielt mir eine rohe Muschel vor die Nase, worauf mein Magen sich kurz zusammenzog. *Ach du meine Güte.* Mein Job als Foodscout verlangte von mir, alles zu probieren, was man mir anbot. Aber dieses Mal kostete es mich sogar Überwindung.

Fleischiger, intensiver Meeresgeschmack erfüllte meinen Mund, als ich es nach kurzem Zögern Armando gleichtat und die Weichteile abbiss. Freudig überrascht nickte ich ihm zu und musste mir eingestehen, dass das hässliche Ding selbst im rohen Zustand schmeckte. Ähnlich einer Auster, aber es hatte doch etwas ganz Eigenes. Gekocht waren die Muscheln sicherlich ein Gaumenschmaus.

„Schon unser Großvater hat sie gefangen." Armando setzte sich den Helm ab und strich sich das feuchte Haar zurück. „Dieser Beruf bleibt in der Familie und wird von Generation zu Generation weitergegeben."

„Gilt das auch für Ihre Kinder?" Ich freute mich, dass ich durch den Crashkurs, den ich im Frühjahr besucht hatte, mein Schulspanisch soweit aufgefrischt hatte, dass ich mich jetzt gut verständigen konnte.

„Ich habe noch keine." Er lächelte verschmitzt. „Aber meine Frau und ich arbeiten daran. Meine Kinder sollen das tun, was ihnen gefällt. Entenmuscheln sammeln muss man lieben. Für mich gibt es nichts Besseres, als auf offener See zu arbeiten."

Stirnrunzelnd sah ich ihm in sein wettergegerbtes Gesicht. *Wenn das mein Mann wäre, könnte ich keine Nacht ruhig schlafen,* ging es mir durch den Kopf. „Aber Sie riskieren doch jeden Tag Ihr Leben dabei."

Ein kleines Lächeln schlich sich um seine Mundwinkel. „Ich weiß. Aber für mich ist es eine Leidenschaft. Ich liebe diesen Beruf und habe keine Angst davor. Das ist mein kleines, tägliches Stückchen Glück, auch wenn ich dafür eben manchmal hart kämpfen muss."

Lächelnd nickte ich und seine Worte hallten noch eine Weile in mir nach. Armandos Einstellung gefiel mir und ich bewunderte seinen Mut, obwohl es mir unbegreiflich war, wie er tagtäglich sein Leben riskieren konnte. Ich liebte es, meine Freiheit auszukosten und Abenteuer zu erleben, aber eins wurde mir bewusst: Ich sehnte mich nach nichts mehr, als nach jemandem, der sich um mich sorgte, wenn ich auf Reisen war und mir Halt und Sicherheit gab, wenn ich zurückkam.

Sieben Stunden später schleppte ich die Kühlbox mit den Entenmuscheln zum Eingang des *Dans Le Coin*. Ich hatte mich vom Flughafen direkt zum Gendarmenmarkt fahren lassen, damit Tim seine Ware pünktlich zum Abendgeschäft geliefert bekam. Noch im Taxi hatte ich ihm eine Nachricht geschickt und so kam er mir schon an der Tür mit offenen Armen entgegen. „Auf dich ist doch wirklich Verlass!"

Ich begrüßte ihn mit einem kräftigen Nieser. „Verzeihung und Hallo." Ich gluckste leise vor mich hin.

„Oje, sie hat sich doch nicht etwa eine Erkältung eingefangen?" Tim deutete links und rechts Küsse auf die Wange an, ehe er mir die Kiste abnahm.

„Das würde mich nicht wundern, es war verdammt kalt in Galicien. Für eine heiße Wanne würde ich jetzt morden."

„Na, na, schlimmer als das Berliner Dreckswetter kann es nicht sein."

Ich lächelte gequält. „Wenn man zwei Stunden auf rauer See verbringt, schon."

„Ach du armes, bemitleidenswertes Ding", frotzelte Tim. „Nun komm erst mal rein in die warme Stube."

Ich folgte ihm durch das minimalistisch-modern eingerichtete Restaurant. Eine bis zur Decke reichende Vertäfelung hob sich im dunklen Braunton von den weiß gestrichenen Wänden ab und war neben den blau-leuchtenden Polsterstühlen der einzige Blickfang. Tim wollte, dass man sich ganz allein auf seine Kochkünste konzentrierte und nicht durch irgendwelchen Schnickschnack, wie er es nannte, vom Essen abgelenkt wurde.

„Wie ist es gewesen?", fragte er, als wir die Küche erreicht hatten, in der schon emsiges Treiben herrschte.

„Ich habe quasi mein Leben riskiert für dich", antwortete ich mit gespielter Ernsthaftigkeit.

Tim lachte auf und stellte die Kühlbox auf einem schmalen Arbeitstisch aus Edelstahl ab. „So schlimm?" Kameradschaftlich legte er den Arm um mich.

„Jedenfalls weiß ich jetzt, warum die Dinger so teuer sind." Ein schiefes Lächeln hob meine Mundwinkel. „Abgesehen vom guten Geschmack."

„Nun wollen wir mal sehen, was sie uns mitgebracht hat." Tim lüftete den Deckel der Box und begutachtete den Fang. Ein paar der Entenmuscheln nahm er in die Hand und roch an ihnen, nickte immer wieder bestätigend, bis er mir schließlich ein anerkennendes Lächeln schenkte. „Die sind hervorragend. Von bester Qualität. Frisch, fleischig, groß, so wie ich sie mir gewünscht habe." Vorfreudig rieb er die Hände aneinander. „Das wird ein feines Fresschen." Sein Blick wanderte zu mir. „Deine todesmutige Arbeit muss belohnt werden. Ich mache dir eine riesengroße Portion mit Olivenöl, Zitrone und Petersilie und dazu ein Glas Champagner. Wie klingt das?"

Ich schmunzelte. „Verlockend. Aber leider muss ich ablehnen. Es war ein langer und harter Tag heute. Ich bin seit vier Uhr auf den Beinen und eine Erkältung ist im Anmarsch." Wie zur Bestätigung schickte ich einen salvenartigen Nieser hinterher und zog die Nase hoch.

Tim fischte aus der Tasche seiner Küchenjacke ein ordentlich gebügeltes und gefaltetes Stofftaschentuch und hielt es mir hin.

Dankbar nahm ich es entgegen und schnäuzte hingebungsvoll hinein.

Die Augenbrauen hochgezogen, deutete Tim mit dem Kopf zum Ausgang. „Und jetzt ab nach Hause mit dir, bevor du mir noch das ganze Essen kontaminierst."

Kapitel 7

Vollkommen ausgelaugt und verschnupft erreichte ich meine Wohnung. Gerade zog ich den Schlüsselbund aus meiner Jackentasche, als mein Blick zu Boden fiel.

Eine einsame rosafarbene Rose lag auf dem Fußabtreter. Von einem heimlichen Verehrer? Der geheimnisvolle Gedichtschreiber vielleicht? Ich bückte mich nach ihr und als ich sie aufhob, bemerkte ich den zarten Duft, den sie verströmte. Wie lange lag sie wohl schon dort? Sie sah eigentlich noch ganz frisch aus. Wusste mein Gönner, dass ich auf Reisen gewesen war?

Eigentlich wollte ich ja als erstes Zsa Zsa abholen, aber ehe die Rose Fragen bei Herrn Sommerfeld aufwarf und ich in Erklärungsnot geriet, beschloss ich, erst einmal mein Gepäck und die Blume in meiner Wohnung abzuladen.

Ich schloss die Tür auf und mein erster Blick zuckte zu Boden, auf das weiße Briefkuvert. Wieder ein Gedicht?

Nachdem ich mein Gepäck abgestellt und die Rose auf der Küchenanrichte abgelegt hatte, öffnete ich den Umschlag und las die handgeschriebenen Zeilen:

Eine Rose, deren Duft betört
Genau wie Du mich, Baby
Auch wenn ich mich irre, mein Herz nie eine Chance hat

Muss ich wissen,
Wirst du sie pflegen und hegen?
Oder links liegen lassen?
Wirst du sie pflegen und hegen?
Oder links liegen lassen?

Baby? Ich kicherte leise vor mich hin. Mein heimlicher Verehrer hatte eine merkwürdige Art, seine Gefühle auszudrücken. Lässig, aber gleichzeitig auch poetisch. Offenbar wollte der Verfasser noch nicht enttarnt werden und ein kleines Spiel mit mir spielen. Wollte, dass ich selbst herausfand, wer er ist. Erneut fiel mein Verdacht auf den vermeintlichen Stalker.

Ich könnte hinaus auf den Balkon treten und symbolträchtig die Rose schwenken, ließ ich meine Gedanken weiterwandern. An seiner Reaktion würde ich dann schon merken, ob er mein Rosenkavalier war.

Nein. Vehement schüttelte ich den Kopf. Wenn er sich nicht zu erkennen gab, hieß es trotz allem nicht, dass ich ihn von der Liste der Infragekommenden streichen konnte. Außerdem wäre es äußerst unangenehm, wenn er es nicht wäre. Er könnte die schwenkende Rose als Annäherungsversuch verstehen. *Keine gute Idee.* Ich nahm mir ein Glas aus dem Schrank und füllte es mit Leitungswasser.

Und wenn wirklich Ben dahintersteckte? Der erste Brief war kurz nach unserem Chat aufgetaucht, könnte also passen. Obwohl ... er war wirklich nicht der Typ, der Gedichte schrieb. Aber vielleicht hatte er sich ja in der langen Zeit, in der wir keinen Kontakt hatten, verändert.

Seufzend drückte ich eine Aspirin aus der Blisterpackung, die ich immer neben dem Kühlschrank bereitliegen hatte, und spülte die Tablette mit reichlich Wasser hinunter.

Und wenn nicht er, hatte ich vielleicht jemanden außer Acht gelassen, den ich noch in Betracht ziehen konnte?

Durch jede Frage, die mir in den Sinn kam, trieb ich die Windmühle meiner Gedanken weiter voran. Doch es brachte mich nicht weiter. Ich seufzte leise. Vielleicht zerbrach ich mir unnötig den Kopf und schon bald würde ich eine Antwort erhalten.

Eine Pflanze hätte ich natürlich niemals vorsätzlich sterben lassen, egal von wem sie war, deshalb stellte ich die Rose in eine schmale Vase mit Wasser und beschloss, erstmal meine Katze abzuholen.

Herr Sommerfeld hatte offenbar auf mich gewartet, denn nach nur einmal Klingeln stand er schon mit Zsa Zsa auf dem Arm an der Tür.

Nachdem er mir versichert hatte, dass er sich sehr viel Mühe gegeben hatte, meine Katze nicht zu sehr zu verwöhnen, ging ich mit ihr auf dem Arm und einem Schmunzeln auf den Lippen zurück in meine Wohnung. Diesmal ließ sie sich sogar gnädig von mir streicheln und verdrückte sich nicht gleich wieder unter die Kommode.

Nach einem ausgiebigen heißen Bad holte ich mir das Kirschkernkissen aus der Kommode im Schlafzimmer, legte es in die Mikrowelle und stellte die Uhr auf zwei Minuten.

Mit Zsa Zsa auf dem Bauch, einer dampfenden Tasse Kräutertee und dem Kirschkernkissen an den Füßen machte ich es mir auf der Couch gemütlich und zappte durch die Fernsehprogramme, bis ich irgendwann meiner Müdigkeit erlag.

Am nächsten Morgen schlurfte ich in die Küche. Abgesehen davon, dass ich noch nicht ganz wach war, hatte sich offenbar meine Erkältung über Nacht verflüchtigt, dem Kirschkernkissen sei Dank. Es gab einfach kein besseres Mittel gegen Erkältung als warme Füße.
Statt meinem geliebten Milchkaffee verlangte mein Körper heute nach etwas Stärkerem. Ich schob gerade meine Tasse unter die Maschine und wählte im Programm des Vollautomaten einen doppelten Espresso aus, als Zsa Zsa sich zu mir gesellte. „Haben Eure Hoheit gut geschlafen?" Schmunzelnd sah ich meiner Katze dabei zu, wie sie sich mit verführerischem Schnurren um meine Beine wand, sodass ich fast ins Stolpern geriet. „In bester Laune, wie ich sehe." Lachend beugte ich mich herab, um ihr die gewünschte Portion Aufmerksamkeit zukommen zu lassen.
Langsam erfüllte der Duft nach Kaffee den Raum und ich sog ihn tief in mich ein.
Nachdem ich meine Katze ausgiebig gestreichelt und ihren Napf mit Katzenfutter gefüllt hatte, trank ich meinen Espresso. Als das Koffein meine Blutbahn geflutet hatte und ich mich einigermaßen wach fühlte, öffnete ich den Kühlschrank und hielt nach etwas Essbarem Ausschau. Ich entschied mich für ein gekochtes Ei zum Frühstück und setzte einen Topf mit Wasser auf.

Nachdem ich gestern noch lange gerätselt hatte, wer der Verfasser der Liebesgedichte sein könnte, fasste ich den Entschluss, Zoe in meine Überlegungen mit einzubeziehen. Sie wusste immer einen guten Rat. Also schnappte ich mir mein Handy, machte Fotos von den beiden Gedichten und fragte sie in einer WhatsApp-Nachricht, was sie davon hielt und eine Idee hatte, von wem sie stammen könnten.

Nur wenige Minuten später klingelte mein Telefon.

„Hey, du bist schon zurück?" Es tat gut, ihre Stimme zu hören.

„Ja, gestern Nachmittag bin ich wiedergekommen. Was sagst du zu den Briefen?"

„Du hast offenbar einen Verehrer. Und offenbar ist er sehr romantisch veranlagt." Ich hörte sie lächeln.

„Ich weiß nur noch nicht, ob das ein Grund zur Freude ist. Gestern lag eine rosafarbene Rose auf meinem Fußabtreter, passend zu dem zweiten Brief." Durch den Hörer rauschte der Wind, Zoe telefonierte offenbar draußen. „Bist du unterwegs?"

„Ich laufe gerade zum Auto, hab Lily zur Schule gebracht. Hast du schon jemanden in Verdacht?"

Ich brauchte dringend noch einen Kaffee, deshalb stellte ich meine Tasse noch einmal unter den Vollautomaten, drückte den Startknopf und wartete, bis das heiße Wasser zischend und dampfend durch den Kaffeefilter gepresst wurde. „Naja, einmal kommt der Typ von gegenüber infrage, der mir ständig über den Weg läuft. Außerdem Ben, der so plötzlich wieder in mein Leben getreten ist. Ich bin übrigens nachher mit ihm zum Mittagessen im *La Famiglia* verabredet, vielleicht erwartet er, dass ich dort mit der Rose auftauche. Andererseits wäre mir neu, dass er Gedichte schreibt. Damals war er nicht sonderlich romantisch veranlagt."

Im Hintergrund hörte ich, wie eine Autotür zuschlug. Zoes rauchiges Lachen erklang. „Dummerchen", sagte sie und es klang so liebevoll, dass ich es ihr nicht krummnehmen konnte. „Das sind keine Gedichte. Das sind Songtexte."

„Songtexte?" Nachdenklich nippte ich an meinem frisch gebrühten Espresso. „Meinst du wirklich?"

„Ich erkenne da keine Versform, hier bestimmt offenbar die Melodie die Unterteilung zwischen den Zeilen. Außerdem – wer schreibt heute noch Gedichte?"

Stirnrunzelnd warf ich einen Blick auf die Karte auf der Anrichte. „Du hast recht." Ich gab einen genervten Schnalzlaut von mir. Warum war ich da nicht selbst draufgekommen? „Gut, dass ich so eine schlaue Freundin habe."

Sie lachte auf. „Irgendwie süß. Und originell. Für mich hat noch nie jemand einen Song geschrieben."

„Findest du es nicht ein wenig gruselig?"

Einen Moment Stille auf der anderen Seite. „Solange er dir nicht auflauert. Es muss ja jemand sein, den du kennst, sonst hätte er nicht diesen Songtext mit der Rose gewählt.

Ich überflog ein weiteres Mal die Zeilen auf der Karte und blieb bei *auch wenn ich mich irre, mein Herz nie eine Chance hat* hängen. „Du hast recht. Und er malt sich offenbar Chancen bei mir aus." Meine Gedanken wanderten weiter. „Es käme noch Artur, der Hausmeister, infrage." Bei Gott, ich hoffte, er war es nicht. Er gehörte zu der Kategorie Männer, der man lieber nicht im dunklen Treppenhaus begegnen wollte. „Und wenn er ein Psychopath ist?", sprach ich den Gedanken aus, der mir schon seit gestern durch den Kopf geisterte und mein Herz verkrampfte sich.

„Keine Angst, der ist völlig harmlos, nur etwas verklemmt, was Frauen betrifft. Den kannst du schon mal von der Liste streichen." Aus dem Hörer erklang ein Hupen. „Vielleicht sollten wir uns auf die Lauer legen, um herauszufinden, wer dahintersteckt. Und wenn das wirklich so ein verkappter Psycho ist, stellen wir eine Gang aus der Nachbarschaft zusammen, die wird den Burschen schon ordentlich in die Mangel nehmen."

Ein Glucksen entkam mir. Die Vorstellung war einfach zu absurd.

„Ich muss Schluss machen. Irgend so ein Idiot drängelt schon eine ganze Weile neben mir, weil er meinen Parkplatz will." Ich hörte wie Zoe den Motor anließ. „Ich melde mich heute Abend nochmal. Ach und viel Spaß bei deinem Date mit Ben."

Als ich drei Stunden später aus der Wohnungstür trat, um mich für das Treffen mit Ben auf den Weg zu machen, schwebte ein riesiges Paket an mir vorüber. Vor Herrn Sommerfelds Tür kam es zum Stillstand. Mein Blick wanderte höher und blieb direkt in Lians Gesicht hängen.

„Hi."

Kurz meinte ich, etwas in seinen Augen aufflackern zu sehen, genauso gut hätte ich mich aber auch irren können. Ich war schon immer gut darin, in das Verhalten von Leuten alles Mögliche hinein zu interpretieren, auch wenn die mit ihren Gedanken vielleicht ganz woanders waren.

„Hi", erwiderte ich. Ganz von selbst brandete ein Lächeln über mein Gesicht, doch Lian wandte sich bereits wieder zur Tür und drückte auf den Klingelknopf. Offenbar war sein Gesprächsrepertoire damit erschöpft. In Zukunft würde ich ihn nur noch *Mr Hi* nennen.

So leicht gab ich jedoch nicht auf. Jetzt erst recht. „Was tragen Sie denn da mit sich herum?" Mit schräg gelegtem Kopf versuchte ich die Schrift auf dem Karton zu entziffern und erkannte ein Ergometer, das darauf abgebildet war. „Ist das ein Indoor-Bike? Für Ihren Opa? Das ist ja eine tolle Idee!"

Lian sah zu mir, versteifte sich augenblicklich, als hätte ich ein besonders brisantes Thema angeschnitten, nickte nur und wandte sich wortlos um. Im gleichen Moment kam die ersehnte Rettung für ihn: Sein Opa öffnete die Tür.

„Mein Junge, was schleppst du denn da an?" Herr Sommerfeld kratzte sich am Kinn, eine Mischung aus Überraschung und Belustigung huschte über seine Züge.

„Sieht ganz danach aus, als wollte Ihr Enkel Sie für die Tour de France trainieren."

Ohne auf meinen scherzhaften Spruch zu reagieren, verschaffte sich Lian Einlass und manövrierte das sperrige Paket durch den Flur Richtung Wohnzimmer.

Mein Nachbar lachte auf und winkte mir zu. „Hallo, Frau Berger! Sie sind gut, mit meiner Arthrose bin ich froh, die Treppen heil rauf und runter zu kommen."

„Wie war noch gleich der Spruch: Wer rastet, der rostet? Radfahren wird Ihnen guttun, Sie werden sehen."

Ich winkte nochmal, ehe ich den Abstieg antreten wollte.

„Wie macht sich die Chefin?"

Ich musste schmunzeln. „Offenbar ist ihr klargeworden, dass es besser ist, sich mit mir gutzustellen."

„Das freut mich. Haben Sie einen schönen Tag, Frau Berger."

„Sie auch."

Während ich die Treppen hinunterstieg, ließ ich das Zusammentreffen mit Lian noch einmal Revue passieren. Was stimmte nicht mit ihm? Ihn in ein Gespräch zu verwickeln, schien aussichtsloser als am Nordpol Bikinis zu verkaufen. Er zeigte mir einfach die kalte Schulter und hielt es noch nicht mal für nötig, mir eine Antwort auf meine Frage zu geben. Dabei hatte ich heute für das Date mit Ben dezenten roten Lippenstift aufgetragen und meine braunen Augen mit ein wenig bronzefarbenem Rouge zum Leuchten gebracht. Ich trug eine Skinny Jeans und einen schwarzen Kaschmir-Rolli und hatte die Haare mit einem Glätteisen zu einer weichfallenden Außenwelle frisiert. Mein Erscheinungsbild war ganz passabel – eigentlich kein Grund, um Reißaus zu nehmen.

Den Weg zur Osteria lief ich zu Fuß, sie lag nur etwa zehn Gehminuten entfernt. Bei dem Gedanken, Ben nach so langer Zeit wiederzusehen, stieg eine kribbelnde Anspannung in mir hoch. Doch im nächsten Moment schob sich Lian wieder dazwischen. Mir gefiel, wieviel Zeit er sich für seinen Großvater nahm. Sie hatten eine Menge aufzuholen und offenbar mochten sie sich sehr gern. Eine Weile dachte ich noch über sein seltsames Verhalten nach und kam zu dem Entschluss, dass es meine Schuld gewesen war. Ich hatte ihm eine geschlossene Frage gestellte, die er nur mit Ja oder Nein beantworten konnte. So würde ich ihn nie zum Reden bringen.

Kapitel 8

Ben war schon da. Durch die Fensterfront der kleinen Osteria sah ich, dass er auf einem der Hocker am länglichen Stehtisch nahe des Eingangs saß.

Sein Blick zuckte von seinem Espresso hoch und ein breites Lächeln legte sich auf sein Gesicht, das ich erwiderte.

Das kleine Glöckchen über dem Eingang klingelte, begleitet von einem Schwall kalter Luft trat ich ein. Das italienische Bistro war in der Gegend sehr beliebt und die sechs Tische um die Mittagszeit gewöhnlich bis auf den letzten Platz besetzt. Es kam mir daher ganz gelegen, dass Ben schon einen meiner Lieblingsplätze belegt hatte.

„Ciao, Mimi!", begrüßte mich Chiara, die Tochter des Besitzers, im Vorbeigehen. Die junge Studentin half ihren Eltern so oft sie konnte und durch ihre temperamentvolle, herzliche Art wurde sie von den Gästen sehr geschätzt.

Lächelnd winkte ich ihr zu, ehe mein Blick zurück zu Ben wanderte.

Jede Geste meines einstigen Freundes kannte ich in- und auswendig. Ich wusste, dass er nervös war, wenn er sich durch die Haare fuhr, so wie jetzt, als ich auf ihn zukam.

„Mimi, du siehst großartig aus!"

Lächelnd umarmte ich ihn. Seine Bartstoppeln kratzten über meine Haut, als sich unsere Wangen berührten und eine Wolke seines After Shaves umhüllte mich, das für meinen Geschmack einen Tick zu aufdringlich war. Den vertrauten Geruch von damals nach Zimtkaugummis und frisch gewaschener Wäsche suchte ich vergeblich.

Als wir uns voneinander lösten, fühlte ich mich im ersten Moment ein wenig befangen. „Du aber auch", glitten die Worte über meine Lippen, um dieses lästige Gefühl loszuwerden. „Und, wartest du schon lange?"

„Für einen Espresso hat es gereicht. Ich bin zum ersten Mal hier in der Gegend und wusste nicht, ob ich das Bistro gleich finden würde. Ein bisschen warten schadet nichts. Ich bin gerne der Erste, du kennst mich doch." Er zwinkerte mir zu und half mir, den Mantel auszuziehen, um ihn dann Chiara in den Arm zu drücken, die sich gerade mit einem Tablett in der Hand einen Weg zwischen Glasvitrine und Stehhockern bahnte.

Mit hochgezogener Braue sah sie ihn einen Moment lang ungläubig an, aber Ben merkte es nicht einmal, denn er hatte nur Augen für mich.

Ich reckte ihr den Arm entgegen, um ihr den Mantel abzunehmen. Der Garderobenständer befand sich direkt am Eingang, das konnte ich auch selbst erledigen. Es war mir mehr als unangenehm, Chiara in der Mittags-Rush-Hour noch zusätzlich Arbeit zu bereiten. Außerdem kam ich mindestens einmal die Woche hierher, um eine von ihren köstlichen sizilianischen Vorspeisen zu essen, ich gehörte schon praktisch zur

Stammkundschaft und wollte es mir nicht mit der Familie Guerra verscherzen.

Mit einem verschwörerischen Blick winkte sie ab und ich schenkte ihr ein entschuldigendes Lächeln.

Gegenüber von Ben hatte soeben ein Geschäftsmann im Anzug Platz genommen und war gerade dabei, seinen Laptop aufzuklappen.

Schulterzuckend verfrachtete ich mich also auf den Hocker direkt neben meinen Jugendfreund.

Sein Blick tastete über mein Gesicht. Ich spürte, wie mir Röte ins Gesicht stieg und das war nicht nur meinem dicken Rollkragenpulli geschuldet. Den Arm auf meine Hockerlehne gestützt, lehnte er sich zu mir herüber. Sein Espressoatem strich mir übers Ohr, als er mir zuraunte: „Das Warten hat sich mehr als gelohnt."

Ich brachte ein verlegenes Kichern hervor, gleichzeitig spürte ich, wie mir der Schweiß unter den Achseln ausbrach.

Dieses seltsame Gefühl zwischen zwei Menschen, die sich fremd geworden waren, obwohl sie eine Zeitlang alles voneinander gewusst hatten, nahm mich völlig ein. Doch da war noch etwas anderes. Als wir uns geschrieben hatten, waren wir uns so nahe gewesen wie früher. Jetzt spürte ich instinktiv, dass die Chemie zwischen uns nicht mehr dieselbe war. Ich hatte hohe Erwartungen gehabt, unser langer Chat war so leicht und unbeschwert gewesen, dass ich davon ausgegangen war, es würde ein Kinderspiel werden, uns einander wieder zu nähern.

Doch je länger wir beisammen waren, umso mehr wuchs meine Anspannung. Hitze des Unbehagens wallte in mir auf und die trockene Heizungsluft tat ihr

Übriges. Ben war offenbar vor unserem Treffen davon ausgegangen, dass eine Beziehung mit mir bereits in trockenen Tüchern lag. Er war sich meiner so sicher. Das spürte ich, weil er keinerlei Berührungsängste hatte. Beiläufig strich er über meine Finger und rückte näher an mich heran. „Ist dir etwa kalt?" Stirnrunzelnd hob er meine Hand und führte sie an seine Lippen.

„Ich habe immer kalte Hände."

„Stimmt, ich erinnere mich." Während er in meine Handinnenfläche hauchte, ließ er mich nicht aus den Augen.

Mein Hirn lief währenddessen auf Hochtouren, wie ich jetzt wieder da herauskam. Ich griff zum Altbewährten: Ich entschuldigte mich und ging auf die Toilette.

Dort angekommen, zog ich hastig einen Stapel Papiertücher aus der Halterung und trocknete mir die Achseln. Mein Blick wanderte hoch in den Spiegel. Hektische Flecken hatten sich auf meinen Wangen und unter meinen Augen gebildet, ein untrügliches Zeichen, dass ich mich in einer Situation unwohl fühlte. Warum war mir Bens Nähe mit einem Mal unangenehm? Wie konnten sich Gefühle dermaßen ändern? Es hätte so gut gepasst, wäre so einfach gewesen, warum konnte ich ihn jetzt auf einmal nicht mehr riechen?

Ich atmete tief durch. Wohl oder übel musste ich Ben reinen Wein einschenken. Wenn es wirklich eine Chance für uns geben sollte, mussten wir das Ganze langsam angehen. Vielleicht dachte ich in ein paar Wochen ganz anders darüber und konnte Gefühle für ihn entwickeln.

Ben hatte darauf bestanden, einen Teller Antipasti mit mir zu teilen, und war gerade dabei, das gedünstete Gemüse auf den beiden Tellern anzurichten, als ich wieder neben ihm Platz nahm. Derweilen ich weg war, hatte er einen halben Liter Chianti bestellt und jedem von uns aus dem Keramikkännchen eingeschenkt.

„Ich habe mir in deiner Abwesenheit gerade etwas überlegt." Ben machte eine künstlerische Pause, um die Spannung zu erhöhen und schob mir den Hocker nach hinten.

Nachdem ich mich auf das Kunstlederpolster gewuchtet hatte, knipste ich ein erwartungsfreudiges Lächeln an.

„Ende des Jahres ist neben dem 13. Monatsgehalt bei mir wieder ein Bonus fällig." Ben war im Finanzwesen tätig und hatte mittlerweile eine hohe Position als Wirtschaftsprüfer inne. Es wunderte mich nicht, dass er es in der Branche weit gebracht hatte. Schon immer konnte er gut mit Zahlen jonglieren und hatte mir auch früher schon gerne Tipps gegeben, wie ich mein Geld am besten anlegen und sparen konnte.

„Da ist locker ein Winterurlaub mit allen Extras drin. Schickes Hotel, Skikurs, Wellness-Behandlungen und alles, was das Herz sonst noch begehrt." Er legte den Arm um meine Lehne, während sich ein selbstzufriedener Ausdruck auf sein Gesicht legte.

Chiara kam vorbei und räumte die leere Cappuccino-Tasse des Geschäftsmannes ab. Mit einem kurzen Blick auf Ben verdrehte sie die Augen. Offensichtlich gehörte sie nicht zu seinem Fanclub, was durch sein arrogantes Gehabe am Anfang nicht verwunderlich war.

Ich presste die Lippen aufeinander, konnte nur mit Mühe ein Kichern unterdrücken.

„Na, was sagst du, bist du dabei?"

Irritiert blickte ich Ben ins Gesicht. Offenbar war ich gemeint. Und er erwartete eine Antwort. Meine Kehle fühlte sich trocken an, rasch trank ich einen Schluck vom Rotwein.

Ich musste dem endlich ein Ende bereiten. Wann, wenn nicht jetzt war der geeignete Zeitpunkt ihn in die Schranken zu weisen. In aller Ruhe lehnte ich mich zurück und tupfte mir mit der Serviette den Mund sauber. Umständlich räusperte ich mich. „Ben, hör zu, ... Das geht mir gerade etwas zu schnell. Ich bin noch nicht bereit dazu, mit dir Pläne für den Winterurlaub zu schmieden. Wir sollten einen Gang zurückschalten und nichts überstürzen."

Bens Fassade bröckelte wie altes Mauerwerk im Sturm. Sein tiefes Durchatmen klang betont beherrscht. Mit gesenktem Blick lehnte er sich ebenfalls zurück. „Gut, na klar. Kein Problem." Er fing sich schneller als ich erwartet hatte. „Da habe ich wohl zu sehr aufs Gaspedal gedrückt, was?"

Ich warf ihm einen Seitenblick zu.

Er schenkte mir ein schiefes Grinsen und ich konnte nicht anders, als es zu erwidern. Und dann brachen wir in leises Glucksen aus. Gleichzeitig fiel alle Spannung von mir ab und ich war froh, dass er meine Zurückweisung so gut aufgenommen hatte.

Danach war unser Gespräch so unverkrampft, wie ich es mir gewünscht hatte. Doch das erhoffte Prickeln blieb leider aus. Kurz spielte ich mit dem Gedanken, ihn auf die Songtexte anzusprechen, mein Bauchgefühl hielt mich jedoch davon ab. Er hatte keinerlei Anspielungen gemacht. Da ich ihn unmissverständlich gebeten hatte, vom Gas zu gehen, ging ich davon aus, dass ich jetzt keine dieser Botschaften mehr bekommen würde. Wenn er der Verfasser war.

Kapitel 9

Als ich zurückkam, traf ich Frau Biedermann im Treppenhaus. Die zierliche alte Dame wohnte im dritten Stock und grüßte immer freundlich, war aber ansonsten zurückhaltend und ließ sich nur selten auf ein Gespräch ein.

„Hallo", sagte ich im Vorbeigehen, während sie ihre Wohnungstür aufschloss.

Sie wandte sich zu mir und wieder einmal fiel mir auf, wie hübsch sie war. Ihre stahlblauen Augen hatten noch nicht ihren Glanz verloren. Als junge Frau musste sie bei den Männern heißbegehrt gewesen sein.

Lächelnd nickte sie mir zu. „Guten Tag, Frau Berger." Im nächsten Moment war sie bereits in ihrer Wohnung verschwunden. Sie war immer fesch zurecht gemacht und noch gut zu Fuß unterwegs. Ihre zwei Enkelkinder besuchten sie ein paar Mal im Monat und sie gingen dann gemeinsam in den Zoo oder ins Kino. Das war aber auch schon alles, was ich über sie wusste.

Neben meiner Wohnung angekommen, strich mein Blick nach rechts. Die Tür meines Nachbarn war einen Spalt breit geöffnet. *Seltsam.* Ob er vergessen hatte, sie zu schließen? *Wohl besser, ich schaue mal nach dem Rechten.*

Ich ging zu seiner Wohnungstür und wollte gerade nach ihm rufen, da erklang ein Männerlachen. Das eindeutig nicht zu Herrn Sommerfeld gehörte.

Behutsam drückte ich die Tür nach innen auf, die jetzt den Blick bis ins Wohnzimmer freigab.

Ein Bein lässig über die Lehne gehängt, fläzte Lian auf einem der braunen Ledersessel und lachte aus vollem Hals.

Es war das schönste Lachen, das ich je gesehen hatte.

Fasziniert ging ich ein paar Schritte näher heran und fand mich plötzlich mitten im Flur meines Nachbarn wieder.

Was tat ich hier eigentlich? Ich kam mir plötzlich vor wie ein Eindringling. Dennoch warf ich meine letzten Skrupel über Bord, und wagte mich noch zwei Schritte vor, wie von einem unsichtbaren Band gezogen. Ich konnte den Blick einfach nicht von Lian nehmen.

Feine Fältchen tanzten um seine Augen und die Zähne blitzten makellos weiß. Wenn er lachte, veränderte sich sein ganzes Gesicht. Entspannt und viel weniger unnahbar.

Ich seufzte leise. Mein Hirn war gerade noch dabei, dieses Bild zu verarbeiten, da waren plötzlich zwei Augenpaare auf mich gerichtet und mein Herz zog sich zusammen.

Lians Lachen erstarb auf der Stelle und er richtete sich im Sessel auf. Ich sah, wie seine Muskeln sich anspannten und sein Blick ließ keinen Zweifel daran, wie unerwünscht ich war.

Ich schluckte und spürte, wie mir Hitze in die Wangen schoss. Mein Blick wanderte zu Herrn Sommerfeld, der mich wie immer freundlich, aber überrascht ansah.

Was hatte mich nur geritten, hier einfach so einzudringen? Am liebsten wäre ich zu Staub zerfallen und vom Wind verweht worden. Beim Stalken ertappt. Ja, so fühlte ich mich in diesem Moment. Wie konnte ich nur? *Los, sag etwas, ehe die Situation noch peinlicher wird.*

Ich räusperte mich. „Tut mir leid, ich wollte nicht einfach so reinplatzen. Die Tür stand offen und ich ..." Meine verräterische Stimme ließ den Satz unvollendet im Raum stehen. Hätte ich doch nur die Klappe gehalten.

Und dann, ohne Vorwarnung, stahl sich ein winziges Lächeln auf Lians Lippen und brachte mein Herz in Aufruhr.

„... wollte nur nach dem Rechten sehen", murmelte ich, während sich ebenfalls ein Lächeln um meine Mundwinkel schlich. Verlegen strich ich mir eine Haarsträhne hinters Ohr. *Ich sollte jetzt das Weite suchen, ehe mein Auftritt noch mehr an Peinlichkeit gewinnt*, dachte ich im Stillen.

Nach einer kurzen Pause, in der Herr Sommerfeld von mir zu seinem Enkel und wieder zurückblickte, ergriff er das Wort. „Das ist lieb von Ihnen, Frau Berger. Hier ist alles in bester Ordnung. Lian hat mir die Einkäufe hochgetragen, da haben wir wohl vergessen, die Tür hinter uns zu schließen."

Erleichtert atmete ich durch. „Dann bin ich beruhigt." Ich blickte noch einmal verstohlen zu Lian, der gerade den Deckel der Keksdose lüpfte, die auf einmal seine gesamte Aufmerksamkeit zu beanspruchen schien.

Ich räusperte mich und zeigte überflüssigerweise mit dem Daumen in Richtung Tür. „Dann werde ich mich mal wieder auf den Weg machen." Ein lautes Knirschen durchbrach die vorherrschende Stille, als Lian in einen Butterkeks biss. Ein paar Krümel rieselten durch sein beherztes Hineinbeißen auf sein enganliegendes Shirt, einige Sekunden lang gelang es mir nicht, mich von dem Anblick seines wohl geformten Oberkörpers loszureißen. Ein kurzes Durchatmen, dann rang ich mir ein letztes Lächeln ab, wandte mich um und verließ den Raum.

O Mann. In Lians Gegenwart hätte sich selbst ein vom Beitragsservice beauftragter Gerichtsvollzieher willkommener gefühlt. Ich kam mir so wahnsinnig dämlich und fehl am Platz vor, meine Ohren glühten noch immer vor Scham.

Jetzt war ich mir sicher, dass Lian mich nicht leiden konnte. Herr Sommerfeld hatte mich noch nie einfach so aus seiner Wohnung gehen lassen, ohne mich zu einer Tasse Kaffee zu überreden.

In meiner Wohnung angekommen, nahm ich mein Handy zur Hand und traute meinen Augen nicht. Ben hatte mir ein Selfie von seinem muskelbepackten nackten Oberkörper geschickt, dass er vor dem Spiegel im Fitnessstudio aufgenommen hatte. Darunter stand geschrieben: *Das alles könnte dir gehören.*

Kopfschüttelnd blickte ich auf und prustete los. Das konnte doch nicht sein Ernst sein? Er glaubte doch nicht ernsthaft, dass mich sein nackter Oberkörper in meiner Entscheidung positiv beeinflussen konnte? Eher im Gegenteil. Ein solch prolliges Verhalten erzeugte Widerwillen in mir und ließ eine gewisse Fremdscham aufwallen. Aus dem Alter war ich wirklich raus, wo sich rein sexuelle Reize auf meine Partnerwahl auswirkten.

Was war nur mit den Männern los? Der eine meinte, er müsste mich durch Nacktbilder von sich überzeugen, der andere gab mir immer wieder das Gefühl, nichts mit mir zu tun haben zu wollen.

Kapitel 10

„Eine Runde joggen durch den Tiergarten?", drang Max' Stimme eine Woche später durch mein Smartphone. „Haben wir schon lange nicht mehr gemeinsam gemacht. *Zu lange.*"

Beim Blick durchs Fenster verzog ich das Gesicht. Der Frühling zeigte sich heute mal wieder von seiner unausstehlichen Seite, grau und verregnet. Eine Mischung aus Unbehagen und Widerwillen wallte schlagartig in mir auf bei dem Gedanken, meinen gemütlichen Platz auf dem Sofa zu verlassen und mich nach draußen zu begeben. „Nein, danke, keine Zeit, muss noch einen Artikel schreiben."

„Mm, verstehe." Es klang nicht so, als glaubte er mir. „Eine halbe Stunde Laufen, wird dir guttun."

„Es ist Sonntagnachmittag, bewölkt und sieht schon wieder nach Regen aus, ich kö–"

„Ideal, um ein wenig Sport zu treiben", schnitt Max mir das Wort ab. „Schwesterherz, du brauchst dringend mal wieder Bewegung. Wie ich dich kenne, fläzt du auf der Couch, und die einzige Betätigung, der du nachkommst, ist der Gang zur Toilette und deine dicke Katze zu füttern."

Zsa Zsa, die in meinem Schoss lag, zuckte mit den Ohren. Ich hielt den Atem an, richtete mich aus dem Liegen auf und sah verstohlen in die Ecken meines Wohnzimmers, um dann über mich selbst den Kopf zu schütteln. Als wenn mein Bruder Kameras eingebaut hätte, um mich zu beschatten. Das Problem war eher: Er kannte mich einfach zu gut.

Ich seufzte leise. Am anderen Ende der Leitung erklang ein raues Lachen. „In fünf Minuten treffen wir uns unten an der Ecke." Dann legte er auf.

So typisch für ihn, wenn es um sportliche Betätigung ging, kannte er keine Gnade, obwohl er zu anderen Aktivitäten schwer zu motivieren war. Schon als Kind hatte er mich immer aufgescheucht, um mit ihm Tennis zu spielen oder im Wald laufen zu gehen. Warum er das machte, war mir bis heute schleierhaft. Weil ihm so sehr an meinem Wohlergehen lag, oder ob er mich immer noch so gerne quälte, hatte ich noch nicht rausgefunden.

Behutsam nahm ich Zsa Zsa von meinem Schoss. Mit ausgefahrenen Krallen gab sie einen entrüsteten Maunzer von sich, während ich mich schweren Herzens aufraffte und von meiner Couch erhob. „Nicht meine Schuld, meine Schöne, mein Bruder ist ein Folterknecht", murmelte ich und strich ihr besänftigend über das weiche Fell. Was soll's, ich hatte sowieso noch ein Hühnchen mit ihm zu rupfen. Also schlüpfte ich schnell in meine Trainingshose, streifte mir ein T-Shirt über und zog meine Joggingschuhe an. Dann band ich mir einen Pferdeschwanz und knotete mir einen Hoodie um die Hüften.

Mit verschränkten Armen lehnte Max an der Laterne an der Straßenecke. Als er mich sah, tippte er kurz an den Schirm seines Basecaps. „Siehst ja richtig motiviert aus. Hätten wir schon längst machen können, hättest nur was sagen brauchen." Das spöttische Zucken um seine Mundwinkel stachelte mich nur noch mehr an, ihm zu beweisen, dass ich in der Lage war, mit ihm mitzuhalten.

Nachdem ich nur mit Mühe meine Mimik in den Griff bekommen hatte – fast hätte sich ein kleines Lächeln durch meine grimmige Maske gekämpft – setzte ich mich mit erhobenem Kinn in Bewegung. Ich hatte beschlossen, guten Willen zu zeigen und mir wenigstens selbst zu beweisen, dass ich meinen Schweinehund überwinden konnte.

Mit diebischer Genugtuung klopfte ich auf sein kleines Wohlstandsbäuchlein – er hasste es, wenn ich ihn damit aufzog, ich hingegen liebte es, ihn zu triezen, echte Geschwisterliebe eben – und lief an ihm vorbei mit den Worten: „Los, komm, du Sportskanone, dann zeig mal, was du kannst." Ich preschte los, über die gerade autofreie Hauptstraße, während Max leise lachend zu mir aufschloss.

Hinter dem S-Bahnhof Bellevue folgten wir dem Weg Richtung Tiergarten. Vor uns tauchte die Brücke auf, unter der die Spree träge vor sich hinfloss. Wir ließen sie links liegen und schlugen den Pfad nach rechts in den Park ein. Ich hielt es für an der Zeit, das Thema anzuschneiden, das mir schon die ganze Zeit auf der Seele lag.

„Was hast du dir eigentlich dabei gedacht, Mama zu erzählen, dass ich mich mit Ben getroffen habe? Gestern lag sie mir ständig damit in den Ohren, dass er der perfekte Mann für mich wäre."

„Ich habe es nur beiläufig erwähnt."

Ich schnaubte. „Schon klar. Ich weiß, was *beiläufig* bei dir bedeutet. Du bist schlimmer als ein altes Tratschweib, wenn es um meine Männergeschichten geht."

„Was soll ich tun? Mama fragt mich doch immer über dich aus. Offenbar befürchtet sie, keinen adäquaten Schwiegersohn mehr zu bekommen."

„Du könntest einfach schweigen, so wie es deine Art ist, wenn es um Entscheidungen geht." Den Seitenhieb konnte ich mir einfach nicht verkneifen. Ich musste eine kurze Redepause einlegen, um Luft zu holen. Beim Joggen zu quatschen, zehrte mehr an meinen Kräften als alles andere, aber das konnte ich vor Max natürlich nicht zugeben, er würde sich nur wieder über mich lustig machen. „Heute Morgen am Telefon meinte sie, ich soll ihn unbedingt mitbringen, wenn ich das nächste Mal zu ihnen komme."

„Ich habe ihr schon versucht zu verklickern, dass er nicht der Richtige für dich ist. Aber du kennst Mama, wenn sie sich einmal etwas in den Kopf gesetzt hat, ist es schwer, es wieder aus ihr herauszubekommen." Max machte eine kurze Pause, in der ich seinen forschenden Blick auf mir spürte. „Ich habe doch hoffentlich nichts Falsches gesagt. Oder bist du jetzt etwa doch scharf auf ihn?"

Ich bedachte Max mit einem bitterbösen Augenaufschlag. Im nächsten unbedachten Moment stolperte ich über eine Wurzel, die sich ein Stück des erdigen Bodens erkämpft hatte. Mit einer blitzschnellen Bewegung packte mein Bruder mich am Oberarm und verhinderte gerade noch, dass ich nicht hinfiel.

Nach Atem ringend kam ich zum Stehen, Max stoppte ebenfalls.

Ich stützte meine Handflächen auf die Oberschenkel und versuchte sein feixendes Lachen zu ignorieren. „Nein, ich bin *nicht* scharf auf ihn, wenn du es genau wissen willst." Keuchend sah ich zu ihm auf und presste die Lippen aufeinander, kam jedoch nicht gegen das Zucken in meinem Mundwinkel an. Bens Selfie schob sich wieder in meine Gedanken. Auch wenn es noch so verlockend war, irgendetwas hielt mich davon ab, Max davon zu erzählen. Vermutlich die Tatsache, dass er sich ein Leben lang darüber lustig machen würde und ich wollte Ben zumindest noch nicht ganz als potentiellen Partner für mich ausschließen. Vielleicht entdeckte ich ja Seiten an ihm, die mir gefielen und der Funke sprang doch noch über. Sein Körper war zugegebenermaßen alles andere als abschreckend. Aber der Spruch zu dem Selfie törnte mich mehr als ab. Sollte ich ihm wirklich noch eine Chance geben, musste ich ihm dieses proletenhafte Benehmen schnellstens abgewöhnen. Rasch lief ich weiter, sah noch aus dem Augenwinkel, wie Max amüsiert den Kopf schüttelte und dann wieder zu mir aufschloss.

Als wir fünf Minuten später den Kreisverkehr an der Goldelse erreichten und mein Bruder mich antrieb, damit wir es noch über die Ampel schafften, spürte ich schon die ersten Erschöpfungserscheinungen. Ich ließ mir jedoch nichts anmerken, lief mit flachen Schritten und konzentrierte mich auf meine Atmung. Max hatte sich meinem Tempo angepasst und warf ab und an einen Seitenblick auf mich. „Erzähl, wo hat dich Tim diese Woche hingeschickt?"

„Piemont. Die Saison für Scorzone, den schwarzen Sommertrüffel, hat gerade begonnen. Tim muss doch immer einer der ersten sein, der saisonale Ware mit in sein Angebot aufnimmt", keuchte ich und machte eine kurze Pause, um Atem zu schöpfen. „Die Stadt kenne ich ja schon vom letzten Jahr, es war schön ein paar bekannte Gesichter zu sehen. Diesmal hatte ich nur eine Übernachtung. Und die Ausbeute war gut."

„Wie, und du hast mir nichts davon mitgebracht?" Max zog neckend eine Augenbraue in die Höhe.

Ich lächelte. „Doch, na klar. Ich weiß doch, wie sehr du Trüffel liebst. Wenn du nachher mit hochkommst, dann gebe ich sie dir mit."

Max nickte zufrieden.

Keine Minute später platschte ein dicker Regentropfen auf meine Nasenspitze und ich blickte vorwurfsvoll nach oben, in ein Konglomerat aus dunkler Wolken. „Ich wusste es", stöhnte ich. „Los schnell, lass uns nach Hause rennen, ehe es anfängt zu schütten."

„Seit wann bist du aus Zucker?", neckte Max mich und lotste mich vom Bürgersteig in einen schmalen Pfad in den Tiergarten. „So schlimm wird es nicht werden, ein bisschen Regen schadet nicht."

Von *ein bisschen Regen* konnte keine Rede sein. Das Pladdern auf den Blättern schwoll zu lautem Prasseln an. Erst zögerlich, dann in immer kürzeren Abständen, platschten dicke Tropfen auf die Erde, weichten sie auf und verwandelten sie zu Matsch. Selbst unter den dicht wachsenden Bäumen wurden wir binnen Minuten nass bis auf die Knochen. Fluchend rannte ich vor, Max' raues Lachen hinter mir, das durch das Rauschen des Regenfalls zu mir drang.

Mit durchnässten Klamotten und völlig erledigt schloss ich meine Wohnungstür auf, streifte mir die

Sneakers von den Füßen und stellte sie draußen neben den Fußabtreter zum Trocknen. „Warte kurz, ich hol dir die Trüffel", sagte ich zu Max und flitzte auf feuchten Socken durch den Flur. Auf dem Weg in die Küche blieb mein Blick am Boden hängen. Dort lag ein weißes Kuvert, genau wie schon zweimal zuvor. Der geheimnisvolle Songtexter hatte mir wieder eine Botschaft zukommen lassen!

„Was ist das, hat dir dein unbekannter Verehrer wieder geschrieben?", fragte Max, der auf dem Fußabtreter stand und durch die weitgeöffnete Tür hereinlugte.

Ungläubig wandte ich mich zu ihm. Zoe konnte auch wirklich nichts für sich behalten.

„Was denn, darf ich etwa nichts davon wissen? Hast du Geheimnisse vor deinem großen Bruder?" Gespielt beleidigt zog er einen Flunsch.

Ich verdrehte die Augen. Dann kam mir eine Idee und ich trat ein Stück zur Seite, um ihm Platz zu machen. Vielleicht konnte mir seine männliche Sichtweise sogar helfen. „Natürlich nicht. Aber das sollten wir hier nicht zwischen Tür und Angel besprechen, muss ja nicht gleich die ganze Nachbarschaft mitbekommen, dass ich einen heimlichen Verehrer habe. Komm rein."

Eilig streifte Max seine Sneakers ab, trat ein und schloss die Tür hinter sich.

„Meinst du, es ist jemand, den ich kenne, oder eher jemand, der mich heimlich beobachtet und sich nicht traut mich anzusprechen?", fragte ich, während ich ihm eine kleine Flasche Wasser aus dem Kühlschrank reichte.

Mit seinem nassen Basecap in der Hand, trank er sie in gierigen Schlucken halbleer, wischte sich danach über den bartumrahmten Mund und stellte die Flasche auf der Küchenablage ab. „Dazu müsste ich mal sehen, was er so schreibt." Einen Mundwinkel nach oben gezogen, wies er mit dem Kopf auf das Papier in meiner Hand.

Ich stellte mich dicht neben ihn und hielt die rote Pappkarte so, dass wir sie beide lesen konnten. „Es sind immer Songtexte, offenbar selbst geschrieben."

Mit gerunzelter Stirn überflog Max die Zeilen und las sie dann laut vor.

Ich möchte mit dir der Sonne entgegen gehen
Den Arm um dich gelegt
Deinen Worten lauschen, im Klang deiner Stimme versinken
Nur du und ich, abseits der großen Straßen
Arm in Arm,
nur du und ich

Das klang echt schön, obwohl Max es ohne jegliche Betonung vorlas, jede Zeile hörte sich bei ihm an, als stünde ein Fragezeichen dahinter. Zu gerne hätte ich die passende Melodie dazu gehört.

Mein Bruder verzog abwägend das Gesicht, wiegte bedächtig den Kopf hin und her. „Gar nicht so schlecht. Offenbar hat der Kerl eine poetische Ader. Etwas pathetisch vielleicht." Er grinste. Als er meinen abwartenden Blick sah, zuckte er mit den Achseln. „Mmh, schwer zu sagen, wer dahinterstecken könnte. Wer käme denn in die engere Wahl?"

Ich nahm ebenfalls einen Schluck aus der Wasserflasche und zuckte die Schultern. „Vielleicht der südländische Typ von gegenüber, – Haare bis zur Schulter und ziemlich groß – der irgendwie meine Nähe zu suchen scheint. Wir kennen uns kaum, nur vom Sehen." Ich nahm Max die Karte aus der Hand und pinnte sie mit einem Magneten an den Kühlschrank zu den beiden anderen.

Max nickte, seine Augen wanderten nachdenklich an die Decke. „Glaub, ich weiß, wen du meinst. Wirkt immer ein wenig neben der Spur, als wäre er mit seinen Gedanken woanders. Und wer noch?"

„Naja, und dann ist da noch Ben ..."

Max winkte schnaubend ab. „Auf gar keinen Fall. Die Mühe macht er sich nicht. Ich kann mir nicht vorstellen, dass er jetzt unter die Songwriter gegangen ist. Poetische Lieder und Ben – das passt gar nicht."

„Welche Musik passt dann?"

„Irgendwelche Mainstream-Kacke, die Charts rauf und runter, was weiß ich."

Ich grinste in mich hinein. Wenn die Vermutung meines Bruders stimmte, würden die beiden wohl nie Freunde werden, wo Max doch am liebsten Jazz hörte.

Er strich sich eine feuchte Haarsträhne nach hinten. „Also, wenn du mich fragst, ist das eher jemand, der sich nicht traut, dich anzusprechen. Der dir seine Gefühle häppchenweise präsentiert. Aber ich schätze, irgendwann wird er sich dir schon zu erkennen geben. Jemand, der sowas macht, der will doch wissen, wie seine Kunst bei seiner Angebeteten ankommt."

Grübelnd nagte ich an meiner Unterlippe und nickte dann. „Ja, vermutlich hast du recht." Und nach einer kurzen Pause fügte ich hinzu: „Und du glaubst nicht, dass ein Psychopath dahintersteckt, der mich stalkt und mir irgendwann auflauert?" Es ließ mir einfach keine Ruhe.

Max legte einen Arm auf meine Schulter und blickte zu mir herab. „Was sagt dir dein Bauch?"

Ich zuckte mit den Schultern. „Eigentlich fühle ich mich weder bedroht noch belästigt durch die Briefe."

Max lächelte kryptisch, ließ mich los und lehnte sich mit verschränkten Armen gegen die Küchenzeile. „Genieße es, Schwesterlein. So romantisch veranlagt, wie du bist, ist das genau das, was du jetzt brauchst, um dein Ego ein wenig bauchpinseln zu lassen. Aber vielleicht solltest du deinen Türspion zukleben, wenn du dich dadurch sicherer fühlst."

Mit gerunzelter Stirn sah ich ihn an. „Von außen kann man doch nichts erkennen, nur von innen, dachte ich."

Max winkte ab. „Heutzutage gibt es Geräte, die man nur daransetzen muss, um in fremde Wohnungen zu sehen."

Ich schluckte. „Wirklich?" Bei der Vorstellung, jemand könnte mich in meinen eigenen vier Wänden beobachten, beschleunigte sich augenblicklich mein Herzschlag und ich biss mir auf die Unterlippe.

Max strich mir sanft über die Schulter. „Hey, ich wollte dir keine Angst machen. Nur zur Sicherheit, damit du dich besser fühlst. Wenn du willst, kann ich das auch für dich übernehmen."

Ich zwang mir ein Lächeln aufs Gesicht, während ich mir eine gedankliche Notiz machte, das gleich zu erledigen, sobald Max weg war. „Nein, nein, schon gut. Ich krieg das hin."

Er nickte. „Wenn du überlegst, kannst du dir deine Frage auch selbst beantworten", knüpfte er an das eigentliche Thema an. „Fassen wir zusammen: der Verfasser ist ein Poet, scheint romantisch veranlagt, will dich kennenlernen, traut sich jedoch nicht, dich anzusprechen. Klingt also schwer nach dem Kerl von gegenüber."

„Ich tendiere auch zu ihm." Ich nahm noch einen Schluck aus meiner Wasserflasche und leckte mir über die Lippen. „Frage mich nur, was er sich noch einfallen lässt. Wie lange soll das noch gehen?"

„Vielleicht steckt ein Plan dahinter. Aber wenn du es nicht abwarten kannst, sprich ihn doch an und konfrontiere ihn mit den Briefen."

„Und wenn er es nicht ist?" Ich schüttelte vehement den Kopf. „Das wäre mehr als peinlich."

„Musst du wissen." Max klopfte mit den Fingerknöcheln zweimal auf den Tisch. „Ich mach mich jetzt vom Acker, ehe ich mir noch 'ne fette Erkältung zuziehe."

Ich nickte und als Max sich zum Gehen wandte, fiel mir ein, warum er eigentlich mit nach oben gekommen war. „Warte, vergiss den Scorzone nicht."

„Ach ja." Max lachte leise und fasste sich an die Stirn. „Hätte ich fast vergessen. Ein Gedächtnis wie ein Sieb – würde Zoe jetzt sagen."

Grinsend pflichtete ich ihm bei.

Ein intensiver Trüffelgeruch stieg mir in die Nase, als ich den Kühlschrank öffnete und Max die große Tupperdose mit den Pilzen reichte.

Mit einem Strahlen in den Augen nahm er die Dose entgegen und wandte sich zum Gehen. Nachdem er in seine Sneakers geschlüpft war, sah er mich an, ein verschmitztes Lächeln auf den Lippen. „Männer werden übrigens gerne von hübschen Frauen angequatscht. Nur mal so als Tipp." Er zwinkerte mir zu und drückte mir zum Abschied einen Kuss auf die Wange.

Kapitel 11

Als ich am nächsten Morgen aus der Tür trat, stolperte ich fast über meine Sneakers. Mit spitzen Fingern nahm ich die Schuhe hoch und stellte sie im Flur ab. Mittlerweile war der Matsch angetrocknet und ich konnte ihn bei meiner Rückkehr auf dem Balkon abklopfen. Zsa Zsa saß auf der Schwelle zur Küche und beobachtete mich. Manchmal hätte ich zu gerne gewusst, was hinter ihrer Katzenstirn vorging. Als wenn sie nur darauf wartete, dass Frauchen ging, um irgendwelche Dummheiten anzustellen. Aber ich hatte keine Zeit mehr, mir darüber nähere Gedanken zu machen.

In dem Moment, wo ich mich umdrehte und die Tür hinter mir zuziehen wollte, trat Herr Sommerfeld mit einem Müllsack aus seiner Wohnung.

„Ach, ...", glitt ihm mit einem erleichterten Lachen über die Lippen. „Ich wollte schon eine Vermisstenanzeige aufgeben. Ich habe Sie ja schon ein paar Tage nicht mehr gesehen." Jetzt strahlte er über das ganze Gesicht.

„Ich Sie auch nicht. Samstag war ich den ganzen Tag im Garten meiner Eltern – die ersten warmen Sonnenstrahlen genießen."

„Dann war Zsa Zsa ja alleine. Sie hätten doch nur etwas sagen zu brauchen ..." Fast meinte ich, einen beleidigten Zug um seine Mundwinkel zu erkennen, der sich aber schnell wieder in Luft auflöste.

Ich hatte mit mir gerungen, meine Katze bei ihm zu lassen, doch mir war es noch immer unangenehm, dass ich so einfach in seine Wohnung eingedrungen war, und mich deshalb dagegen entschieden. Im Nachhinein vielleicht die falsche Entscheidung, wenn ich sah, mit welcher Herzlichkeit und Unbefangenheit er mir nach wie vor entgegentrat.

„Es ist doch hoffentlich nichts wegen unserem letzten Aufeinandertreffen?" Er kam einen zögerlichen Schritt auf mich zu, kniff besorgt die Augenbrauen zusammen. „Ich habe gemerkt, dass Ihnen die Situation unangenehm war."

„Ach ja?" Ich war noch nie gut darin gewesen, meine Gefühle zu verbergen.

„Das muss es aber nicht. Ich bin sehr dankbar, eine so wachsame Nachbarin wie Sie zu haben."

Mit schiefem Lächeln nickte ich und hoffte dass wir das Thema damit vom Tisch hatten. „Offenbar waren Sie ja selbst viel unterwegs in letzter Zeit. Ich habe nichts gehört und nichts gesehen von Ihnen die letzte Woche."

Lachend strich er sich über den Nasenrücken. „Ja, mein Enkel hält mich ganz schön auf Trab. Offenbar hat er sich in den Kopf gesetzt, seine Freizeit mit einem alten Stusel wie mir zu verbringen."

„Das freut mich sehr für Sie." Plötzlich strich mir etwas Haariges durch die Beine und kitzelte meine Waden, die ein langer Sommerrock umfloss. Wie in Zeitlupe öffnete ich den Mund, doch es war schon zu spät. Zsa Zsa hatte die Gelegenheit genutzt, die Flucht zu ergreifen und steuerte direkt auf die Wohnung meines Nachbarn zu.

Geistesgegenwärtig ging Herr Sommerfeld in die Knie und breitete wie ein Torwart die Arme aus, um ihr den Weg zu versperren.

Zsa Zsa schien für einen Moment irritiert, doch dann schlug sie einen Haken, drehte um und flitzte die Treppen hinunter.

„Zsa Zsa, bleib hier! Wo willst du denn hin?" So ein Mist, das hatte mir noch gefehlt! Die Zeit rannte mir davon. Ich hatte in einer halben Stunde einen Termin in einem Gourmetkaufhaus, das ein potentieller Kunde von mir werden konnte. Kurz stemmte ich eine Hand in die Hüfte und kratzte mir mit der anderen hilflos über die Stirn. „Das ist dann wohl ihre Art mir zu zeigen, was sie davon hält, so lange alleine gelassen zu werden", murmelte ich mehr zu mir selbst. „Ich bin ein richtiges Rabenfrauchen."

„Nun gehen Sie mal nicht so hart mit sich ins Gericht, Sie wissen doch, wie eigen sie ist", drang Herrn Sommerfelds beruhigende Stimme zu mir durch. „Die wird nicht weit kommen." Plötzlich stand er neben mir und tätschelte meine Schulter. Ich musste wohl einen sehr verzweifelten Eindruck abgeben. „Keine Sorge, die fangen wir wieder ein. Man nennt mich nicht umsonst den gefürchteten Katzenfänger von Moabit."

Trotz der Brisanz der Lage entlockte er mir ein Kichern. „Sie bleiben, wo Sie sind und rühren sich nicht vom Fleck." Gerade war ich im Begriff, die Treppen runter zu hechten, da fiel mir etwas ein und ich wandte mich um. „Sie haben nicht zufällig eine Packung Brekkies im Haus?"

Der bedauernde Blick meines Nachbarn sagte mehr als tausend Worte. „Es tut mir leid, die hat Zsa Zsa das letzte Mal alle vertilgt."

Ich stieß den Atem aus. Das hatte ich nun davon, auf das einzig wirksame Lockmittel verzichtet zu haben. Ich hatte extra keine Leckerlis gekauft, um mich nicht mehr von meiner Katze erziehen zu lassen und jetzt wurde mir das auch noch zum Verhängnis. Plötzlich überkam mich Panik. Was, wenn jemand die Tür öffnete und Zsa Zsa aus dem Haus entwischte? Sie war eine Wohnungskatze und die Welt da draußen nicht gewöhnt. Was, wenn sie vor lauter neuen Eindrücken vor Schreck auf die Straße und vor ein Auto rannte? *Nicht auszudenken.*

So schnell ich konnte, rannte ich die Stufen hinab. Als ich im zweiten Stock angekommen war, fiel die Tür unten ins Schloss. Kalte Panik schoss durch meine Adern. *Bitte lass sie nicht nach draußen geflüchtet sein, bitte lass sie nicht nach draußen geflüchtet sein ...*

„H-Halt. Stopp!", rief eine mir bekannte Stimme.

Als ich um das Treppengeländer bog, sah ich Lian, der beim Versuch, meiner Katze den Weg zu versperren, kläglich scheiterte. Wäre die Situation nicht so besorgniserregend gewesen, hätte ich herzlich gelacht. Er sah wirklich putzig aus, wie er da so breitbeinig auf der Stufe stand und sich mit ausgestreckten Armen nach vorne beugte. Zsa Zsa flutschte ungehindert seitlich an ihm vorbei. Und lachte sich über diesen unbeholfenen Versuch vermutlich ins Pfötchen.

Ohne mich eines Blickes zu würdigen, drehte Lian sich um und nahm die Verfolgung meiner Katze auf.

Meine Absätze schlugen hart auf das Linoleum, als ich hinter ihm die Treppen hinab brauste. Ich nahm die letzten Stufen ins Erdgeschoss, während meine Katze und Lian in den Keller rannten. Polternde Schritte erklangen, gefolgt von einem Ächzen, ehe ich die beiden aus den Augen verlor.

Den Blick auf den Ausgang gerichtet, betete ich im Stillen, dass niemand die Tür aufschloss, Zsa Zsa nicht die Richtung änderte und vor lauter Panik hinausrannte.

Als ich den Treppenabsatz im Erdgeschoss erreichte, wanderte mein Blick hinab in den Keller.

Lian beugte sich gerade hinab, um Zsa Zsa zu packen. Sie saß in der Falle, denn die Tür zu den Kellerräumen war geschlossen.

Mit einem erleichterten Ausatmen blieb ich stehen und sah Lian dabei zu, wie er meine Katze behutsam auf den Arm nahm, sie am Hals kraulte und amüsiert lächelte. „Hab ich dich. D-d-du, bist ja ein richtiger, kleiner S-S-Satansbraten."

Mir stockte der Atem. Das war es also.

Lian sah hoch, mir genau in die Augen, wirkte überrascht und gleichzeitig ertappt. Er hielt in der Kraulbewegung inne, das Grinsen auf seinen Lippen erstarb.

Mein Herz sackte mir in die Hose. Unfähig nur ein einziges Wort von mir zu geben, blickte ich ihm atemlos entgegen. Sekunden vergingen, in denen wir uns nur anstarrten.

Lian stotterte. Das war also der Grund für sein distanziertes, fast schon abweisendes Verhalten! Die Erkenntnis ließ mein Herz wie Butter in der Sonne schmelzen. Seine Verletzlichkeit machte ihn noch anziehender für mich, als er es ohnehin schon war.

Verlegen senkte Lian den Blick, sein Adamsapfel hüpfte auf und ab, als er schluckte. Dann kam er auf mich zu und hielt mir Zsa Zsa hin. Ganz entgegen des Verhaltens einer Katze in Schrecksituationen schnurrte sie und sah dabei äußerst entspannt aus.

„Das war sehr ritterlich von dir", sagte ich, ohne meinen Blick von Lian zu nehmen. Wir standen dicht voreinander, nur Zsa Zsa zwischen uns, die unsere Körper voneinander trennte.

Lian sah kurz auf und nickte knapp.

Ich war noch nicht bereit dazu, diesen Moment gehen zu lassen, deshalb hielt ich meine Katze zwar, aber nahm sie ihm nicht ab.

Zsa Zsa schien es zu gefallen, im Mittelpunkt zu stehen – wenn auch nur räumlich. Inzwischen schnurrte sie so laut als wollte sie einen Presslufthammer imitieren.

Meine Lippen verzogen sich zu einem Lächeln. „Sie scheint dich zu mögen."

„I-I-Ich mu-muss dann m-m-m-mal ...", presste Lian leise hervor. Sein Gesicht hatte eine rötliche Farbe angenommen, die selbst im schummrigen Licht des Untergeschosses zu erkennen war.

Mir blieb nichts anderes übrig, als ihm Zsa Zsa abzunehmen. Aber anstatt das zu tun, stand ich einfach nur da und fühlte mich berauscht. Seine angenehm warme Stimme, sein Blick und seine Nähe hatten mich so durcheinandergebracht, dass mir im ersten Moment die Worte fehlten. „Ich ... würde mich gerne dafür bedanken. Bei einem Kaffee." Das war das Mindeste, was ich tun konnte, um mich für seine Hilfsbereitschaft und den beherzten Einsatz zu revanchieren.

„D-d-das ist nicht n...nötig."

„Ich will es aber", beharrte ich.

Leise schnaubend schüttelte er den Kopf, ehe unsere Blicke sich wieder ineinander verhedderten. Das Karamell seiner Augen war jetzt so weich, dass ich mich am liebsten darin verloren hätte. „W-Warum?"

Bei dem einen Wort spürte ich seinen Atem in meinem Gesicht. Unauffällig nahm ich ihn in mir auf. Sehnsucht kroch durch meine Adern. Sehnsucht nach etwas, das ich selbst noch gar nicht kannte. Ob es der köstliche Geruch war, den er verströmte? Herb, männlich, gemischt mit etwas Süßem – fremd und betörend zugleich. Ich schluckte trocken. Mein Hirn wurde mit soviel Dopamin überschüttet, dass es Mühe hatte, sich aus dem riesigen Haufen zu befreien, weshalb meine Antwort auch erstmal auf sich warten ließ.

Lians Augenbrauen schoben sich fragend nach oben. *Ach ja, warum.* Ich seufzte leise. In dem Moment, als mein Kiefer runterklappte, um ihm zu antworten, kam er mir zuvor. „Aus M-Mitleid? Weil d-der Typ nicht f----ähig ist, einen n-n-normalen Satz rauszu-zu-zubekommen ohne über ein W-Wort zu ---stolpern?" Das Karamell in seinen Augen erstarrte zu Eis.

Vehement schüttelte ich den Kopf, meine Antwort war mir vor Schreck über seine unverblümte Direktheit in der Kehle stecken geblieben. Er hatte mein Schweigen völlig falsch interpretiert. „N-nein!" Wer von uns hatte jetzt eigentlich eine Sprachbarriere? Er oder ich? „Bist du immer so?"

„Wie b-bin ich d-denn?"

„Störrisch. Empfindlich. Zynisch ..." O nein. Ich widerstand dem Impuls mir die flache Hand gegen die Stirn zu klatschen.

Lians Kiefer spannte sich.

Warum bekam ich in den richtigen Momenten nie den Mund auf oder musste das Falsche sagen? Ich schien wirklich ein Händchen dafür zu haben, es mir mit dem männlichen Geschlecht binnen Sekunden zu verscherzen. Kein Wunder, dass ich schon so lange single war.

„Meine Katze mag dich", versuchte ich die Wogen wieder zu glätten. „Normalerweise lässt Zsa Zsa es sich nicht gefallen, von einem Fremden auf dem Arm genommen zu werden, geschweige denn, dass sie geschnurrt hätte." Was faselte ich da bloß? Eigentlich wollte ich etwas ganz anderes sagen. So etwas wie: Ich will dich kennenlernen. Nicht mehr und nicht weniger.

„Ach, ... da ist sie ja die kleine Ausreißerin", riss Herr Sommerfelds Stimme mich aus meiner Andacht. „Sehen Sie, Frau Berger, ich hab's Ihnen doch gesagt, Zsa Zsa kommt nicht weit. Lian ist der neue Katzenfänger von Moabit." Lachend lief er an uns vorbei, um den Müllsack im Hinterhof in die Tonne zu werfen.

„Ich mu-muss jetzt ..." Bevor Lian sich umdrehte, sah er mir noch einmal kurz in die Augen. Zu kurz, um seinen Blick festzuhalten.

Dann war er weg.

Er kann mich nicht ausstehen, war alles, was mir durch den Kopf ging. Ich hatte es versaut. Aber so richtig. Mit

Zsa Zsa auf dem Arm starrte ich noch ein wenig bedröppelt vor mich hin, bis mir einfiel, dass ich es ja eilig hatte. Ich warf einen Blick auf meine Armbanduhr: Mir blieben noch zehn Minuten bis nach Charlottenburg. Könnte zu schaffen sein, falls ich meinen Fiat 500 noch rechtzeitig fand – wenn ich mein Auto ein paar Tage nicht benutzt hatte, dauerte es für gewöhnlich eine Weile, bis ich mich erinnerte, wo ich es abgestellt hatte.

So schnell es ging, hechtete ich mit meiner Katze die Stufen hoch und sperrte sie in die Wohnung. Dann machte ich mich wieder eilig auf den Weg nach unten, um nach meinem Auto Ausschau zu halten.

Am nächsten Morgen ging ich als erstes hinunter zum Briefkasten. Kaum hatte ich ihn geöffnet, kam mir eine ganze Ladung Briefe entgegen, die Hälfte davon fiel klatschend auf den Boden. Als ich mich danach bückte, traten ein paar schmutzige Sneakers in mein Sichtfeld.

„Guten Morgen, Frau Berger."

Ich erhob mich und ging einen Schritt auf Abstand, weil der Hausmeister so dicht vor mir stand, dass ich fast mit meiner Nase an ihn gestoßen wäre. „Ah, Artur. Wo ich Sie gerade treffe ... Ist Ihnen in letzter Zeit hier im Haus ein Mann aufgefallen, den Sie nicht kannten? Vielleicht sogar vor meiner Wohnung?"

Misstrauisch kniff er die Augenbrauen zusammen. „Belästigt Sie jemand?"

„Nein." Ich zwang ein Lächeln auf meine Lippen und strich mir das Haar zurück. „Nein", bekräftigte ich erneut und schüttelte den Kopf. Auf keinen Fall wollte ich ihm von meinen Liebesbotschaften erzählen. In *Ausreden-aus-dem-Hut-zaubern*, war ich noch nie gut gewesen. „Es ist nur so, ..."

„Sie meinen aber nicht den Enkel von Herrn Sommerfeld?", fiel er mir ins Wort. „Der ist jetzt häufig hier, hat sogar schon einen Zweitschlüssel ausgehändigt bekommen."

Er wusste wirklich gut Bescheid, hatte seine Augen und Ohren überall. Frau Westphals Neugierde hatte wohl auf ihn abgefärbt. „Nein, wir haben uns schon miteinander bekannt gemacht." O Mann. Wie sich das anhörte.

Artur sah mich für einen Moment interessiert an, bis er meinem Blick nicht länger standhalten konnte. „Er spricht also doch. Ich dachte schon er wäre taubstumm oder hätte eine andere schlimme Krankheit. Nickt immer nur, wenn er mich sieht." Subtilität gehörte eindeutig nicht zu Arturs Stärken, soviel war klar.

Ich zog die Stirn kraus, hatte plötzlich das Bedürfnis, Lian in Schutz zu nehmen. „Vermutlich war er in Eile. Ich habe mich schon öfters angeregt mit ihm unterhalten." Er sollte nicht wegen seines Stotterns zum Gesprächsthema im Haus werden.

Artur nickte, wirkte aber alles andere als überzeugt. „Und wen meinen Sie dann?"

„Ach, eigentlich auch gar nicht so wichtig." Lächelnd winkte ich ab. „Ein alter Bekannter war wohl ein paar Mal hier im Haus, um mich mit einem Besuch zu überraschen, hat mich aber nie angetroffen."

„Ein alter Bekannter oder Ihr Freund?" Sein stechender Blick traf mich, als wäre ich ihm eine Erklärung schuldig.

„Wie ich schon sagte, ein alter Bekannter." Ich bereute bereits, ihn angesprochen zu haben, versuchte mir meine Gereiztheit jedoch nicht anmerken zu lassen.

„Und jetzt wollten Sie wissen, ob er ..." In dem Moment öffnete sich die Tür nebenan und Frau Westphal erschien auf der Schwelle. Ein erfreutes Lächeln breitete sich auf ihrem Gesicht aus. Ihr Blick ließ keinen Zweifel daran, wie erpicht sie darauf war, sich an unserem Gespräch zu beteiligen. Der aufdringliche Geruch von Kölnisch Wasser waberte mir entgegen und kitzelte mir in der Nase, als sie ungeduldig ihren Rollator über die Schwelle ruckelte.

Artur hechtete sofort an ihre Seite.

Ich nutzte die Gelegenheit, um hastig die Briefe in meine Tasche zu stopfen und das Weite zu suchen, bevor er mir noch weiter auf den Zahn fühlen konnte. Fürs Erste fühlte ich mich genug durchleuchtet. Und rausgefunden hatte ich nichts.

„Wiedersehen", flötete ich.

„Sie kommen doch auch am Samstag zur 100-Jahrfeier, Frau Berger?", hielt mich Frau Westphals scheinheilige Stimme zurück, während ich die Tür aufzog. *Ach ja, die Feier.* Die hatte ich ja vollkommen vergessen. „Ähm, ... ich weiß noch nicht ...", stammelte ich überrumpelt.

„Sie müssen kommen! Das gebietet der Anstand unseren Eigentümern gegenüber."

Klar. Eine Person weniger, die die Gerüchteküche in Gang brachte, wäre natürlich zu schade. „Sollte ich nicht geschäftlich unterwegs sein, komme ich selbstverständlich." Ein letztes Mal setzte ich ein Lächeln auf, dann schlüpfte ich durch die aufgehaltene Tür nach draußen.

Erleichtert stieß ich den Atem aus. Nochmal rechtzeitig war ich dem Albtraum-Gespann entkommen und konnte nun getrost einige Besorgungen machen.

Während mein Blick auf der Suche nach meinem mintgrünen Fiat 500 umherirrte, überquerte der Südländer von gegenüber die Straße und steuerte direkt auf mich zu. Seine haselnussbraunen Augen blitzten auf, als er mich erkannte und ein breites Lächeln zog sich über sein Gesicht.

Verunsichert blickte ich mich nach beiden Seiten um. Er konnte doch nicht mich meinen. *Oder doch?*

Ehe er kurz vor mir zum Stehen kam, besah ich ihn genauer. Die hellrote Adidas-Trainingsjacke, die er trug, hatte ihre besten Zeiten schon hinter sich und war bis unters Kinn zugezogen.

Mein Blick wanderte hinab zu dem Brief in seiner Hand. *Ein neuer Songtext? Für mich?*

Endlich hat er sich ein Herz gefasst, um mich anzusprechen, war der erste Gedanke, der mein Hirn dominierte und sich daraufhin fest darin verankerte. Ja, genau so musste es sein.

„Wollen Sie zu mir?", rutschte es mir vor lauter überschäumender Vorfreude heraus. „Ist der für mich?" Mit dem Kopf wies ich auf den Brief.

Auf dem Gesicht meines Gegenübers zeichnete sich Irritation ab. Er strich sich durch sein volles, braunes Haar. „Äh, nein ..." Er lachte kurz auf, sein Blick senkte sich auf den Empfängernamen, als wollte er sich nochmal vergewissern.

Nein? Ich blinzelte irritiert. Meine Freude flachte ein wenig ab, während ein Hauch von Zweifel meine hoffnungsvolle Vermutung überschattete.

„Ich ..." Er zeigte auf das Klingelschild, vor dem ich stand. „Wären Sie so nett ...?" Sein südländischer Akzent war unverkennbar, er verlieh seiner angenehm tiefen Stimme zusätzlich einen warmen Klang.

Misstrauisch zog ich die Augenbrauen zusammen.

„Man hat den Brief versehentlich bei mir eingeworfen. Kennen Sie vielleicht einen Herrn Reichel?"

Im Schneckentempo krochen meine Gedanken durch sämtliche Gehirnwindungen, bis ich endlich verstand: Er suchte nach dem passenden Empfänger des Briefes. Und ich Idiotin hatte tatsächlich geglaubt, der wäre für mich.

„Ach Verzeihung, ich stehe ja vollkommen im Weg", fing ich mich schnell wieder und machte ihm Platz. „Ja, der wohnt hier. Haben wir etwa einen neuen Postboten? Normalerweise passiert so etwas nicht."

Mein Gegenüber zuckte mit den Schultern und reichte mir die Hand. „Ich heiße übrigens Bela. Wir können doch ruhig *du* sagen, oder nicht?" Seine Augen strahlten so viel Wärme aus, er musste einfach ein netter Mensch sein.

„Ja, klar." Ich lächelte überrumpelt. „Mimi." Ich schüttelte seine Hand, die sich groß aber zartgliedrig zugleich anfühlte. „Wir sind uns schon ein paar Mal begegnet ... Du wohnst noch nicht lange hier, oder?"

Er lachte leise. „Erst drei Monate. Aber ich will unbedingt auch so einen schön bepflanzten Balkon haben wie du. Ich liebe Blumen, habe aber leider keine Ahnung, was sie brauchen und wie man sie pflegt."

Ab dem Moment empfand ich ein Gefühl von Verbundenheit zwischen uns und verspürte das Bedürfnis, Bela näher kennenzulernen. Max' Worte noch im Ohr, dass Männer gerne von hübschen Frauen angequatscht werden, veranlasste mich zu folgendem Satz: „Wenn du magst, können wir mal einen Kaffee zusammen trinken gehen, dann erkläre ich dir auf was man achten muss und welche Pflanzen sich um diese Jahreszeit eignen." Bei der Gelegenheit fand ich vielleicht raus, ob er wirklich hinter den geheimnisvollen Botschaften steckte.

In Belas Augen glomm ein Lächeln auf, das ihn jünger und verletzlicher erscheinen ließ. „Ja, das klingt gut, sehr gerne. Ich arbeite zwei Tage die Woche in der Buchkantine. Am besten du kommst nach Feierabend. Morgen zum Beispiel habe ich Frühschicht bis um 12 Uhr." Etwas an seiner Art flößte mir sofort Vertrauen ein, vielleicht seine Ruhe oder seine Freundlichkeit. Vermutlich beides.

Ich nickte und lächelte ebenfalls. Da ich ein paar Tage frei bekommen hatte und momentan nur redaktionelle Beiträge schrieb, passte das.

„Die Buchkantine kenne ich. Dort habe ich schon ein paar Mal gefrühstückt. Morgen klingt super. Um 12 bin ich da."

Lächelnd nickte er und drehte sich auf dem Absatz um, den Brief noch in der Hand.

„Bela?"

Er blieb stehen, schaute erwartungsfroh zurück über die Schulter. „Ja?"

Ich zeigte auf den Brief in seiner Hand.

Er lachte leise auf, fasste sich an den Kopf. „Ach so, na klar."

Ich unterdrückte ein Lachen. *Etwas verwirrt, der Gute.* Oder war er meinetwegen so verlegen? Normalerweise verhielt man sich so, wenn man Gefallen an einer Person fand. Oder irrte ich mich und Bela war immer so durch den Wind? Ich nahm mir vor, es herauszufinden.

„Soll ich ihn Herrn Reichel in den Briefkasten stecken?"

Er nickte. „Das wäre nett."

Ich nahm ihm den Brief aus der Hand, noch ein kurzes Lächeln, dann trennten sich unsere Wege.

Während ich die Tür aufschloss, um den Brief einzuwerfen, musste ich schmunzeln. Wer hätte gedacht, dass ich den Mut hatte, den ersten Schritt zu machen. Mit Bela schien es kinderleicht, ich fand ihn auf Anhieb sympathisch. Jetzt stand nicht mehr die Suche nach dem Verfasser der Liebesbotschaften im Vordergrund, sondern ich wollte mehr über ihn erfahren, ihn näher kennenlernen und wissen, was es mit diesem Gefühl der Verbundenheit auf sich hatte.

Kapitel 12

Pünktlich um 12 Uhr am nächsten Tag traf ich in der Buchkantine ein. Bela fiel mir gleich ins Auge. Während er sich einen Weg durch die runden, im Raum verstreuten Tische bahnte, balancierte er ein Tablett mit Gläsern und Tassen auf Schulterhöhe, um es dann auf der Theke abzustellen. Er trug eine schwarze abgewetzte Jeans, an den Nähten stark ausgefranst, und ein rot-schwarz kariertes Holzfällerhemd. Fast kam ich mir mit meiner Bluse und dem hochgesteckten Haar overdressed vor. Als er sich zur Tür umdrehte und mich sah, strahlte er übers ganze Gesicht. Dann klemmte er sich eine Haarsträhne hinters Ohr. Es war unschwer zu erkennen, dass er sich freute mich zu sehen, denn er eilte sofort auf mich zu. „In der Ecke ist gerade ein Tisch freigeworden. Nimm Platz, ich bin gleich so weit."

Das Frühstück war noch nicht abgeräumt. Leergetrunkene Kaffeetassen, zerbrochene Eierschalen mit klebrigem Eigelb und zerknüllte Servietten auf den Tellern, eine beinah aufgegessene Wurstplatte und ein vollgekrümelter Brotkorb nahmen den Tisch für sich in Anspruch. Ich zog meinen Mantel aus und hängte ihn über die Stuhllehne, ehe ich mich hinsetzte.

Ich ließ meinen Blick durch das Buchabteil wandern. Ich hatte schon Ewigkeiten keinen Roman mehr gelesen. Auf meinen Reisen bevorzugte ich Hörbücher, eine praktische Variante die Zeit im Flugzeug totzuschlagen.

Ein heiseres Husten lenkte meine Aufmerksamkeit zum Nachbartisch. Ein elegant gekleideter Herr blätterte in der *Berliner Morgenpost*, die an einem hölzernen Zeitungshalter angebracht war. Ich mochte die gemütliche, entspannte Atmosphäre hier schon immer. Die Gäste waren von jung bis alt durcheinandergewürfelt, viele sogar ohne Begleitung, und genossen mit einem guten Buch oder der Tageszeitung ihren Kaffee.

Bela wuselte umher, flitzte von einem Tisch zum nächsten und hatte für jeden Gast ein Lächeln übrig. Von ihm konnte sich seine Kollegin noch eine Scheibe abschneiden. Lustlos trat sie an meinen Tisch, um das schmutzige Geschirr abzuräumen. „Was darf's sein?"

„Ich warte auf Bela, wir sind verabredet."

„Das kann noch dauern. Wir sind heute unterbesetzt."

„Dann nehme ich schon mal einen Latte Macchiato." Ich schenkte ihr ein Lächeln, das sie erwiderte, jedoch wirkte es etwas angestrengt. Beladen mit vier Tellern und einem kurzen Nicken verließ sie den Tisch.

Sobald ich allein war, kam Lian mir wieder in den Sinn. Wie ertappt er ausgesehen hatte, als ihm bewusst wurde, dass ich sein Geheimnis herausgefunden hatte. Ein Geheimnis deshalb, weil er offenbar mit niemandem außer seinem Opa sprach und immer schnell verschwand, wenn man ihm im Treppenhaus begegnete, das hatte Artur ja bestätigt. Eigentlich schade, dass er sich wegen seinem Sprachfehler so zurückzog. Trotz seiner Verletzlichkeit hatte ich auch Kampfgeist und Stärke in seinem Blick erkannt, diese Kombination faszinierte mich.

Die Kellnerin brachte mir den Latte Macchiato und unterbrach meinen Gedankenstrom. Ich nippte kurz an dem brühendheißen Kaffee, ehe ich weiter über Lian nachdachte.

Ich wollte mehr über ihn erfahren, abgesehen von dieser fast schon unheimlichen körperlichen Anziehung, die er auf mich ausübte. Er hatte so schrecklich verletzt und zornig zugleich gewirkt, ich musste dringend nochmal mit ihm reden und die Sache klären.

Ich hatte mein Glas schon zur Hälfte leergetrunken, doch es sah noch immer nicht danach aus, dass Bela Feierabend machen konnte. Gerade nahm er bei einem jungen Pärchen eine Bestellung auf. Ich zog mein Handy aus der Tasche und scrollte meine neueingegangenen Nachrichten durch. Eine davon war von Ben.

Ich höre ja gar nichts mehr von dir. Was ist los? War mein Selfie nicht nach deinem Geschmack? Oder bin ich dir damit zu nahegetreten? Wenn das der Fall sein sollte, tut es mir leid. Ehrlich. Kann ich es wiedergutmachen?

Ich seufzte. Ben ließ einfach nicht locker. Offenbar reizte es ihn umso mehr, dass ich noch nicht angebissen hatte.

Wir wollten es doch langsam angehen lassen, schon vergessen?

tippte ich.
Irgendwie scheine ich alles falsch zu machen. Kannst du mir vielleicht Nachhilfe geben, wie man eine Frau für sich gewinnt?

schrieb er sofort zurück.

Ein Lächeln zupfte an meinem Mundwinkel. Ben war eigentlich ein netter Kerl, nur etwas zu stürmisch, was mich betraf. Wie sollte ich ihm nur verklickern, dass ich für seine Flirtversuche nicht empfänglich war? Momentan jedenfalls nicht. Manchmal half einfach nur der Wink mit dem Zaunpfahl.

Keine Zeit. Tut mir leid.

Es dauerte ein paar Minuten, bis er antwortete. In dieser Zeit trank ich den Rest meines Kaffees aus und hielt Ausschau nach Bela, den ich nirgendwo mehr entdecken konnte.

Vor lauter Langeweile beobachtete ich die hüpfenden Punkte auf meinem Display, bis folgende Nachricht kam:

Okay. Können wir vielleicht nochmal ganz von vorne anfangen?

Ich zögerte einen Moment, bevor ich antwortete:

Du meinst, ich soll die Erinnerung an unser letztes Treffen und die darauffolgende Nachricht aus meinem Gedächtnis löschen?
Wenn dir das bei der Entscheidung hilft, mich wiedersehen zu wollen, ja.

kam prompt zurück.

Ich lächelte. Ben würde eh nicht lockerlassen, bis ich ihm noch eine Chance gab.

Okay.

Okay???? So schnell überredet?

Ich nagte auf meiner Unterlippe und tippte schnell eine Antwort.

Nicht überredet. Lass dir was einfallen und überrasch mich.

Als ich aufblickte, stand Bela vor mir. Rasch versenkte ich das Handy in meiner Tasche. Er trug jetzt eine rote Fleecejacke über seinem Hemd. Rot schien irgendwie seine bevorzugte Farbe zu sein.

„Tut mir leid, dass du warten musstest. Der Latte Macchiato geht selbstverständlich auf mich." Er beugte sich zu mir und sagte mit gesenkter Stimme: „Lass uns schnell hier abhauen, bevor meine Chefin noch auf die Idee kommt, mich eine Doppelschicht schieben zu lassen."

Ich erhob mich, griff rasch nach meinem Mantel und wir verließen die Buchkantine.

„Du siehst aus, als hättest du Spaß an deiner Arbeit", sagte ich, als wir im Freien standen. Die Sonne ließ die bereits im sommerlichen Blättergewand gekleideten Bäume in leuchtenden Grüntönen erstrahlen. Ich füllte meine Lungen mit dem blumigen Duft von dem violetten Flieder, der hier als Strauch vor dem Restaurant blühte und die Sehnsucht nach Sommer in mir erweckte.

„Schon, aber nicht in meiner Freizeit." Bela zwinkerte mir zu. „Was hältst du von einem Ortswechsel?"

„Wo willst du hin? Ich bin mit dem Fahrrad gekommen."

Seine Augen weiteten sich. „Ich auch! Das muss Schicksal sein." Freude färbte seine Stimme und ich musste grinsen. In seiner Nähe fühlte ich mich so lebendig. Vermutlich lag es daran, dass er sich wie ein Kind für etwas begeistern konnte. „Ich will dir etwas zeigen, dafür müssen wir aber ein Stück fahren. Hast du Lust?"

„Klar. Du hast mich neugierig gemacht."

„Ich würde dir gerne einen Einblick in mein Leben geben, wenn du nichts dagegen hast. Danach bist du dran."

Verdutzt sah ich ihn an und entlockte ihm dadurch ein Lächeln. Verlegen fuhr er sich mit den Fingern durchs Haar. „Naja, mich interessiert, was du so machst, welche Hobbys du hast, welche Orte du magst, mit welchen Menschen du dich gerne umgibst ..."

Ich lachte auf. „Das ist ziemlich viel für den Anfang." Beim Blick in seine Augen entdeckte ich ehrliches Interesse. Das hatte ich bei einer neuen Bekanntschaft lange nicht mehr erlebt, wenn überhaupt schon einmal. Die Männer, mit denen ich mich sonst traf, erzählten von sich und was *sie* beschäftigte.

„Du willst mich also wirklich kennenlernen. Hast du dir das auch gut überlegt?" Ich grinste herausfordernd.

Gespielt nachdenklich wanderte sein Blick nach oben und er kratzte sich am Kinn. „Ich denke schon. Du scheinst eine interessante Persönlichkeit zu haben."

Ich runzelte die Stirn. „Findest du?" Das hatte mir noch nie jemand gesagt. „Warum denkst du das?"

„Du bist ein freundlicher, offener Mensch, deine Augen strahlen immer." Einen Moment lang dachte ich, er würde noch etwas hinzufügen, stattdessen legte er lässig eine Hand um meine Schulter, um mich zum Fahrradständer zu lotsen.

Achselzuckend fischte ich den Schlüssel aus meiner Tasche, um meine Fahrradkette aufzuschließen. „Dann muss ich mich jetzt wohl von meiner besten Seite zeigen."

„Sei einfach so, wie du bist." Bela schob sein Fahrrad bereits aus dem Ständer – ein Schloss befand er offenbar nicht für nötig – und schwang ein Bein elegant über den Sattel.

„Hast du keine Angst, dass jemand dein Rad klaut?"

Bela schnaubte belustigt. „Schau es dir genau an und frag mich nochmal."

Gut, bei näherer Betrachtung, sah ich ein, dass die Bemerkung überflüssig war. Er fuhr ein altes Damenfahrrad, halb verrostet, mit hohem Lenker. Nein, diesen Drahtesel würde keiner geschenkt haben wollen. Ich gluckste kommentarlos.

Bela grinste schief, zuckte mit den Schultern und trat in die Pedale. Der Lenker schlingerte kurz, als er auf die Straße fuhr. „Hauptsache es fährt."

Kopfschüttelnd nahm ich die Verfolgung auf. Bela saß sehr aufrecht auf dem Sattel, was mich zum Schmunzeln brachte, und die Hände griffen weit oben um den Lenker. Irgendwie altmodisch, aber gleichzeitig bemerkenswert, wie egal ihm das war. Jedenfalls kam er gut voran. Besser als ich mit meinem *Urbana Clasica*, das ich mir vor kurzem über die *Zweite Hand* gekauft hatte – ein Sommer in Berlin ohne Fahrrad war nämlich kein Sommer.

Ich radelte hinter ihm über das holprige Kopfsteinpflaster und hatte Mühe, mitzuhalten. Es ruckelte so sehr, dass ich vollkommen durchgeschüttelt wurde und entschied, auf dem Bürgersteig weiterzufahren.

Als wir die Hauptstraße überquerten, reihte ich mich wieder hinter Bela ein. Ab und an warf er einen Blick über die Schulter, als müsste er sich vergewissern, dass ich mich noch hinter ihm befand. Und dann lächelte er, während der Fahrtwind sein Haar ins Gesicht wehte. Ganz automatisch musste ich lachen, seine liebevoll jungenhafte Art öffnete mein Herz.

Beim steilen Anstieg fiel ich kurz zurück. Keuchend hob ich mich aus dem Sattel und trat kräftig durch.

Bela wartete auf mich, bis ich mich wieder im kurzen Abstand hinter ihm befand. Bei der nächsten Straße streckte er den Arm zur Seite und bog nach rechts, ich folgte ihm. Über ein abgesenktes Stück Bürgersteig fuhren wir an die Uferpromenade der Spree auf einen schmalen, erdigen Weg, an dem auf der zum Fluss abfallenden Rasenfläche ein paar Enten watschelten. Es roch nach brackigem Wasser und Entengrütze, was mich an meine Kindheit erinnerte, in der ich mit Max und unserem Vater oft mit dem Gummiboot auf dem Tegeler See gedümpelt war.

„Diesen Weg fahre ich fast jeden Tag."

Kurz musste ich hinter Bela ausscheren, weil uns ein Jogger entgegenkam. „Es ist schön hier", bemerkte ich, als ich wieder neben ihm fuhr und blickte aufs Wasser, auf dem gerade ein Ausflugsdampfer vorüberzog.

„Jetzt ist es nicht mehr weit", ließ mich Bela wissen und nickte einer alten Dame auf der Bank zu. Sie saß auf ihren Stock gestützt und hielt ihr Gesicht in die Sonne. Auf Belas Gruß hin lächelte sie freundlich.

Nur kurze Zeit später mündete der Weg in den Schlossgarten und wir fuhren an der Rückseite des prachtvollen Gebäudes entlang.

„Hier war ich schon eine ganze Weile nicht mehr."

„Du wirst es nicht glauben, aber hier arbeite ich." Ein gewisser Stolz in seiner Stimme war nicht zu überhören.

Mir fielen die wundervoll angelegten Blumenbeete ins Auge und ich runzelte die Stirn. „Dann bist du Gärtner?"

Bela lachte auf. „Nein. Obwohl, ... das könnte mir auch gefallen. Nur, wie ich dir schon sagte, kenne ich mich mit Pflanzen nicht gut aus."

„Stimmt, das hatte ich völlig vergessen. Ich wollte dir ja beim Bepflanzen deines Balkons helfen."

Als wir den länglichen Gebäudekomplex umrundet hatten, hielt Bela an und stieg vom Fahrrad. „Das hier ist mein Arbeitsplatz." Er zeigte auf den Eingang der Orangerie und ich stieg ebenfalls vom Rad. Ein riesiger Aufsteller mit einem Orchester in barocken Kostümen buhlte um Aufmerksamkeit. Bei näherer Betrachtung erkannte ich Bela in der ersten Reihe. Er saß auf einem Stuhl, trug eine weiße Perücke, ein hellblaues Barockkostüm mit langen weißen Strümpfen und Schuhe mit goldenen Schnallen. In der linken Hand hielt er eine Geige, die er auf seinem Oberschenkel aufgestützt hatte, in der rechten den Geigenbogen, sein Gesicht zierte ein breites Lächeln.

Ich gab einen verblüfften Laut von mir und sah ihn an. „Du bist Violinist?" Sofort zählte ich eins und eins zusammen. Also war er doch der Verfasser der heimlichen Liebesbotschaften! Es musste so sein. Als Musiker hatte er einen Draht zu Songtexten.

Er nickte stolz. „Ich spiele hier jeden Abend außer montags, du musst unbedingt mal kommen. Ich lade dich ein."

„Das werde ich mir auf keinen Fall entgehen lassen." Jetzt war die Gelegenheit, ihn auf die Songtexte anzusprechen. „Wie bist d..."

„Du kannst au..."

Das war synchron. Wir sahen uns an und kicherten drauf los.

„Du zuerst", sagte Bela ganz gentlemanlike.

„Nein, du", ließ ich ihm den Vortritt.

„Du kannst gerne jemanden mitbringen, wenn du magst. Sag mir, wann du Zeit hast, dann besorge ich dir zwei Freikarten."

„Okay, das klingt super. Meine Freundin Zoe liebt klassische Musik, sie wird mich sicherlich gerne begleiten." Eine kurze Pause entstand, in der wir uns unverwandt ansahen. Bisher spürte ich eine freundschaftliche Nähe zu ihm, das erhoffte Kribbeln im Bauch blieb jedoch aus. Bei ihm war ich mir noch nicht ganz sicher, ob sein Interesse nicht doch über eine bloße Freundschaft hinausging. Es konnte aber auch sein, dass das Leuchten in seinen Augen anders zu deuten war und von seiner Energie und Lebensfreude herrührte, die immer sofort auf mich übersprang.

Lächelnd klemmte er sich eine Strähne hinters Ohr und sah mich abwartend an. „Und, was wolltest du sagen?"

„Ähm ..." Was, wenn er es doch nicht war? Es konnte auch nur ein Zufall sein, dass er etwas mit Musik zu tun hatte. Andererseits wartete er vielleicht nur, dass ich ihn darauf ansprach. Ich sollte ihn noch ein wenig auf den Zahn fühlen. „Schon wieder vergessen, so wichtig kann es also nicht gewesen sein", log ich und winkte ab.

Er zog eine Augenbraue in die Höhe und sah mich belustigt an. „In dem Alter schon so vergesslich? Erst weißt du nicht mehr, dass ich keine Ahnung von Pflanzen habe, dann, was du sagen wolltest ..."

Lachend zuckte ich mit den Schultern. „Ich habe nur Hunger, da lässt meine Konzentration nach und ich werde unleidlich. Gibt es vielleicht hier etwas in der Nähe, wo man eine Kleinigkeit zum Mittag essen kann?", versuchte ich vom Thema abzulenken.

„Gleich hier gibt es den besten Flammkuchen der Stadt." Bela zeigte auf das gegenüberliegende Gebäude, die *Kleine Orangerie*. „Wenn ich dich einladen darf?"

„Kommt überhaupt nicht infrage. Wenn, dann lade ich dich ein."

Bela schnalzte mit der Zunge. „Ich bestehe darauf. In meinem Land lässt sich ein Mann nicht von einer Frau einladen, das wäre beschämend."

„So altmodisch?", neckte ich ihn.

„In gewissen Dingen vielleicht schon." Er lächelte schelmisch.

„Also gut, wenn du darauf bestehst, nehme ich deine Einladung gerne an. Aber dafür bepflanze ich dir deinen Balkon. Einverstanden?"

Bela zuckte mit den Achseln. „Einverstanden. Aber du zeigst es mir, damit ich es beim nächsten Mal selber machen kann. Selbst ist der Mann."

Ich lachte. „Du bist vielleicht 'ne Type. Klar, alles was du willst", gab ich mich geschlagen und schob schmunzelnd mein Fahrrad zum gegenüberliegenden Fahrradständer vor dem Restaurant.

„Was ich vorhin noch sagen wollte, mich aber nicht getraut habe ...", sagte Bela, als wir uns draußen am Tisch unter einem riesigen Schirm niedergelassen hatten. Erfreulicherweise wärmte die Sonne heute angenehm, denn drinnen fand eine Veranstaltung statt, Plätze gab es nur im Freien.

Ich grinste herausfordernd. „Trau dich nur, vielleicht hast du Glück und ich beiße nicht."

Bela rutschte näher an den Tisch heran, stützte seine Unterarme auf und lehnte sich mit gesenktem Blick vor. „Ich will dir nicht zu nahetreten, so lange kennen wir uns noch nicht."

Oje, jetzt kommt's. „Zu spät, ist schon geschehen", sagte ich und versuchte meine Stimme dabei so heiter wie möglich klingen zu lassen.

Bela atmete schwer durch, als müsste er eine Last von seiner Seele befreien. „Du wirkst zwar freundlich und offen ..."

Aber in Wahrheit bin ich ein Monster? Ich hielt den Atem an.

„... dennoch umgibt dich eine geheimnisvolle Aura, die ich gerne ergründen würde."

„Eine geheimnisvolle Aura also ..." Ich lächelte schief und nagte an meiner Unterlippe.

Er nickte. „Ja, ..." Ehe er fortfahren konnte, wurden wir vom Kellner unterbrochen, der uns die Speisekarten reichte. Dankend nahmen wir sie entgegen und bestellten jeder eine große, naturtrübe Apfelschore.

„Manchmal sehe ich eine Melancholie in deinen Augen, wenn du dich unbeobachtet fühlst", fuhr er fort, als wir wieder ungestört waren. „Vorhin in der Buchkantine ist mir das wieder aufgefallen. Ich beobachte gerne Menschen und ihre Eigenarten. Mich würde wirklich interessieren, was hinter dieser fröhlichen Fassade steckt." Er machte eine Handbewegung, als wischte er vor meinem Gesicht eine imaginäre Fensterscheibe.

Ich stieß einen erstaunten Lacher aus, der mehr wie ein verunglücktes Keuchen klang. Dann musste ich schlucken. Wirkte ich wirklich manchmal so traurig? Mit diesem plötzlichen Stimmungswechsel hatte ich nicht gerechnet und ich brauchte einen Moment, um meine Gedanken zu ordnen. Ich nahm die Speisekarte zur Hand und überflog angestrengt die Seiten, ohne dass auch nur ein Wort dabei in meinen Verstand sickerte, dafür war ich einfach zu aufgewühlt. Ein beinah Fremder glaubte also, in mir lesen zu können wie in einem Buch.

„Du fühlst dich manchmal einsam, ist es das?"

Verblüfft sah ich von der Karte auf und Bela ins Gesicht.

„Das wollte ich nicht, vergiss es." Er seufzte leise, sein zerknitterter Gesichtsausdruck sprach Bände. „Jetzt bin ich dir doch zu nahegetreten. Tut mir leid."

Mehr aus Höflichkeit schüttelte ich den Kopf, brachte jedoch kein einziges Wort hervor, ein dicker Kloß saß mir im Hals.

„Das passiert mir manchmal, wenn ich mich mit Menschen auf einer Wellenlänge fühle. Ich sage einfach, was mir durch den Kopf geht und was ich von ihnen denke."

Ich klappte die Karte zu und legte sie auf dem Tisch ab. „Du hast recht, in gewissen Momenten fühle ich mich einsam." Eigentlich hätte ich mich bei diesem Geständnis einem Mann gegenüber unwohl gefühlt. Aber das war nicht der Fall. „Geht es dir auch manchmal so?"

Bela hob die Schultern. „Ich bin im besten Alter, lebe in einer fremden Stadt, in der ich kaum jemanden kenne und ..." Er machte eine kurze Pause, in der sich sein Blick in der Weite verlor, ehe er mich ansah. „Und ob es mir so geht." Sein Lächeln, das er mir schenkte, war aufrichtig und ich erwiderte es.

„Erzähl mir etwas über dich."

„Was willst du hören?"

„Du wolltest mir einen Einblick in dein Leben geben, schon vergessen?"

„Jetzt weißt du schon mal, wo ich arbeite. Vorher war ich im Schönbrunner Schlossorchester in Wien."

„Und du dachtest, ein Ortswechsel würde dir guttun?"

Wieder zuckte er mit den Schultern, aber diesmal sah es so aus, als würde er schrumpfen, als er sie sacken ließ. Irgendwie niedergeschlagen. „Eigentlich nicht. Sie haben mich überredet, weil ich mit am längsten dabei bin und um das Orchester hier groß zu machen. So wie in Wien."

„Es ist doch schön, ein wenig rumzukommen. Du bist jung, Berlin ist eine aufregende Stadt. Wenn du älter bist, hast du vielleicht Familie, dann geht sowas nicht mehr so einfach."

„Ich wäre lieber dortgeblieben." Er lächelte gezwungen und blickte dann auf zum Kellner, der nach unserer Bestellung fragte.

Nachdem wir zwei Flammkuchen geordert hatten, war Bela wie ausgewechselt. Ich wollte ihn noch fragen, ob er dort Familie hatte und ob er sie vermisse, aber dazu kam ich nicht mehr, weil Bela munter drauf losplauderte, als hätte die betrübte Stimmung von zuvor nie geherrscht. Er erzählte vom guten kroatischen Essen seiner Mutter und wie er als Junge mit seinen Brüdern immer am Strand geritten war. Noch nie hatte ich jemanden so wild gestikulieren sehen wie ihn, schien wohl so ein Musikerding zu sein. Ständig war er in Bewegung und schwenkte seine Arme durch die Luft. Das fiel mir erst jetzt auf, wo wir uns gegenübersaßen. In der Zwischenzeit kam unser Flammkuchen, der köstlich nach Zwiebeln und Speck duftete. Während ich herzhaft in den knusprigen Teig biss und mein Essen genoss, redete Bela ohne Unterlass. Er war ein guter Erzähler, ich hörte ihm gerne zu.

„Was?" Irritiert schob er die Augenbrauen zusammen, als ich irgendwann begann, leise vor mich hin zu glucksen. Ich konnte einfach nicht anders.

„Wolltest du ursprünglich Dirigent werden?"

„Äh ... nein. Wieso?"

„Ich habe noch nie jemanden gesehen, der beim Reden so viel gestikuliert wie du."

Er lachte auf. „So bin ich halt."

„Ich mag dich." Die Bemerkung war mir einfach so herausgerutscht, ohne mir Gedanken zu machen. Jetzt spürte ich, wie ich rot wurde. „Ich meine, du bist ein netter Mensch und ich bin gerne mit dir zusammen", schob ich schnell hinterher, damit er keine falschen Schlüsse zog.

„Ich mag dich auch." Kleine Lachfältchen bildeten sich um seine Augen. „Dann ist ja alles geklärt. Das heißt, wir sehen uns jetzt öfters?"

Seine offene Direktheit ließ mich schmunzeln. Bela lag wirklich das Herz auf der Zunge. „Das werden wir." Amüsiert wies ich auf seinen Teller. „Und jetzt iss, ehe dein Flammkuchen vollkommen ausgekühlt ist.

Lächelnd nickte er und biss ein großes Stück vom Teig ab. Ich sah ihm eine Zeitlang dabei zu, wie er mit ordentlichem Appetit sein Essen verdrückte. Eine Sache lag mir noch auf der Seele. Vielleicht konnte ich doch noch herausfinden, ob Bela hinter den Songtexten steckte.

„Komponierst du eigentlich auch selbst?"

Er schüttelte den Kopf. „Nicht mehr. Dazu müsste ich viel spielen und das kann ich nicht in meiner Altbauwohnung – zu hellhörig."

„Und welche Musik hörst du so? Nur Klassik oder auch mal was anderes?" Vielleicht verriet er sich ja.

Bela sah mich ungläubig an. „Du meinst, weil ich Violine spiele, höre ich ausschließlich Klassik?" Sein jungenhaftes Lachen erklang. „Das wäre mir definitiv zu eintönig. Ohne Metallica und ACDC wäre das Leben nur halb so schön."

Ich nickte und sah ihm eine Weile in die Augen. Er hielt meinem Blick stand, ohne mit der Wimper zu zucken.

Kapitel 13

Tage vergingen, doch das Gespräch mit Lian spukte mir noch immer im Kopf herum. Heute war Donnerstag und ich hatte ihn Montag zum letzten Mal gesehen. Ob er sich bewusst nicht blicken ließ, um nicht wieder auf mich zu treffen? Fast kam es mir so vor. Sonst war er mir doch auch jeden Tag über den Weg gelaufen, wenn er seinen Opa besucht hatte.

Wie konnte er glauben, dass ich meine Einladung zum Kaffee nur aus Mitleid ausgesprochen hatte? Als Krönung des Ganzen hatte ich ihn auch noch beleidigt. Ich musste das schnellstens wieder geradebiegen. Das Einzige, was mir einfiel, war, Herrn Sommerfeld ins Vertrauen zu ziehen. Vielleicht gelang es ihm, zwischen uns zu vermitteln.

Am Nachmittag klopfte ich mit einem selbstgebackenen Karottenkuchen an seiner Tür. Er war noch warm, duftete herrlich buttrig und die weiße Zuckerglasur glänzte appetitlich.

„Haben Sie Zeit für einen Kaffee?"

„Aber immer." Und mit Blick auf meinen Kuchen: „Wie könnte ich da Nein sagen?" Er lachte auf und trat zurück, um mich einzulassen. „Haben Sie den gebacken?"

„Habe ihn gerade aus dem Ofen geholt."

„Er sieht köstlich aus."

Während ich den Kuchen anschnitt und jeweils ein Stück auf die Teller platzierte, befüllte Herr Sommerfeld die Filtertüte mit Kaffeepulver. Er stand seitlich zu mir und ich sah, wie er im Stillen die gestrichenen Löffel abzählte. Um ihn nicht aus dem Konzept zu bringen, nahm ich am Küchentisch Platz und sah mich um. Mein Blick fiel auf den Kalender an der Wand. Abgesehen von einem Augenarzttermin gab es nur drei Einträge diesen Monat:
Chinesischer Garten mit Lian, Deutsche Oper mit Lian und Tierpark mit Lian.
Es rührte mich, dass sein Enkel seine Freizeit mit dem alten Mann verbrachte. So menschenscheu wie Lian war, hatte er in Berlin nach so kurzer Zeit vermutlich noch keine vertrauten Menschen um sich. Die beiden schienen sich wirklich gerne zu mögen. Und mein Nachbar war endlich nicht mehr so einsam. Offenbar tat ihnen die Gesellschaft des anderen gut.
Der Duft von frischgebrühtem Kaffee, gerösteter Arabica-Bohne um genau zu sein – breitete sich aus und ich sog ihn mit geschlossenen Augen in mir auf. Dieser Geruch gab mir schon immer ein Gefühl von Geborgenheit, das ich mit allen Sinnen in mir aufnehmen wollte. Das Gurgeln der alten Kaffeemaschine und das Klappern von Geschirr nahm ich nur noch am Rande wahr, die Geräusche lullten mich ein und meine Gedanken drifteten ab. Lian geisterte mir durch den Kopf, wie er mit geschmolzenem Karamell in den Augen vor mir stand. Nicht mal Marc hatte bei unserem Kennenlernen solche Empfindungen in mir ausgelöst. Für einen kurzen Moment, als wir uns in die Augen gesehen hat-

ten, hatte ich geglaubt, Lian würde das Gleiche empfinden wie ich. Als hätten sich unsere Herzen füreinander geöffnet und unsere Seelen erkannt. Aber offenbar hatte ich mir das nur eingebildet, so wie ich mir oft etwas einbildete, weil es in meine romantische Vorstellung passte. Marc hatte mich damals in einem Café angesprochen, nachdem er mir schon eine ganze Weile vorher schöne Augen gemacht hatte. Er war gutaussehend und hatte dieses gewisse Feuer im Blick, das meinen Bauch zum Kribbeln gebracht hatte. Aber Lian war mir gleich so nah und vertraut gewesen. Diese starke Anziehung, die er auf mich ausübte, hatte meine Knie weich werden lassen.

Der Stuhl neben mir schrammte über das Linoleum und riss mich aus meinen Gedanken, als Herr Sommerfeld sich neben mich setzte.

„Was liegt Ihnen auf dem Herzen?"

Ich kräuselte die Stirn. „Ach nichts Besonderes." Ich lächelte meine Befangenheit weg. Sah man mir etwa so sehr an, dass mich etwas beschäftigte? Erst jetzt fiel mir auf, dass Herr Sommerfeld meine Tasse mit Kaffee befüllt hatte. Dankend lächelte ich ihn an, schaufelte einen halben Teelöffel Zucker aus der Porzellandose vor mir in meine Tasse und rührte eine ganze Weile darin herum.

„Nicht, dass ihrem Kaffee noch schwindlig wird", scherzte Herr Sommerfeld. „Sie sind so still, so kenne ich Sie gar nicht."

Ich presste die Lippen aufeinander, nippte an meinem Kaffee, ehe ich mir einen Ruck gab. „Ihr Enkel hat bei unserem letzten Zusammentreffen irgendetwas in den falschen Hals gekriegt. Das tut mir sehr leid. Hat er vielleicht mit Ihnen darüber geredet?"

Zögerlich schüttelte er den Kopf und trank dann ebenfalls einen Schluck. „Ich habe ihn schon ein paar Tage nicht mehr gesehen. Was ist denn zwischen Ihnen vorgefallen?"

„Ich habe seinen wunden Punkt entdeckt. Er hat zum ersten Mal in meiner Gegenwart gesprochen. Allerdings nicht mit mir, sondern mit Zsa Zsa." Schief lächelnd blickte ich auf.

Herr Sommerfeld sah mich aufmerksam an, eine steile Falte hatte sich zwischen seinen Augenbrauen gebildet.

„So habe ich herausgefunden, dass er stottert. Offenbar wollte er das vor mir und der restlichen Welt geheim halten."

Begleitet von einem tiefen Seufzer lehnte sich Herr Sommerfeld in seinen Stuhl zurück, verschränkte die Arme und drückte mit Daumen und Zeigefinger seine Nasenwurzel zusammen. „Mir war klar, dass er nicht ewig stumm bleiben konnte. Dass früher oder später jemand aus dem Haus davon erfahren würde. Meinem Enkel macht sein Handicap schwer zu schaffen. Offenbar wurde er in seiner Jugend des Öfteren deswegen gehänselt. Aus dem Grund hat er beschlossen, niemanden an sich heranzulassen. Außer ein paar wenige Ausnahmen." Ein trauriger Schimmer lag in seinen Augen, als er mich ansah.

Ich nickte. „Sowas Ähnliches habe ich mir schon gedacht. Er muss Schlimmes erlebt haben. Ich wollte mich bei ihm mit einem Kaffee für seine Hilfsbereitschaft revanchieren, aber er verstand meine Einladung falsch, dachte, ich hätte sie nur aus Mitleid ausgesprochen."

„Ich weiß leider auch nicht, wie ich ihm helfen kann. Ich wäre so gerne schon viel früher für ihn da gewesen. Er ist so ein toller Junge."

„Sie könnten ein gutes Wort für mich einlegen. Bei mir gibt es keinen Mitleidsbonus. Wenn ich jemanden zum Kaffee einlade, dann, weil ich ihn mag."

„Das werde ich, versprochen." Herr Sommerfeld sah mit einem Mal so geknickt aus, ich musste ihn dringend auf andere Gedanken bringen.

„Fangen Sie an, ich will wissen, wie Ihnen mein Kuchen schmeckt."

Er steckte seine Gabel in den weichen Teig und schob sich ein Stück in den Mund. „Er sieht nicht nur köstlich aus, sondern er schmeckt auch so", sagte er noch mit vollem Mund. „Frau Berger, ein Mann wird es gut bei Ihnen haben. Liebe geht durch den Magen und Sie haben davon eine Menge zu geben, wie ich finde." Er lächelte und mir wurde ganz warm ums Herz.

Kapitel 14

Der penetrante Geruch von Zigarettenqualm lag in der Luft als wir die Eckkneipe betraten. Zoe schaute über die Schulter zu mir zurück, ihr Gesicht zu einer angeekelten Grimasse verzogen. „Lang halte ich es hier drin aber nicht aus bei dem Mief."

„Kein Wunder, wenn man die Tür offenstehen lässt", bemerkte ich mit einem Blick auf den angrenzenden Raucherraum. Die nehmen das mit den Regeln hier offenbar nicht so eng."

Eigentlich wollten wir zu dritt als Familie Berger hier auftauchen, aber Max hatte Tage zuvor unsere Vermieterin Frau Bodemaier im Treppenhaus getroffen und ihr bei der Gelegenheit erklärt, einen Abgabetermin einhalten zu müssen und sich so mal wieder geschickt aus der Affäre gezogen.

Jetzt kam uns Frau Bodemaier freudestrahlend entgegen. Wie gewöhnlich trug sie eine flotte Lederjacke, heute in knallgelb. Eine violett gefärbte Strähne fiel ihr ins Gesicht, ihr blondiertes Haar hatte sie zu einem Pferdeschwanz gebunden. Sie war an die sechzig, doch bewegte sich immer noch so flink wie ein Wiesel.

„Oh, Frau Berger und Frau Berger, wie nett, Sie zu sehen! Ich dachte schon, Sie würden auch nicht kommen."

„Wenn's ums Feiern geht, sind wir doch immer dabei." Zoe zwinkerte ihr zu.

„Naja, das geht ja jetzt auch nicht mehr so in ihrem Zustand." Frau Bodemaier warf einen ostentativen Blick auf Zoes Bauch und stützte die Hände in die Hüften. „Dann suchen Sie sich doch erstmal ein gemütliches Plätzchen." Sie machte eine raumgreifende Handbewegung und nickte uns zu, ehe sie den nächsten hereinkommenden Mieter begrüßte.

Das Wort *gemütlich* erschien mir im Zusammenhang mit Arnos Eckkneipe nun wirklich nicht passend. Selbst *rustikaler Charme* wäre maßlos übertrieben gewesen, hätte man sich diese Spelunke schönreden wollen. Abgesehen von der abgestandenen Luft trug die abgenutzte Holztheke, die einfache Bestuhlung und die von den Zigaretten vergilbten Gardinen, die seit dem Rauchverbot vor fünfzehn Jahren offenbar nicht erneuert wurden, nicht unbedingt zu einem Wohlfühl-Ambiente bei. Wen wunderte es da schon, dass Arnos Kundschaft aus Gästen bestand, die hauptsächlich tagsüber mit den Barhockern fest verwurzelt waren.

Mein Herz machte einen Satz, als ich Lian an einem der Stehtische neben Herrn Sommerfeld entdeckte. Mein Stimmungsbarometer stieg augenblicklich und mein Puls schoss in die Höhe. Damit hatte ich nun wirklich nicht gerechnet. Mein Nachbar hatte mir verschwiegen, dass er in Begleitung seines Enkels zur Feier kam. Seltsam, wo der doch so ungern unter Leute ging.

Lians Blick traf mich mitten ins Herz und ein leises Lächeln schlich sich auf seine Lippen. Einen Moment lang bildete ich mir ein, er freute sich genauso, mich hier zu sehen wie ich ihn. Er trug einen weißen Longsleeve mit Knopfleiste, der eng seinen drahtigen Oberkörper umschmeichelte. Vielleicht war er nicht so durchtrainiert und breitschultrig wie Ben, aber dafür natürlich, wie ich es mochte.

Ich spürte Zoes Ellbogen in der Seite, was mich kurz zusammenzucken ließ. „Wollen wir uns einen Platz suchen?" Ohne meine Antwort abzuwarten, steuerte sie auf den Ecktisch zu und stellte sich neben Herrn Sommerfeld, der uns freudig empfing. Ich hatte Zoe gegenüber vage Andeutungen gemacht, was meine Begegnung mit Lian im Treppenhaus betraf. Eigentlich hatte ich meine Gefühle noch mit niemandem teilen wollen, aber ihr musste ich einfach davon erzählen, wie er mich in dem nur kurzen Moment umgehauen hatte. Auch sein Stottern, hatte ich ihr nicht vorenthalten, weil ich wusste, dass sie ganz locker damit umgehen würde und jetzt, wo ich ihn sah, war ich sehr froh darüber.

„Haben wir etwas verpasst?", richtete Zoe die Frage an Lian.

„A-Absolut n---icht." Lians Kiefermuskel spannte sich, ehe sein Blick wieder zu mir wanderte. Dann lächelte er schief. Offenbar hatte sein Opa mit ihm gesprochen, er wirkte heute viel offener, dennoch spürte ich seine Nervosität, die sicherlich von seiner Angst herrührte, sich zu blamieren.

Herr Sommerfeld rutschte von seinem Barhocker und schob ihn Zoe entgegen. Im gleichen Moment stand auch Lian von seinem Hocker auf und stellte ihn mir mit einer galanten Handbewegung zur Verfügung.

Ich winkte sofort ab. Irgendwo würde sich später bestimmt noch ein Stuhl auftreiben lassen. Doch Lian zuckte mit den Schultern und machte keine Anstalten, sich wieder zu setzen.

Ich gab ein belustigtes Schnauben von mir, zuckte ebenfalls mit den Schultern und ließ mich schließlich auf dem Hocker nieder.

„Frau Berger, nehmen Sie doch bitte Platz", ergriff mein Nachbar das Wort.

„Um Gottes Willen, bleiben Sie sitzen", sagte Zoe.

„Kommt nicht in Frage", beharrte Herr Sommerfeld. „Und wo ich gerade stehe: Darf ich Ihnen ein Glas Orangensaft bringen?"

„Herr Sommerfeld, Sie sind ein Kavalier der alten Schule, so etwas kennen die Männer heutzutage gar nicht mehr. Gerne nehme ich Ihr Angebot an." Ich kicherte, während Zoe ihm charmant zulächelte, worauf mein Nachbar nickte und sich zum Getränkebuffet aufmachte. Aus dem Augenwinkel sah ich, wie Frau Biedermann ihm vom Nebenstehtisch verstohlen hinterher sah.

Verlegenes Schweigen senkte sich über uns. So unauffällig wie möglich blickte ich zu Lian, doch im selben Moment schaute auch er zu mir und ein winziges Lächeln zog an seinem Mundwinkel. Augenblicklich geriet mein Herz ins Stolpern und ich musste ebenfalls lächeln. Vielleicht hatte ich mich ja getäuscht und er konnte mich doch leiden. Vielleicht war sein Verhalten wirklich nur seinem Handicap geschuldet und er hatte Angst, sich lächerlich zu machen. Ich musste es herausfinden, so viel stand fest. Nur wie konnte ich es anstellen, mit ihm unter vier Augen zu sprechen? Auf keinen

Fall wollte ich mich in Anwesenheit der anderen bei ihm entschuldigen. Ihn später beim Gehen unauffällig abzufangen, schien mir die einzige Möglichkeit.

„Ihnen habe ich auch gleich etwas zum Anstoßen mitgebracht", riss mich Herr Sommerfelds Stimme aus meinen Grübeleien. Er reichte mir einen Sektkelch, den ich dankend annahm. Ich nippte an dem Schaumwein, der abgestanden schmeckte und in dem kaum noch Kohlensäure prickelte. Rasch zog ich Zoe ihr Glas aus der Hand und schüttete mir ein wenig von ihrem Orangensaft in meinen Kelch.

Alle Köpfe an unserem Tisch zuckten herum, als Frau Bodemaier mit einem Löffel an ihr Sektglas schlug, um sich Gehör zu verschaffen.

„Ich freue mich sehr, dass Sie so zahlreich zu unserem 100-jährigen Jubiläum erschienen sind und heiße Sie alle herzlich willkommen." Sie machte eine kurze Pause und ließ ihren Blick über die Bewohner des Hauses schweifen. Etwa fünfzig Leute waren gekommen, die kleine Kneipe platzte beinah aus allen Nähten.

„Wo es was umsonst gibt ...", flüsterte neben uns ein älterer Mann, den ich schon mal bei Zoe im Treppenhaus gesehen hatte, hinter vorgehaltener Hand. Seine rotgeäderte Nase verriet, dass er gerne mal einen über den Durst trank.

Zoe presste ihre Lippen aufeinander, wir tauschten einen Blick und hatten Mühe, nicht loszuprusten.

„Vor hundert Jahren wurde dieses Haus hier erbaut und steht seitdem ..."

Schon nach kurzer Zeit drifteten meine Gedanken ab, Frau Bodemaiers Rede schwappte nur noch leicht gegen den Rand meines Bewusstseins.

Ich ließ meinen Blick durch den Raum schweifen und entdeckte an dem runden Esstisch am Eingang das Albtraumgespann. Erleichterung durchfuhr mich. Durch unser spätes Eintreffen blieben wir von dessen Nähe verschont. Neben den beiden saß das schwerhörige Rentnerehepaar, das unter mir wohnte, und dessen Lieblingsserien ich mittlerweile kannte.

Nach Frau Bodemaiers Rede stieg der Geräuschpegel drastisch, doch man gewöhnte sich schnell daran und die Stimmung wurde immer ausgelassener. Wir unterhielten uns eine Weile mit Herrn Sommerfeld über den Arbeiterbezirk Moabit und wie er sich in den letzten Jahrzehnten verändert hatte, doch Lian gab keinen Ton von sich, lauschte stattdessen interessiert unserem Gespräch und nippte immer mal wieder an seiner Bierflasche.

Zoe hielt es nur zwei Organgensäfte lang aus, dann verabschiedete sie sich mit den Worten: „Tut mir leid, die stickige Luft bekommt mir nicht gut, ich werde mich auf den Weg machen." Alle sahen sie verständnisvoll an, ehe sie mich mit einer Umarmung verabschiedete. „Er ist süß, schnapp ihn dir", gab sie mir noch flüsternd mit auf den Weg und ich musste schmunzeln.

Als ich mich wieder umdrehte, hatte sich Herr Sommerfeld zu Frau Biedermann an den Nachbartisch gesellt. Mich wunderte es, dass sie überhaupt der Einladung gefolgt war, wo sie sonst immer so scheu und wenig kontaktfreudig wirkte. Vermutlich sah sie es wie die meisten hier als Pflichttermin, um Frau Bodemaier nicht zu verstimmen.

Lian und ich waren die letzten Übriggebliebenen der Runde. Er sah mich an und zuckte mit den Schultern.

Dann hielt er mir sein Bier zum Anstoßen entgegen. Wohl so eine Art Friedensangebot, wie ich vermutete.

Klirrend ließ ich mein Sektglas mit seiner Flasche kollidieren und lächelte ihn an, was soviel bedeutete wie: Ich nehme dankend an.

„Eigentlich hätte ich auch lieber ein Bier", bemerkte ich, nachdem ich noch einen Schluck der abgestandenen Plörre getrunken hatte.

„Da-Da-Das l-lässt sich einrichten." Lian kniff die Augen zusammen, während er sprach. Es war offensichtlich, dass ihn das Sprechen anstrengte, doch er lächelte und lief zur Bar.

Erstaunt blickte ich ihm hinterher. Er war auf einmal wie ausgewechselt. Das Schamgefühl, das ich wegen des Stotterns bei unserem letzten Zusammentreffen an ihm festgestellt hatte, schien wie weggeblasen. Vor Zoe hatte er kaum einen Ton hervorgebracht, aber zu mir hatte er wohl Vertrauen gefasst.

„Wie hast du dich in Berlin eingelebt?", fragte ich ihn bei seiner Rückkehr und nach einem einvernehmlichen Schluck aus unseren Becks-Flaschen. Es war mir wichtig, endlich ein ungezwungenes Gespräch in Gang zu bringen, damit er sich mir öffnete und ich ihn besser kennenlernen konnte.

Noch einen Schluck Bier im Mund bewegte er vage den Kopf hin und her und stellte seine Flasche auf dem Tisch ab. „Naja, d-die meiste Zeit verbringe ich vo-vor dem C-C-C --- Rechner. Oder m-mit Opa. Deshalb ... von Einleben k-kann da nicht groß die R-R-Rede sein." Er sprach langsam, offenbar konzentriert darauf, nicht über jedes Wort zu stolpern.

„Was arbeitest du denn?"

„Ich b-bin Spieleentwi-wi-wickler."

Vergeblich wartete ich auf eine nähere Ausführung. Stattdessen senkte Lian den Blick und fuhr nachdenklich mit der Fingerkuppe über die Öffnung seiner Bierflasche.

„Dann bist du technisch sicher sehr versiert."

Ein schiefes Lächeln war die Antwort. „Und du?", gab er den Ball an mich zurück. „Opa ha-hat erzählt, du reist v-v-viel in der W-Welt herum. Erzähl m-mal." Offenbar war er nicht bereit dazu, viel zu reden und fühlte sich unwohl, wenn ich ihm Fragen stellte. Er sah mir in die Augen, ich las wirkliches Interesse in seinem Blick.

„Ja, das stimmt. Letzte Woche war ich in Frankreich, nächste Woche geht es vielleicht nach Tokio ..." Mehr fiel mir nicht ein, ich wollte das Thema nicht vertiefen, sondern war neugierig, über *ihn* etwas zu erfahren.

Lian verzog anerkennend die Mundwinkel. „Klingt t-toll. W---Wenn man g-g-gerne unterw-wegs ist", fügte er nach einer kurzen Pause blinzelnd hinzu. „Ich p-p-persönlich fahre zwar gerne mal in d-den Urlaub, aber b-beruflich wäre mir das zu stre-stre--- anstrengend, ständig auf Achse z-zu sein."

Ich nickte nur. Wie oft hatte ich das schon zu hören bekommen, wenn ich von meinem Job erzählte. Und wenn ich ehrlich war, empfand ich momentan genauso. Seit Galicien hatte ich zum ersten Mal das Gefühl, dass mir das Herumreisen zu viel wurde. Vielleicht war ich auch langsam zu alt für diesen Job.

„W-W-Was ist l-los? Habe ich etwas Fa-Fa-Falsches gesagt?", unterbrach Lian meinen Gedankenstrom. „Du s-s-siehst plötzlich so ge----knickt aus."

„Nein, alles gut", versicherte ich kopfschüttelnd und fügte nach einer kurzen Pause hinzu: „Lian, beim letzten Mal wollte ich auf keinen Fall ..."

„Scho-Schon gut", fiel er mir ins Wort. „Mein Opa h-h-hat mir schon erzählt, wie l-l-leid dir das tut. Muss es a-aber nicht."

Unsere Vermieterin trat mit einem Tablett an unseren Tisch und verteilte Schnapsgläser.

„Na endlich mal was Anständiges", raunte der ältere Mann vom Nebentisch Lian hinter vorgehaltener Hand zu, so dass auch ich es hören konnte. „Die fade Plempe kriegt man ja nicht runter." Kichernd zwinkerte er uns zu.

Lian und ich sahen uns an und mussten grinsen.

Unsere Vermieterin erhob ihr Glas, um mit uns anzustoßen.

„Trinken Sie etwa bei jedem mit?", wollte ich wissen.

Sie kam näher an mich heran. „Ich verrate Ihnen ein Geheimnis", flüsterte sie mir konspirativ zu. „Nur bei jedem dritten. Die anderen Male tue ich nur so."

Ich lachte auf und auch Lian stimmte mit ein.

„Früher habe ich Einiges mehr vertragen, da brauchte ich noch nichts zum Entwässern zwischendurch. Die Männer habe ich reihenweise unter den Tisch gesoffen."

Offenbar meinte sie das ernst. Ich setzte ein anerkennendes Gesicht auf und wir stießen klirrend unsere Schnapsgläser aneinander.

Ich schüttelte mich kurz, als der hochprozentige Alkohol in meiner Kehle brannte. Lian tat es mir gleich und spülte gleich mit einem Schluck Bier hinterher.

Doch schon im nächsten Moment breitete sich die Flüssigkeit angenehm warm in meinem Magen aus.

Frau Bodemaier zwinkerte uns zu und wanderte mit dem noch vollen Tablett zum nächsten Tisch. Amüsiert sahen wir dabei zu, wie Herr Sommerfeld und Frau Biedermann, ohne mit der Wimper zu zucken, den Schnaps hinunterkippten, einen Moment später jedoch das Gesicht verzogen, als hätten sie in eine Zitrone gebissen. „Uuhh, der kratzt aber ordentlich." Mein Nachbar sah zu uns rüber und zuckte mit den Schultern. „Aber was sein muss, muss sein." Frau Biedermann kicherte.

„Lian, besorg mal bitte was Anständiges für uns Vier." Herr Sommerfeld hielt seinem Enkel einen Zehneuro-Schein entgegen.

Nach nur kurzer Zeit kam Lian mit vier Gläsern mit brauner Flüssigkeit zurück und reichte jedem von uns eins.

„Was ist das?", wollte ich wissen.

„Jäger----m-meister." Lian grinste.

„Den habe ich ja eine Ewigkeit nicht mehr getrunken." Zum letzten Mal auf meiner Abiparty, fiel mir bei näherer Überlegung ein. Die Erinnerung schob sich vor mein inneres Auge. Irgendwann hatte ich im Gebüsch hinter dem Schulgebäude mit dem Außenseiter meiner Klasse um die Wette gespien, nachdem wir uns ausgiebig verbrüdert hatten. Am nächsten Tag entdeckte ich rote Striemen an Armen und Beinen, die ich mir beim Straucheln durch Äste und Zweige zugezogen hatte. Allerdings waren die im Vergleich zu meinen Kopfschmerzen eine kaum erwähnenswerte Begleiterscheinung.

„W-Was gi-gi-gibt es zu kichern?" Neugierde blitzte in Lians Augen auf.

„Ach, mir ist nur gerade eingefallen, dass ich mir geschworen hatte, dieses Teufelszeug nie wieder anzurühren." Ich hob das Schnapsglas an. „Aber Vorsätze sind dazu da, um sie zu brechen." Mit geschlossenen Augen kippte ich den Jägermeister in einem Zug meine Kehle hinunter. Danach schüttelte es mich und Lian stieß ein raues Lachen aus, das mir durch und durch ging. Als ich ihn ansah, prostete er mir und den anderen beiden zu und sie taten es mir gleich.

Herr Sommerfeld lächelte füchsisch und schnalzte mit der Zunge. „Der ist um einiges besser. Gute Wahl, mein Junge!" Er klopfte Lian kurz den Rücken und wandte sich dann wieder Frau Biedermann zu.

„Ja, also ... ich mu-muss mich auch entschuldigen", knüpfte Lian an das Gespräch von zuvor an. „Es war kindisch, dich so anzufahren." Sein Mund umspielte ein reuevolles Lächeln, während er sich durch sein kurzgeschnittenes Haar raufte.

Erst jetzt fiel mir auf, wie locker seine Zunge inzwischen geworden war. Mit schräg gelegtem Kopf sah ich ihn an. „Wo ist dein Stottern geblieben?"

Lian wackelte mit seiner Bierflasche hin und her. „Alkohol macht es besser. So wie die Hemmschwelle sinkt, so wird auch m-meine Aussprache flüssiger, weil mein Sprachzentrum nicht mehr blockiert ist."

Ich nickte, konnte mir jedoch ein Grinsen nicht verkneifen.

„Aber deshalb k-kann ich ja nicht gleich zum Alkoholiker werden", sagte er, als hätte er meine Gedanken gelesen.

„Nein, auf die Dauer ist das wohl keine Lösung. Hast du es schon mal mit einer Therapie versucht?" Ich biss mir auf die Unterlippe und hoffte, dass er mir meine indiskrete Frage nicht übelnahm.

Er nickte zögerlich. „Während meiner Schulzeit. Aber die Therapie k-konnte meine Probleme auch nicht lösen."

Ich lächelte mitfühlend und ärgerte mich im selben Moment darüber. Wenn ich ihm Mitleid entgegenbrachte, würde ich wieder ins gleiche Fettnäpfchen treten wie beim letzten Mal. Schnell nahm ich einen großen Schluck von meinem Bier, um meine Befangenheit zu überspielen. Ein Teil von mir hätte ihm gerne noch viele Fragen dazu gestellt. Ob eine andere Therapie für ihn in Frage käme und wie sein jetziges Umfeld damit umging. Aber der andere Teil wollte ihn nicht überfordern und sein Handicap in den Mittelpunkt unseres Gesprächs stellen, deshalb schluckte ich die Worte hinunter. „Ich finde es schön, dass du deinen Opa begleitet hast." *Obwohl du offensichtlich ungern unter Menschen bist*, fuhr ich in Gedanken fort.

„Ich auch." Lian sah mir in die Augen, sie strahlten so unerwartet hell, dass mein Herz zu flattern begann. Und nach einer kurzen Pause fügte er mit rauer Stimme hinzu: „Ich habe gehofft, dich hier zu treffen." Sein Lächeln gab mir den Rest. Es grub sich in mein Herz und nistete sich tief darin ein.

Ich hielt den Atem an, während ich in seinen karamellfarbenen Augen versank und ein Bild vor meinem inneren Auge entstand.

Lian trägt mich in seinen Armen und bettet mich in ein Meer aus Rosenblüten. Ihr betörender Duft vermischt sich mit seinem männlich herben Geruch, während er sich über mich beugt. Seine Lippen kommen näher ...

Auf einmal spürte ich seine Hand auf meinem Oberschenkel. Trotz dieser sanften, beinah zaghaften Berührung brannte sie sich durch meine Hose bis auf meine Haut und ein Kribbeln breitete sich lauffeuerartig in meinem gesamten Körper aus. Es war unglaublich, was Lian in mir auslöste.

Langsam beugte er sich zu mir rüber und raunte mir ins Ohr: „Wollen wir ein wenig frische Luft schnappen?" Sein warmer Atem ließ einen angenehmen Schauer meinen Nacken hinabrieseln.

Ich nickte. „Gute Idee!"

Kapitel 15

Als wir von den Hockern rutschten, war Herr Sommerfeld in ein angeregtes Gespräch mit Frau Biedermann vertieft. Lian und ich wechselten einen verschwörerischen Blick und ich war mir sicher, dass er sich genauso darüber freute wie ich, dass die beiden sich näherkamen.

Es war bereits dunkel, als wir nach draußen traten. Ein knochenweißer Halbmond spendete nur wenig Licht und die Luft hatte sich merklich abgekühlt. Fröstelnd schlang ich die Arme um meinen Oberkörper. Die dünne Strickjacke wärmte kaum.

Wir blieben vor dem Ausgang stehen und sahen uns an. Ein nervöses Lachen entwich mir. Das Bedürfnis ihn zu küssen war übermächtig. Es war nicht nur die sexuelle Anziehung, die er auf mich ausübte, kein unbedeutendes Schwärmen für die verstohlenen Blicke, die er mir zuwarf. Nein, ich mochte ihn unglaublich gern. Er brachte mein Herz dazu, schneller zu schlagen und ich fühlte mich gut in seiner Gegenwart. Ich war auf dem besten Weg, mich in ihn zu verlieben. Wenn das nicht schon geschehen war.

Doch irgendwie hatte ich im Gefühl, dass hier und jetzt nicht der geeignete Zeitpunkt war, ihm das zu verstehen zu geben.

Lian zog hastig seine Lederjacke aus und legte sie mir um die Schultern. Sie war an den Ärmelenden abgewetzt und schien selbst bei mir ziemlich eng zu sitzen. Dankend schenkte ich ihm ein Lächeln und schlüpfte in die Jacke, die dabei seinen herrlich männlichen Geruch verströmte. Dass er zuvorkommend war, hatte ich ja schon bei unserer ersten Begegnung bemerkt. Mir gefiel es, wenn Männer aufmerksam waren. Das hatte mich bei Ben immer gestört. Mit solchen Anstandsregeln nahm er es nicht so genau und setzte Scheuklappen auf, sobald Hilfsbereitschaft gefragt war.

„Fährst du Motorrad?"

Lian nickte knapp. „Ich habe mir g-gerade eine gebrauchte Maschine gekauft."

Ich wollte schon immer mal einen Freund haben, der mich hinten drauf nahm und durchs nächtliche Berlin chauffierte. Allein bei dem Gedanken begann mein Bauch zu kribbeln. „Nimmst du mich mal mit?"

Er lächelte. „Klar." Dann fasste er meine Hand und wir schlenderten in Richtung Spreeufer. Seine Hand in meiner fühlte sich gut an.

„Du bist also Single ... hast keine Freundin?", fragte ich sicherheitshalber nach. Nicht, dass mir das Gleiche passierte, wie in Marokko, dass ich an einen Womanizer geraten war, für den Treue nichts bedeutete. Man wusste ja anfangs nie, mit wem man es zu tun hatte. Vielleicht saß seine Freundin irgendwo auf dem Land und sie führten eine Wochenendbeziehung, bis er sie irgendwann nachholte. Vielleicht wollte er sich die Zeit alleine in der Hauptstadt mit einer anderen Frau schönmachen und ließ mich danach fallen wie eine heiße Kartoffel, sobald seine Freundin auftauchte.

Lian sah mich an und lachte leise. „H-Hab ich nicht." Dann senkte er den Blick zu Boden und eine kurze Pause entstand. „Und du?"

Ich lächelte. „Nein. Sonst würde ich nicht mit einem fremden Mann Hand in Hand die Straße entlang gehen."

„Gut, dass w-wir das schon mal ge-geklärt haben." Lian lächelte.

Ich bestätigte mit einem Nicken und spürte etwas wie Erleichterung in mir.

Auf dem Weg zur Spree unterhielten wir uns ohne dass eine unangenehme Pause entstand, die ich glaubte, füllen zu müssen. Wir erzählten uns von den Abenteuern unserer Kindheit. Er kletterte auf die höchsten Bäume, schnitzte Pfeil und Bogen oder ging auf „Bärenjagd" im angrenzenden Wald des Schrebergartens seiner Großmutter. Ich hingegen stromerte am liebsten durch das verwilderte Grundstück in unserer Nachbarschaft, mochte es schon damals, andere Welten zu erkunden.

Als wir an einem Spätkauf vorbeikamen, besorgte Lian eine Flasche Rotwein und ließ sich zwei Pappbecher mitgeben. Der türkische Verkäufer war so nett, uns gleich die Flasche zu entkorken und wackelte grinsend mit seinen wulstigen Augenbrauen, als wir uns von ihm verabschiedeten.

Kaum hatten wir das Ufer erreicht, blieben wir stehen. Mondlichtsplitter tanzten über die tintenschwarze Spree und obwohl der Sommer mit seinen warmen Nächten im Gepäck noch längst nicht Einzug erhalten hatte, hatte ich mich lange nicht mehr so in eine romantische Stimmung versetzt gefühlt wie in diesem Moment.

Mein Blick wanderte zu Lian, der immer noch meine Hand fest in seiner hielt. Seine Augen glänzten im Schein der Straßenlaterne wie flüssiges Gold. Bevor ich mich ganz in ihnen verlor, zog ich ihn mit mir die Rasenfläche hinab. Wir setzten uns an die Uferkante und ließen die Beine baumeln.

Lian schenkte die Becher voll und reichte mir einen davon. Meine Augen brauchten einen Moment, um sich an die Dunkelheit zu gewöhnen, die uns umfing. Ich nahm einen Schluck von dem Wein und stellte überrascht fest, dass er wirklich gut schmeckte. Er legte sich samtig auf meine Zunge, war nicht zu trocken und hatte ein leicht fruchtiges Aroma. Ich nahm einen weiteren Schluck und genoss die wiederkehrende Leichtigkeit.

Plötzlich war Lian mir ganz nah und sein Geruch stieg mir in die Nase. Ein paar Herzschläge lang war ich wie elektrisiert. Ich lauschte unserem Atem, der nur von dem leise ans Ufer schwappenden Wasser und dem entfernten Rauschen der Autos durchbrochen wurde. Ich konnte sein Gesicht nur schemenhaft erkennen, aber ich spürte, dass unsere Lippen nur Millimeter voneinander trennten, was ein herrliches Prickeln auf meiner Haut verursachte.

Lian lachte leise. Das machte ihn für mich noch anziehender. In diesem Moment wirkte er so unglaublich männlich und selbstsicher, wusste genau, welche Sehnsucht er in mir auslöste. Unerträglich langsam legte er seine Lippen auf meine. Die sanfte Berührung löste ein Ziehen in meinem Unterleib aus, wie ich es lang nicht mehr gespürt hatte. Sein Kuss ließ mich alles vergessen, was war und was sein würde. Er schmeckte nach Rotwein, unter den sich eine Süße mischte, die ich jedoch nicht benennen konnte und von der ich nicht genug bekam.

Ich ließ mich fallen und kam erst wieder zu Bewusstsein, als seine Lippen sich von meinen lösten. Mehrere Herzschläge lang sagte keiner ein Wort, wir brauchten einen Moment, um unseren Empfindungen nachzuspüren. Dann tasteten meine Hände nach seinem Gesicht und umfingen es. „Das war wunderschön." Wie oft hatte ich mir diesen Moment seit unserem letzten Aufeinandertreffen ausgemalt, doch niemals war meine Vorstellung rangekommen an das, was ich gerade gefühlt hatte.

„Ja, das war es", drang seine Stimme heiser durch die Dunkelheit. „Aber noch nicht perfekt." Ich hörte ihn grinsen.

Mein Herz machte einen Satz. Hatte er das jetzt wirklich gesagt? Für mich hätte dieser Kuss nicht perfekter sein können.

Lian ließ sich Zeit, um sich zu erklären. „Um den Kuss perfekt zu machen, müssten wir ihn wiederholen – aber ich will dich dabei sehen."

Auf meine Züge stahl sich ein Lächeln, das gar nicht mehr verschwinden wollte. Eine bessere Bestätigung für seine Zuneigung gab es wohl nicht. „Das ließe sich einrichten."

Lian machte Anstalten, aufzustehen, doch ich hielt ihn zurück. „Bleib noch. Ich will diesen Augenblick noch nicht gehen lassen, es ist gerade so schön. Hier mit dir."

„Du hast recht", flüsterte er und nahm wieder Platz. Beinah gleichzeitig führten wir unsere Becher zum Mund und mussten kichern. Ich spürte, wie ein leises Lachen durch seine Brust vibrierte. Mein Blick glitt auf die Mondlichtsplitter, die sanft hin und her wogten. Das Gefühl, das ich in dem Augenblick empfand, war unbeschreiblich. Frei und glücklich, mit einem leichten Rausch, der allerdings mehr von Lians Nähe herrührte als vom Alkohol. Leise begann er, eine Melodie zu summen. Ich kannte sie nicht, aber es klang wunderschön und bescherte mir eine wohlige Gänsehaut. Ich schloss die Augen. Plötzlich fielen mir die Botschaften mit den Songtexten wieder ein und ich stellte mir vor, dass Lian der Verfasser sei.

Nein. Er war kein Musiker wie Bela, sondern ein Techniknerd, der sicherlich keine eigenen Songs schrieb.

Ich schlug die Lider auf und atmete tief durch. Nur ein Wunschtraum, weiter nichts.

Lians Summen brach ab. „Was ist?"

Sollte ich ihm davon erzählen? Und die romantische Stimmung womöglich zerstören, wenn er erfuhr, dass es noch einen Nebenbuhler gab? Kam nicht infrage.

„Können wir bitte ewig hier so sitzen?"

Ich hörte, wie er grinste. „Und der Kuss?"

„Ach ja, da war ja noch was." Glückshormone setzten sich frei und stiegen wie Brausepulver in mir auf. „Keine Angst, den lasse ich mir für kein Geld der Welt entgehen. Nur noch einen kleinen Augenblick ..." Ich trank den Rotwein in einem Zug aus und genoss das schwere Gefühl, das mich entspannte und gleichzeitig ein wenig schweben ließ. Schon lange hatte ich mich nicht mehr so gut gefühlt. Ich verspürte keinen Druck oder Drang, eine Unterhaltung zu führen, nur um unser Schweigen zu brechen. In der Stille schwirrten unsere Gedanken umher, ich hatte das Gefühl, dass sie sich fanden und ineinandergriffen, um eins zu werden. Einfach nur sein, hier sitzen und die Nähe des anderen genießen. Ich fasste nach Lians Hand und unsere Finger verflochten sich, während wir einträchtig auf die Spree blickten. *Der perfekte Augenblick.*

Lian war jemand, mit dem man wundervoll schweigen konnte. Mittlerweile war es so dunkel geworden, dass ich die Hand vor Augen nicht mehr sah, ich konnte ihn nur riechen und atmen hören. Das genügte mir für den Moment. Wir genügten uns.

Nach einer süßen Ewigkeit seufzte ich leise und sah zu Lian hinüber. „Ich wäre jetzt soweit."

„Für den perfekten Kuss?"

Obwohl er mich nicht sehen konnte, nickte ich nur. „Da oben unter der Laterne ist der geeignete Platz dafür." Und nach einer kurzen Pause fügte ich leise und mehr zu mir selbst hinzu: „Als wäre er einer Filmkulisse entsprungen."

„Ja, du hast recht. Dann komm, bevor jemand anders ihn uns wegnimmt."

„Mitten in der Nacht? An einem Sonntagabend?" Ich kicherte, als ich mir vorstellte, was für Augen wir machen würden, wenn ein anderes Pärchen uns jetzt zuvorkam.

„Wir sollten es nicht riskieren." Ich hörte die Belustigung in seiner Stimme.

„Nein, das sollten wir nicht", erwiderte ich mit gespieltem Ernst.

Prickelnde Aufregung durchfuhr mich, als Lian mich an der Hand mit sich zog. Die leere Weinflasche samt der Becher entsorgte er im nächsten Mülleimer, dann führte er mich zu unserem auserwählten Platz.

Unsere Gesichter ins goldene Licht der Straßenlaterne getaucht standen wir voreinander. Ich blickte zu ihm hoch, Lian überragte mich um einen halben Kopf. Die perfekte Größe für den perfekten Kuss. Seine Hände umfingen meinen Kopf, für einen Moment hörte ich auf zu atmen. Seine Augen tasteten jeden Zentimeter meines Gesichts ab, während er mit den Daumen zärtlich über meine Wangen strich.

Bernsteinfarbene Sprenkel umkränzten seine Pupillen und kamen immer näher. Quälend langsam beugte Lian sich zu mir herab, bis er mich endlich küsste. Unendlich sanft. Einem Stromschlag gleich durchströmte mich ein Kribbeln, als wären seine Lippen elektrisch aufgeladen. *Wow,* hörte ich mein Herz flüstern. *Hoffentlich wird das zwischen uns niemals enden,* sagte mein Verstand.

Seine Zunge teilte meine Lippen und das sehnsuchtsvolle Ziehen in meiner Brust fand seine Erfüllung.

Auf dem Nachhauseweg gingen wir Hand in Hand durch den stockdunklen Tiergarten. „Hast du keine Angst, bei Nacht mit einem Fremden durch den Park zu laufen?", fragte Lian irgendwann.

„Für mich bist du kein Fremder. Das warst du von Anfang an nicht."

„Wie meinst du das?"

„Abgesehen von deiner Einsilbigkeit warst du mir schon bei unserer ersten Begegnung im Treppenhaus vertraut. Warum auch immer, ich fühle mich sicher in deiner Gegenwart."

Lian lachte leise, ließ meine Hand los und legte den Arm um mich, sodass wir uns ganz nahe waren. „Ich glaube, das ist eins der schönsten Komplimente, die man einem Mann machen kann." Ich hörte, wie er lächelte. Und nach einer Pause fragte er: „Du gehst doch aber nicht etwa allein in der Nacht hier durch?"

„Das nicht. Aber ich fürchte mich nicht im Dunkeln. Ich denke immer, wenn man ausstrahlt, dass man Angst hat, macht man sich selbst zum Opfer. Ich war schon an den entlegensten Orten der Welt unterwegs und mir ist nie etwas passiert."

„Dann war das Glück auf deiner Seite. Trotz allem sollte man nie leichtsinnig werden und es herausfordern. Es gibt genügend Irre, die frei herumlaufen. Zumindest Pfefferspray solltest du immer dabeihaben. Oder mich."

Ich lächelte. „Du hast einen ausgeprägten Beschützerinstinkt."

„Ich habe eine jüngere Schwester. Als wir klein waren, habe ich immer auf sie aufgepasst und sie gehütet wie meinen Augapfel. In der Schule musste sie dann diese Aufgabe übernehmen und mich gegen andere Kinder verteidigen, die sich über mich lustig machten." Seine Stimme klang auf einmal bitter. Durch seine Anspielung kam mir sein Handicap wieder in den Sinn, das ich die ganze Zeit vergessen hatte und ich musste schlucken.

„Ist dir eigentlich aufgefallen, dass du, seit wir unterwegs sind, kein einziges Mal gestottert hast?"

„Vielleicht liegt es daran, dass die Dunkelheit mir Sicherheit gibt. Niemand kann auf meine Lippen sehen und erwarten, dass ich über die Wörter stolpere wie über im Weg liegende Steine."

„Das würde ich nie tun", hauchte ich.

„Ich bin es nicht anders gewohnt. Es ist einfach so in mir drin, seit ich angefangen habe zu sprechen. Es hat nichts mit dir zu tun." Es entstand eine Pause, ehe er fortfuhr. „Weißt du, als Kind und später als Jugendlicher habe ich oft so getan als wäre ich taubstumm. Nur damit ich mir die Demütigung erspare. Manchmal tue ich es heute noch. Die Blicke voller Mitleid, die Ungeduld in den Gesichtern, wenn ich zu lange brauche, um einen Satz zu beenden ..." Seine Stimme brach und er atmete scharf ein. In dem Moment konnte ich seinen seelischen Schmerz spüren, als wäre es mein eigener. Es gab nichts, was ich darauf erwidern konnte, obwohl mein Herz vor Mitgefühl blutete. Manchmal war es besser nur zuzuhören, deshalb drückte ich meine Arme noch enger um seine Taille und schmiegte meinen Kopf an seinen Arm. Ich konnte ihn so gut verstehen und wünschte mir, dass ich in Zukunft für ihn da sein konnte, um ihn aufzufangen und ihm Trost zu spenden, wenn er es brauchte.

Als wir in der Straße vor meinem Wohnhaus angekommen waren, blieben wir voreinander stehen. Lian nahm mein Gesicht in seine Hände. „Gute Nacht", flüsterte er und gab mir einen zärtlichen jedoch viel zu kurzen Kuss auf den Mund.

Als ich die Lider aufschlug, schimmerten die bernsteinfarbenen Sprenkel so hell wie Mondlichtsplitter aus dem Karamell heraus. „Gute Nacht." Ich drehte mich um, zögerte dann kurz, ehe ich den Schlüssel ins Loch steckte. Ob ich ihn noch mit zu mir nach oben bitten sollte? Es war mitten in der Nacht, morgen hatte ich eine anstrengende Tour vor mir und außerdem war ich nicht der Typ dafür, einem Mann eindeutige Angebote zu machen, es wäre das erste Mal gewesen.

„L-Lassen wir es langsam angehen", sagte Lian, als hätte er meine Gedanken gelesen und seine sanfte Stimme legte sich wie Balsam auf meine Seele.

Ich nickte und schaute lächelnd über die Schulter zurück.

„Ich f-f-freue mich auf w-weitere wundersch-schöne Abende mit dir."

Ein warmes Kribbeln stieg in mir auf, während ich den Schlüssel umdrehte. Die Gewissheit, dass Lian ebenso wie ich an einer Fortsetzung interessiert war, beruhigte mein Dopamin überschüttetes Gehirn. Ich musste wissen, wann wir uns wiedersahen, ich brauchte etwas, auf das ich mich freuen konnte. „Magst du am Dienstagabend zu mir kommen und ich koche uns was Schönes?"

Lians Augen leuchteten, als hätte man eine Lichterkette in ihnen angeknipst. Dann schlich sich ein feines Lächeln auf seine Züge und er nickte.

Als ich die Treppen zu meiner Wohnung hinaufstieg, spürte ich noch die Aufregung nachpulsieren, die der Abend mit Lian in mir ausgelöst hatte und ich fragte mich, wie ein Mensch, den ich erst vor kurzem kennengelernt hatte, so schnell mein Herz erobern konnte.

Kapitel 16

In dieser Nacht fand ich kaum in den Schlaf. Mein Herz flatterte schnell und aufgeregt und das nur für Lian. Ich fühlte mich aufgeputscht, als hätte ich den ganzen Abend nur Energydrinks in mich hineingeschüttet.

Am nächsten Morgen blieb ich noch einen Moment lang im Bett liegen, die Weckfunktion meines Handys würde erst in fünf Minuten seinen Dienst tun. Den Blick zur Decke gerichtet ließ ich die Stunden mit ihm Revue passieren.

Ich hatte den Abend und die halbe Nacht mit einem Mann verbracht, der mich umgehauen hatte. Er war perfekt für mich, liebevoll, sanft und männlich zugleich. Außerdem fühlte ich mich bei ihm sicher. Doch er hatte sein eigenes Päckchen zu tragen. Sein Stottern machte ihm zu schaffen, so dass er sich kaum unter Leute traute. Bei der Jubiläumsfeier war er nur meinetwegen aufgetaucht. Er hatte seine Ängste hintenangestellt, nur um mich zu sehen. Ich lächelte bei dem Gedanken und kuschelte mich in meine Decke, während ich mich zur Seite drehte. Zusammen würden wir das meistern. Vielleicht konnte ich ihn sogar nochmal zu einer Therapie überreden.

Mit ihm gegen den Rest der Welt.

Trotz meiner Müdigkeit erhob ich mich beschwingt aus dem Bett, zog mich an, trank meinen Kaffee und gab Zsa Zsa ihre geforderten Streicheleinheiten. Bis es klingelte. Seufzend erhob ich mich und tapste auf Socken zur Tür.

Erstaunt blickte ich auf einen Mann von großer Statur, dessen Gesicht durch einen Strauß weißer Lilien verdeckt wurde. „Ben!"

„Wie hast du mich gleich erkannt?" Enttäuscht ließ er den Strauß sinken.

Ich stieß ein schnaubendes Lachen aus. „Deine O-Beine waren unschwer zu erkennen."

„Oh, du startest gleich mit einer Charmeoffensive, wie nett."

„Was überfällst du mich auch mitten in der Woche um diese Zeit?", setzte ich noch eins drauf. Seit dem Treffen im *La Famiglia* machte es mir wieder richtig Spaß, Ben zu necken. Fast wie früher.

Ben zuckte mit den Schultern. „Ich wollte dich überraschen, so wie du es dir gewünscht hast."

Ich schmunzelte. „Ben, ich muss arbeiten."

Er gab einen frustrierten Laut von sich. „Was? Du hast doch bei unserem letzten Gespräch gesagt, dass dir dein Chef ein paar Tage freigegeben hat."

„Ein paar Tage, genau. Und das war letzte Woche."

Ein wenig Mitleid regte sich in mir, als ich Ben jetzt mit zerknitterter Miene vor mir stehen sah. „Du hättest doch fragen können." Um nicht ganz so vorwurfsvoll zu klingen, legte ich ein wenig Sanftheit in meine Stimme.

„Dann wäre es ja keine Überraschung gewesen."

Seufzend trat ich einen Schritt zurück. „Du kannst kurz reinkommen und dann erzählst du mir, womit du mich überraschen wolltest."

Als ich mit Ben im Schlepptau die Küche betrat, blickte Zsa Zsa von ihrem Fressnapf auf und verließ erhobenen Hauptes den Raum. *Ein Penny für ihre Gedanken.* Entweder sie war beleidigt, weil sie wegen Ben ihre Streicheleinheiten nicht auskosten konnte oder aber, sie wollte ihre Abneigung gegen ihn demonstrieren.

Unentschlossen hielt mir Ben den Blumenstrauß entgegen. „Eigentlich war der für dich gedacht."

„Eigentlich? Hast du es dir anders überlegt, weil ich deine Pläne durchkreuzt habe?" Herausfordernd hob ich die Augenbrauen und kitzelte dadurch ein kleines Lächeln aus ihm heraus.

Er schüttelte den Kopf. „Natürlich nicht."

„Ist jemand gestorben?"

Ben runzelte begriffsstutzig die Stirn.

„Diese Lilien sind typische Grabblumen, die gerne für Beerdigungen gekauft werden." Schelmisch grinsend erlöste ich ihn und nahm ihm die Blumen aus der Hand, zugleich kroch mir ihr aufdringlich süßer Duft in die Nase. Ben konnte natürlich nicht wissen, dass ich diesen Geruch auf den Tod nicht ausstehen konnte. Ich musste sie schnellstens loswerden, ehe sie mir die ganze Wohnung verseuchten und ich Kopfschmerzen bekam.

„Das ist dann wohl der Wink mit dem Zaunpfahl, dass ich mal wieder alles falsch gemacht habe." Er seufzte geknickt.

Jetzt tat er mir fast ein bisschen leid. „Nein, hast du nicht. Willst du einen Kaffee?"

„Gerne."

Während ich die Kaffeemaschine betätigte, warf ich einen verstohlenen Blick zu Ben, der sich aus seiner

Sweatjacke schälte. Mein schlechtes Gewissen regte sich. Vielleicht war die letzte Bemerkung doch etwas zu viel des Guten gewesen. Schließlich wollte er mir nur eine Freude machen, es war nicht nett, ihn so vor den Kopf zu stoßen. Obwohl Ben als potentieller Partner seit letzter Nacht definitiv ausschied. Mit Lian konnte er eindeutig nicht mithalten, dennoch mochte ich ihn – trotz seiner ständigen Fettnäpfchen. Wo er jetzt wieder so plötzlich in mein Leben getreten war, wollte ich ihn als Freund nicht verlieren. Schließlich verbanden uns viele gemeinsame Erinnerungen. Außerdem wusste ich noch immer nicht, ob Ben als Verfasser der Songtexte vielleicht doch infrage kam. Das Rätsel war noch immer nicht gelöst.

Ein herzhaftes Gähnen überkam mich.

Ben musterte mich. „Du sahst aber auch schon mal besser aus. Du wirkst etwas übernächtigt. Gab es etwas zu feiern?"

Ich stellte eine dampfende Tasse Kaffee mit dem Aufdruck „Morgenmuffel" vor Ben auf den Tisch. „Gestern war das 100-jährige Jubiläum unseres Hauses, da musste ich mich blicken lassen."

Ben nickte nur, bedachte mich jedoch weiterhin mit einem forschenden Blick. „Und wo musst du heute hin?"

„Potsdam-Mittelmark, wenn du willst, kannst du mich ja begleiten." Eigentlich hatte ich das nur so dahergesagt, aber bei näherer Überlegung erschien mir die Idee gar nicht so schlecht. Auf der langen Fahrt hatte ich Gelegenheit, Ben zu verklickern, dass es seit gestern einen anderen Mann in meinem Leben gab. Ich war es ihm schuldig, ihm ehrlich zu sagen, dass seine

Annährungsversuche bei mir ins Leere liefen. Klare Fronten zu schaffen, war mir wichtig. Schon allein, weil ich am eigenen Leib hatte erfahren müssen, wie weh es tat, wenn der Partner zweigleisig fuhr und einen hinterging. Während ich in der Weltgeschichte umhergereist war, hatte Marc angefangen, mich zu betrügen. Ein halbes Jahr war das gegangen, bevor er mich davon in Kenntnis gesetzt hatte.

Ben zuckte die Schultern und schien gleichgültig, doch das erfreute Aufblitzen in seinen Augen sagte etwas anderes.

Ich hatte Mühe, ein Grinsen zu unterdrücken. „Trink in Ruhe deinen Kaffee, ich muss mich noch zurechtmachen, dann kann's losgehen."

„Was wäre denn eigentlich die Überraschung gewesen?", wollte ich wissen, während ich die Tür hinter mir abschloss.

„Ein Wellnesstag." Ben wackelte vielsagend mit den Augenbrauen. „Sowas mögt ihr Frauen doch."

Ich musterte ihn mit hochgezogener Augenbraue. „Wie selbstlos von dir."

Ben legte die Stirn in Falten und sah mich an. „Wie meinst du das? Was wäre denn daran nun wieder falsch gewesen?"

Lächelnd schüttelte ich den Kopf und bewegte mahnend den Zeigefinger. „Ich weiß genau, warum du mich damit überraschen wolltest."

Ben verengte die Augen zu Schlitzen, sein Blick changierte zwischen irritiert und verärgert. „Und warum, wenn ich fragen darf?"

Eine spannungsgeladene Pause später grub sich ein spöttisches Lächeln in meinen Mundwinkel. „In der Sauna hättest du unauffällig abchecken können, ob ich figürlich deinen Ansprüchen genüge." *Und mir nebenbei deinen gestählten Körper in Natura präsentiert*, ergänzte ich in Gedanken.

Ben blieb mitten auf der Treppe stehen und drehte sich zu mir um. „Immer denkst du nur Schlechtes von mir."

Angesichts seines zerknitterten Gesichtsausdrucks musste ich schmunzeln. Doch an dem verschmitzten Grinsen, das daraufhin seine Mundwinkel emporkletterte, erkannte ich, dass ich mit meiner Vermutung gar nicht so falsch lag. Neckend buffte ich ihm in den Oberarm.

„Ich bin halt auch nur ein Mann und neugierig, was mich so erwartet." Ein herausforderndes Funkeln schlich sich in seine Augen.

„Dass dich überhaupt etwas erwartet, davon war doch gar nicht die Rede."

„So meinte ich das ja auch gar nicht." Begleitet von einem demonstrativen Seufzer kratzte er sich am Nacken. „Ach Mimi, du bist wirklich ein harter Brocken." Er legte den Arm um meine Schulter, schüttelte kurz meinen Oberkörper und sah mir tief in die Augen. „Gib mir doch wenigstens eine kleine Chance, es diesmal nicht zu vermasseln."

In dem Moment wurden Schritte laut und kurz darauf tauchte Lian in meinem Sichtfeld auf.

Mein Herz machte einen Satz. Als sein Blick auf mich fiel, veränderte sich etwas in seinen Augen. Es war nicht zu übersehen, dass er genauso überrascht war von dieser Begegnung wie ich.

Sofort befreite ich mich aus Bens Umarmung. *Mist.* Warum musste er ausgerechnet jetzt um die Ecke biegen und Ben und mich in dieser verfänglichen Situation vorfinden? „Hi."

Lian blieb stehen. „Hi." Seine Stimme klang rau, ein kaum wahrnehmbares Lächeln zeichnete sich auf seinen Lippen ab.

Nun sag schon was, mahnte ich mich. *Stell Ben vor, damit Lian keine falschen Schlüsse zieht.* Mein Herz schlug wie verrückt, doch kein Wort kam über meine Lippen. Ein dicker Klumpen Befangenheit hing in meiner Kehle fest und ließ sich auch durch hartes Schlucken nicht lösen.

„Na ... dann." Bevor ich auch nur dazu kam, einen Ton an dem Klumpen vorbeizuschleusen, ging Lian mit gesenktem Kopf an mir vorbei und setzte zügig seinen Weg nach oben fort.

Ich hätte mir in den Arsch beißen können. Was wohl jetzt in ihm vorging? Ich musste das unbedingt schnellstens aufklären.

„Wer war das?" Bens Stimme brachte mich wieder zur Besinnung. Seine Stirn in Falten gelegt sah er mich abwartend an.

„Der Enkel meines Nachbarn." Ich drehte mich um und lief die Treppen runter. Das fehlte noch, dass ich mich jetzt auch noch bei Ben für meine Männerbekanntschaften rechtfertigen musste.

Schweigend gingen wir zum Auto. Für einen Augenblick überlegte ich, ob es nicht ein Fehler wäre, Ben unterwegs vor vollendete Tatsachen zu stellen. Ich hatte keine Ahnung, wie er reagieren würde. Noch von früher wusste ich, wie unberechenbar sein Verhalten manchmal sein konnte. Meine Brust verengte sich, als ich mich daran erinnerte, wie nach einem verlorenen Fußballspiel seiner Lieblingsmannschaft der Glastisch in der Hotellobby zu Bruch gegangen war, weil Ben vor lauter Wut darauf geschlagen hatte. Das wusste ich zwar nur aus den Erzählungen seines Bruders, der mit ihm und seinen Eltern für das Spiel angereist war, dennoch war es mir im Gedächtnis geblieben. Auch ich hatte schon erlebt, wie impulsiv er teilweise reagierte. Andererseits würde er sicher nicht riskieren, dass ich ihn irgendwo in der Pampa stehen ließ und deshalb seine Gefühle in Zaum halten.

Sobald ich mich auf der Autobahn eingefädelt hatte, fielen Tropfen auf die Scheibe. Erst zögerlich, dann in immer kürzeren Abständen, bis es schließlich in Strömen regnete. Da ich keine besonders geübte Fahrerin auf der klitschnassen Fahrbahn und bei so schlechter Sicht war, bot Ben an, das Steuer zu übernehmen.

Dankbar tauschte ich mit ihm an der nächsten Tankstelle den Platz und war insgeheim froh, dass er mich begleitete. Die Begegnung mit Lian hingegen ließ mir keine Ruhe. Warum hatte ich die beiden nicht wenigstens vorgestellt? Weil es keinen Grund gab, den Enkel seines Nachbarn vorzustellen, beantwortete ich mir selbst die Frage. Es sei denn, Lian und ich hätten ausgesprochen, was wir füreinander empfanden. Soweit waren wir noch lange nicht. Ich brauchte dringend Ablenkung, ehe ich immer tiefer in meine Grübeleien verfiel.

Während die Scheibenwischer im höchsten Modus über die Windschutzscheibe zuckten, führten Ben und ich ein unverbindliches Gespräch über unsere Familien. Was unsere Geschwister so machten und wie es unseren Eltern ging. Noch nie hatte ich Ben so zurückhaltend erlebt, offenbar überlegte er jedes Wort mit Bedacht, bevor er es aussprach. Ich fühlte mich geschmeichelt, dass er sich so viel Mühe gab, einen guten Eindruck zu hinterlassen. Offenbar wollte er diesmal alles richtig machen und nicht wieder ins Fettnäpfchen treten. Ich hatte mich entschieden, das prekäre Beziehungsstatus-Thema erst bei der Rückfahrt zu erläutern, damit nicht die gesamte Strecke schlechte Stimmung zwischen uns herrschte.

Wenn ich die lästige Aussprache mit Ben nur schon hinter mir hätte. Die ganze Zeit fragte ich mich, wie er mein Geständnis aufnehmen würde. Ich wusste nicht, was gekränkter Stolz in Ben heraufbeschwören konnte, doch ich nahm an, nichts Gutes. Er war noch nie ein guter Verlierer gewesen.

Kapitel 17

Sobald wir den kleinen Ort erreicht hatten, hörte es auf zu regnen und die Wolken machten einem strahlendblauen Himmel Platz.

„Eine Kaviarfarm? Na deinen Job möchte ich haben", tönte Ben großspurig, nachdem wir die Autotür hinter uns zugeschlagen hatten und sein Blick auf das Schild am Zaun fiel. Der Ben, der nicht mehr ins Fettnäpfchen bei mir trat, hatte wohl nur einen Gastauftritt gehabt und soeben das Weite gesucht.

Kurz bedachte ich ihn mit hochgezogener Augenbraue, während ich versuchte, den Pfützen auf der Einfahrt auszuweichen. Wenn Ben wüsste, was für Anstrengungen mit meinem Job verbunden waren, würde seine Begeisterung in sich zusammenschrumpfen wie ein angestochenes Soufflé.

„Nimmst du mich jetzt immer mit?", raunte Ben mir ins Ohr, als wir zehn Minuten später neben dem Züchter standen, der einen zappelnden Albino-Stör in den Händen hielt, den er zuvor aus dem Becken gefischt hatte. „Das ist ja hier wie Urlaub."

Ich verkniff mir ein Lächeln. Sicherlich würde ihm das Sprücheklopfen bald vergehen.

„Der exakte Zeitpunkt der Entnahme entscheidet über die Qualität des Kaviars", ließ uns der Züchter wissen, während sein dichter Vollbart auf und ab wippte.

„Das Ei muss mindestens 2,6 mm groß sein." Er hatte sich bei uns als Günter und Junior-Chef des Unternehmens vorgestellt.

„Führt man einen Ultraschall durch wie bei einer Schwangeren oder woher wissen Sie das so genau?", feixte Ben und warf mir einen belustigten Blick zu.

„Exakt das macht man", gab Günter trocken zurück und legte den Stöhr auf dem blitzblanken, gut desinfizierten Stahltisch ab.

Bens Lächeln verblasste, ein irritiertes Nicken war alles, was ihm einfiel.

Ich war mental vorbereitet, als Günter dem Fisch ein paar Mal eine Rohrstange über den Kopf briet und ihm durch den anschließenden Herzstich endgültig den Garaus machte.

Seinem schockierten Gesichtsausdruck nach zu urteilen war Ben es offenbar nicht, was mir eine diebische Genugtuung nach seinen großmäuligen Äußerungen verschaffte.

Eine Zeitlang tropfte das Fischblut dunkelrot aus dem Prachtexemplar heraus, auf die weißen Fliesen des Fischbearbeitungsbetriebes.

Wie versteinert starrte Ben auf den leblosen Fisch, seine Gesichtsfarbe war von kalkweiß zu grüngrau gewechselt. Offenbar hatte er seine Meinung hinsichtlich meines Jobs geändert. Nur einmal zuckte sein Blick zur Seite und sein Adamsapfel bewegte sich auf und ab.

Ich grinste in mich hinein. Vermutlich hatte er gerade die Galle hinuntergeschluckt, die in ihm aufgestiegen war.

„Ich dachte, so ein vor Kraft strotzender Mann wie du kann sowas ab", sagte ich mit gesenkter Stimme, dass nur er es hören konnte und presste die Lippen aufeinander, um nicht loszukichern. Er hatte meinen Hohn verdient. Als wenn mein Job nur ein einziges Zuckerschlecken wäre.

Bei einem kurzen Blick auf Ben, stieß Günter ein kurzes Lachen aus. „Zimperlich darf man nicht sein. Aber ich kann Ihnen versichern, dass dies das tierschonendste und effizienteste Verfahren ist."

„Wenn Sie das sagen ..." Ben räusperte sich.

Einen Moment später sah er tapfer dabei zu, wie Günter mit einem Längsschnitt, vom Kopf bis zum Schwanz, den Bauchraum öffnete und die ganze Pracht der Ovarien freilegte.

Das Ergebnis ließ uns begeistert nach Luft schnappen.

Goldgelber Kaviar kam darin zum Vorschein. Günter förderte die hellen Fischeier mit den Händen zutage und wusch sie dann mit Wasser in einer Schüssel. „Das sind etwa 300 Gramm. Für die trifft die Bezeichnung Luxusperlen wirklich zu, besser könnten sie nicht sein."

Ben warf mir einen anerkennenden Blick zu, während Günter die Kaviareier auf einer Platte ausbreitete und mit einer Pinzette die feinsten Verunreinigungen entfernte.

Nachdem Ben sich wieder gefangen hatte, sah er Günter interessiert dabei zu, wie er Salz über den Kaviar streute. Sogleich schäumte die Eiermasse auf und glänzte golden im durchs Fenster einfallenden Licht. Unwillkürlich musste ich an Lians Augen denken und wie sie im Schein der Straßenlaterne geleuchtet hatten. Fast wäre mir ein leiser Seufzer entflohen, hätte Ben mir nicht in die Seite gebufft. „Von wem träumst du? Ich steh doch neben dir." Sein freches Grinsen entlockte mir ein Lächeln.

„Durch das Salz wird der Kaviar desinfiziert", lenkte der Züchter die Aufmerksamkeit wieder auf sich, während er die Fischeier mit einem Holzschaber behutsam in ein Sieb schob.

Danach kam der langersehnte Moment: Wir durften probieren. Vom letzten Besuch wusste ich noch, wie das Verkosten vonstatten ging. Ich hielt Günter meinen seitlich gedrehten Handrücken hin, woraufhin er mir einen großzügigen Teelöffel der Störmasse zwischen Daumen und Zeigfinger strich. Genauso verfuhr er bei Ben, um dessen Mundwinkel ein vorfreudiges Lächeln spielte.

Die Fischeier waren noch warm und schmeckten leicht nussig, nur eine Nuance nach Salz, wirklich richtig gut.

Ben schnalzte fachmännisch mit der Zunge, als würde er regelmäßig die edlen Fischeier verkosten.

Ich kicherte leise, während Günter bereits den Kaviar in kleine Dosen abfüllte.

„Und was machen wir jetzt?", wollte Ben wissen, nachdem ich dem Züchter ein paar Döschen abgekauft und wir uns verabschiedet hatten.

„Ich muss als erstes zu Tim und die Ware abliefern", sagte ich, während ich den Motor meines Fiats zum Leben erweckte. „Ich setze dich bei mir zu Hause ab, da steht doch dein Auto, oder nicht?"

Ben nickte, ein enttäuschter Zug zuckte um seine Lippen. „Eigentlich hatte ich gehofft, dass wir noch etwas zusammen essen gehen."

„Ein andermal gerne." Ich unterdrückte ein Seufzen, doch dann besann ich mich. Ich kannte Ben. Ein Geständnis auf leeren Magen, würde er noch weniger verkraften.

Als wir durch die nächste größere Ortschaft fuhren, hielt ich bei einer Imbissbude am Bahnhof, um uns jedem eine Currywurst und dazu eine große Portion Pommes rot/weiß zu holen, so wie Ben es früher immer gemocht hatte. Während ich am Kiosk anstand und der Verkäuferin dabei zusah, wie sie die Bratwürste auf dem Rost drehte, malte ich mir Bens Reaktion aus. Entweder er würde mich seine Enttäuschung und seinen Frust deutlich spüren lassen, indem er laut und zornig wurde, oder aber er mimte den Coolen, um sich seine Würde zu wahren. Ich plädierte eindeutig für das letzte, damit würde ich besser klarkommen.

„Genau das, was ich jetzt gebraucht habe", sagte Ben freudestrahlend, als ich zurück ins Auto stieg und ihm den nach fettigen Pommes und Currysauce riechenden Pappteller entgegenhielt. „Du kennst mich einfach zu gut."

„Offenbar hat sich vieles bei dir nicht geändert. Wenn du nervös deine Daumen umeinanderkreisen lässt, ist das ein untrügliches Zeichen dafür, dass dein Magen schnellstens Nahrung braucht."

Ben grinste, während er mit der kleinen roten Plastikgabel gleich vier Pommes auf einmal aufspießte, sie in den Ketchup und die Mayo tunkte und sich beherzt die Gabel in den Mund stopfte.

Während ich lustlos auf einem Stück Currywurst herumkaute, wappnete ich mich schon innerlich gegen seine Einwände, auf das, was ich ihm gleich sagen würde. Mein Blick auf das Hauptportal des Bahnhofs gerichtet, räusperte ich mich. „Ben, ich habe mir nochmal Gedanken gemacht."

Ich hörte, wie er den Bissen im Mund hinunterwürgte. „Wegen was?"

„Wegen uns." Mein Blick wanderte zu ihm rüber, ich spürte, wie sich ganz automatisch ein bedauernder Zug auf mein Gesicht legte, als Ben mich ansah. Insgeheim hoffte ich, dass er ihn deuten konnte und ich mir so eine nähere Erklärung ersparte.

„Nun sag schon." Ein trotziges Funkeln lag in seinen Augen. Offenbar ahnte er bereits, was jetzt kommen würde.

Ich seufzte leise. Er musste es wohl aus meinem Mund hören. „Ben, das mit uns ... wird nicht funktionieren."

Er musterte mich. „Du wolltest mir doch eine Chance geben." Ich spürte, wie er versuchte seine Stimme sachlich klingen zu lassen, trotz allem hörte ich den unterschwelligen Vorwurf darin. „Warum hast du es dir plötzlich anders überlegt?"

Ich schüttelte den Kopf. „Hab ich doch nicht, ich habe dir von An..."

„Findest du das fair?", schnitt er mir das Wort ab. Das anfängliche Fünkchen Hoffnung in seiner Stimme hatte sich verflüchtigt und Wut Platz gemacht. Mit voller Wucht klatschte er seinen noch gut gefüllten Pappteller vor sich unter die Frontscheibe, ein paar Pommes hüpften dabei über den Rand und rutschten über das

Armaturenbrett auf die Fußmatte. Ihm war offenbar der Appetit vergangen.

„Findest *du* es fair, seine Freundin nicht in seine Zukunftspläne einzubeziehen, wenn man zwei Jahre zusammen ist?" Als ich merkte, wie ich meine Stimme Bens aufgebrachten Klang angepasst hatte, schüttelte ich seufzend den Kopf. Genau das hatte ich vermeiden wollen.

Ben verschränkte die Arme vor der Brust. „Ach daher weht der Wind", polterte er übertrieben laut. „Das soll wohl so eine Art Revanche sein, weil ich dich damals sitzengelassen habe."

„Unsinn!" Unwirsch klemmte ich mir eine Haarsträhne hinters Ohr. Warum musste er auch gleich so aus der Haut fahren.

„Was ist es dann?"

„Ben, ... ich mag dich wirklich gerne. Aber meine Gefühle für dich haben sich geändert seit damals, sie sind jetzt freundschaftlicher Natur." Ich machte eine Pause und sah zu ihm herüber. „Ich kann doch nichts erzwingen, wo nichts da ist."

„Wir haben uns doch noch nicht einmal geküsst", sagte er fast schon flehend. „Lass es uns probieren. Vielleicht würde dann der berühmte Funke überspringen."

Stirnrunzelnd blickte ich ihn an. „Du verlangst jetzt nicht ernsthaft einen Kuss von mir?" In dem Moment wusste ich nicht, ob mir zum Lachen oder zum wütend Sein zumute war. Doch längst schon hatte Mitleid die Vorherrschaft gewonnen.

Ben zuckte resigniert die Schultern. „Damals konnten wir doch auch nicht voneinander lassen, wenn wir einmal begonnen hatten."

Gäbe es nicht Lian, hätte ich es vielleicht sogar versucht, doch nun verspürte ich nicht den geringsten Drang, es herauszufinden. Ich konnte Ben weder gut riechen, noch zogen mich seine Lippen magnetisch an. Geschweige denn, dass seine Nähe nur das kleinste Flämmchen in mir entfacht hätte.

„Es tut mir leid." Meine Stimme war kaum mehr als ein Flüstern, rasch wich ich seinem verletzten Blick aus. Vielleicht fühlte er sich besser, wenn er erfuhr, dass es nichts mit ihm zu tun hatte. „Es liegt nicht an dir."

Ben schnappte nach Luft. „Es gibt also einen anderen? Fast habe ich es mir gedacht."

Ich sah zu ihm, versuchte sowohl Sanftheit als auch Bedauern in meinen Blick zu legen, während mein Mundwinkel sich zu einem halben Lächeln hob. Dann bestätigte ich seine Vermutung mit einem kurzen Nicken. Warum sollte ich ihm das vorenthalten.

Bens Augen weiteten sich, plötzliches Verstehen blitzte in ihnen auf. „Ist es etwa der Typ, der uns heute Morgen im Treppenhaus begegnet ist?"

War es wirklich so offensichtlich gewesen? Statt einer Antwort seufzte ich leise und senkte den Blick.

„Du willst mir doch jetzt nicht sagen, dass du verknallt bist in diesen Kerl, der die Zähne nicht auseinandergekriegt?"

„Ben, das geht dich nichts an." Tief atmete ich durch, um die Fassung nicht zu verlieren. „Ich kann verstehen, dass ich deinem Stolz einen Dämpfer verpasst habe und das tut mir von Herzen leid. Aber es war mir wichtig, ehrlich zu dir zu sein, bevor du dir weiter Hoffnungen machst. Ich mag Lian. Und ich will ihn näher kennenlernen."

„Lian also." Er schnaubte. „Dann komm nachher nur nicht bei mir angekrochen, wenn das mit *Lian* schiefgeht." Er betonte seinen Namen auf ironische Weise, dass ich die Augen verdrehte. Dieses kindische Verhalten war so typisch für ihn. Ich kannte es noch von damals, wenn er nicht bekam, was er wollte oder ihm nicht gelang, was er sich in den Kopf gesetzt hatte. Ich dachte mit dem Alter hätte er sich besser im Griff. Ein untrügliches Zeichen dafür, wie sehr ich ihn gekränkt hatte.

„Und warum hat dein Lian dann vorhin nichts gesagt, als wir aufeinandergetroffen sind?" bohrte Ben nach. „Hatte wohl Schiss, ich wäre dein Freund und würde ihm ein blaues Auge verpassen?"

„Ben, sei nicht albern. Er stottert ein wenig, deshalb ist er vor Fremden eher zurückhaltend. Es gibt genügend Idioten, die sich stark fühlen, wenn sie sich über jemanden lustig machen können." Ich biss mir auf die Unterlippe. Mist, das war unüberlegt. Ich wollte Lians Geheimnis nicht einfach so ausplaudern. Hatte Ben nur den Wind aus den Segeln nehmen wollen, damit Lian nicht als Angsthase dastand. Jetzt plagten mich Gewissensbisse.

Bens hochgezogene Augenbraue verriet seine Verwunderung, doch er verkniff sich eine dumme Bemerkung, wie ich es gehofft hatte.

„Die Frauen rennen dir scharenweise hinterher, du wirst schnell eine andere finden", versuchte ich ihn zu besänftigen.

„Musst du mir nicht sagen." Eine Pause entstand, in der mein Blick zu ihm rüber wanderte. Seine Gesichtszüge glätteten sich und ein winziges Lächeln stahl sich um seine Mundwinkel. Erleichtert stellte ich fest, dass er zumindest noch über sich selbst lachen konnte. Dies gab mir Zuversicht, dass er seine Enttäuschung schnell verkraften würde.

Stille senkte sich über uns. Eine Weile starrten wir durch die Frontscheibe und versuchten unsere Gedanken zu ordnen.

Seltsamerweise empfand ich das Schweigen zwischen uns nicht unbehaglich, sondern eher wie die Ruhe nach dem Sturm. Endlich war es raus und Ben hatte es den Umständen entsprechend gut aufgenommen. „Meinst du, wir können trotzdem in Kontakt bleiben?"

„Du willst, dass wir befreundet sind?"

„Klar." Ich lächelte herausfordernd.

„Noch klischeehafter geht's wohl nicht", brummte er. Doch dann tätschelte er kurz meine Hand und nickte.

Erleichtert atmete ich durch. „Eine gute Sache hat das Ganze: Die Mühe, Songtexte zu schreiben, brauchst du dir jetzt nicht mehr zu machen." Eine bessere Gelegenheit, das Thema beiläufig zu erwähnen, hätte es nicht gegeben.

Irritiert sah Ben mir in die Augen. „Welche Songtexte?" Wenn er wirklich dahintersteckte, war er wirklich ein guter Schauspieler, soviel stand fest.

„Na die, die du mir durch den Türschlitz geworfen hast."

Falten kräuselten seine Stirn. Ich sah, wie es in ihm arbeitete. „Hab ich nicht."

Ich glaubte ihm sofort. Seine Verwirrung konnte unmöglich gespielt sein. „Ehrlich gesagt, hätte mich das auch gewundert. Besonders musikalisch warst du nie."

„Moment! In der Grundschule habe ich Blockflöte gespielt." Ein Grinsen schimmerte durch seine ernste Fassade und ließ sie langsam bröckeln.

„Hast du mir nie erzählt."

„Wenn das ein Kriterium gewesen wäre, bei dir zu punkten, hätte ich das natürlich getan." Sein Lächeln vertiefte sich und ich war erleichtert, dass die Stimmung so schnell umgeschlagen war.

„Dann hast du also einen Verehrer, der dir Liebesbriefe in Form von Songtexten schreibt", stellte er nach kurzem Schweigen fest.

Ich nickte, nahm eine Pommes und knabberte daran.

„Darf ich mal einen sehen? Vielleicht kann ich ja noch etwas dazulernen."

Ich zuckte mit den Schultern. „Warum nicht. Wenn du mal bei mir bist, zeige ich sie dir." Mit dem Kopf wies ich auf sein Essen. „Und nun iss deine Pommes."

Ben griff lächelnd nach dem Pappteller und machte sich über die Currywurst her.

Ich suchte nach einem Radiosender, entschied mich für Popmusik und aß ebenfalls. Ben hatte mein Geständnis geschluckt und verhielt sich jetzt so, als hätte es seinen Ausbruch nie gegeben. Unser Gespräch war einfacher gelaufen, als ich gedacht hatte. Fast zu einfach.

Kapitel 18

Nachdem ich Ben an seinem Auto abgesetzt hatte, fuhr ich weiter Richtung Stadtmitte, um bei Tim die *Luxusperlen* abzuliefern. Vor dem Brandenburger Tor stockte der Verkehr, die Ampel schien immer kurz vor mir auf Rot zu schalten. Meine Gedanken kreisten dabei die ganze Zeit um das seltsame Aufeinandertreffen mit Lian heute Morgen. Es ließ mir einfach keine Ruhe.

Ein Punker mit lila Irokesenkamm hüpfte zwischen den Autos hin und her, steuerte grinsend auf mich zu und sprühte so flink meine Frontscheibe mit Glasreiniger ein, dass ich gar nicht dazu kam, verneinend mit dem Kopf zu schütteln.

Mit einem Seufzer zückte ich mein Portemonnaie und fuhr die Scheibe runter, bereit, ihm den erhofften Euro in die Hand zu drücken. Spielerisch ließ er den Glaswischer über die Windschutzscheibe kreisen, während er mir zuzwinkerte.

Einen Moment später schaltete die Ampel auf Grün, die drei Autos vor mir setzten sich in Bewegung. Ungeduldig hielt ich den Euro aus dem Fahrerfenster und gab dem Punker Zeichen, dass er zum Ende kommen sollte. Quietschend zog er ein letztes Mal den Glaswischer über die Scheibe und tänzelte dann zu mir heran. In dem Moment als er neben meinem Fenster stand und sich zu mir herabbeugte, rutschte mir der Euro aus den Fingern und rollte unter meinen Wagen. Genervt verdrehte ich die Augen. „Tut mir leid, heute ist nicht mein Tag. Ich fahr weiter, dann kannst du ihn aufheben."

„Alles klar, danke dir."

Als ich den ersten Gang einlegte und aufs Gaspedal trat, sah ich im Rückspiegel, wie der Punker den Wagen hinter mir zum Stoppen brachte, um den Euro aufzuheben. Kaum einen Moment später ertönte ein lautes Hupkonzert und ich machte, dass ich davonkam, gerade noch rechtzeitig, ehe die Ampel wieder auf Rot schaltete.

Sofort schweiften meine Gedanken wieder zurück zu Lian. Warum hatten wir auch keine Nummern ausgetauscht? Dann hätte ich ihm eine kurze Nachricht schicken und dabei beiläufig erwähnen können, warum ich mit Ben unterwegs war. Meine größte Angst, er würde falsche Schlüsse ziehen, schien gar nicht so abwegig in Anbetracht dessen, wie vorbelastet er war. Eine innere Unruhe stieg in mir auf und ich nahm mir vor, den Termin bei Tim so schnell wie möglich hinter mich zu bringen, damit ich Herrn Sommerfeld nach der Handynummer seines Enkels fragen konnte, um das Ganze aufzuklären.

Ich hatte Tim vorher eine Nachricht geschrieben, wann ich ungefähr bei ihm eintreffen würde. Wider Erwarten empfing er mich nicht ungeduldig am Eingang, sondern gab im Restaurant Anweisungen, wie die Tische zu stehen hatten. Mit verschränktem Armen lehnte er an einem Tisch und schüttelte ungehalten mit dem Kopf. „Mensch, hast du keine Augen im Kopf? Wie soll denn da noch jemand durchkommen", blufte er die junge Kellnerin an, die sofort rot anlief und dann mit hektischen Bewegungen die Stühle und Tische auf Abstand zur Bar brachte, was nicht ohne lautes Möbelschrammen vonstatten ging und Tim erneut mit Zungenschnalzen und Kopfschütteln kommentierte. Jede Handbewegung von ihr beobachtete er mit hochgezogener Augenbraue. Er konnte ein richtiger Sadist sein. Bei einem Chef wie ihm hätte ich in ihrem Alter schon längst das Handtuch geworfen. *Gutes Timing*. Mein Erscheinen würde sie vor einem weiteren Gefühlsausbruch seitens Tim retten.

„Hast du heute eine Veranstaltung?", riss ich ihn aus seinem Element und hielt ihm die Kiste mit den Kaviardosen entgegen.

Seine Miene erhellte sich und er richtete sich aus seiner lässigen Haltung auf. „Exklusive Firmenfeier. Wenn ich ehrlich bin, bist du mein einziger Lichtblick heute." Er seufzte theatralisch, nahm mir die Kiste aus der Hand und wies mich mit einem Kopfnicken an, ihm in die Küche zu folgen.

„Warum bist du immer so streng zu deinem Personal?", fragte ich ihn, kaum dass wir um die Ecke waren. „Das arme Mädchen hatte Tränen in den Augen."

„Ach, das kann sie schon ab, von mir ist sie das nicht anders gewöhnt", wischte er meine Bemerkung mit einer Handbewegung beiseite, nachdem er die Kiste auf einer der Edelstahlanrichten abgestellt hatte. „Nur auf diese Weise verschaffst du dir Respekt. Sonst tanzen dir alle auf der Nase rum." Vermutlich wusste er es nicht anders. Tim war unter ärmlichen Verhältnissen im Problemviertel Kreuzberg aufgewachsen und Mitglied einer Straßengang gewesen, wo er sich schon früh beweisen musste und der raue Umgang auf der Tagesordnung stand.

Ich ließ meinen Blick durch die Küche wandern und begrüßte die Mannschaft mit lautem Hallo. Doch nur Vereinzelte hoben die Köpfe und nickten verhalten. Offenbar hatten sie heute auch schon einen Einlauf von Tim bekommen. Trotz der jahrelangen Erfahrungen war er vor jeder Veranstaltung aufs Neue nervös, was bei ihm in unleidlichem Verhalten zutage trat, unter dem sein Personal dann den ganzen Tag zu leiden hatte.

Ich schaute ihn schräg von der Seite an. „Die Kellnerin ist doch erst kurz bei dir und noch in der Ausbildung. Du willst doch, dass sie dich später in guter Erinnerung behält." *Eine Lehre in Tims Restaurant steht einem Boot Camp in nichts nach,* dachte ich, behielt es aber lieber für mich, um nicht auch seinen Unmut auf mich zu ziehen.

Tim grummelte irgendetwas Unverständliches, nahm eins der Döschen aus der Kiste und gab mir mit einem Wink zu verstehen, ihm in sein Kabuff zu folgen. Er ließ sich nicht gerne reinreden, aber ich hoffte, dass ich ihn wenigstens zum Nachdenken brachte.

Sobald ich die Tür hinter mir geschlossen hatte, drehte er den Deckel der Dose auf und nahm mit geschlossenen Augen und geblähten Nasenflügeln den Geruch in sich auf. Anschließend tauchte er seinen kleinen Finger in die Kaviarmasse und steckte ihn in den Mund. „Hervorragende Qualität, das Beste vom Besten", lobte er, während er schmatzend den Mund auf und zu bewegte, um auch noch dem letzten Aroma nachzuspüren. „Jedoch sollten dem Störrogen noch ein paar Tage Reifeprozess gegönnt werden, damit er seinen vollen Geschmack entfalten kann."

Ich nickte und verschränkte die Arme vor der Brust. „Schon eine Idee, was du damit zaubern willst?"

Tim sah mich an. Das typisch ironische Funkeln trat in seine Augen und langsam eroberte ein Grinsen sein Gesicht.

Ich erwiderte es. „Okay, habe verstanden, blöde Frage gewesen. Aber nun sag schon, was hast du damit vor?"

„Kartoffelpüree mit Nussbutter und Sauerrahm an confiertem Eigelb mit sieben Gramm weißem Kaviar."

Anerkennend verzog ich die Mundwinkel. „Das klingt mehr als lecker. Wieviel willst du dafür nehmen?"

Tim bewegte abwägend den Kopf hin und her. „210 Euro die Portion."

Ich lachte auf. „Und wie ich dich kenne, wird der Kaviar schon aus sein, ehe er überhaupt auf der Speisekarte steht."

Tim grinste mit stolz geschwellter Brust. Für Komplimente war er mehr als empfänglich. „Apropos ... ich möchte die Speisekarte in den nächsten Wochen auf regionale Raritäten und Spezialitäten umstellen. Was hältst du davon?"

Mein Gesicht erhellte sich. Das kam mir sehr gelegen, wo ich momentan so ein Reisemuffel war. „Großartige Idee."

„Vor allem lernst du bei der Gelegenheit mal Berlins Umland kennen und bist öfters zu Hause", sprach Tim aus, was mir gerade durch den Kopf ging.

Als ich eine Dreiviertelstunde später bei mir in der Straße ankam, rief jemand meinen Namen. Ich blickte hoch und sah Bela auf dem Balkon aufgeregt mit den Armen wedeln. „Warte, ich komme runter", brüllte er in einer Lautstärke, dass es die ganze Straße gehört haben musste und brachte mich dadurch zum Grinsen.

Um die Zeit zu überbrücken, schloss ich die Eingangstür auf, klemmte den Türstopper darunter und schaute in meinen Briefkasten. Wie immer türmten sich Werbeflyer, diesmal von einem Lieferservice, einer Umzugsfirma und einem Entrümpelungsunternehmen. Wollte da etwa jemand, dass ich auszog?

Oben auf lag ein zusammengefalteter Papierbogen. Ich öffnete das Blatt und als ich sah, von wem es kam, stieg meine Laune augenblicklich.

Liebe Mimi,
leider muss ich unser Essen für Dienstagabend absagen. Mir ist etwas dazwischengekommen. Wenn du magst, können wir aber unser Treffen auf Freitag oder Samstag verschieben. Schick mir eine Nachricht, wann es dir passt:
0173/88472219
Gruß, Lian

Stirnrunzelnd sah ich von dem Papier auf. *Seltsam.* Die Schrift war sehr gerade und klein, der Stil eher förmlich. Nachdem, was zwischen uns gewesen war, erschien mir diese Nachricht doch sehr distanziert. Zumindest konnte ich Lian als Verfasser der Songtexte jetzt definitiv ausschließen, die Schrift war eine andere. Ich seufzte, während sich leise Enttäuschung in mir breitmachte. *Schade eigentlich.* Aber dafür hatte ich jetzt seine Handynummer.

Und wenn er wegen Ben doch falsche Schlussfolgerungen zog und jetzt deshalb auf Abstand ging?

Dann hätte er mir sicher nicht seine Handynummer aufgeschrieben, beantwortete ich mir selbst die Frage. Ich sollte nicht zu viel in seine Nachricht reininterpretieren, vermutlich war er in seinem Job gerade sehr eingespannt. Am Wochenende passte es mir sowieso besser, weil ich am nächsten Tag ausschlafen konnte.

Ein Klopfen an der Oberkante der Tür ließ mich kurz zusammenzucken.

Bela stand auf der Schwelle, er trug wieder seine hellrote Adidas-Trainingsjacke, diesmal offen. Die Fingerknöchel noch am Holz grinste er mich an. „Na du, wie war deine Woche?" Seine Augen strahlten mir intensiv entgegen.

„Hi." Hastig faltete ich den Brief zusammen, steckte ihn in die Gesäßtasche meiner Jeans und schloss meinen Briefkasten zu. Ich brauchte einen Moment, um meine Gedanken von Lians Nachricht loszueisen, ehe ich ein Lächeln auf mein Gesicht zwang. „Gut so weit. Und bei dir?"

Er fuhr sich durch sein gewelltes, schulterlanges Haar und kam einen Schritt auf mich zu. Kurz zuckte ich zurück, als er seine Hand hob und mir sanft über die Stirn strich.

Verwirrt blinzelte ich ihm entgegen. „Was machst du da?"

„Du siehst ein wenig bedrückt aus. Ich versuche die Knitterfalte auf deiner Stirn zu glätten." Bela lächelte, ließ die Hand sinken und schob sie sich in die Jackentasche. Dann wurde er wieder ernst. „Was geht dir durch den Kopf?"

Ich zuckte mit den Schultern, noch unschlüssig, ob ich Bela von meinen Befürchtungen erzählen sollte. Kurzerhand entschied ich, ihm zumindest einen Teil davon anzuvertrauen. „Ich glaube ein Freund von mir hat etwas in den falschen Hals bekommen."

„Und jetzt redet er nicht mehr mit dir?"

„Ich weiß nicht, aber er hat unsere Verabredung verschoben. Und irgendwie verhält er sich merkwürdig distanziert."

„Das kann andere Gründe haben. Was ist denn genau vorgefallen? ... Wenn ich fragen darf." Ein verlegenes Grinsen kräuselte seine Mundwinkel.

Unwillkürlich musste ich lächeln. „Klar, darfst du." Ich räusperte mich. „Wir ... sind uns nähergekommen. Und am nächsten Morgen hat er mich mit einem Freund von mir im Treppenhaus gesehen und ich habe den Mund nicht aufbekommen, weil mir die ganze Situation unangenehm war. Ich könnte mir jetzt noch in den Hintern beißen, dass ich die beiden einander nicht vorgestellt habe, dann müsste ich mir jetzt nicht das Hirn zermartern." Im ersten Moment war ich selbst erstaunt, dass mir das so locker über die Lippen ging. Ich senkte den Blick und sah Bela dann direkt in die Augen, um seine Reaktion zu beobachten. Ich wollte ihn nicht verletzen, konnte immer noch nicht genau abschätzen, ob er mir auch als Mann Interesse entgegenbrachte. Seltsamerweise fiel es mir nicht schwer, ihm mein Herz auszuschütten, das war von Anfang an unserer Bekanntschaft so gewesen. Er sprach immer aus, was er dachte und stellte genau die richtigen Fragen. Was ich bei anderen Männern als aufdringlich empfunden hätte, brachte mich dazu, mich ihm immer weiter zu öffnen. Dabei kannten wir uns erst seit kurzem.

Belas Blick wanderte zur Seite, er schien kurz zu überlegen, ehe er antwortete. „Du solltest das aufklären und zwar so schnell, wie es geht. Es ist nicht gut, wenn gleich am Anfang etwas zwischen euch steht. Das könnte schnell zu Missverständnissen führen."

Ich nickte und war gleichzeitig verblüfft, wie klar seine Sicht auf die Dinge war. Das war ich von Männern gar nicht gewöhnt. Was Liebesdinge betraf hatte ich immer den Eindruck, sie sprachen eine völlig andere Sprache als wir Frauen. „Ja, du hast recht, das werde ich. Danke für deinen Rat."

Sein Grinsen wurde breiter. „Gern geschehen." Mit der Hand fuhr er sich durch die Haare und blickte zu Boden. „Ich habe mich gefragt, ob du mir diese Woche helfen kannst, meinen Balkon zu bepflanzen?"

Ich musste lächeln. Diese bewusst höfliche, zurückhaltende Art mochte ich sehr an ihm. „Klar, das machen wir. Donnerstagnachmittag hätte ich Zeit."

Belas Augen blitzten erfreut auf. „Einverstanden. Super."

„Vertraust du mir?"

Verunsichert runzelte er die Stirn. „Klar."

„Dann suche ich für dich die Pflanzen aus und komme dann direkt zu dir. Was hältst du davon?"

„Klingt hervorragend."

„So gegen 17 Uhr?"

Er nickte und wandte sich dann um. Kurz zögerte er, dann drehte er sich noch mal zu mir. „Und wenn du bis dahin was brauchst ... Mein Nachname ist Petrovic, du weißt, wo du mich findest."

Gerührt sah ich ihm hinterher, als er die Straße überquerte und schloss dann die Tür hinter mir. Bela war ein toller Mensch, ich war sehr froh, dass er in mein Leben getreten war. So einen Freund wie ihn fand man nicht an jeder Ecke. Außerdem ging sein Interesse nicht über eine Freundschaft hinaus, wie ich gerade herausgefunden hatte. Sonst hätte er nicht so entspannt darauf reagiert, dass ich einem anderen Mann nähergekommen war. Nicht mal einen Funken Enttäuschung hatte er durchschimmern lassen. Eigentlich eindeutig. Oder war er der Typ Frauenversteher, der einem alles recht machen wollte und seine eigenen Gefühle erstmal zurücksteckte, um so ein engeres Verhältnis zu mir aufzubauen? Kurz zuckte ich mit den Achseln und stieg die Treppen hinauf. Ich konnte nur hoffen, dass es nicht so war.

Als ich meine Wohnungstür aufschloss, stieg mir der süßlich schwere Geruch der Lilien in die Nase und drehte mir fast den Magen um. Zsa Zsa kam mir maunzend aus dem Wohnzimmer entgegen wie ein Hotelgast, der Beschwerde einlegen wollte. „Gleich bin ich für dich da, meine Süße. Aber erst muss ich diese Blumen loswerden", murmelte ich und streichelte ihr über das weiche Fell. Kurz strich mein Blick über den Fußboden. Doch ich suchte vergeblich nach einer neuen Botschaft in Form eines Songtextes. Es war schon eine gute Woche her, dass mir der geheimnisvolle Unbekannte geschrieben hatte. Was hatte es damit auf sich? Hatte er aufgegeben? Das wäre wirklich schade, wo ich mich doch langsam an die kleine Aufmunterung gewöhnt hatte. Sie war Balsam für meine Seele und zeigte mir, dass es da draußen jemanden gab, dem ich ein paar schöne Zeilen wert war. Wobei sich die Liste der infrage Kommenden ausgedünnt hatte. Wenn Ben gelogen hatte und doch der Verfasser war, was ich aufgrund seiner nicht vorhandenen Musikalität stark bezweifelte, würden nach meiner Abfuhr sowieso keine weiteren Botschaften mehr folgen. Lian schied aus, weil die Handschrift in den Briefen nicht mit seiner identisch war. Blieb also nur noch Bela auf der Liste der zur Auswahl stehenden Kandidaten. Am Donnerstag musste ich ihm auf den Zahn fühlen. Denn wenn er es nicht war, musste es ein mir Unbekannter sein.

Ich spürte bereits ein dumpfes Pochen hinter meinen Schläfen, was auf eine Kopfschmerzattacke hindeutete. Raschen Schrittes lief ich durch die Wohnung und riss alle Fenster auf, während ich versuchte, so wenig wie möglich einzuatmen. Mit der Absicht, den Blumenstrauß Zoe zu schenken, zog ich ihn aus der Vase. Wenn niemand bei den Bergers zu Hause war, musste ich die Blumen wohl unten im Hof in der Mülltonne entsorgen. Was wirklich schade war, aber etwas anderes fiel mir auf die Schnelle nicht ein.

Ich schnappte mir den Schlüssel und zog die Tür hinter mir zu.

„Was haben Sie denn da für einen wunderschönen Blumenstrauß in der Hand?", hörte ich eine wohlbekannte Stimme hinter mir. „Sind die von einem Verehrer?"

Ich wandte mich um und sah Herrn Sommerfeld keuchend die Treppe hochsteigen, während er sich dabei am Geländer hochzog. Offenbar bereitete es ihm neuerdings Anstrengungen in den vierten Stock zu kommen.

Kein Wunder, wenn ich schon zu kämpfen hatte, er war schließlich über vierzig Jahre älter als ich.

„Hallo, Herr Sommerfeld." Mit einem charmanten Lächeln ging ich geschickt über seine Frage hinweg. „Gefallen Sie Ihnen?"

„Lilien waren die Lieblingsblumen meiner Frau. Ich habe ihr immer welche mitgebracht, wenn ich ihr eine Freude bereiten wollte."

Ich lächelte schmal. „So schön sie sind, so leid tut es mir, sie weggeben zu müssen. Leider vertrage ich ihren intensiven Geruch nicht und bekomme sofort Kopfschmerzen. Möchten Sie sie vielleicht haben?"

„Wenn Sie mich so fragen ... warum nicht? Bevor Sie sie wegwerfen. Ich nehme sie gerne."

„Na dann ..." Lächelnd hielt ich ihm den Strauß entgegen und war froh, dass er noch einen Besitzer fand, der Freude damit hatte.

Als Herr Sommerfeld sich abwandte und auf seine Tür zuging, fiel mir auf, dass er sich langsamer bewegte als sonst.

„Ist alles in Ordnung bei Ihnen?", fragte ich mit besorgter Stimme.

Herr Sommerfeld blickte über seine Schulter zu mir zurück. „In letzter Zeit machen mir ein wenig die Gelenke zu schaffen, aber ich denke, das ist ganz normal in meinem Alter", spielte er seine Beschwerden mit einer wegwerfenden Handbewegung hinunter. „Unkraut vergeht nicht." Er lächelte auf seine typisch verschmitzte Art, die in mir den Wunsch weckte, alles dafür zu tun, damit es dem alten Herrn wieder besser ging.

Ich erwiderte sein Lächeln nicht, stattdessen musterte ich ihn besorgt. „Bewegung ist wichtig."

„Das hat mein Enkel auch gesagt."

Bei der Erwähnung seines Enkels fiel mein Herz sofort in einen schnelleren Rhythmus und ich presste kurz die Lippen aufeinander, um mir meine Verlegenheit nicht anmerken zu lassen. „Benutzen Sie denn das Ergometer, das er Ihnen besorgt hat?"

Abwägend bewegte er den Kopf. „Einmal die Woche vielleicht."

„Das ist zu wenig. Jeden Tag eine halbe Stunde wäre angebracht."

Schuldbewusst hob er einen Mundwinkel.

„Soll ich für Sie einkaufen gehen? Dann müssen Sie wenigstens nicht so schwere Tüten schleppen. Und mich hält es fit, wo ich mich doch so selten zum Sport aufraffen kann."

„Das ist furchtbar reizend von Ihnen, Frau Berger, aber im Notfall übernimmt das Lian."

„Wohnt er denn hier in der Nähe?", fragte ich und gab mir Mühe, meine Stimme beiläufig und nicht wissbegierig klingen zu lassen.

„In Charlottenburg. Mit seinem Motorrad braucht er aber nur zehn Minuten."

Ich nickte. „Na gut. Aber wenn Sie was brauchen, dann sagen Sie mir Bescheid. Einverstanden?"

Ein leises Lächeln stahl sich auf sein Gesicht. „Das mache ich. Danke, Frau Berger. Wie geht es denn meiner kleinen Freundin? Ich habe sie lang nicht mehr gesehen."

„Sie vermisst Sie, glaube ich. Manchmal steht sie an der Tür und maunzt ganz herzzerreißend. Sie dürfen sie jederzeit besuchen, wenn Sie möchten."

Die Lachfalten um seine Augen vertieften sich. „Und Sie dürfen sie jederzeit vorbeibringen. Auch wenn Sie keine längeren Reisen machen."

Ich nickte und überlegte kurz, ob ich ihm einen Besuchstag anbieten sollte, aber dann entschloss ich mich dagegen. Es war besser, meine Katze bei mir zu behalten, so lange ich nicht unterwegs war, das ständige Hin und Her brachte sie nur durcheinander. Wie bei einem Scheidungskind, das zwischen Vater und Mutter pendeln musste. Nein, ein wenig Beständigkeit konnte nicht schaden.

Dass Zsa Zsas Besuch schneller kommen würde, als gedacht, wusste ich zu dem Zeitpunkt noch nicht.

Zurück in meiner Wohnung und nachdem meine Katze versorgt war, schrieb ich rasch eine Nachricht an Lian, dass ich ihn am Freitag gerne zum Abendessen einladen würde.

Er antwortete nur kurze Zeit später, dafür aber umso knapper:

Werde pünktlich um 20 Uhr bei dir sein, Lian

Kapitel 19

"Signora, che desidera?", durchbrach die Stimme des Markthändlers meine Gedanken.

"Grazie, sto solo guardando", antwortete ich ihm mit den paar Brocken Italienisch, die mir in den Sinn kamen und der Erklärung, ich würde mich nur umschauen. Eigentlich träumte ich mehr, als dass ich schaute, denn das, was ich wollte, hatte ich bereits gefunden. Seit gut einer Stunde schlenderte ich ziellos über den wunderschön typisch toskanischen Markt, der rund um die Stadtmauer verlief. Tim hatte mich kurzfristig nach Lucca geschickt, um seinen heißgeliebten Mönchsbart aufzuspüren. Eigentlich hätte er das schnittlauchartige Gemüse, das in der Länge von Spaghetti wuchs, auch bei dem italienischen Händler seines Vertrauens in Berlin bekommen, aber Tim bestand drauf, dass ich mich vor Ort von der Herkunft und der Qualität überzeugte. Insgeheim glaubte ich jedoch, dass das nur ein Vorwand war und er hoffte, dass ich noch etwas ganz Spezielles für seine geliebte italienische Woche auftreiben und ihn damit überraschen würde. Was mich einerseits herausforderte und antrieb, jedoch auch unter Druck setzte. Wie immer wollte ich es ihm recht machen und ihn von meiner guten Spürnase für kulinarische Raritäten überzeugen.

Nichtsdestotrotz kam mir die Ablenkung gelegen. Neben dem *Foodhunting* konnte ich das italienische Flair in mir aufnehmen und ein wenig Urlaubsfeeling einsaugen.

Bereits heute früh hatte ich einen Marktstand mit *barba di frate* entdeckt, wie man die langen, fleischigen Stiele in Italien nannte. Der Händler versicherte mir, dass sie von bester Qualität waren, sie eigens auf meernahen Wiesen angebaut wurden und dort wild wuchsen. Als er hörte, dass ich im Auftrag eines bekannten Sternekochs unterwegs war, beschrieb er mit ausdrucksstarken italienischen Gesten den Weg zur Osteria seines Bruders Giacomo, bei dem er mich einlud, seinen Mönchsbart zu verkosten.

Zusammen mit Linguine, Knoblauch, Chilischoten, Sardellenfilet, Kapern, Kirschtomaten und Parmesan bereitete mir Giacomo eine Riesenportion. Der Mönchsbart selbst schmeckte erdig und ein bisschen salzig, mit der Pasta jedoch ergab er eine perfekte Kombination und war einfach köstlich. Ich machte mit Giacomo und der Pasta ein paar Bilder, die ich am Abend an ein paar Gourmetmagazine schicken wollte. Am liebsten hätte ich noch ein paar Tage Urlaub drangehangen, Lucca näher in Augenschein genommen und die herzliche Gastfreundschaft der italienischen Familie genossen, aber schon am Abend ging mein Rückflug und Tim erwartete mich für den nächsten Vormittag.

Vor mir ragten mittelalterliche, ockerfarbene Häuserfronten auf und schmückten die große, ovale Piazza, die früher als römisches Amphitheater genutzt wurde. Wäsche wehte von manchen Balkonen sanft im Wind und die grünen Fensterläden setzten ihre typisch italienischen Akzente. Weiße Sonnenschirme überspannten die Marktstände und die einheimischen Händler vermittelten den Eindruck einer geruhsamen und zugleich fröhlichen Geschäftigkeit. „La Dolce Vita" konnte man in dieser Stadt förmlich greifen. Ringsherum luden kleine Cafés zum Verweilen ein und ließen einen direkt am italienischen Leben teilhaben.

Die lebhafte Atmosphäre hatte mich gefangen genommen. Rasch besetzte ich den nächsten freien Tisch am Rande der Piazza, bestellte einen Cappuccino und sah dem lebhaften Treiben zu. Ich zog meine Sonnenbrille auf die Nase und hielt mein Gesicht in die Sonne. Ein tiefer Atemzug und schon drifteten meine Gedanken ab.

Hand in Hand laufen Lian und ich durch die schmalen, kopfsteingepflasterten Gassen. Wir kaufen uns ein Eis und setzen uns damit an einen steinernen Brunnen, wo er mich mit seinem Erdbeereis füttert und danach zärtlich seine kühlen Lippen auf meinen Mund legt.

Mit einem Mal erfüllte ein schweres Gefühl von Sehnsucht meine Brust und nur einen Moment später schob sich eine dicke Regenwolke voller Bedenken über dieses romantische Bild vor mein inneres Auge. Was, wenn Lians Absage nur eine Ausrede gewesen war und er sich am Samstag wieder etwas einfallen lassen würde, um mich nicht treffen zu müssen? Er hatte schon einiges durchgemacht und wie ich ihn kennengelernt hatte, war er sehr verletzlich und achtete genau darauf, wem er vertraute und wem nicht. Doch glaubte er allen Ernstes, zwischen Ben und mir lief etwas? Gedankenverloren nagte ich an meiner Unterlippe und ließ meinen Blick zu zwei Tauben wandern, die sich gurrend um eine Brotkrume stritten.

So abwegig war meine Befürchtung nicht, so vertraut Lian uns angetroffen hatte. Ich seufzte leise. Jetzt, wo wir uns nicht nur körperlich so nahegekommen waren, konnte doch nicht alles schon vorbei sein, bevor es richtig begonnen hatte. Bei dem Gedanken spürte ich ein furchtbares Ziehen in der Brust und plötzliche Verlustangst breitete sich in mir aus. In dem Moment wurde mir klar, dass ich mich bis über beide Ohren in Lian verliebt hatte und alles dafür tun würde, damit er mir nicht gleich wieder entglitt.

Der freundliche Kellner unterbrach meinen Gedankenstrom, als er mir meinen Cappuccino brachte. Ich hob den Kopf und lächelte ihm dankend zu. Nachdem ich einen Löffel Zucker in den wolkenweichen Milchschaum eingetaucht hatte, nahm ich einen Schluck und schob meine düsteren Gedanken für einen Moment zur Seite, um das herrlich italienische Kaffeearoma zu genießen.

Danach fischte ich mein Handy aus der Umhängetasche und erwog kurz den Gedanken, ihm zu schreiben und alles aufzuklären. Kopfschüttelnd legte ich das Handy beiseite und trank noch einen weiteren Schluck von dem leckeren Cappuccino. Mittlerweile war zu viel Zeit verstrichen und die Idee erschien mir albern. Am Samstag hatte ich genügend Zeit, um unsere Begegnung im Treppenhaus in unser Gespräch mit einfließen zu lassen und Lian zu verklickern, dass Ben nicht mehr als ein guter Freund für mich war.

Den restlichen Nachmittag vertrieb ich mir mit Suchen nach kulinarischen Spezialitäten. Ich erbeutete typisch toskanische Fenchelsalami, Pecorino, weißes Nougat mit Pistazien und Mandeln als Dessertverfeinerung. Einer alten Italienerin konnte ich das Rezept für ihre italienische Pistaziencreme abschwatzen und hoffte, bei Tim damit zusätzlich zu punkten.

Darüber erleichtert, dass meine Erwartung eingetroffen und mein Chef mir vor Freude um den Hals gefallen war, kam ich am nächsten Tag vom *Dans le Coin* nach Hause. Als ich die Wohnungstür aufschloss, erwartete mich nicht etwa meine Katze, sondern eine neue Liebesbotschaft. Mein Herz jubelte. Entgegen meiner Vermutung hatte mein heimlicher Verehrer also doch noch nicht aufgegeben. Insgeheim hatte ich drauf gehofft, denn langsam fand ich Gefallen an den Songtexten.

Wenn es Nacht wird und ich die Augen schließe,
sehe ich nur dich und ich frage mich,
ob ich mich getäuscht habe
Empfindest du nicht das Gleiche wie ich?
Sollte ich lieber aufgeben, obwohl ich dich gerade erst gefunden habe?
Oder sollte ich weiterhin an uns glauben?
Selbst wenn es nirgendwo hinführt
Wenn es Nacht wird und ich die Augen schließe,
sehe ich nur dich

Ich ließ die rote Pappkarte sinken und setzte mich grübelnd an den Küchentisch.

Diese Zeilen könnten auf Ben als auch auf Bela passen.

Womöglich unterschätzte ich Ben. Vielleicht hatte er doch gelogen und in den letzten Jahren eine Leidenschaft fürs Schreiben von Songtexten entwickelt. Und Bela? Seine Musikalität passte dazu und ich konnte das Bild von ihm als romantischen Verfasser in Einklang bringen. Jetzt, wo er wusste, dass es da einen Mann gab, der mir wichtig war, konnte es sein, dass er erst mein Vertrauen gewinnen wollte und über die freundschaftliche Ebene versuchte an mich heranzukommen.
Oder es gab wirklich jemand anderen, den ich bisher nur nicht in Erwägung gezogen hatte oder der mir nicht aufgefallen war. Vielleicht kannte ich ihn nicht mal und hatte ihn noch nie gesehen. Mir fiel nur auf, dass die Texte von Mal zu Mal vertrauter wurden, als hätte man sich angenähert. Aber das konnte auch nur dem Wunschtraum des Verfassers entsprungen sein. Ich seufzte tief. Die ganze Grübelei brachte mich nicht weiter. Ohne Hinweis würde ich von selbst nicht draufkommen.

Kurze Zeit später klingelte ich bei Herrn Sommerfeld, um Zsa Zsa abzuholen. Mein Nachbar öffnete freudestrahlend die Tür und im ersten Moment sah es so aus, als wäre seine Miene eingefroren. Hatte er etwa jemand anderen erwartet?
„Frau Berger, da sind Sie ja schon. Mit Ihnen haben wir ja noch gar nicht gerechnet." Seine Züge entspannten sich wieder und er trat einen Schritt zurück, um mich reinzulassen. „Trinken Sie einen Kaffee mit mir?"
„Gerne." Ich hielt ihm die Tüte mit den Mitbringsel entgegen.
„Frau Berger, Sie sollen doch n..."

„Nicht, was Sie denken", unterbrach ich ihn. „Diesmal habe ich nichts zu essen mitgebracht, sondern etwas für ihre Gelenkschmerzen."

Er lachte auf, während ich ihm in die Küche folgte. „Sie sorgen sich um meine Gesundheit?"

„Und ob ich das tue."

Er zog ein Fläschchen aus der Tüte und besah es sich von allen Seiten. Konzentriert kniff er die Augen zusammen.

„Brauchen Sie eine Brille?"

„Eigentlich schon, bloß ich verlege sie ständig und finde sie dann meist erst nach Tagen in irgendeiner Schublade oder hinter dem Schrank wieder. Daran ist das Alter schuld."

Ich lachte leise auf. „Nein, bestimmt nicht. Mir passiert das auch ständig."

„Tatsächlich? Dann sind das wohl die Heinzelmännchen, die hier im Haus ihr Unwesen treiben. Wenn sogar junge Menschen wie Sie davon betroffen sind." Er zwinkerte mir zu und ich grinste. „Ja, so muss es wohl sein."

„Das, was Sie da in der Hand haben, ist Pfefferminzöl, ein bewährtes Hausmittel bei Gelenkschmerzen", klärte ich ihn auf.

„Und davon nehme ich wie viele Tropfen am Tag?" Aus seinen blassblauen Augen blitzte der Schalk.

Ich bedachte ihn mit einem gespielt mahnenden Blick. „Die sollen Sie nicht trinken, sondern einmassieren! Wenn es geht auf den schmerzenden Bereich", fügte ich augenzwinkernd hinzu. „Das Menthol sorgt für den kühlenden, schmerzlindernden Effekt."

„Eine Flasche Likör wäre mir lieber gewesen", warf er trocken ein. „Und was ist da sonst noch drin?"

„Rosmarinöl, das fördert die Durchblutung und Kurkuma, das hilft ebenfalls bei Gelenkschmerzen. Es soll entzündungshemmend, schmerzlindernd und antioxidativ wirken sowie Knochenabbau hemmen. Damit können Sie jedes Gericht würzen."

„Leberkäse auch?", fragte er.

„Einen Versuch ist es wert", konterte ich schmunzelnd. „Hab ich alles bei einer Kräuterhexe auf einem toskanischen Markt gekauft, die Alte schwört drauf."

Mein Nachbar hob belustigt die Augenbrauen. „Na dann, ... vielen Dank!"

Zsa Zsa empfing mich in der Küche mit einem Maunzen und erhobenem Schwanz. „Hey, meine Kleine." Ich nahm sie auf den Arm und stupste meine Stirn an ihre. „Die Freude ist ganz meinerseits", kicherte ich, als ihr nasses Näschen über mein Gesicht strich und ein Schnurren erklang.

„Es sah ganz so aus, als hätte sich bei der Jubiläumsfeier zwischen Lian und Ihnen alles geklärt", sagte Herr Sommerfeld, während wir unseren Kaffee tranken.

Es klang nicht so, als ob er mich aushorchen wollte, sondern nach einer Feststellung.

Ich hatte gerade die Tasse zum Mund geführt, hielt nun aber inne und ließ sie wieder sinken. Seufzend nickte ich. „Ja, wir konnten uns aussprechen und sind uns ein wenig ... nähergekommen." Ich blickte ihm in die Augen, um seine Reaktion abzuschätzen. Ich wollte ehrlich zu ihm sein, außerdem hatte ihm Lian vermutlich sowieso von dem Abend berichtet, so nahe wie die beiden sich standen. „Und am Samstag habe ich ihn zum Essen eingeladen." Ein verlegenes Lächeln zuckte um meine Mundwinkel.

Herr Sommerfeld senkte den Blick und lächelte ebenfalls. „Das ist wunderbar. Sie beide wären ein schönes Paar."

Eine Welle der Erleichterung brandete über mich hinweg. Beinah hatte ich befürchtet, dass mein Nachbar mit einer näheren Bekanntschaft mit seinem Enkel nicht einverstanden war. „Finden Sie?", krächzte ich und schluckte trocken. „Ehrlich gesagt, habe ich ein wenig Angst ..." Den Rest des Satzes ließ ich im Raum stehen. Es fiel mir doch schwerer als gedacht, vor Lians Opa – der gleichzeitig noch mein Nachbar war – so offen auszusprechen, was mich beschäftigte.

Herr Sommerfeld kräuselte die Stirn. „Weshalb?"

„Dass Lian mir nicht vertraut. Ich mag ihn sehr, mir liegt viel daran, ihm das richtige Bild von mir zu vermitteln."

„Ich verstehe, was Sie meinen." Herr Sommerfeld legte den Kopf schief und fasste nach meiner Hand. „Frau Berger, Sie können nichts falsch machen. Sie tragen ihr Herz am rechten Fleck. Ich kann mir keine bessere Frau für den Jungen wünschen. Im Leben sollte man viel mehr Angst haben, die richtige Gelegenheit zu verpassen als einen Fehler zu begehen, finden Sie nicht?"

Ich nickte und ein Lächeln stahl sich auf meine Lippen. Seine Worte taten unglaublich gut. In dem Moment war ich glücklich, mich ihm anvertraut zu haben. „Ja, das stimmt. Aber Lian ist schon oft enttäuscht worden. Ich will einfach alles richtig angehen. Wenn es darauf ankommt, habe ich immer das Gefühl, alles falsch zu machen."

„Ach wissen Sie, Fehler sind menschlich, sie gehören zum Leben wie versetzte Blähungen. Aber Fehler eingestehen und sich dafür zu entschuldigen, kann nicht jeder. Das erfordert Charakter. Und den haben Sie schon öfters bewiesen."

„Ach, Herr Sommerfeld ..." Ich umfasste seine Hände. „Darf ich Sie kurz umarmen?"

Sein kerniges Lachen erklang. „Aber bitte, es wäre mir ein Vergnügen! Danach müssen Sie doch nicht fragen!"

Ich stand auf, beugte mich zu ihm hinunter. Als er mir ein Stück entgegenkam, drückte ich ihn für einen Moment ganz fest, während mir der Geruch von Olivenöl-Kernseife in die Nase stieg, die ich ihm letztes Jahr aus Südfrankreich mitgebracht hatte. „Ich bin so froh, Sie kennen zu dürfen."

Ein verlegenes Lachen entkam ihm, aber als ich ihm in sein gerührtes Gesicht blickte, wusste ich, dass er genauso empfand wie ich.

„Hat Lian ... über mich gesprochen?", wollte ich wissen, als ich mich von ihm gelöst und wieder auf den Stuhl niedergelassen hatte.

„Kaum etwas. Und wenn, nur Positives. Ich glaube, er will sich erst Ihrer sicher sein. Lian scheint eher zurückhaltend, was Herzensdinge angeht. Aber das ist ja nicht verwunderlich."

„Weil er Angst hat, enttäuscht zu werden", sprach ich leise aus, was ich dachte.

„Auch er sollte seine Angst überwinden und sich auf Sie einlassen. Aber machen Sie sich nicht so viele Gedanken und folgen Sie ihrem Herzen." Besänftigend legte er seine Hand auf meine. „Es wird schon werden."
Seufzend nickte ich und hoffte insgeheim, Herr Sommerfeld würde mit seinem Enkel auch so ein offenes Gespräch führen und ein gutes Wort für mich einlegen.
„Wie war der Abend für Sie?" Zugegeben, die Überleitung war nicht die eleganteste, aber ich wollte das Gespräch in eine andere Richtung lenken. „Frau Biedermann ist ja richtig aufgeblüht an Ihrer Seite. So losgelöst habe ich sie noch nie gesehen."
Herr Sommerfelds Gesicht erhellte sich, was ihn auf einmal verblüffend jung erscheinen ließ. In dem Moment konnte ich mir vorstellen, wie er früher ausgesehen hatte. Durch seinen leisen Humor und seine zuvorkommende Art war er beim weiblichen Geschlecht sicherlich gut angekommen.
Mein Nachbar nickte nur und nahm noch einen Schluck von seinem Kaffee, der in der Zwischenzeit schon kalt geworden sein musste.
Mir fiel der Spruch ein: Ein Gentleman schweigt und genießt, und ich grinste ebenfalls in mich hinein.

Kapitel 20

Einen Pappkarton mit Blumentöpfen in den Händen staunte ich nicht schlecht, als ich am Nachmittag des nächsten Tages Belas Wohnzimmer durchquerte.
„Du hast es aber gemütlich", entfuhr es mir.
Den Sack mit Blumendünger unter die Achsel geklemmt strich Bela sich verlegen durchs Haar und lächelte. Angesichts seiner Kleidung und seines altertümlichen Fahrrads hatte ich angenommen, er legte nicht viel Wert auf ein behagliches Zuhause. Aber genau das Gegenteil war der Fall. Es war stilvoll eingerichtet, Naturtöne dominierten den Raum. Ein anthrazitfarbenes Ecksofa bildete den Mittelpunkt und lud mit seinen vielen Kissen zum Fläzen ein. Bela schien sehr ordentlich zu sein, ich konnte kein einziges Staubkorn im einfallenden Licht auf dem Couchtisch erkennen. Nirgendwo lagen Sachen herum, abgesehen von den Bücherstapeln am Boden, die sich meterhoch an der Wand türmten. Einen Fernseher sah ich nirgendwo, dafür eine alte Stereoanlage aus den 90ern, wie ich sie aus meiner Kindheit kannte. Mein Blick wanderte weiter in die Ecke vor dem Fenster und ein verzückter Laut entkam mir.
Ein wunderschöner Barocksessel in Gold mit einem roten Bezug und dem typischen Rokoko-Muster vereinnahmte meine Aufmerksamkeit. Wie eine Reliquie

aus alten Zeiten thronte darauf ein Violinenkasten. Ehrfürchtig ging ich ein paar Schritte auf den Sessel zu und sah zu Bela, der mich angrinste.

„Darf ich vorstellen, das ist Leopold. Ich habe ihn auf dem Flohmarkt des 17. Junis entdeckt und musste ihn einfach haben."

„Sehr erfreut, Leopold." Kichernd machte ich eine kleine Verbeugung. „Er ist wunderschön", sagte ich und sah Bela an. „Und setzt deine Violine angemessen in Szene." Mein Blick wanderte weiter zu dem kleinen runden Beistelltisch, auf dem ein antiker Kerzenleuchter aus Messing einiges hermachte. Die weißen Kerzen darin waren nur noch als Wachsstümpfe erkenntlich. „Hat der auch einen Namen?"

„Das ist Ferdinand. Aber Ferdinand möchte heute nicht gestört werden, er ist etwas ausgebrannt und muss sich ein wenig erholen", klärte Bela mich mit ernster Miene auf.

Ich kicherte leise und er stimmte mit ein.

Der Mix aus Altem und Neuem gefiel mir auf Anhieb. „Du gehst wohl gerne auf Flohmärkte?"

„Fast jeden Sonntag. Kannst mich ja mal begleiten." Er grinste jungenhaft und wieder fiel mir die intensive Strahlkraft seiner Augen auf.

„Gerne." Einen Moment lang blieb ich vor der Couch stehen und besah mir das hinter Glas gerahmte Landschaftsposter darüber. Es zeigte einen rauen Felsen, unter dem das kristallklare Meer in der Sonne glitzerte. Treppen führten ans Wasser hinunter, zwei Türen, in den Fels geschlagen, luden ins Innere ein.

„Da würde ich jetzt gerne sein", sagte ich seufzend. „Ist das in Kroatien?"

Bela nickte, ein trauriges Lächeln huschte über sein Gesicht.

„Hast du oft Heimweh?"

Bela zuckte die Schultern. „Manchmal schon."

Ich bereute sofort, das Thema angesprochen zu haben, offenbar war das sein wunder Punkt. „Dann muss ich dich wohl schnell auf andere Gedanken bringen. Mach mir mal bitte die Tür auf. Die Sonne schreit förmlich um Einlass, wir sollten sie schnell eintreten lassen, bevor sie wieder das Weite sucht", versuchte ich ihn aufzuheitern.

Draußen auf dem Balkon herrschten sommerliche Temperaturen. Der Himmel zeigte sich wolkenlos und in tiefes Blau getaucht. Rasch stellte ich die Kiste am Boden ab und befreite mich aus meiner Strickjacke. Genau wie bei mir war der Balkon so schmal, dass gerade so der dunkelblau gestrichene Rundtisch aus Holz mit den zwei passenden Stühlen darauf passte, auf dem mir ein Drehaschenbecher und eine beinah heruntergebrannte Kerze ins Auge sprang. In der Ecke befand sich eine umgedrehte Bierkiste, ein zusammengeklappter Wäscheständer und in einem der leeren Blumenkästen stand eine einsame Sprühflasche.

„Du rauchst?", fragte ich mit Blick auf den Aschenbecher.

„Ab und zu. Wenn ich morgens meinen Kaffee trinke und mir abends noch einen Drink genehmige. Apropos, ... darf ich dir einen Gin Tonic anbieten?"

Erstaunt warf ich einen Blick auf meine Armbanduhr, es war erst kurz nach fünf. „Musst du heute nicht noch arbeiten?"

Bela grinste. „Nein, heute findet eine geschlossene Veranstaltung in der Orangerie statt, da hat das Orchester frei."

„Na dann ... warum eigentlich nicht? Ich habe auch nichts mehr vor. Es ist zwar erst Ende Mai, aber lass uns den Sommer einläuten."

Bela rieb vorfreudig die Hände aneinander. „Gut, dann bin ich gleich wieder da." Er drehte sich um und verschwand im Wohnzimmer.

Ich verschaffte mir einen Überblick über die Blumentöpfe. „Ach Bela ...", rief ich ihm hinterher.

Postwendend drehte er sich um und kehrte zurück.

„Bring mir bitte eine Schere mit ... und eine kleine Schaufel, wenn du hast."

Bela runzelte amüsiert die Stirn. „Nicht, dass ich wüsste. Aus dem Buddelalter bin ich eigentlich raus."

Ich hob die Augenbraue. „Ich wollte nicht mit dir im Sandkasten buddeln, sondern die Blumen einpflanzen, Blödmann. Wie sieht's dann mit einem Esslöffel aus?"

„Den hab ich", lachte er und war wieder weg.

Während Bela uns die Gin Tonics in der Küche zubereitete, lockerte ich die Pflanzen aus den Plastiktöpfen und dachte darüber nach, aus welchem Grund Bela solches Heimweh hatte. Er war ein aufgeschlossener Mensch, der durch seine Freundlichkeit gut ankam. Warum hatte er bisher noch keinen Anschluss gefunden? Ich nahm mir vor, es noch heute herauszufinden.

Lächelnd rieb ich eine Lavendelblüte zwischen den Fingern, hielt sie mir unter die Nase und sog ihren Duft ein.

„Wow, hier riecht es ja herrlich nach Kräutern", rief Bela.

Ich hatte ihn nicht kommen hören und schreckte kurz zusammen. „Fast wie in der Provence, was? Ich hoffe, die Pflanzen, die ich ausgesucht habe, gefallen dir. Thymian, Rosmarin und Minze durften auch nicht fehlen."

Er ließ seinen Blick über die Pflanzen gleiten und nickte anerkennend. „Sieht toll aus."

Ich kicherte. „Hab doch noch nicht mal angefangen."

Er reichte mir meinen Gin Tonic, in dem Gurkenscheiben schwammen.

„Ein Hendrick's? Das perfekte Sommergetränk, nicht wahr? Erfrischend und lecker."

Bela zuckte mit den Schultern. „Weiß nicht, wie der heißt. Hat sich noch nicht bei mir vorgestellt", erwiderte er, ohne mit der Wimper zu zucken.

Ich kicherte erneut. Sein trockener Humor gefiel mir.

„Auf was wollen wir trinken?"

„Auf den Sommer, die Provence ... und auf uns", sagte ich und stieß mein Glas gegen seins.

„Ich wollte immer schon in die Provence reisen, jetzt habe ich sie auf meinem Balkon." Bela lächelte selig und schaute dann stirnrunzelnd auf die am Boden stehenden Blumentöpfe. „Was muss ich tun?"

„Vielleicht ein wenig Musik anmachen?"

„Was willst du hören?"

„Mmh. Passend zum Anlass vielleicht etwas Französisches?"

Bela bedachte mich mit einem Blick, als hätte ich gerade den Einfall des Jahrhunderts gehabt. „Bin gleich wieder da."

Als er zurückkam, tippte er auf seinem Handy herum und kurz darauf erklang eine kraftvolle Stimme aus den Boxen im Wohnzimmer.

„Edith Piaf? Jetzt fühle ich mich wirklich nach Südfrankreich versetzt. Perfekte Wahl!" Ich sah ihn schräg von der Seite an, während er die Lautstärke auf seinem Handy steigerte. „Du bist also doch den neuen Technologien aufgeschlossen. Ich dachte schon, das alte Ding da drinnen würde dir noch immer seinen Dienst erweisen." Ich wies mit dem Kopf auf den HiFi-Turm im Wohnzimmer.

„Ich habe die Anlage von meinem Vormieter übernommen, so wie alles andere auch. Es kam mir gelegen, dass er ins Ausland wollte und schnell einen Nachmieter suchte. Die Wohnung war komplett möbliert, nur Leopold habe ich selbst angeschafft."

„Fühlst du dich hier wohl?"

„Sehr. Ich hatte wirklich Glück. Wahrscheinlich hätte ich sie mir selbst gar nicht so stilvoll eingerichtet, ich bin nicht so gut in solchen Dingen."

„Mir gefällt sie auch. Dein Vormieter hat guten Geschmack bewiesen, aber Leopold und Ferdinand geben dem Ambiente noch den letzten Schliff."

Zwei Gin Tonic später sangen wir lauthals mit Edith Piaf um die Wette. Es war schön, Bela so ausgelassen zu sehen. Seine Stimme klang angenehm, tief und voll, jeder Ton saß. Wieder musste ich an die Songtexte denken und wie gut er, rein musikalisch gesehen, der Rolle des Songtexters entsprach. Bisher wartete ich jedoch noch auf die passende Gelegenheit, ihn darauf anzusprechen.

Nachdem ich die Erde ein letztes Mal festgedrückt und gewässert hatte, rieb ich mir die verdreckten Hände an der Gesäßtasche meiner Jeans ab und setzte mich zu Bela, der andächtig auf die neu bepflanzten Kästen blickte. „Wie heißen die Blumen neben dem Lavendel?"

„Petunien, Elfensporn und daneben die blaue Fächerblume."

Erschrocken hob er die Augenbrauen. „Ich bin mir sicher, ich werde mir keinen einzigen Namen davon merken. Aber du hast einen guten Job gemacht, sie gefallen mir sehr."

„Ich frag dich ab, wenn wir unsere Gläser ausgetrunken haben." Lächelnd stieß ich mein Glas an seins und forderte ihn auf, einen Schluck gemeinsam mit mir zu trinken. In trauter Eintracht sahen wir in den Himmel, der noch immer blau blitzte, ohne dass ihm ein Wölkchen in die Quere kam. Die Sonne stand jetzt tief und blendete mich, sodass ich mir meine Sonnenbrille auf die Nase zog. Wir schwiegen eine Zeitlang. Als meine Gedanken zu Lian wanderten, durchbrach Bela plötzlich die Stille. „Konntest du dich mit deinem Freund aussprechen?"

Überrascht sah ich ihn an. „Das muss wohl Gedankenübertragung gewesen sein, ich habe gerade an ihn gedacht."

„Das ist nicht zu übersehen, das liebliche Lächeln um deine Lippen spricht Bände."

Ich prustete los. „Du lügst, das stimmt gar nicht!"

Schulterzuckend nahm er noch einen Schluck von seinem Drink. „Wenn du meinst." Seine Mundwinkel zuckten verräterisch.

Ich unterdrückte ebenfalls ein Grinsen und räusperte mich stattdessen. „Um zum Thema zurückzukommen ... Nein, bisher hatte ich noch nicht die Gelegenheit, mit Lian zu sprechen. Aber am Samstag habe ich ihn zum Essen eingeladen." Ich sah zu Bela, er nickte und lächelte knapp, so, als wäre er ganz woanders mit seinen Gedanken. Auf einmal lag wieder ein trauriger Schatten auf seinen Zügen.

„Gibt es in deinem Leben jemanden, der dir wichtig ist?" Ich stellte die Frage vorsichtig, weil ich aus eigener Erfahrung wusste, was für ein heikles Thema ich ansprach und wie sensibel man darauf reagieren konnte. Vielleicht verletzte es ihn ja wirklich, dass ich mich für einen anderen interessierte, der Dorn der Eifersucht ließ sich nicht so leicht ziehen.

Bela erwiderte meinen Blick, trank einen Schluck und nickte dann.

Ich richtete mich auf und kam mir auf einmal ignorant vor. Bisher war es nur um mich gegangen. Warum hatte ich nicht schon vorher gefragt, ob es eine Frau in seinem Leben gab? Weil Bela als Verfasser der Songtexte infrage kam und ich bisher nicht ausgeschlossen hatte, dass er mich auch als Frau näher kennenlernen wollte, beantwortete ich mir die Frage selbst. „Wer ist es?"

Bela trank sein Glas in einem Zug leer und atmete geräuschvoll aus. „Arian lebt in Wien und ist Musiker wie ich."

Arian? Irritiert sah ich ihn an. Und dann fiel es mir wie Schuppen von den Augen. Bela liebte Männer! Wie hatte ich nur so lange auf dem Schlauch stehen können! Und ich dusslige Kuh hatte doch wirklich geglaubt, er könnte mehr als nur freundschaftliches Interesse für mich hegen.

Rasch gelang es mir, die Fassung wiederzufinden, denn eigentlich erfüllte mich diese Tatsache mit Erleichterung. Bela als Freund ohne Hintergedanken war das Beste, was mir passieren konnte. „Dann ist es also mehr Sehnsucht als Heimweh, was dich quält."

„Könnte man so sagen."

„Und warum ist er in Wien und du hier?"

„Weil ..." Bela seufzte. Auf einmal wirkte er sehr niedergeschlagen. „Weil ich dumm bin."

„Warum?"

„Ich vermisse ihn furchtbar."

„Und er dich?", hakte ich behutsam nach.

Bela machte eine hilflose Geste und strich sich durchs Haar. „Er weiß nichts von meinen Gefühlen. Ich war einfach zu feige, es ihm zu sagen."

„Oh nein! Aber warum?"

„Ich dachte, durch meinen Umzug gibt es einen klaren Cut. Und es ist einfacher, ihn nicht mehr zu sehen, als ihm meine Gefühle zu gestehen und er erwidert sie nicht." Sein Blick verlor sich im Himmel, ehe er fortfuhr. „Aber es war nicht einfacher ..."

Seufzend strich ich ihm über die Hand. „Dann musst du es so schnell wie möglich tun."

„Und wenn er nicht das Gleiche empfindet wie ich?"

Nachdenklich knabberte ich an meiner Unterlippe. „Seid ihr euch denn schon nähergekommen?"

Bela nickte. „Kurz bevor ich abgereist bin, haben wir einen Abend miteinander verbracht. Und uns beim Abschied geküsst." Er schluckte. „Noch nie habe ich so empfunden wie bei ihm."

„Ich kann dich so gut verstehen, genauso geht es mir auch gerade bei Lian. Wusste er denn, dass du weggehst?"

Er nickte. „Alle aus dem Orchester wussten es."

„Habt ihr darüber gesprochen?"

Bela schüttelte den Kopf, erhob sich und griff nach unseren leeren Gläsern. „Ich mach uns noch einen ... Hendrick's."

Ich nickte und sah ihm nachdenklich hinterher.

Mit zwei Gläsern und einer Zigarettenschachtel in der Hand kam er zurück. Nachdem er sich eine angesteckt hatte, rutschte er im Stuhl hinunter, lehnte den Kopf zurück und stieß dicke Rauchkringel in die Luft. Ich sah den wabernden Kreisen dabei zu, wie sie sich langsam auflösten, bis ich das Wort ergriff. „Mir ist nicht entgangen, wie traurig du manchmal bist."

Ein kleines Lächeln flog über Belas Gesicht. „Wir zwei Trauerklöße haben uns wohl gesucht und gefunden."

„Dich hat der Himmel geschickt. Dabei dachte ich die ganze Zeit, dass *Du* mir die Songtexte geschrieben hast." Jetzt konnte ich Bela endlich davon berichten.

„Welche Songtexte?" Sein erstaunter Blick traf mich.

„Darf ich auch mal?" Ich wies auf die Zigarette in seiner Hand, Bela legte den Kopf schräg. „Ungern. Ich will dich nicht zum Rauchen verleiten, nachher bleibst du noch dabei hängen."

„Zwischenzeitlich muss ich mich immer mal wieder davon überzeugen, dass es furchtbar schmeckt und ich nichts verpasse."

Bela schmunzelte und hielt mir die Zigarette hin, so dass ich nur daran ziehen musste. Tief inhalierte ich den Rauch in meine Lungen und hustete mir gleich darauf die Seele aus dem Leib. „Überzeugt. Es schmeckt ekelhaft", röchelte ich.

Nachdem ich Bela von den Liebesbotschaften erzählt hatte, senkte sich einen kurzen Moment Stille über uns, bis er ein kurzes Schnauben ausstieß. „Ich mag ihn."

„Wen?"

„Deinen heimlichen Verehrer. Wer schreibt heutzutage noch Liebesbotschaften in Form von Songtexten. Er ist romantisch und kreativ zugleich. Ich will ihn kennenlernen."

Ich musste lächeln. „Wenn ich herausfinde, wer er ist, stell ich ihn dir vor." Wieder entstand eine kurze Pause. Ich sah zu Bela, der erneut in seinen eigenen Gedanken gefangen schien. „Du musst herausfinden, ob Arian deine Gefühle erwidert. Wenn nicht, kannst du ihn endlich abhaken und wenn doch, solltet ihr euch schleunigst sehen. Es kommt im Leben nicht oft vor, dass man jemanden trifft, an den man sein Herz verliert, das solltest du nicht durch deine Angst aufs Spiel setzen." Ich musste an Herr Sommerfelds Worte denken, die mir bei jemand anderem so leicht über die Lippen kamen.

Belas Blick ruhte auf mir, er war jetzt ganz bei mir. „Danke."

„Für was? Es ist immer einfach, anderen kluge Ratschläge zu geben, nur bei mir selbst kommt mir das Richtige nie in den Sinn."

„Das geht nicht nur dir so." Wir schwiegen einen Moment lang. Fast gleichzeitig griffen wir nach unseren Gläsern und tranken von unserem Gin. Die Mischung wurde immer hochprozentiger und ich spürte, wie der Alkohol meine Sinne betäubte.

„Ich bin ein ziemliches Weichei, was?", fragte Bela in die Stille hinein.

„Unsinn. Wenn du es bist, bin ich es auch."

„Du? Du kommst immer so taff rüber. Ich mag so starke Frauen wie dich."

„Interessant, wie du mich siehst. Dabei fühle ich mich wie ein Häufchen Elend, das Angst davor hat, alles falsch zu machen." Mein Lächeln verrutschte.

„Du hast dein Date, was soll da schon noch schief gehen?"

Ich schnaubte bitter. „Lian ist durch sein Stottern oft enttäuscht worden und kann sich deshalb schwer auf jemanden einlassen."

„Er stottert?" Belas Blick wanderte nachdenklich über den Tisch. „Dann hat er sicherlich einiges durchmachen müssen."

Ich nickte und nach einer kurzen Pause fuhr Bela fort: „Ich hatte in Kroatien einen Freund ... Ich war sein einziger. Er hieß Ivan und litt am Tourette-Syndrom. Jedem war es peinlich, sich mit ihm in der Öffentlichkeit zu zeigen, weil ihm ständig unanständige Wörter rausrutschten. Er schämte sich natürlich, aber er konnte nichts dagegen tun. Wenn er angespannt war, traten die Tics sogar noch häufiger auf. Bis ihm ein Arzt ein

Medikament verschrieb, das zwar dagegen half, aber auch starke Depressionen bei ihm auslöste. Es ging ihm immer schlechter." Bela schluckte, ehe er fortfuhr. „Seine Familie konnte ihn noch rechtzeitig dazu überreden, das Medikament abzusetzen. Seitdem umgibt er sich nur noch mit Menschen, die ihm vertraut sind."

Ich dachte kurz darüber nach und ließ seine Worte sacken. „Das ist eine schlimme Geschichte. Und obwohl Stottern leichter zu verbergen ist, kann ich mir vorstellen, dass Lian Ähnliches widerfahren ist. Anfangs dachte ich, er kann mich nicht leiden, weil er mir aus dem Weg ging und kein Gespräch zustande kam. Dabei sind wir uns ständig bei mir im Treppenhaus begegnet, weil er der Enkel meines Nachbarn ist." Die ganze Zeit hatte ich sein Stottern nur von meiner Warte aus gesehen und dass ich damit klarkommen würde. Wie es ihm damit ging, daran hatte ich so gut wie gar nicht gedacht. „Weißt du, vielleicht habe ich sein Handicap zu sehr auf die leichte Schulter genommen. Durch deine Geschichte wird mir erst klar, wie Lian sich gefühlt haben muss."

„Ich glaube, er will wie jeder andere behandelt werden. Es ist wichtig, dass du ihn und seine Gefühle respektierst und ernst nimmst."

Die Luft hatte sich ein wenig abgekühlt, ein sanfter Windhauch umwehte uns angenehm. Ich nahm einen tiefen Atemzug und lehnte meinen Kopf zurück. „Ich werde mein Bestes geben."

„Ich sollte zu Arian Kontakt aufnehmen", sagte Bela irgendwann, nachdem wir stundenlang über Gott und die Welt gesprochen hatten. Mittlerweile war die

Sonne untergegangen und der Abend überspannte den Himmel mit einem dunkelblauen Tuch.

„Arian. Ein schöner Name."

„Seine Eltern stammen aus Indien."

Ich nickte lächelnd. „Am besten du schreibst ihm eine E-Mail. Oder nein, noch besser, einen Brief. Das ist viel romantischer."

„Einen Brief ... Das ist eine schöne Idee. Vielleicht schreibe ich ihm sogar ein paar Noten dazu." Bela zwinkerte mir zu und hielt mir seinen Gin Tonic zum Anstoßen entgegen.

Mein Glas traf klirrend auf seines, und wir blickten uns für einen Moment fest in die Augen.

„Wollen wir uns eine Pizza bestellen? Ich habe furchtbaren Kohldampf und werde immer ganz ..."

„... unleidlich, wenn du Hunger hast", beendete Bela meinen Satz.

Ich lachte. „Hatte ich das schon mal erwähnt?"

Bela hob belustigt eine Augenbraue. „Hattest du. Das möchte ich lieber nicht riskieren. Magst du Pita?"

„Ich mag alles, was essbar ist, warum fragst du?"

„Ich habe noch Pita mit Spinat- und Hackfleischfüllung im Kühlschrank, nach dem Rezept meiner Mutter. Muss ich nur aufwärmen."

„Etwa selbstgemacht?"

„Ich koche für mein Leben gerne. Besonders mediterrane Gerichte."

„Dann haben wir noch eine Gemeinsamkeit gefunden, langsam wirst du mir unheimlich."

Bela schmunzelte verlegen und erhob sich dann mit knackenden Gelenken von seinem Stuhl. Bevor er in die Küche verschwand, zündete er die Kerze mit seinem Feuerzeug an und brachte mir eine Wolldecke, die er mir um die Schultern legte. Dankbar lächelte ich ihm zu und kuschelte mich an den weichen Stoff.

Zehn Minuten später kauten wir genüsslich und schweigend an unserem Stück Pita.

„Nächstes Mal kochen wir zusammen. Das schmeckt einfach köstlich", sagte ich, während ich mir das letzte Stück der gefüllten Blätterteigtaschen einverleibte.

Bela sah mich an. „Ich hatte lange nicht mehr so einen schönen Abend wie heute."

Ich fasste nach seiner Hand und lächelte leise. „Dann geht es dir wie mir."

Kapitel 21

Am Nachmittag des nächsten Tages klingelte es. Meine Mutter stand vor der Tür, wie üblich ohne Vorankündigung.

„Hallo Mimi, mein Schatz." In vornehmer Geste rückte sie ihre dunkelbraune schulterlange Mähne zurecht, die wie immer mit dem Fön und reichlich Haarspray perfekt gestylt war und schürzte die rotbemalten Lippen.

Ich schaffte es gerade noch, meine Mimik in den Griff zu bekommen, ehe sie mir links und rechts einen Kuss auf die Wange hauchte. „Mama, warum hast du nicht gesagt, dass du kommst? Du hast Glück, dass ich überhaupt da bin, normalerweise wäre ich jetzt bei meinem Yoga-Kurs, aber der fällt aus." Das war schlichtweg gelogen, denn ich war seit ungefähr vier Monaten nicht mehr dort gewesen. Aber ich gab nicht auf, ihr klarzumachen, dass es für sie von Vorteil war, sich mit mir zu verabreden.

Meine Mutter zuckte lapidar mit den Schultern und verschaffte sich an meiner im Weg sitzenden Katze vorbei Einlass. Zsa Zsa gab ein missbilligendes Maunzen von sich, während meine Mutter den Weg in die Küche anstrebte. „Wenn der Prophet nicht zum Berg kommt, kommt der Berg halt zum Propheten, so beschäftigt wie du bist. Das Telefon nimmst du ja neuerdings auch nicht mehr ab."

Ich ging nicht auf ihren unterschwelligen Vorwurf ein, sondern schloss stattdessen augenrollend die Tür.

„Hast du einen Kaffee?"

„Dass du um diese Zeit noch Kaffee trinken kannst ... Ich würde kein Auge zubekommen."

Theatralisch seufzend winkte sie ab. „Ach, du weißt doch, schlafen kann ich sowieso nicht, da macht eine Tasse Kaffee den Kohl auch nicht mehr fett."

Ich unterdrückte ein Grinsen. Meine Mutter war unangefochtene Meisterin im Übertreiben und hatte gleichzeitig die Angewohnheit, all ihre vermeintlichen Beschwerden und Krankheiten herunterzuspielen – eine fatale Kombination, die einem ständig das Gefühl gab, selbst nichts ab zu können. Da ich mir jedoch vor einem halben Jahr bei einem Kurztrip nach Paris mit ihr ein Hotelzimmer geteilt hatte, konnte ich mich persönlich davon überzeugen, dass sie jede Nacht den Schlaf der Gerechten schlief.

„Wie geht es Papa, warum ist er nicht mitgekommen?"

Sie strich sich ihren Trenchcoat von den Schultern und ließ sich auf den Stuhl plumpsen. „Ihm ist mal wieder eine OP dazwischengekommen. Eigentlich wollten wir schon längst für unseren Kurztrip auf Sylt sein. Aber daraus wird wohl wieder nichts. Wie immer, wenn man einmal spontan sein will."

Ich wandte mich zur Kaffeemaschine und rollte mit den Augen. Die Leier kannte ich schon seit ich klein war und ich fragte mich jedes Mal, warum sie sich nach fünfunddreißig Ehejahren noch immer nicht daran gewöhnt hatte, dass ihr Mann als Sportmediziner und Unfallchirurg des Öfteren bei Notfällen einspringen musste.

„In zwei Jahren ist das endlich vorbei. Da kommt uns nichts mehr dazwischen. Du kannst dir nicht vorstellen, wir sehr ich seinen Ruhestand entgegensehne. Dann können wir endlich mal spontan sein."

Ich bezweifelte zwar, dass mein Vater tatsächlich zur Ruhe kam, wenn er das Rentenalter erreicht hatte – womöglich würde er sogar noch zwei Arbeitsjahre freiwillig dranhängen – aber ich hütete mich, das vor ihr zu äußern. Langeweile war nämlich für ihn schwer zu ertragen. *Mich ausruhen kann ich, wenn ich tot bin,* war einer seiner Leitsprüche.

Vermutlich wusste sie es selbst, wollte es nur noch nicht wahrhaben. Sogar im Urlaub war mein Vater ständig auf Achse. Am Strand auf der faulen Haut zu liegen, entsprach einfach nicht seinem Naturell. Er surfte, spielte Tennis, segelte, ging im Winter zum Skifahren in die Berge und im Sommer zum Wandern – es gab keine Sportart, die er noch nicht ausprobiert hatte.

„Genieß doch einfach die Zeit, die du noch für dich hast. Vielleicht geht ihr euch schneller auf die Nerven als dir lieb ist, wenn ihr den ganzen Tag aufeinander hockt. Schließlich konntet ihr innerhalb der Woche nie viel Zeit miteinander verbringen."

Meine Mutter lachte gekünstelt. „Wie kommst du darauf, dass dein Vater mir auf die Nerven geht? Wenn das so wäre, wären wir wohl nicht mehr verheiratet."

Ich presste die Lippen aufeinander. Mir stellte sich eher die Frage, ob Vater es den ganzen Tag mit ihr aushielt, aber ich verkniff mir eine weitere Bemerkung. Seitdem sie Max auf die Welt gebracht hatte, war sie nicht mehr arbeiten gewesen und hatte sich ausschließlich um uns und den Haushalt gekümmert. Papa erzählte mir mal, dass er nichts dagegen gehabt hätte, wenn Mama nach ihrem Betriebswirtschafts-Studium einem Job nachgegangen wäre. Aber sie war der Meinung gewesen, dass sie mit uns völlig ausgelastet war und wollte unsere Erziehung niemand anderem überlassen. Abgesehen davon, dass sie uns im Griff gehabt hatte wie ein preußischer Feldmarschall sein Regiment, hatte sie es uns an nichts fehlen lassen.

Schweigend werkelte ich an der Maschine, während Mama Zsa Zsa tätschelte, die um ihre Beine schwänzelte. Erst als ich ihr den Kaffee reichte und sie die Tasse an die Lippen setzte, ergriff sie wie beiläufig wieder das Wort. „Und, wie läuft es mit dir und Ben?"

Ich unterdrückte ein Seufzen. „Da läuft nichts, unsere Beziehung ist rein freundschaftlich, Mama", sagte ich im meditativen Tonfall. Ich wusste nicht, wie oft ich ihr diesen Satz in den letzten Wochen schon eingetrichtert hatte. Rasch nahm ich einen Schluck von meinem Orangensaft.

„Ich habe ihn am Sonntag zu uns zum Essen eingeladen", fiel sie mit der Tür ins Haus und ich verschluckte mich an meinem Saft, konnte gerade noch verhindern, dass ich ihn über den Tisch prustete. „Du hast was? Ohne mich zu fragen?" Ich hasste es schon als Kind, wenn sie über mich hinweg Entscheidungen traf.

Sie hob eine ihrer perfekt gezupften Augenbrauen. „Wo ist das Problem?" Ihre Stimme hatte einen gereizten Klang angenommen, wie immer, wenn sie wusste, dass sie im Unrecht war.

Schon bei dem Gedanken an ein gemeinsames Essen mit meinen Eltern und Ben wand ich mich innerlich. „Ich habe ihm gerade verklickert, dass das mit uns nichts wird. Durch die Einladung könnte in ihm neue Hoffnung geweckt w..."

„Papperlapapp!" Sie winkte ab. „Das wird schon wieder."

„Was wird schon wieder?" Wut braute sich in meinem Bauch zusammen und ich spürte, wie ich kurz davorstand, die Fassung zu verlieren.

„Na das zwischen euch. Einen besseren findest du in deinem Alter nicht mehr. Greif zu, bevor es zu spät ist." Sie tätschelte kurz meine Hand und sah mich eindringlich an.

Ruckartig erhob ich mich von meinem Stuhl und stieß ein entrüstetes Schnauben aus. „Dass ich für ihn nichts mehr empfinde, interessiert dich wohl gar nicht." Ich schüttelte den Kopf und mahnte mich zur Ruhe. Meiner Mutter zu widersprechen, war wie gegen Windmühlen zu kämpfen. Sie war ungefähr so einsichtig wie Kim Jong-un, hätte man ihn von einem politischen Kurswechsel in Nordkorea überzeugen wollen.

Ich spürte, wie ihr Blick mich von hinten durchbohrte. „Hast du jemanden anderen kennengelernt?"

Mir stockte der Atem, ich versuchte mir jedoch nichts anmerken zu lassen, indem ich ein paar imaginäre Krümel von der Anrichte wischte. Sah man mir das etwa an? Oder kannte sie mich doch besser als ich dachte?

Da Lian und ich noch nicht mal ein erstes offizielles Date hatten, hielt ich es jedoch noch zu verfrüht, ihr von ihm zu erzählen. Sie wollte immer alles genau wissen, und ich wusste nicht, wie sie auf Lians Handicap reagieren würde. Wie ich meine Mutter kannte, würde sie mir abraten, mich weiter mit ihm zu treffen, um mir nicht die Last eines Menschen mit einem Defizit aufzubürden. In Wirklichkeit aber dachte sie dabei an die Scham, so einen Schwiegersohn in spe der Öffentlichkeit zu präsentieren. „Nein, ich habe niemand anderes. Das berechtigt dich trotzdem nicht, ungefragt meinen Exfreund zu einem Familienessen einzuladen."

„Ach, Liebling, nun sei doch nicht gleich so aufbrausend. Das wird bestimmt nett, so charmant, wie ich Ben in Erinnerung habe."

Meiner Mutter gegenüber hatte er sich tatsächlich immer zuvorkommend verhalten. Ben hatte es immer schon geschickt verstanden, sich bei Autoritätspersonen von seiner besten Seite zu zeigen und zu glänzen. Vermutlich würde es ihr gelingen, sich mit ihm gegen mich zu verbünden und ihm noch Tipps geben, wie man eine Frau eroberte. „Mama, dein Versuch, mich mit Ben zu verkuppeln, ist aussichtslos, aber wenn du …"

„Es gibt auch frischen Spargel, den magst du doch so gerne", schnitt sie mir das Wort ab.

Lautstark blies ich die Luft aus. Mich durch leckeres Essen mundtot zu machen, konnte sie schon immer gut.

Dann wanderten meine Gedanken zu meinem morgigen Date mit Lian und meine Wut verflüchtigte sich.

Vielleicht würde sich bis Sonntag mein Beziehungsstatus ändern, dann könnte ich vielleicht entspannter an dieses Essen herangehen und im Nachhinein sogar darüber lachen.

Nachdem ich kein Veto mehr einlegte, hatte meine Mutter es plötzlich eilig. Schon im Stehen leerte sie ihre Kaffeetasse und verabschiedete sich dann mit zwei Wangenküssen.

Den Rest des Tages verbrachte ich bei Zoe und Max. Während mein Bruder sich in seinem Arbeitszimmer verschanzt hatte, fläzten Zoe und ich auf der Couch und machten uns Gedanken über ein geeignetes Menü für das Dinner mit Lian.

„Vielleicht besser nichts mit viel Knoblauch." Mit einem bedeutungsschweren Blick hievte Zoe sich aus ihrer liegenden Position auf, hielt dabei ihren Bauch und griff nach der Tasse mit dem Schwangerschaftstee.

Nur mit Mühe verkniff ich mir ein Grinsen. In Gegenwart von Lily wollte ich darauf nicht näher eingehen, doch Zoe ließ nicht locker. „Wer weiß, was der Abend noch mit sich bringt." Sie kicherte in sich hinein, blies dann auf die Oberfläche der noch dampfenden Flüssigkeit und schlürfte einen Schluck vom Tassenrand.

Ein Stück Einhorn-Puzzle in der Hand blickte Lily interessiert auf. „Über was redet ihr?"

„Tante Mimi hat einen netten Mann kennengelernt. Sie hat ihn morgen zu sich nach Hause eingeladen und will für ihn kochen."

Ich warf Zoe einen mahnenden Blick zu und verdrehte die Augen. Mein morgiges Date war sicher nicht das geeignete Thema, um es vor meiner sechsjährigen

Nichte auszubreiten. Wie sollte ich es Lily erklären, wenn das mit Lian schiefging?

Zoe hielt meinem Blick stand. „Was denn? Unter uns Mädels kann man doch sowas bequatschen."

Lilys mit Schokolade verschmierter Mund öffnete sich und sie sah mich erstaunt an. „Ist das jetzt dein Freund?"

Lächelnd schüttelte ich den Kopf. „Wir lernen uns gerade erst kennen. Aber wenn er mein Freund wird, stelle ich ihn dir vor. Einverstanden?"

Lily nickte mit einem breiten Lächeln im Gesicht, ehe sie sich wieder auf ihr Puzzle konzentrierte.

Meine Gedanken wanderten zu Lian. Er konnte bestimmt gut mit Kindern umgehen, so feinsinnig wie er war. Außerdem besaß er Humor, Lily mochte alle Erwachsenen, die sie zum Lachen brachten.

„Mach doch ein Risotto mit getrockneten Steinpilzen", durchbrach Zoe meinen Gedankenstrom.

„Ich dachte eher an was Scharfes." Ein zweideutiges Lächeln zog an meinen Lippen. „Pfeffer, Ingwer ... Auf jeden Fall Chili, dadurch werden Endorphine ausgeschüttet und es fördert die Durchblutung."

„Scharfmacher sind immer gut", erwiderte Zoe mit einem dreckigen Grinsen im Gesicht. „Vielleicht dann etwas Orientalisches?"

„Mach doch Spaghetti", schlug Lily vor. „Die müsst ihr dann aber von einem Teller essen."

Mit gerunzelter Stirn wechselte ich einen Blick mit Zoe.

„Bei Nudeln könnte das vielleicht etwas unappetitlich werden", gab ich zu bedenken.

„Aber so wird er dich küssen. Hat bei Susi und Strolch auch geklappt."

Ich lachte auf. „Ach so, das meinst du. Super Idee, danke für den Tipp." Ich sah zu Zoe und zwinkerte ihr zu.

„Du kannst mich alles fragen, Tante Mimi", sagte Lily im altklugen Tonfall ohne aufzublicken. „Meine Ideen sind immer gut, sagt Theo und der hat immer recht."

Ich nickte, um Ernsthaftigkeit bemüht. „Alles klar, das merke ich mir."

„Gut, dann ist ja dieses Thema erstmal vom Tisch", sagte Zoe. „Lily, geh mal bitte in die Küche und hol die Wasabi-Nüsse und eine Flasche Mineralwasser."

Lily stöhnte demonstrativ. „Immer muss ich gehen. Wenn erst das Baby da ist, wird es bestimmt noch schlimmer."

„Du kannst dir auch noch einen Kinderriegel nehmen", sagte Zoe, ohne auf Lilys Bemerkung einzugehen.

Meine Nichte erhob sich unverzüglich. „Na gut, aber das war das letzte Mal für heute. Ich bin ja nicht eure Bedienerin."

Als sie uns den Rücken kehrte und den Raum verließ, konnten Zoe und ich nicht mehr an uns halten und prusteten los. „Du bestichst dein Kind mit Schokoriegeln?", fragte ich gespielt empört.

Zoe zuckte mit den Schultern. „Was sein muss, muss sein. Diese ständigen Diskussionen bringen doch auch nichts. Entweder sie helfen gerne, oder man muss sie eben ab und zu erpressen und mit Süßigkeiten locken."

Ich schüttelte den Kopf. „Du bist wirklich eine Rabenmutter. Wenn ich mal Kinder habe, vertraue ich sie dir besser nicht an."

„Würde ich auch nicht tun", sagte sie, ohne eine Miene zu verziehen. „Außerdem, wenn du mal Kinder hast, dann ist Lily schon so alt, dass sie als Babysitter einspringen kann und wir ziehen dann um die Häuser."

Kopfschüttelnd lachte ich auf. „Du bist wirklich unmöglich!" Mein Lachen erstarb auf meinen Lippen. „Meinst du, so lange dauert es noch, bis ich Mutter werde? Dann wäre ich ja schon über 40." Ich seufzte leise. „Dann kann ich bestimmt gar keine Kinder mehr bekommen."

„Ach Quatsch, das wird schon. Manchmal geht es schneller als man denkt. Aber jetzt widmen wir uns dem nächsten Problem. „Wie willst du Ben loswerden?"

Ich schnaubte amüsiert. „Eigentlich will ich ihn gar nicht loswerden. Die Fronten zwischen uns sind geklärt und er ist eigentlich ein netter Kerl. Frag mich eher, wie ich meiner Mutter die Idee austreiben soll, ihn mit mir verkuppeln zu wollen. Wenn sie sich mal etwas in den Kopf gesetzt hat, ist sie schwer davon abzubringen."

Zoe nickte zustimmend. „Oh ja, ich weiß noch, als sie dich nach deinem Studium unbedingt bei der *Berliner Zeitung* unterbringen wollte und deine Bewerbungsunterlagen heimlich an die Chefredaktion geschickt hat."

„Erinnere mich nicht daran. Zum Glück bin ich ihr zuvorgekommen und habe noch rechtzeitig den Job bei der Gourmetzeitung ergattern können. Meinen Job als Foodhunterin hat sie bis heute nicht akzeptiert, das ist ihr nicht seriös genug. *Du tingelst durch die Weltgeschichte, anstatt einen sinnvollen Beitrag zum Wirtschafts- und Politikgeschehen zu leisten*, waren ihre Worte. Jetzt umschifft sie das Thema so gut sie kann. Wenn ich von meinen Reisen erzähle, verlässt sie meist den Raum."

Zoe schnalzte mit der Zunge. „Andere Mütter wären sehr stolz auf dich. Vermutlich hätte sie dich am liebsten in der Politik gesehen."

„Jedenfalls irgendwo, wo man in der Öffentlichkeit steht und hohes Ansehen hat."

„Deine Mutter macht sich die Welt, wie sie ihr gefällt, so war es schon immer, seit ich sie kenne. Aber tröste dich, wie du weißt, entspreche ich auch nicht der Vorzeigeehefrau, die sie sich für ihren Sohn gewünscht hat." In dem Moment kam Lily zurück und stellte den mitgebrachten Proviant auf dem Couchtisch ab. „Darf ich jetzt eine Folge Jonalu auf YouTube schauen?"

Zoe verschränkte die Arme vor der Brust und setzte einen strengen Gesichtsausdruck auf. „Nur, wenn ich einen dicken Kuss bekomme."

Lily lachte auf und ließ sich in die Arme ihrer Mutter fallen, ehe sie ihr einen lauten Schmatzer auf den Mund gab.

Kapitel 22

Am Samstag, am Tag des Dates mit Lian, war ich nervös – so nervös wie nie zuvor. Eine kribblige Vorfreude erfasste meinen Körper, wodurch in mir ein bis dato unbekanntes, beinah zwanghaftes Bestreben zutage trat, die Wohnung von oben bis unten auf Hochglanz zu bringen. Schon nach dem Aufwachen am frühen Morgen und nachdem ich meinen ersten Kaffee inhaliert hatte, fing ich an, das Bad zu putzen. Als ich begann, die Schubkästen in der Küche von innen auszuwischen, fürchtete ich mich langsam vor mir selbst. Sogar Zsa Zsa beäugte mich misstrauisch, während ich mit dem Staubtuch um sie herumwuselte, so viel Enthusiasmus beim Putzen war sie von mir gar nicht gewohnt.

Vier ermüdende Stunden später blickte ich mich zufrieden in der Küche um. Die Arbeitsfläche glänzte, kein Krümel oder Staubkorn war zu sehen, keine Zettelwirtschaft verunzierte mehr den Küchentisch, stattdessen schmückte ein anthrazitfarbener Läufer die Holzplatte und der Boden verströmte einen sauberen Geruch nach Zitrusreiniger. Da ich beschlossen hatte, das Abendessen hier stattfinden zu lassen, um die benötigten Gerätschaften schnell zur Hand zu haben, hatte ich bei diesem Raum besondere Gründlichkeit an den Tag gelegt. Später konnten wir immer noch ins gemütliche Wohnzimmer wechseln.

Was das Essen anging, hatte ich eine Entscheidung getroffen: Rucola-Salat mit Cherrytomaten, Pinienkernen und Parmesan und als Hauptgericht eine Lasagne. Die war einfach vorzubereiten und ich kannte niemanden, der sie nicht mochte.

Abends, pünktlich um acht, klingelte es. Kurz schloss ich die Augen und atmete tief durch, um die Nervosität zu vertreiben und öffnete dann – den Bauch voller aufgeregt umherlaufender Marienkäfer – die Tür.

„Hi!" Lian stand vor mir, ein schiefes Lächeln im Gesicht. Sogleich verstärkte sich das Flattern und Ziehen in meinem Bauch. Er trug seine abgewetzte Lederjacke, die Haare standen zerzaust nach allen Seiten ab und ich widerstand dem Drang, sie ihm zurückzustreichen. Er sah einfach zum Anbeißen aus. In der linken Hand hielt er seinen Motorradhelm, die andere verbarg er hinter dem Rücken.

„Hi!" Ich spürte, wie sich ein Lächeln auf meinem Gesicht ausbreitete. „Was versteckst du da vor mir?" Neugierig reckte ich den Kopf zur Seite, um einen Blick zu erhaschen.

Er lachte leise, ehe er zögerlich die verborgene Hand hervorzog und einen zweiten Motorradhelm mit einer roten Schleife drum herum zutage förderte. Er war blau und glänzte nagelneu.

Erfreut schnappte ich nach Luft. „Du hast für mich extra einen Helm gekauft?" Ich sah ihm in die Augen, sie glänzten im warmen Karamellton.

„D-D-Du w-wolltest doch m-mal mitfahren." Er schlüpfte mit der Hand unter die Schlaufe seines

Helms und setzte mir den blauen auf den Kopf. Einen Moment lang musterte er mich. „Passt!", stellte er zufrieden fest und nahm ihn mir wieder ab.

Verlegen nickte ich. „Komm erstmal rein, schön, dass du da bist." Einen Moment lang überlegte ich, wie ich ihn begrüßen sollte. Doch dann überwand ich meine anfängliche Scheu, legte den Arm um seine Schulter und zog ihn an mich. Sein Dreitagebart kratzte leicht über meine Haut, was mich unweigerlich wohlig erschaudern ließ. Rasch drückte ich ihm einen Kuss auf die Wange, wobei mir sein herrlicher Geruch in die Nase stieg. Als ich mich von ihm löste, sahen wir uns an. Nur für einen Augenblick, in dem mein Herz aufgeregt in meiner Brust flatterte. Mit einem verlegenen Lachen senkten wir fast gleichzeitig den Blick. Ich nahm ihm die Helme ab und legte sie auf die Flurkommode, während er seine Jacke auszog.

„Ich stelle mir gerade vor, wie dein Opa uns durch seinen Türspion beobachtet", flüsterte ich leise lachend und zog die Tür hinter mir ins Schloss.

Ein kaum wahrnehmbares Lächeln huschte über Lians Gesicht. „Da-das w-w-wäre ihm zuzutrauen."

„Wie war deine Woche?", wollte ich wissen, während ich den Backofen auf 180 Grad stellte. Die Frage würde mir vielleicht Gelegenheit geben, Ben ins Spiel zu bringen und unser Aufeinandertreffen im Treppenhaus anzusprechen. Ich hatte immer noch das Gefühl, dass das zwischen uns stand und es brannte mir auf der Seele, es so schnell wie möglich aus der Welt zu schaffen.

„V-v-viel zu t-tun." Er blinzelte ein paarmal hintereinander, sein Kiefer spannte sich. „St----ress." Offenbar kostete es ihn höchste Konzentration zu sprechen, so hatte ich ihn noch nie erlebt. Seine Nervosität war fast greifbar und hing zwischen uns. Ich wollte, dass er sich entspannte, wünschte mir die Leichtigkeit und das unbeschwerte Miteinander unseres letzten gemeinsamen Abends zurück.

„Setz dich erstmal. Es gibt Lasagne, ich hoffe, du magst Pasta. Und dazu einen spanischen Rioja."

Lian strich sich langsam durchs Haar und atmete tief durch. Als er Platz nahm, hoffte ich, dass ein wenig von der Anspannung von ihm abfiel. Oder war es eher Resignation, weil es ihm so schwerfiel, das Stottern in den Griff zu bekommen? Es tat mir so schrecklich leid, dass er sich gerade nicht so mitteilen konnte, wie er wollte. Auf keinen Fall wollte ich ihn durch meine Fragen unter Druck setzen. Ich beschloss, Ruhe in unsere Unterhaltung reinzubringen und ihm erstmal von mir zu erzählen. Vielleicht half ihm das, runterzukommen und nach ein, zwei Gläsern Wein entspannte er sich ganz von allein.

„Kannst du die Weinflasche öffnen?" Ich reichte ihm den Korkenzieher, ehe ich mich umwandte, um das Dressing über den Salat zu träufeln.

„K-klar." Schweigen hing in der Luft, bis das Quietschen des Korkens zu hören war.

Das Bedürfnis in mir, die Stille zu durchbrechen, nahm Überhand. „Bei mir war auch viel los, ich war ständig unterwegs, im Umland und sogar in der Toskana", plapperte ich drauf los. „An dem Tag, als wir uns im Treppenhaus begegnet sind, stand überraschend Ben vor der Tür, ein alter Freund aus meiner Schulzeit. Es tut mir leid, dass ich euch nicht vorgestellt habe, aber die Situation hat mich einfach überfordert. Ich weiß auch nicht warum. Nachher tat es mir leid und ich hatte ein schlechtes Gewissen deshalb."

„Wa-Wa-Warum w-warst du überf---fordert?"

Verdammt. Der Korken floppte aus der Flasche und ich drehte mich um, lehnte mich an die Anrichte und sah zu Lian.

Die Stirn in Falten gelegt, hielt er die Weinflasche zwischen den Beinen und blickte mich abwartend an.

Ich biss mir auf die Lippe und spürte, wie mir Röte ins Gesicht stieg. Bestimmt stellte er gerade wieder falsche Vermutungen an, dachte womöglich, ich wollte nicht, dass er redete, weil er mir peinlich war, oder so etwas. Nur mit Mühe unterdrückte ich ein Seufzen.

„Der Abend mit dir war wunderschön, deshalb wusste ich nicht, wie ich dich vorstellen sollte. Als Freund? Als *mein* Freund?" Ich hob die Schultern und ließ sie wieder sacken. „Im Nachhinein hätte es natürlich ausgereicht, euch nur namentlich bekanntzumachen, aber das ist mir erst hinterher in den Sinn gekommen. Als ich dich sah, war ich einfach völlig durch den Wind." Ich lächelte verlegen und er erwiderte mein Lächeln. Ob er mir glaubte? Ich hoffte es so sehr. Nichtsdestotrotz musste ich ihm beweisen, wie sehr er mir schon in der kurzen Zeit ans Herz gewachsen war und dass er mir vertrauen konnte.

Als wir angestoßen hatten, schaltete ich das Licht aus, ließ nur die Unterschrankleuchten brennen und steckte mit dem Anzünder meines Gasherds die in der Glasschale schwimmenden Teelichter an. Die flackernden Kerzen tauchten die Küche in einen warmen Schein.

„D-Das ist sehr hü-hübsch." Das Licht der Flammen spiegelte sich in Lians Augen und brachten sie zum Glänzen, als er seinen Blick durch die Küche gleiten ließ.

Ich lächelte. Offenbar hatte Lian genau wie ich einen Sinn für Romantik. Unwillkürlich erinnerte ich mich an Lilys Vorschlag, Spaghetti zu kochen und die Szene aus Susi und Strolch nachzustellen. Nur statt den beiden Hunden zogen Lian und ich an den entgegengesetzten Enden der Nudel. Mit einem belustigten Grinsen im Gesicht stellte ich die Lasagne in den Ofen und setzte mich Lian gegenüber. Zsa Zsa gesellte sich zu uns und strich um Lians Beine. Ohne zu zögern nahm er sie auf den Schoss und streichelte kräftig durch ihr Fell. Es schien ihr zu gefallen. Vertrauensvoll rieb sie ihre Schnauze an seiner Brust, ihr lautes Schnurren erfüllte die Küche und brachte uns zum Schmunzeln.

„Hast du ein Haustier?" Ich stützte den Ellbogen auf dem Tisch ab und legte mein Kinn in die Hand. Interessiert sah ich Lian an.

Er nahm einen großen Schluck Rotwein. Dann nickte er genießerisch, stellte das Glas zurück auf den Tisch und ließ sich Zeit mit der Antwort. „Im Spreewald, w-wo ich herkomme, hatte ich einen Sch----äferhund. Leider ist er v-vor einem halben Jahr ge-gestorben. Aber er w-war sehr alt." Er sprach sehr langsam und mit Bedacht, seine Gesichtsmuskulatur hatte sich entspannt, seine anfängliche Frustration sich verflüchtigt. „Ich bin mit T-Tieren aufgew-wachsen. Als ich klein war, ha-hatten meine Eltern einen Hof mit Pf----erden, Hühnern, Ka-Katzen und einem W-W-Wachhund."

Erst jetzt fiel mir auf, dass ich so gut wie nichts über ihn wusste und auf Anhieb kamen mir noch reihenweise Fragen in den Sinn, die ich ihm stellen wollte. Doch der Abend war noch lang und wir hatten alle Zeit der Welt, um uns näher zu beschnuppern.

„Das merkt man. Zsa Zsa ist normalerweise nicht so zutraulich bei Fremden."

„T-T-Tiere sind s-sehr emotionale W---esen, die besten T-T-Tröster überhaupt." Sanft kraulte Lian Zsa Zsa hinter dem Ohr, die genießerisch die Augen schloss.

Ich schluckte schwer. Die Erkenntnis, dass Tiere ihm über harte Zeiten hinweghelfen konnten, beruhigte mich einerseits, andererseits stimmte sie mich traurig. Tiere waren manchmal wirklich die besseren Menschen.

„Mmmh, das ri-ri-riecht aber gut", wechselte Lian das Thema und das beklemmende Gefühl in meiner Brust löste sich.

Der köstliche Geruch nach Hackfleisch- Tomatensauce mit würzigem Parmesan erfüllte mittlerweile den Raum und mein Magen knurrte leise.

Lächelnd erhob ich mich.

„D-Du kochst gerne, n-nicht wahr?"

„Das bringt mein Job so mit sich." Ich ging zur Anrichte und mengte den Salat noch einmal kräftig durch. „Wenn ich neue Zutaten entdecke, probiere ich sie gleich selbst aus. Dadurch bin ich immer besser geworden. Es macht mir unheimlich Spaß. Lasagne ist natürlich nichts Besonderes, aber ich wusste ja nicht, was du gerne isst und mit Pasta liegt man eigentlich nie falsch." Ich verteilte den Salat in zwei Schalen und stellte sie auf den Tisch.

„Ich l---iebe Essen. Eigentlich alles, w-was gut zubereitet ist. Mit Italienischem ka-ka-kannst du m-mich immer glücklich m-machen." Seine Augen strahlten warm, in dem Augenblick schien er völlig entspannt.

Ich nickte erfreut. „Da haben wir schon mal eine Sache gemeinsam. Bist du experimentierfreudig?"

Lian lachte leise auf. „Ich selbst wohl eher n-nicht. Ha-habe zwei linke Hände, wenn es ums K-Kochen geht. Bin schon froh, wenn ich das W-W-Wasser zum Kochen b-b-bringe."

Ich musste schmunzeln. „Dann zeige ich es dir. Natürlich nur wenn du Lust hast."

Lian lächelte und trank dann von seinem Wein. „Ich g-g-glaube, mit dir ha-habe ich zu allem Lust." Seine Stimme klang rau und hatte an Kraft verloren, ging mir jedoch durch und durch. Mein Herz dehnte sich aus vor lauter Zuneigung zu Lian. Ich hatte so sehr auf diesen Moment gewartet, in dem er mir die Hand reichte und gehofft, unser Date könnte an unseren wunderschönen Abend anknüpfen.

Von seinen Worten beflügelt, fasste ich mir ein Herz. „Seit ich dich näher kenne, stelle ich infrage, ob mein Job, auf lange Sicht gesehen, der richtige für mich ist."

Lian legte den Kopf schief. „S-Seit du mich ... kennst?"

Mein Herz schlug wie verrückt, drohte fast, meine Brust zu sprengen. War ich zu forsch? Konnte ich mehr von mir preisgeben, ohne, dass er sich überrumpelt fühlte?

Ein tiefer Atemzug vertrieb meine Unsicherheit und half, mir selbst Mut zu machen. „Es zieht mich nach Hause, wenn da ein Mann ist, ... für den ich etwas empfinde und ich überlege, ob es nicht besser ist, einem regelmäßigen Job nachzugehen." Es war das erste Mal, dass ich aussprach, was schon eine Weile in mir gärte. Genau genommen seit dem Tag, an dem ich Lian kennengelernt hatte. Lag es an der Angst, die ich in mir trug, wegen meiner ständigen Abwesenheit verlassen zu werden? Immerhin war ich ein gebranntes Kind, was das betraf. Oder wollte ich wirklich sesshaft werden? So genau hatte ich das noch nicht hinterfragt. Aber wenn ich meinen Job als Foodhunterin aufgab, wie sollte ich dann meinen Lebensunterhalt verdienen? Allein durch redaktionelle Beiträge in Gourmetzeitschriften konnte ich mich nicht über Wasser halten.

„N-nine to five? Kann mir nicht v-vorstellen, dass dich das g----lücklich m-macht." Sein Blick verfing sich mit meinem und er fuhr sanft mit seinen Fingerspitzen über meine Hand. „Ich wa-warte auf dich. Egal w-w-wie weit du weg bist, ich werde d-da sein, wenn du zurückk-k-kommst."

Seine zärtlich ausgesprochenen Worte trieben mir Tränen in die Augen. Genau das hatte ich mir doch gewünscht. Einen Mann, der auf mich wartete, wenn ich von meinen Reisen zurückkam. Ich war überwältigt, aber andererseits ... Ging das nicht alles zu schnell? Wir kannten uns kaum, waren gerade erst dabei, herauszufinden, ob es zwischen uns passte.

Schnell sprang ich auf und tat so, als müsste ich nach der Lasagne sehen, obwohl ich die Eieruhr gestellt hatte. Das war einfach zu viel für mich. Zu viele unterschiedliche Emotionen, die über mich hinwegbrandeten, ich fühlte mich unfähig, sie miteinander in Einklang zu bringen. Angst, starke Zuneigung, zu viel Nähe und daraus resultierende Überforderung. Mir war klar, dass ich etwas sagen, dass ich irgendwie reagieren musste. Ich presste die Lippen aufeinander und sah durch das Backofenfenster. Die Lasagne brutzelte vor sich hin, der Parmesan schmolz und bildete bereits an den Seiten eine knusprige Kruste. Nicht mehr lange und sie war goldbraun, perfekt, so wie sie sein sollte.

„Das ist wirklich süß von dir." Ich merkte selbst, wie ausweichend das klang. Rasch wandte ich mich um und schenkte ihm ein wohlwollendes Lächeln. Zu mehr war ich nicht imstande. Was war, wenn das mit uns nicht passte? Auf einmal verließ mich der Mut und ich musste schlucken. Was war nur los mit mir?

Ich hatte mich so lange nach einer Beziehung mit einem Mann gesehnt, für den ich wirklich etwas empfand. Nun war sie zum Greifen nah und dennoch schwangen Unsicherheit und Zweifel mit. Ich wollte doch nur alles richtig machen.

Und wenn ich dem Ganzen nicht gewachsen war? Lians Verwundbarkeit lag wie ein riesiger Schatten über uns, ich durfte ihn unter keinen Umständen verletzen und mich jetzt zurückziehen. Ich musste ihm zeigen, dass ich den nächsten Schritt mit ihm gehen wollte, anstatt langsam in meinen Zweifeln zu ertrinken.

Skepsis lag in Lians Blick, ich meinte sogar einen Funken Enttäuschung in seinen Augen aufflackern zu sehen. Er fragte sich bestimmt, was in mir vorging und warum ich so still war. *Los, sag endlich was*, drängte mich eine innere Stimme.

Aus reiner Verlegenheit lächelte ich. „Die Lasagne braucht noch einen Moment, in der Zeit können wir den Salat essen.

Lian nickte. Die Stimmung zwischen uns schien mit einem Mal zu Eis erstarrt. Als es klingelte, schreckte ich kurz zusammen. Wer konnte das sein, an einem Samstagabend? Lian und ich tauschten einen verwunderten Blick.

Herr Sommerfeld, der unter einem Vorwand sehen wollte, wie unser Date verlief?

Nein, das konnte ich mir beim besten Willen nicht vorstellen, dazu war er viel zu diskret. Aber mit höchster Wahrscheinlichkeit war es jemand aus dem Haus, denn sonst würde derjenige nicht schon direkt vor meiner Wohnung stehen.

Am liebsten hätte ich mich totgestellt und nicht aufgemacht. Jetzt war der ungünstigste Zeitpunkt, um gestört zu werden.

Zögerlich verließ ich die Küche. In dem Moment ärgerte ich mich, dass ich auf Max' Anraten hin die Linse des Türspions fest zugeklebt hatte, aus Angst, er könnte von einem Stalker missbraucht werden. Jetzt hätte ich nur zu gern einen Blick hindurchgeworfen.

Aber was, wenn irgendetwas passiert war und jemand meine Hilfe benötigte?

Erneut klingelte es. Da schien jemand beharrlich.

Tief atmete ich durch. Mir blieb wohl nichts anderes übrig, als zu öffnen.

Kapitel 23

Das darf doch wohl nicht ... Was machte der denn hier um diese Zeit?

„Ben!"

Ein verschmitztes Lächeln im Gesicht hielt er eine Rotweinflasche in der einen Hand, mit der anderen fuhr er lässig durch sein Haar. Er war wirklich mit einem Radar für unpassende Momente ausgestattet. Ich durfte ihn nicht reinlassen. Ein weiteres Aufeinandertreffen der beiden Männer wäre äußerst unangenehm.

„Mimi!" Sein Blick glitt bewundernd an mir herab. „Wow, du siehst echt heiß aus! Ich hatte dich in dicken Wollsocken, Gammel-Shirt und Jogginghose erwartet."

Verlegen strich ich über mein schwarzes Minikleid aus Wolle. „Ben, was willst du hier?"

„Ich wollte deinen Eltern am Sonntag Wein mitbringen und habe gedacht, wir sollten ihn vorher verkosten. Du kennst ihren Geschmack besser und ..."

„Das ist jetzt grad ganz schlecht!", zischte ich mit gesenkter Stimme.

„Warum, was machst du?" Er näherte sich mir, wollte mir einen Kuss auf die Wange geben, doch ich wich zurück.

Er lachte leise. „Du riechst gut, lass mich überlegen, nach ..."

Zorn wallte in mir auf. Wie konnte er so dreist sein, wo ich ihm das letzte Mal unmissverständlich eine Abfuhr erteilt hatte. Offenbar hatte er Lian mit seinem Handicap als Nebenbuhler nicht für voll genommen, was mich noch wütender machte, schließlich hatte ich ihm gesagt, dass ich Lian näher kennenlernen wollte.

„Warum hast du nicht angerufen?", ging ich über seine Frage hinweg. „Du kannst doch nicht einfach an einem Samstagabend unangekündigt vor meiner Tür stehen?"

„So? Und warum nicht, wenn ich fragen darf? Gibt es etwas Besseres, als mit mir Wein zu trinken?" Er grinste herausfordernd. Offenbar bereitete es ihm Freude, mich zu provozieren. Neugierig reckte er den Hals, um einen Blick in die in gedämpftes Licht getauchte Küche zu erhaschen. „Komm ich etwa ungelegen?"

„Oh ja, tust du!" Ich verschränkte die Arme vor der Brust. „Geh bitte, wir sprechen morgen."

„So einfach servierst du mich also ab?" Ben schien amüsiert, doch dann wurde sein Gesichtsausdruck weich, beinah flehend. „Ach komm schon, lass mich rein."

Ich rollte mit den Augen. „Das geht jetzt nicht."

Seine Züge verhärteten sich, ihm schien gerade ein Licht aufgegangen zu sein. „Oder hast du Besuch? Etwa von diesem ... Stotterer?" Den letzten Satz hatte er in einer Lautstärke von sich gegeben, dass er selbst den beiden schwerhörigen Rentnern unter mir nicht entgangen sein konnte.

Fassungslosigkeit lähmte mich für einen Moment und raubte mir den Atem. Was zum Teufel hatte ihn denn geritten?

Mein Herz machte einen schmerzhaften Satz, als plötzlich Lian neben mir stand. Er musste es gehört haben. Kurz schloss ich die Augen. Hitze wallte in mir auf und ich spürte, wie das Blut heiß durch meine Adern pulsierte.

„D-Der Stotterer also", sagte Lian ganz leise, mehr zu sich selbst. Sein Blick traf mich. Eine Mischung aus tiefer Enttäuschung und Verletztheit lag darin.

Meine Brust verengte sich schmerzhaft, während ich den Kopf schüttelte, und in meinem Oberstübchen nach einer einleuchtenden Erklärung kramte. Aber wiedermal war ich unfähig, einen Ton herauszubringen. Ich sah zu Ben, mit all der Wut, die ich in mir trug. Doch er zuckte nur die Schultern und senkte betreten den Blick. Offenbar war ihm klar geworden, dass er zu weit gegangen war.

Seinen Helm unter den Arm geklemmt und seine Jacke in der Hand schob Lian sich an mir vorbei und verließ ohne ein weiteres Wort die Wohnung.

„Lian, bitte lass es mich erklären!", rief ich ihm hinterher. „Du kannst doch jetzt nicht einfach gehen! Ich hab ihm nichts erz..." Ich stockte, pure Verzweiflung schwang in meiner Stimme mit und ich stand kurz davor, in Tränen auszubrechen, doch Lian hörte es nicht mehr. Er war schon längst die Treppen heruntergelaufen und aus meinem Sichtfeld verschwunden.

Es stimmte nicht. Ich hatte Ben erzählt, dass Lian stotterte. Aber niemals hätte ich damit gerechnet, dass er es schamlos ausnutzen und gegen ihn verwenden würde. Geschweige denn, dass sich die beiden überhaupt nochmal über den Weg liefen. Ich hatte Lian nur vor Bens

Unterstellung, er wäre ein Angsthase, verteidigen wollen. Aber das war voll nach hinten losgegangen.

Ich musste Lian hinterher, durfte ihn jetzt nicht einfach so ziehen lassen.

Ben stand vor mir wie ein Schrank und sah aus, als wäre er im falschen Film, beinah hätte ich ihn umgerannt. Ich knurrte ihn an, Zsa Zsa miaute solidarisch hinter mir und machte Anstalten, mir nach draußen zu folgen.

Ohne länger darüber nachzudenken und kopflos, wie ich war, drückte ich meine Katze zurück in die Wohnung und zog die Tür so energisch hinter mir ins Schloss, dass sie in den Angeln bebte. Ben konnte froh sein, dass das Holz meine Wut zu spüren bekam, und nicht er.

„Aber ... du hast keinen Schlüssel", rief Ben hinter mir her, während ich ihm schon den Rücken kehrte. „Wie kommst du nachher wieder in deine Wohnung?"

Scheißdreck verdammt, fluchte ich im Stillen. „Lass das mal meine Sorge sein", zischte ich.

Ein verwundertes Schnauben war die Antwort, aber da flitzte ich schon wie von Sinnen die Treppen hinunter. Ich flog förmlich die Stufen hinunter, inständig betend, dass ich Lian noch erwischte, ehe er hinaus in die Dunkelheit verschwand.

Kurz vor dem Ausgang fing ich ihn ab. „Warte bitte", presste ich atemlos hervor und drängte mich vor die Tür, um ihm den Weg nach draußen zu versperren. „Lass es mich bitte erklären ..."

Lian schüttelte resigniert den Kopf. „Es g-gibt nichts zu erklären, Mimi." Er packte mich am Oberarm, zog mich von der Tür weg und öffnete sie.

„Bitte!", flehte ich, um ihn zurückzuhalten und fasste um sein Handgelenk.

Kurz blieb er stehen, wandte sich um. Den Blick nach unten gerichtet, hörte er gar nicht mehr auf, den Kopf zu schütteln. „Das m-mit uns w-war k-k-keine gu-gute Idee. Ich hä-hä-hätte es w-wissen m---üssen." Für einen Moment sah er mir mit festem Blick in die Augen, kein Muskel regte sich in seinem Gesicht. „A-Aber i-ich habe d-dir v-v-vertraut." Die Enttäuschung in seinen Augen versetzte mir einen Stich ins Herz.

Ruckartig machte er sich von mir los, ließ mich einfach stehen und floh hinaus in den dunklen Abend.

Die Endgültigkeit seiner Worte nahm mir den Atem und schmerzte tief in meinem Innersten. Wie gelähmt blieb ich noch einen Moment lang stehen, fühlte mich leer und verletzlich. Erst der kühle Luftzug, den die zufallende Tür mit sich brachte, ließ mich wieder zur Besinnung kommen.

Wie hatte dieser Abend so aus der Bahn laufen können? Lian hatte mir vertraut und ich hatte es versaut. Er gab mir noch nicht mal die Möglichkeit, mich zu erklären. Wäre Ben nicht aufgetaucht, hätte es mit uns vielleicht ein gutes Ende genommen.

Heiße Tränen der Machtlosigkeit rannen über mein Gesicht, als ich mich die Stufen hinauf schleppte. Ich hätte alles dafür getan, um diesen Moment ungeschehen zu machen.

Es war alles schief gegangen. Von Anfang an stand unser Kennenlernen unter keinem guten Stern. Es konnte mir einfach nicht gelingen, ihm zu beweisen, dass ich es mit ihm ernst meinte. Durch meine Unsicherheit und meine Angst, einen Fehler zu begehen.

Im Leben sollte man viel mehr Angst haben, die richtige Gelegenheit zu verpassen als einen Fehler zu begehen, schwemmten Herr Sommerfelds Worte wieder in meine Gedanken. Heute hatte ich die Gelegenheit verpasst, mich zu Lian zu bekennen. Ich hätte ihm sagen sollen, dass ich mit ihm zusammen sein will, vielleicht wäre dann alles anders gekommen. Aber meine dumme Angst vor Nähe und Bindung hatte mir einen Strich durch die Rechnung gemacht. Er dachte, ich hatte sein Vertrauen missbraucht, weil ich einem anderen Mann von seinem Stottern erzählt hatte, das er vor Fremden geheim halten wollte.

Als ich die oberste Schwelle vor meiner Wohnung erreichte, stand Ben immer noch da und sah mich mit seinem Hundeblick an. Früher hatte er es immer geschafft, damit mein Herz zu erweichen. In diesem Moment empfand ich nur Verachtung für ihn.

„Du verdammter Idiot!", stieß ich hervor. „Verschwinde, ich will dich hier nicht mehr sehen."

Er seufzte reumütig und ließ den Kopf sinken. „Ich kann verstehen, dass du sauer auf mich bist. Aber lass mich dir wenigstens mit der Tür helfen. Soll ich einen Schlüsseldienst rufen?"

„Geh mir lieber aus den Augen, bevor ich mich vergesse." Ganz entgegen der harten Worte klang meine Stimme müde und matt. Ich brauchte seine Hilfe nicht, denn mein Nachbar hatte zum Glück einen Zweitschlüssel.

Da Ben sich nicht vom Fleck bewegte, bedachte ich ihn mit einem eindringlichen Blick und flüsterte. „Geh!"

Ein knappes Nicken und tiefes Durchatmen, dann setzte er sich endlich in Bewegung.

Ich verharrte noch kurz vor der Tür, lauschte seinen Schritten, bis sie im Treppenhaus verhallten. Dann atmete ich durch. Wenigstens hatte er eingesehen, dass er Mist gebaut hatte. Kaum war Ben fort, legte sich meine Wut und machte einem hilflosen Gefühl Platz. Meine schlimmste Befürchtung war eingetroffen. Ohne es zu wollen, hatte ich Lian tief gekränkt. Er würde mir nie wieder Gelegenheit geben, sein Vertrauen zurückzugewinnen. Und Ben hätte ich niemals so nah an mich ranlassen dürfen. Es war ein Fehler gewesen, ihm meine Freundschaft anzubieten, denn dadurch hatte ich ihn ermutigt, mir weiter Avancen zu machen. Noch immer hatte er geglaubt, eine Chance bei mir zu haben.

Ehe ich in Selbstmitleid vergehen konnte, musste ich zunächst wieder in meine Wohnung kommen.

Entschlossen klopfte ich bei Herrn Sommerfeld an der Tür, obwohl ich mich innerlich dagegen sträubte, ihm gerade jetzt gegenüberzutreten. Er würde wissen wollen, warum sein Enkel nicht mehr bei mir war und warum ich vor einer verschlossenen Tür stand. Vermutlich hatte er sogar eben die ganze Tragödie mitangehört. Was sollte ich ihm sagen? – abgesehen davon, dass ich eine Versagerin in Liebesdingen war. *Eine Versagerin auf ganzer Linie.*

Hinter der Tür tat sich nichts, deshalb klopfte ich ein zweites Mal.

Doch Herr Sommerfeld öffnete nicht. Es war Samstagabend, wo sollte ein alter Mann um diese Zeit sein außer auf seiner Couch vor dem Fernseher? Mein

Selbstmitleid wurde von plötzlicher Sorge überschattet. Ihm war doch hoffentlich nichts passiert?

Statt zu klingeln, klopfte ich dieses Mal mit der Faust an die Tür und rief laut seinen Namen.

Nichts rührte sich. Vor meinem inneren Auge erschien ein Bild, wie Herr Sommerfeld ohnmächtig in seinem Flur lag. Mir stockte der Atem.

Nein! Vehement schüttelte ich den Gedanken ab. *Nicht alles Schwarz sehen*, redete ich mir ins Gewissen, *er ist sicherlich nur auf dem Sofa eingeschlafen.* Seine Ohren waren nicht mehr die besten, und seiner Aussage nach, hatte er einen tiefen Schlaf. Ich sollte ihn nicht aufwecken, denn es gab noch eine andere Option. Mir blieb noch, zu Max und Zoe zu gehen, und zu hoffen, dass sie da waren. Bei ihnen hatte ich nämlich auch einen Schlüssel für den Notfall hinterlegt.

Ich hatte Glück im Unglück, Familie Berger war zu Hause. Zoe wusste natürlich, dass ich an diesem Abend das Date mit Lian hatte und sah mich überrascht an, als ich sie um den Schlüssel bat.

„Was ist denn passiert? Wo ist Lian?" Sie steckte den Kopf durch die Tür und sah sich suchend im Hausflur um.

Ich hatte keine Energie mehr, ihr alles bis ins Detail zu berichten, deshalb ließ ich nur hilflos die Schultern sacken, spürte, wie ich kurz davor stand in Tränen auszubrechen.

„Ach Süße, was ist denn nur los? Komm erstmal rein."

Ich schüttelte den Kopf, war nicht in der Verfassung für mitfühlende Blicke und tröstende Worte, wollte einfach nur allein sein und mich im Selbstmitleid ergehen. „Wir sprechen morgen, ja?" Ohne ein weiteres

Wort, drehte ich mich um und rannte die Treppe hinunter.

Als ich die Wohnungstür aufschloss, stach mir ein angebrannter Geruch in die Nase. Oh nein, auch das noch, das hatte mir jetzt noch gefehlt! Wie ein aufgescheuchtes Reh hetzte ich in die Küche und riss den Ofen auf.

Dunkler Qualm waberte mir entgegen. Rasch nahm ich die Topflappen vom Haken und befreite die vor sich hin kohlende Lasagne aus dem Ofen. „So eine verdammte Scheiße!", schluchzte ich außer mir, während heiße Tränen über meine Wangen liefen.

Rasch beförderte ich die Auflaufform ins Spülbecken und ließ kaltes Wasser über die noch immer qualmende Lasagne fließen. Danach zog ich das Fenster auf und als frische Luft den Raum flutete, atmete ich tief durch. Ich wollte nur noch in mein Bett und mich meinem Schmerz hingeben. Auf dem Weg dorthin schnappte ich mir Zsa Zsa, die mir im Flur entgegenkam und drückte sie fest an mich. Das Vibrieren ihres warmen Körpers beruhigte meinen Puls und ich musste an Lians Worte denken. Oh ja, Tiere waren das beste Trostpflaster, das es gab. Ich schluckte trocken, während meine Sicht verschwamm.

Kapitel 24

Wochen vergingen, es war bereits Mitte Juni. Der Sommer kam verfrüht und zeigte sich in aller Pracht. Doch mir war nicht danach, mich in den Tiergarten zu legen oder die Freibadsaison zu eröffnen. Wie mechanisch arbeitete ich meine Aufträge ab und war froh, wenn ich mich nach getaner Arbeit in meine Wohnung zurückziehen konnte. Ben schrieb mir fast täglich Nachrichten, ob ich ihm jemals verzeihen könnte und wie leid es ihm täte. Ich war noch lange nicht so weit, – bezweifelte, dass ich es jemals sein würde – und antwortete auf keine davon. Lian hingegen ließ nichts von sich hören. Der Motorradhelm, den er mir geschenkt hatte, lag wie ein Mahnmal auf der Flurkommode, erinnerte mich jedes Mal beim Nachhausekommen an den missglückten Abend mit ihm. Trotzdem brachte ich es nicht übers Herz, ihn irgendwo zu verstauen, wo ich ihn nicht hätte sehen müssen. Dann wäre wohl auch die letzte Hoffnung in mir gestorben, noch mal mit ihm reden zu können. Vielleicht gab es ja irgendwann die Gelegenheit, ihn vor der Wohnungstür meines Nachbarn abzupassen. Zwei Tage nach der Tragödie fragte ich ihn per Textnachricht, ob wir reden könnten, doch obwohl er sie las, antwortete er nicht und ich wagte auch keinen weiteren Versuch.

Der geheimnisvolle Songtexter hinterließ mir ebenfalls keine Botschaften mehr, was mich zusätzlich traurig stimmte. Mir kam es so vor, als hätten sich alle von mir abgewandt, selbst mein heimlicher Verehrer wollte nichts mehr mit mir zu tun haben. Abgesehen von Bela und Zoe, die sich rührend um mein Wohl sorgten, war Zsa Zsa mir eine treue Gefährtin und das beste Trostpflaster, das ich mir vorstellen konnte. Ständig schlich sie um mich herum und suchte meine Nähe. Ich war mir sicher, sie spürte, dass es ihrem Frauchen nicht gutging.

Herr Sommerfeld war Gott sei Dank wohlauf und ich erwähnte nicht, dass ich an dem schicksalsträchtigen Abend, bei ihm geklopft hatte. Stattdessen mied ich ihn, so gut es ging, auch wenn es schmerzte, denn ich vermisste ihn und unsere Gespräche schrecklich. Da Tim mich nur noch für kurze Tagestouren ins Umland schickte, – die regionale Küche hatte es ihm wirklich angetan – war es auch nicht mehr nötig, Zsa Zsa bei dem alten Mann abzugeben.

Ich schämte mich zutiefst, ihn enttäuscht zu haben. Immer wenn ich ihn im Treppenhaus traf, tat ich so, als hätte ich es eilig. Einmal passte er mich beim Verlassen meiner Wohnung ab und fragte mich, ob wir gemeinsam einen Kaffee trinken wollten. Ich wand mich innerlich, aber sosehr ich es wollte, kam ich doch zu dem Entschluss, dass es besser war, die Distanz aufrecht zu erhalten. Lian zuliebe. Herr Sommerfeld war sein Opa und seine Bezugsperson, ich war nicht dazu berechtigt, mich zwischen sie zu drängen. Mein Nachbar respektierte meine Entscheidung, auf Abstand zu gehen und fragte mich kein zweites Mal. Es fühlte sich schrecklich an. Jetzt hatte ich nicht nur einen tollen Mann vergrault, sondern noch dazu einen guten Freund verloren, was beinah genauso schlimm war. Nach wie vor war Herr Sommerfeld nett und freundlich, ich konnte nichts Vorwurfsvolles in seinem Verhalten erkennen und hoffte insgeheim, dass irgendwann Gras über die Sache zwischen mir und Lian wuchs und wir bald wieder an dem vertrauten Umgang von zuvor anknüpfen konnten. Mir fiel auf, dass er jetzt immer häufiger mit Fliege unterwegs war und ich freute mich, dass er sich offenbar nicht mehr einsam fühlte, was ein wenig mein schlechtes Gewissen beruhigte. Ich nahm an, dass Lian ihn an anderen Orten traf, aus Angst, wir könnten uns über den Weg laufen, denn ich sah ihn seit dem Abend nie wieder bei uns im Haus.

Selbstvorwürfe plagten mich, doch viel schlimmer war die Sehnsucht, die mich meist nachts überfiel und mich kaum schlafen ließ. Ständig schob sich Lians enttäuschtes Gesicht vor mein inneres Auge. Wieder und wieder spielte ich die Situationen durch und zermarterte mir das Hirn, wie ich das alles hätte verhindern können. Mein geschundenes Herz war zu Staub zerbröselt, ich litt furchtbar und konnte mich in dieser Zeit an kaum etwas erfreuen. Zum Leidwesen meiner Freunde.

Bela ließ jedoch nicht locker und versuchte mit allen Mitteln, mich abzulenken.

„Du musst mal wieder unter Leute", sagte er eines Tages. „Auf andere Gedanken kommen. Ich habe da von einem abgefahrenen Laden gehört. Ich würde mich freuen, wenn du mich dorthin begleitest." Seine

Stimme klang so hoffnungsvoll durch den Hörer meines Handys, ich konnte mir unmöglich schon wieder eine Ausrede zurechtlegen, um ihm abzusagen.

Ein ergebener Seufzer entschlüpfte mir. „Ich bin zwar absolut nicht in der Stimmung, doch auf einen Drink komme ich mit." Und nach einer kurzen Pause: „Aber nur, weil du es bist."

Ich konnte seine Augen regelrecht vor Freude funkeln sehen. „Na, dann ... Ich komme nach der Arbeit zu dir und bringe eine Flasche Gin mit."

„Du arbeitest freitags doch immer bis halb elf, da schlafe ich schon längst", grummelte ich.

„Dann halte dich wach. Das Berliner Nachtleben kommt erst ab Mitternacht richtig in Gang, müsstest du eigentlich wissen."

„Ich war gefühlte zehn Jahre nicht mehr aus", konterte ich trotzig.

Bela schnaubte amüsiert. „Dann wird es höchste Zeit." Kurz danach hörte ich nur noch ein Tuten in der Leitung.

Nur Bela zuliebe raffte ich mich auf. Mir war alles andere als nach Feiern zumute. Jedoch plagte mich mein schlechtes Gewissen, weil ich so wenig Zeit mit ihm verbrachte. Vielleicht brauchte er ja Gesellschaft. In den letzten Wochen war ich ihm keine gute Freundin gewesen, und ich wusste, langsam wurde es Zeit, wieder in die Normalität zurückzufinden. Tatenlos herumzusitzen und in Selbstmitleid zu versinken brachte auf die Dauer auch nichts.

Ich hatte wirklich Mühe, wach zu bleiben. Freitagabends schlief ich für gewöhnlich spätestens um 23

Uhr auf der Couch ein. Mit Energy Drinks und lauter Musik brachte ich mich in Stimmung, während Zsa Zsa die Ohren anlegte und sich auf ihren Kratzbaum im Flur verzog, was wirklich außergewöhnlich selten vorkam. Ich nahm an, dass sie ein wenig beleidigt war, dass ich nicht den Abend wie gewohnt mit ihr in trauter Eintracht auf der Couch verbrachte.

Bela würde vor halb 12 nicht da sein, er musste sich noch umziehen und dann mit dem Fahrrad nach Hause fahren. Ich warf einen Blick auf die Küchenuhr über dem Herd. Noch eine Stunde musste ich rumbringen. Auf keinen Fall würde ich es mir vor dem Fernseher bequem machen. Ich wäre schneller eingeschlafen, als Zsa Zsa sich zu mir gesellen könnte. Also nahm ich die Flasche Prosecco aus dem Kühlschrank, die ich vorsichtshalber heute Morgen kalt gestellt hatte, und entkorkte sie. Die Aussicht, gleich Bela zu sehen, hob meine Stimmung. Vielleicht würde mir ein wenig Ablenkung wirklich guttun.

Mit dem Sektkelch in der Hand tanzte ich zu Jacksons 5 und alten Songs von George Michael und stellte fest, dass ich lange nicht mehr so viel Spaß mit mir selbst gehabt hatte.

Als Bela dazustieß, musste ich erstmal mein verschwitztes T-Shirt wechseln und mein Make-Up erneuern, so außer Rand und Band war ich gewesen. Danach schnippelte ich ein paar frische Erdbeeren in den Prosecco und wir gesellten uns ins Wohnzimmer, wo die Musik noch immer laut aus den Boxen dröhnte. Die zwei Gläser mit der prickelnden Flüssigkeit brachten uns auf Hochtouren und so schaffte ich es schon nach kurzer Zeit, Bela zum Tanzen zu animieren. Ich schob die im Weg stehenden Stühle und Teppiche zur Seite – die abgezogenen Dielen eigneten sich bestens, um das Tanzbein zu schwingen – und dann ging es los.

Wie ich nach kurzer Zeit schon feststellte, war Bela ein ausgezeichneter Tänzer. Er wirbelte mich durch das Wohnzimmer, dass mir schwindlig wurde und ich nach kurzer Zeit eine Pause zum Durchatmen brauchte. Wir kicherten die ganze Zeit vor uns hin und ich fühlte mich so losgelöst wie lange nicht mehr. Das Rumalbern mit ihm tat gut und ließ mich meinen Kummer schnell vergessen. Die Balkontür stand sperrangelweit offen und die frische Nachtluft kühlte angenehm unsere verschwitzten Körper.

Bela griff nach der Zigarette, die er sich hinters Ohr geklemmt hatte und steckte sie sich hinter vorgehaltener Hand mit dem Feuerzeug an. „Was hältst du davon, wenn ich uns ein Taxi rufe?"

„Jetzt, wo es grad so schön ist?", murrte ich und fischte mit dem Finger die letzte Erdbeere aus meiner Sektflöte. „Willst du wirklich noch ausgehen? Stimmungstechnisch kann es doch eigentlich gar nicht mehr besser werden."

Bela wackelte mit seinen dicht gewachsenen Augenbrauen. „Vielleicht doch. Ich bin mir sicher, es wird dir dort gefallen."

Bela hatte nicht zu viel versprochen. Gut eine halbe Stunde später fand ich mich in einer Bar mit rappelvoller Tanzfläche wieder. Ich war zum ersten Mal hier. Zwar hatte ich schon vom berüchtigten ‚Kumpelnest' gehört, aber diese Lokalität übertraf all meine Erwartungen. Verschiedenste Typen waren vertreten, darunter Transvestiten, Heteros, Homosexuelle beiderlei Geschlechts, Normalos im Businessoutfit sowie junge und alte Frauen im Ausgehlook.

Ich folgte Bela, der sich einen Weg zur Bar bahnte. Als ein älterer Schnauzbartträger mit Latex-Kluft und Ledercap vom Barhocker aufstand, erkämpften wir uns rasch die freigewordene Lücke. Ich quetschte mich neben einen Mann mit hochgeklapptem Jackenkragen und schob meinen Hintern seitlich auf den Barhocker. Mit aufgestützten Ellbogen hielt er sein Bier fest umklammert, als hätte er Angst, man könnte es ihm wegnehmen. Bei näherem Hinsehen stellte ich fest, dass seine Augen hinter der dunklen Sonnenbrille geschlossen waren und musste grinsen.

Während Bela Drinks bestellte, ließ ich meinen Blick durch den Raum wandern. Das 60er Jahre-Interieur war eine Mischung aus Kitsch und Trash. Plüschtapeten, Kristallüster über der Tanzfläche, orange-türkisfarbene Teppiche und abgewetzte Sessel sorgten für die anheimelnde Atmosphäre eines Alte-Tanten-Wohnzimmers und die schaurig-kitschigen Bilder an den Tapeten taten ihr Übriges.

„Das war mal ein Bordell", ließ Bela mich wissen, während er dem bunten Treiben um uns herum ebenfalls zusah.

„Wahnsinn!" Ungläubig schüttelte ich den Kopf. „Dass ich noch nicht hier war."

„Das wundert mich allerdings auch. Das ist doch der Szeneladen schlechthin."

Ich sah Bela an. Er wirkte irgendwie losgelöst, der melancholische Schatten, der ihn sonst oft begleitete, war verschwunden. „Sag bloß, du hast ihm geschrieben?", sagte ich zusammenhangslos.

Bela stieß ein verblüfftes Schnauben aus. „Sieht man mir das so sehr an?"

„Du leuchtest richtig von innen. Als hätte man eine Lichterkette in dir angeknipst."

Bela nickte kurz, seine Mundwinkel zogen sich zu einem breiten Lächeln, das sein Gesicht noch mehr erstrahlen ließ. „Ich habe den Brief letzte Woche abgeschickt, drei Tage später hat er mich angerufen."

„Und das erfahre ich erst jetzt?"

„Naja, ich wollte mit den Neuigkeiten nicht gleich über dich herfallen, der Abend ist noch lang."

Erfreut griff ich nach seinen Händen. „Das ist ja wundervoll! Und?"

Bela klemmte sich die Haare hinters Ohr und reichte mir einen Gin Tonic, den der Barmann gerade vor uns abgestellt hatte. Nachdem wir angestoßen und jeder einen Schluck getrunken hatten, zog ich die Augenbrauen in die Höhe. Ich platze vor Ungeduld.

Bela grinste herausfordernd, es bereitete ihm offenbar Freude, mich auf die Folter zu spannen.

„Nun sag schon."

„Er empfindet genauso wie ich und will mich schnellstens sehen", glitten ihm die Worte an einem Stück über die Lippen.

Ein schriller Laut der Begeisterung entkam mir. Ich schlug die Hand vor den Mund und zog Bela überschwänglich in eine feste Umarmung. „Das freut mich so sehr!"

Bela gluckste leise. Ich konnte förmlich spüren, wie die Glückshormone sich freisetzten und seinen Körper eroberten. „Und das Beste: Nächstes Wochenende kommt er mich besuchen."

„Ernsthaft?" Ich löste mich von ihm und schob ihn ein Stück auf Abstand, um ihm in die Augen zu sehen. „Darauf müssen wir anstoßen!" Ich erhob mein Glas.

„Hättest du mich nicht dazu überredet, ihm zu schreiben, dann wäre es nie so weit gekommen. Ich bin dir so dankbar!"

„Ach Unsinn", winkte ich ab. „Ich habe dir nur einen kleinen Denkanstoß gegeben, mehr nicht. Ich bin so stolz auf dich, dass du deine Angst überwunden hast. Das gibt sicherlich ein gutes Ende mit euch, das habe ich im Gefühl." Ich freute mich wahnsinnig für Bela, endlich konnte er sein Heimweh überwinden. Gleichzeitig wurde mir einmal mehr bewusst, wie ich meine Chance bei Lian in den Wind geschossen hatte.

Bela hob mein Kinn und sah mir fest in die Augen. „Guck nicht so traurig. Du wirst auch noch dein Glück finden, ganz bestimmt."

„Mit Lian sicher nicht. Ich hab es sowas von verkackt."

„Entspann dich." Bela strich in einer tröstenden Geste mein Haar zurück und sah mir eindringlich in die Augen. „Wenn der Typ dir schon am Anfang so wenig traut, dann ist er nicht der Richtige für dich."

Ich seufzte leise. „Aber leider hatte er gute Gründe, mir nicht zu trauen, nachdem ich Ben von Lians Stottern erzählt habe und er es gleich hinausposaunen musste."

„Aus Eifersucht macht man manchmal dumme Dinge. Es ist die Angst, etwas zu verlieren, das man liebt."

„Nimmst du Ben etwa in Schutz?"

„Nein, ich wäre auch stinksauer auf ihn gewesen. Aber irgendwann muss man auch verzeihen können. Du liegst ihm sehr am Herzen. Gib ihm noch eine Chance es wiedergutzumachen. Als Freund."

Ich schüttelte den Kopf, spürte, wie sich die Fesseln der Verdrossenheit um mein Herz zuzogen. „Da gibt es nichts wiedergutzumachen."

Bela bedachte mich mit einem einfühlsamen Blick. „Sei nicht so hart zu anderen und vor allem nicht zu dir selbst. Nicht allein du trägst die Schuld an der Misere. Dieser Lian hätte dir wenigstens zuhören können."

„Dazu war er zu verletzt."

„Dann gib ihm noch Zeit. Du wirst sehen, es kommt alles so, wie es kommen soll. Glaub fest daran."

Ich dachte kurz darüber nach. Seine Worte taten mir gut und weckten neue Hoffnungen in mir. Das kurze Schweigen zwischen uns brachte die laute Musik, die ich zuvor ausgeblendet hatte, wieder in mein Bewusstsein. Plötzlich verspürte ich den Drang meinen Körper mit der sich wogenden Masse in Einklang zu bringen.

Als ich in die tanzende Menge blickte, zwinkerte mir ein großgewachsener Transvestit zu, die langen, künstlichen Wimpern reichten ihm dabei bis auf die hohen Wangenknochen. Die hübsche, gerade Nase und der in Wasserwellen gelegte platinblonde Bob verliehen ihm zusätzlich eine gewisse Grazie, etwas Mondänes, das mich an eine Diva aus einer früheren Zeit erinnerte. Ich schaute kurz über die Schulter, um mich zu vergewissern, dass wirklich ich gemeint war, dann zwinkerte ich zurück. Mit seinen schwindelnd hohen Absätzen und dem figurbetonten blutroten Abendkleid kam er elegant wie ein Laufstegmodel auf mich zu und zog mich auf die Tanzfläche. Anfangs konnte ich kaum meinen Blick von ihm lösen, so fasziniert war ich von seinem schönen Gesicht und davon, wie selbstbewusst er sich bewegte. Doch nach und nach konzentrierte ich mich auf den Beat und wurde eins mit der Musik.

Es tat verdammt gut, mich gehen zu lassen zwischen all den bunten Vögeln, deren Energie zu mir überschwappte. Keiner sah mich schräg von der Seite an, als ich ausgelassen die Arme in die Höhe warf, im Rhythmus der Musik die Hüften schwang und lauthals *Für mich soll's rote Rosen regnen* mitsang. Federboas streiften meine Arme, der Duft von Puder, Schweiß und Zigaretten lag in der Luft, doch ich störte mich nicht daran. Bunte Strobolichter blitzten über mir und tauchten den Raum in rötliches Licht.

Ein älteres schwules Pärchen tanzte eng umschlungen und viel langsamer als der Takt der Musik es vorgab. Ihre Blicke ineinander versunken, schien es, als würden sie alles um sich herum ausblenden, als gäbe es in dem Raum nur sie beide.

Falsche Wimpern, die schief an Lidern klebten, lippenstiftverschmierte Münder, verschwitzte Leiber, verlaufene Schminke – kurze Momentaufnahmen, ehe ich wieder die Augen schloss und mich von der Musik leiten ließ. Ein Strudel der Ekstase sog mich in sich ein, ich war eins mit mir und genoss, wie mein Körper auf die Musik reagierte. Irgendwann – es kam mir vor, als wäre ich aus der Zeit gefallen – wechselte die Musik von Gloria Estefans *Conga* zu Marianne Rosenberg und katapultierte mich aus meinem Rausch. Plötzlich merkte ich, wie trocken sich meine Kehle anfühlte. Ich brauchte dringend etwas zu trinken.

„Du bist ja ein richtiges Party-Animal", stellte Bela beeindruckt fest, als ich atemlos an die Bar zurückkehrte. Erst jetzt fiel mir auf, dass das rötlich gedämpfte Barlicht durch übergestülpte Socken erzeugt wurde und Plastik-Weinreben um die hölzernen Streben der Bar rankten.

„Dieses Party-Animal", ich malte ein bedeutungsschweres Anführungszeichen in die Luft, „hat die ganze Zeit in mir geschlummert und ist heute in mir erwacht. Wenn es einmal loslegt, ist es nicht mehr zu bremsen."

„Das war nicht zu übersehen."

Kichernd drückte ich Bela einen Kuss auf die Wange. „Danke, dass du mich hierhergebracht hast. Ich hatte lange nicht mehr so viel Spaß." Ich nahm meinen im Schwarzlicht fluoreszierenden Gin Tonic und trank ihn in gierigen Schlucken bis zur Hälfte leer, ehe ich meine Aufmerksamkeit wieder auf Bela richtete. „Und, warum tanzt du nicht?"

Lächelnd wies er auf das Getränk in meiner Hand. „Einer muss doch schließlich für Nachschub sorgen. Aber offenbar, hast du dich ja wunderbar auch ohne mich amüsiert." Seine Stimme klang belustigt. „Außerdem macht es einfach zu viel Spaß dich so ausgelassen zu sehen. Dafür allein hat es sich schon gelohnt, hierher zu kommen."

„Das müssen wir unbedingt wiederholen", nuschelte ich vier Stunden später und sah zu Bela auf, der vor meiner Haustür stand. „Aber erst muss ich meine Batterien neu aufladen, die sind nämlich nach dieser

Nacht völlig aufgebraucht." Ich gähnte herzhaft und blickte in den Himmel. Die aufgehende Sonne tauchte ihn in ein zartes Rosa, vertrieb so das Grau der Nacht. Bela und ich hatten noch einen Abstecher in ein Nacht-Café gemacht und dort unseren ersten Kaffee getrunken, der das Dröhnen in meinem Kopf ein wenig zum Schweigen gebracht hatte. Ich war es einfach nicht mehr gewohnt, die Nacht zum Tag zu machen.

Bela lachte. „Ja, das war wirklich schön." Er sah müde aus, aber glücklich. Leicht schwankend fiel ich in seine Arme. *Adieu, mon ami.*"

Das Geräusch eines herannahenden Motorrads ließ mich kurz innehalten. Ich blickte auf, über Belas Schultern hinweg. Ein Mann mit schwarzer Lederjacke rauschte die Straße hinunter. Erst verlangsamte er, hielt offenbar nach einem Parkplatz Ausschau. Dann ging sein Blick in unsere Richtung und statt anzuhalten, beschleunigte er und fuhr mit knatterndem Motor davon.

War das nicht ...? Lian? Aber um diese Zeit? Ich blickte auf meine Armbanduhr. Es war gerade mal kurz vor sechs.

„Ich könnte schwören, das gerade war Lian."

Bela löste sich aus meiner Umarmung. „Na dann hast du ihm wohl gerade einen weiteren Grund geliefert, um falsche Schlüsse zu ziehen."

Kapitel 25

Die ersten Sonnenstrahlen des Tages zwängten sich gnadenlos durch den schmalen Spalt zwischen den beiden Vorhängen meines Schlafzimmerfensters und kitzelten meine Nase. Stöhnend rutschte ich auf die andere Seite des Bettes, um ihnen auszuweichen und vergrub mein Gesicht im weichen Kissen. Wenigstens noch ein paar Stunden brauchte ich, um meinen Rausch auszuschlafen.

Doch die Ruhe währte nicht lange. Ein klägliches Maunzen ließ mich schmerzhaft das Gesicht verziehen.

„Bitte lass mich noch schlafen", bettelte ich.

Doch Zsa Zsa kannte keine Gnade. Sie tapste in mein Schlafzimmer und schrie ihre Entrüstung heraus, ließ sie zu einer infernalischen Kakophonie anschwellen.

Verdammt. Sie würde keine Ruhe geben, bis ihr Napf ein zweites Mal mit Gourmetfutter gefüllt war. Bei meiner Rückkehr in aller Früh hatte ich sie schon gefüttert, um ihrem Katzenjammer zu entgehen, doch offenbar hatte sie beschlossen, dass die Schonzeit nun vorüber war.

„Unbarmherzige Terroristin!", schimpfte ich und zog mir das Kissen über den Kopf, doch schon kurz darauf spürte ich, wie die Matratze nachgab und Zsa Zsa über meinen Rücken lief.

Blinzelnd linste ich auf mein Handy. Es war acht Uhr, ich hatte erst anderthalb Stunden geschlafen. Den Plan, den Samstag im Bett zu verbringen, um meinen Rausch auszuschlafen, würde mir meine Katze eiskalt vereiteln, wenn ich jetzt nicht aufstand.

Ich knallte das Kissen zur Seite, klemmte mir Zsa Zsa unter den Arm und sprang aus dem Bett.

Kurz schwindelte mir durch das schnelle Hochkommen. *Ach du meine Güte, wie ein besoffener Seemann auf hoher See*, dachte ich, als ich in die Küche wankte. Ich hatte wohl doch mehr getrunken, als ich angenommen hatte.

Als ich die angebrochene Dose Katzenfutter aus dem Kühlschrank nahm und die Alufolie lüpfte, drehte mir der intensive Geruch den Magen um und ich musste kurz würgen. Vorsichtshalber hielt ich den Atem an, bückte mich und beeilte mich, ihren Napf zu füllen.

Zsa Zsa strich mir währenddessen um die nackten Beine, ihr erhobener Schwanz kitzelte mir durchs Gesicht und brachte mich zum Kichern. „Wenn ich dich nicht so lieb hätte", murmelte ich und strich ihr kurz über den Kopf.

Als ich mich erhob, schwindelte mir leicht. Rasch trank ich ein Glas Wasser und meine Gedanken wanderten zurück zu den feuchtfröhlichen letzten Stunden.

Trotz der Nachwehen hatte sich der Abend gelohnt und mich für kurze Zeit meine Sorgen vergessen lassen. So leicht und unbeschwert hatte ich mich lang nicht mehr gefühlt.

Doch dann kam mir der Motorradfahrer wieder in den Sinn und ein heftiger Schuss Adrenalin pulste durch meine Adern. Im Nachhinein schien es mir noch offensichtlicher, dass Lian uns gesehen, seine Pläne über Bord geworfen und dann vor mir geflohen war.

Herzlichen Glückwunsch, Mimi. Nun war auch noch der letzte Hoffnungsfunke verglüht, dass sich das mit Lian wieder einrenkte.

Was hatte er wohl gedacht, als er mich in inniger Umarmung mit einem fremden Mann gesehen hatte?

Seufzend schüttelte ich den Kopf und stellte die Katzenfutterdose zurück in den Kühlschrank. Ich wollte es lieber nicht wissen.

Nachdem ich die Kaffeemaschine angestellt hatte, setzte ich mich an den Küchentisch, stützte die Ellbogen auf und vergrub mein Gesicht in den Händen. Ich würde jetzt sowieso kein Auge mehr zubekommen.

Doch was hatte Lian um diese Zeit hier gewollt? Hatte er mir etwa nachspioniert? Oder wollte er mit seinem Opa frühstücken? *Unwahrscheinlich.* Herr Sommerfeld war zwar Frühaufsteher, doch sechs Uhr am Morgen war selbst für ihn zeitig.

Mein Blick fiel auf meine Jeansjacke, die ich vor ein paar Stunden nachlässig über die Stuhllehne geworfen hatte. Einer Eingebung folgend kramte ich mein Handy aus der Seitentasche.

Eine neue Mitteilung. Sie war von Ben. Ich seufzte. Er war wirklich hartnäckig. Bevor ich sie las, stellte ich meine Lieblingstasse unter den Kaffeeautomaten und sah dabei zu, wie sich die schwarze Flüssigkeit darin ergoss. Ich hatte fast eine Woche nichts von ihm gehört und gedacht, er hatte endlich aufgegeben. Doch offenbar war Loslassen keine Option für ihn.

Ein Schluck Kaffee und das Koffein flutete angenehm meine Blutbahn, dann war ich bereit und griff erneut zu meinem Handy, um Bens Textnachricht zu lesen.

Hast du Sonntagmorgen schon was vor? Ich habe eine Überraschung für dich. Ben

Er hatte es immer noch nicht begriffen. Genervt verdrehte ich die Augen und tippte zurück:

Was wird das jetzt? Hatte ich mich nicht klar ausgedrückt, dass ich dich nicht mehr sehen will?

Die Rolle der Unversöhnlichen passt nicht zu dir.

las ich nur wenige Minuten später. Er war also auch schon wach.

Bitte vertrau mir, nur noch ein einziges Mal. Ich war ein Riesentrottel und bitte hiermit um Vergebung.

„Sowas von beharrlich, der Typ", murmelte ich kopfschüttelnd und stieß unwirsch den Atem aus. Ich blickte auf und kaute nachdenklich auf meiner Lippe. *Man muss auch verzeihen können, gib ihm eine Chance, es wiedergutzumachen,* kamen mir Belas Worte wieder in den Sinn. Eigentlich, wenn ich recht drüber nachdachte, hatte Ben recht, ich konnte nie lange nachtragend sein. Der Abend mit Lian war jetzt sechs Wochen her und obwohl Bens Eifersucht alles kaputt gemacht hatte, war meine Wut auf ihn inzwischen abgeflaut und ich war bereit – auch wenn das zwischen mir und Lian nicht mehr zu kitten war – ihm die Gelegenheit zu geben, sich angemessen zu entschuldigen. Ein wenig rührte seine Hartnäckigkeit mich schon. Sie zeigte, wie wichtig ich ihm war.

In aller Herrgottsfrühe am nächsten Morgen saß Ben an gleicher Stelle wie ich einen Tag zuvor und sah zu mir auf. „Du wirst staunen, was ich für uns organisiert habe."

In Jogginghose und Schlaf-T-Shirt stand ich vor ihm und strich mir durchs Haar. „Das muss aber wirklich etwas Besonderes sein, um mich zu überzeugen, wenn ich dafür um halb fünf aufstehen muss", grummelte ich und gähnte hinter vorgehaltener Hand.

Ben lächelte. „Ist es, du wirst schon sehen."

„Gibt es einen Dresscode für deine Überraschung?"

Lächelnd schüttelte er den Kopf. „Bequem sollte es sein, keine hohen Absätze und vielleicht nimmst du dir noch Jacke und Sonnenbrille mit."

„Es ist also draußen", mutmaßte ich und konnte mir beim besten Willen nicht vorstellen, was Ben sich diesmal für mich ausgedacht hatte.

„Genau, und fürs Essen ist auch gesorgt", er hob seinen Rucksack hoch. „Das Wetter spielt schon mal mit."

Mmh. Das könnte vieles sein. Ein Picknick auf einem Ausflugsdampfer bei Sonnenaufgang? Ehrlich gesagt war ich nicht schlauer als vorher. „Gib mir zehn Minuten, um mich fertig zu machen, dann kann es losgehen."

Beim Anblick der schlaffen Hülle des riesigen Heißluftballons, der sich vor uns auf der Wiese erstreckte, war meine Müdigkeit mit einem Schlag wie weggeblasen. Schon beim Gedanken daran, gleich in die Lüfte abzuheben, breitete sich ein Prickeln von meinen Fingerspitzen über den Nacken bis in meinen Bauch aus und mein Herz schlug wie wild gegen meine Brust. Der Ballonkorb lag auf die Seite gedreht und erinnerte mich an ein Pferd kurz vor der Niederkunft.

Nachdem es mir im ersten Moment die Sprache verschlagen hatte, glitt mein Blick zu Ben, der gerade auf der anderen Seite des Begleitautos ausstieg. Mit einem selbstzufriedenen Lächeln auf den Lippen sah er zu mir rüber. Ich wusste genau was in ihm vorging. Er erwartete jetzt einen Jubelschrei von mir und dass ich ihm vor Begeisterung um den Hals fiel. Aber so einfach wollte ich es ihm nicht machen, so leicht war ich nicht zu ködern. Diebische Freude prickelte in meinen Adern, als ich mit aller Ernsthaftigkeit, die ich aufbringen konnte, sagte: „Ich habe Höhenangst, da kriegen mich keine zehn Pferde rein."

Bens Gesichtszüge entglitten, für einen Moment verschlug es ihm die Sprache. Dann zog er eine Grimasse, als wäre er von plötzlichen Zahnschmerzen heimgesucht. „Das ist nicht dein Ernst."

„Ich kann da auf keinen Fall einsteigen", insistierte ich.

Ben stöhnte auf, kam mir entgegen, in einer fast flehenden Gebärde streckte er die Arme nach mir aus. „Aber du könntest es doch wenigstens versuchen …

Meine Mundwinkel zuckten, ich hatte Mühe, meine Fassade aufrechtzuerhalten und nicht loszuprusten.

Ben kniff die Augenbrauen zusammen. „Verarschst du mich etwa?"

Ein leises Glucksen entschlüpfte mir, ich konnte einfach nicht mehr länger an mich halten.

Bens Augen verengten sich. „Du hast gar keine Höhenangst! Das wäre mir sicherlich noch im Gedächtnis geblieben. Sehr witzig, Frau Berger."

Noch immer gluckste ich leise vor mich hin. „Du hättest dein Gesicht sehen sollen ... Schon allein das war es wert. Einfach zu lustig."

„Na gut, ein bisschen Spaß auf meine Kosten sei dir gegönnt", räumte Ben großzügig ein und grinste schief.

„Aber woher wusstest du ...", ließ ich den Satz unvollendet in der Luft hängen, als mir meine Mutter in den Sinn kam. Er hatte doch hoffentlich nicht sie um Rat gefragt. Schon seit Jahren faselte ich davon, dass man mir damit eine Freude machen könnte.

Ben zuckte lässig mit den Schultern. „Reine Intuition. Ich lege dir die Welt zu Füßen und hoffe, das reicht als Entschuldigung." Seit wir meine Wohnung verlassen hatten, war wieder der alte Ben zum Vorschein gekommen, der am Morgen noch unter der Schale der Scham und des schlechten Gewissens verborgen gelegen hatte. Doch so war er mir allemal lieber, nicht mehr wie ein reumütiger Schuljunge, der etwas ausgefressen hatte. Durch seine Selbstgefälligkeit und der unfreiwilligen Komik, die daraus entstand, brachte er mich jedes Mal zum Lachen. Außerdem war er nie nachtragend und konnte über sich selbst lachen. Charakterzüge, die ich an ihm schätzte und die mich reizten, ihn zu necken und zu veralbern.

Ich lege dir die Welt zu Füßen, noch hochtrabender ging es ja nun wirklich nicht. Es gelang mir nur schwer, ein Schmunzeln zu unterdrücken, ehe sich meine Aufmerksamkeit wieder auf den rot-gelben Ballon richtete.

Mithilfe eines Ventilators entfaltete sich jetzt dessen Hülle und wurde aufgeblasen. Danach richteten der Pilot und zwei Helfer den Korb auf, ehe die Flamme des

Gasbrenners auflloderte und die erhitzte Luft im Inneren der Hülle den Ballon zum Schweben brachte.

Ich folgte Ben, der als erster in den Korb kletterte und mir dann seine Hand reichte, um mir gentlemanlike beim Einstieg zu helfen. Mit gerunzelter Stirn sah ich ihn an. Soviel Hilfsbereitschaft war ich von ihm nicht gewohnt.

Offenbar waren wir die einzigen, denn außer dem Piloten stieß niemand mehr dazu. Verstohlen blickte ich zu Ben, der mit selbstzufriedenem Ausdruck seinen Rucksack auf den Boden stellte. Offenbar hatte er keine Kosten und Mühen gescheut, um mir einen schönen Tag zu bereiten. Das rechnete ich ihm hoch an. Diesmal hatte er sich wirklich etwas Besonderes einfallen lassen.

Der Gasbrenner stieß ein kräftiges Fauchen aus, das mich kurz zusammenschrecken ließ, doch der Pilot schenkte mir ein beruhigendes Lächeln. Dann lösten die Helfer die Halteseile, das Getöse des Brenners verstummte und die Gondel erhob sich in die Lüfte.

Kaum eine Brise war zu spüren, als der Ballon lautlos immer mehr an Höhe gewann. Kurz ließ ich meinen Blick durch den Korb schweifen. Sein Inneres war ausgepolstert und mit Halteschlaufen ausgestattet, an denen man sich im Notfall festhalten konnte. Aufregung kribbelte in meinem Bauch und zauberte mir ein Lächeln ins Gesicht. Meter für Meter stiegen wir höher, während sich ein unbeschreibliches Freiheitsgefühl in mir breitmachte. Die Ruhe im Ballon und die Schwerelosigkeit waren einfach atemberaubend.

„Wo fliegen wir denn hin?", richtete ich die Frage an den Piloten, der ruhig und gelassen den Ballon steuerte.

„Es gibt keine festgelegte Route, wir richten uns nach dem Wind", ließ er mich wissen und wies auf die Sonne, die wie ein blassroter Feuerball den Horizont emporwanderte und ihn langsam in Brand setzte. „Perfekter Tag, die Sicht ist frei."

„Ich weiß gar nicht, wo ich zuerst hinsehen soll", sagte ich mehr zu mir selbst und betrachtete das wechselnde Farbenspiel des Himmels, ehe mein Blick nach unten wanderte, wo die Natur sich wie ein grüner Teppich unter uns ausbreitete.

Ich spürte Bens Blick auf mir und erwiderte ihn mit einem Lächeln. „Danke."

Schulterzuckend reichte er mir ein in Butterbrotpapier eingepacktes Sandwich. „Gern geschehen."

„Du hast ja an alles gedacht. Wo bleibt der Sekt zum Anstoßen?", fragte ich halb im Scherz, doch da beugte sich Ben schon hinab und brachte eine Flasche Piccolo aus seinem Rucksack zum Vorschein. „Dafür habe ich natürlich auch gesorgt. Aber erst sollten wir eine Grundlage schaffen, die Sonne ist noch nicht mal aufgegangen." Augenzwinkernd trat er neben mich, so nah, dass unsere Unterarme sich berührten und ich seine Härchen auf meiner Haut spüren konnte. Entgegen meiner Erwartung war seine Nähe mir nicht unangenehm, sondern die Wärme seines Körpers verursachte ein wohliges Gefühl und übertrug sich auf mich. Außerdem fiel mir auf, dass er das etwas aufdringliche Aftershave nicht mehr trug, jetzt roch er einfach nur nach Ben, Seife und frischgewaschener Wäsche, was um einiges angenehmer war.

Während ich zufrieden in mein Baguette mit Parmaschinken biss, flogen die schönsten Landschaften an uns vorüber.

Die Seitenarme eines Flusses zogen sich wie silberne Bänder durch Wiesen und Felder und prägten das Landschaftsbild. Traumhafte Ausblicke auf glitzernde Seen, bunte Mischwälder und Baumkronen wurden uns zuteil.

„Ich muss dir etwas sagen", erfasste Ben nach einer Weile das Wort und reichte mir den mit Kaffee gefüllten Deckel seiner Thermoskanne. Kurz hielt ich den Atem an, griff dann nach der dampfenden Tasse und trank einen Schluck ohne ihn dabei aus den Augen zu lassen. Was kam jetzt? Es klang fast, als hätte er mir was zu beichten.

„Ich habe dir damals nicht die Wahrheit gesagt." Ben schluckte, wich meinem Blick aus.

Ich hatte keinen blassen Schimmer, wovon er sprach. Irritiert runzelte ich die Stirn und wandte mich zu ihm.

„Du hast mich doch gefragt, ob ich die Songtexte verfasst hätte."

Ungläubig sah ich ihn von der Seite an, versuchte zu erfassen, was er mir sagen wollte.

„Ich habe nein gesagt, doch das war gelogen. Ich war es. Ich habe sie für dich geschrieben."

„Aber … warum?" Vor Unverständnis schüttelte ich den Kopf. „Das passt doch gar nicht zu dir."

Ben hob die Schultern, mied noch immer meinen Blick. „Ich wollte dich mit etwas Besonderem beeindrucken, dir zeigen, wie wichtig du mir bist."

Irritiert schüttelte ich erneut den Kopf. „Aber warum hast du es dann nicht zugegeben, als ich dich danach gefragt habe?"

Ben ließ seufzend die Schultern sacken. „Ich wollte es noch nicht enden lassen. Wollte es spannend machen."

Ich bewegte verstehend den Kopf, doch genau das Gegenteil war der Fall. „Und die Melodien zu den Texten? Gibt es auch Noten dazu?"

Ben lachte verlegen. „Komponieren kann ich nicht. Ich habe bekannte Lieder genommen und sie einfach für dich umgeschrieben."

Ich zwang ein Lächeln auf meine Lippen, während sich nach und nach Enttäuschung in mir breitmachte. Irgendwie hatte ich gehofft, dass jemand anders dahintersteckte. Jemand, der ganz allein für mich Songs geschrieben und komponiert hatte. Aber wenn ich eins und eins zusammenzählte, war es eindeutig, dass Ben als einziger dafür infrage kam. Bela hatte nur freundschaftliches Interesse an mir und Lians Schrift stimmte nicht mit der des Verfassers überein.

„Beweise es mir!" Wenn er eigene Texte für mich verfasste, würde er nicht drum herumkommen, sie mir auch vorzutragen. Ich wusste noch nicht einmal, ob Ben eine gute Stimme hatte, früher hatte er jedenfalls nie gesungen.

Ben grinste amüsiert. „Du verlangst jetzt nicht wirklich eine Kostprobe von mir?"

„Aber sicher." Abwartend hob ich die Augenbrauen und grinste ebenfalls.

Ben räusperte sich umständlich, stützte die Unterarme auf den Rand des Korbes und blickte konzentriert nach vorne.

Ich möchte mit dir der Sonne entgegen gehen
Den Arm um dich gelegt
Deinen Worten lauschen, im Klang deiner Stimme versinken
Nur du und ich, abseits der großen Straßen
Arm in Arm,
Nur du und ich

Bens Stimme klang etwas kratzig, aber angenehm. Es war mehr ein Sprechgesang und die Melodie kam mir irgendwie bekannt vor, ich konnte sie aber nicht zuordnen. Das war der dritte Songtext gewesen, den er mir durch den Türschlitz geworfen hatte. Mir fiel ein, dass ich ihn gefunden hatte, als Max und ich völlig durchnässt vom Joggen kamen.

Ein Lächeln schlich sich auf meine Züge, das war wirklich süß von ihm. Niemals hätte ich Ben das zugetraut. Anscheinend hatte er sich wirklich geändert.

Ich musterte ihn von der Seite, er wagte jedoch nicht, zu mir rüberzusehen, noch immer war sein Blick auf die Landschaft gerichtet. Ein kleines Lächeln zupfte an seinem Mundwinkel, offenbar rechnete er mit allem.

Ich ließ ihn jedoch zappeln, auf meine Reaktion musste er einen Moment lang warten.

„Das war gar nicht mal so übel, Herr Schuster", sagte ich nach einer Weile grinsend. „Wusste gar nicht, dass du singen kannst."

Bens Blick wanderte zu mir herüber. „Findest du?" Er zuckte lapidar mit den Schultern. Am Leuchten seiner Augen erkannte ich, wie erleichtert und gleichzeitig geschmeichelt er sich fühlte.

„Ja, hat etwas. Vielleicht wirst du damit nicht die Charts stürmen, aber ganz so unmusikalisch, wie ich dachte, bist du nicht." Ich zeigte ihm ein herausforderndes Lächeln. „Und jetzt noch die anderen."

Leise lachend richtete Ben sich auf und wandte sich zu mir. „Meine Sangeskunst trage ich nur in kleinen Happen vor, alles auf einmal gibt es nicht." Ein ausgekochtes Grinsen stahl sich um seine Mundwinkel. „Beim nächsten Mal vielleicht."

Ich lachte auf. „Du bist ein verdammtes Schlitzohr, Ben Schuster", rief ich aus und buffte ihm in die Seite.

Für die Landung ließ der Pilot kontrolliert die warme Luft aus dem Ballon und senkte die Gaszufuhr des Brenners. So verlor der Heißluftballon nach und nach an Höhe, bis wir irgendwann auf einer abgemähten Wiese aufsetzten. Ich hätte noch den ganzen Tag durch die Luft schweben können, sosehr hatte ich die Fahrt genossen, die Zeit war nur so verflogen.

Unten angekommen, wartete bereits das Begleitfahrzeug, das uns und die Crew wieder zurück zum Startplatz bringen sollte.

„Das war atemberaubend", sagte ich, als ich wieder festen Boden unter den Füßen spürte. „Ich hätte noch ewig dort oben die Stille genießen können."

Ben sah mich an. „Dann ist die Überraschung also diesmal gelungen und du verzeihst mir?"

Gespielt nachdenklich ließ ich meinen Blick nach oben wandern, wollte ihn noch ein wenig schmoren lassen, anders hatte er es einfach nicht verdient.

„Es war immer schon ein Traum von mir, alles aus Vogelperspektive zu sehen", sagte ich nach einer Weile der Stille, in der wir über die Wiese in Richtung des Zubringers liefen. „Ich erteile dir hiermit Absolution."

Ben stieß erleichtert den Atem aus. „Da bin ich aber beruhigt." Er blieb stehen, seinen Blick abwartend auf mich gerichtet. „Freunde?"

Ich musste lächeln, nickte nur knapp und blieb ebenfalls stehen. „Freunde." Dann erhob ich mich auf Zehenspitzen und schlang die Arme um ihn.

Den langen Weg vom Umland nach Berlin schwiegen wir die meiste Zeit. Ich war müde vom frühen Aufstehen und während ich mit dem Kopf an der Scheibe lehnte, verarbeitete ich die Eindrücke des Tages.

Als wir in meine Straße einbogen, sah ich den Rettungswagen schon von weitem. Die Hecktür stand offen, von Sanitätern war aber weit und breit nichts zu sehen.

Mein Blick wanderte zur Haustür meines Wohnhauses, die ebenfalls weit geöffnet war und eine seltsame Ahnung verengte meine Brust.

Kapitel 26

Das Blaulicht zuckte über die Häuserwände, doch sonst war alles ganz ruhig.

„Was ist da los?" Die Stirn in Falten gelegt fuhr Ben im Schneckentempo am Wohnhaus entlang, um nach einem Parkplatz Ausschau zu halten. „Die sind doch bei dir im Haus, da muss irgendwas passiert sein."

So sehr ich meinen Hals reckte, ich konnte nichts erkennen. Ohne eine Antwort zu geben und noch bevor Bens Wagen zum Stehen kam, riss ich die Tür auf und sprang hinaus. „Danke für den schönen Tag, ich melde mich bei dir", rief ich ihm über die Schulter hinweg entgegen, ehe ich die Beifahrertür zuschlug. Dann eilte ich so schnell mich meine Beine tragen konnten ins offenstehende Treppenhaus.

Immer zwei Stufen auf einmal nehmend rannte ich hoch, mein Herz trommelte wild gegen meine Brust.

Als ich den dritten Stock erreichte, kamen mir zwei Sanitäter entgegen. Sie trugen eine Bahre, doch ich musste sie erst passieren lassen, um zu sehen, wer darauf lag. Beinah wäre ich mit Frau Biedermann zusammengestoßen, die völlig aufgelöst hinter den Männern die Treppe hinunterstolperte.

Mein Herz machte einen schmerzhaften Satz, als ich Herrn Sommerfelds blasses Gesicht erkannte. Die Augen geschlossen und den Mund leicht geöffnet wirkte er so verletzlich, dass mir Tränen in die Augen stiegen. Meine schlimmste Befürchtung hatte sich bewahrheitet.

„Was ist passiert?", richtete ich die Frage an Frau Biedermann, denn die Sanitäter setzten ungehindert ihren Weg fort.

„Wir saßen beim Frühstück, da sagte er etwas zu mir, das ich im ersten Moment nicht verstand, weil er so verwaschen sprach ... als hätte er Alkohol getrunken." Ihre Stimme bebte und ich sah, dass ihre Hände zitterten, als sie über das Treppengeländer glitten. Die Verwunderung über ein gemeinsames Frühstück der beiden konnte ich ausblenden, die Sorge um Herrn Sommerfeld stand jetzt im Vordergrund.

„Dann habe ich ihn gefragt, ob es ihm gut ginge, er gab mir aber keine Antwort, reagierte erst nach einer Weile und sagte, er wolle sich noch mal hinlegen, weil er sich schwach fühlte. Das kannte ich gar nicht von ihm und ich habe mir Sorgen gemacht", fuhr sie fort, ihre blauen Augen schimmerten wässrig. „Ich habe den Tisch abgeräumt, wollte aber bei ihm bleiben. Dann hörte ich, wie im Bad etwas zu Boden fiel und lief zu ihm. Mit unkoordinierten Bewegungen kramte er im Allibert auf der Suche nach einer Kopfschmerztablette. Ich sagte, er solle sich erstmal setzen, weil er ganz bleich aussah. Er ließ sich dann auf dem Wannenrand nieder und schloss die Augen, weil ihm schwindlig war. Da wusste ich, dass etwas nicht stimmte und wählte sofort die Nummer des Notrufs."

Bei mir läuteten sofort sämtliche Alarmglocken. Verwaschene Sprache, unkoordinierte Bewegungen, Schwindel, Kopfschmerzen ... Das klang schwer nach einem Schlaganfall. Herr Sommerfeld tauchte vor meinem inneren Auge auf, er saß im Rollstuhl und konnte sich nicht mehr richtig mitteilen. Mit aller Macht versuchte ich das Bild aus meinem Kopf zu verdrängen, presste die Lippen aufeinander und strich mir mit bebenden Fingern das Haar zurück. Ich hoffte inständig, dass ich mich irrte und er sich schnell wieder erholte.

Frau Biedermann war ganz außer Puste, als wir im Erdgeschoss ankamen und brauchte einen Moment, um Atem zu schöpfen. Ohne Punkt und Komma hatte sie gesprochen, offenbar war es ihrer Aufregung geschuldet, noch nie hatte ich sie so viel am Stück reden hören.

Ich schluckte, konnte im ersten Moment keinen klaren Gedanken fassen. „Sie haben alles richtig gemacht. Ich bin so froh, dass Sie bei ihm waren." Mittlerweile waren wir draußen angelangt und Frau Biedermann hechtete an die Seite meines Nachbarn und griff nach seiner Hand, die schlaff von der Bahre hing.

„Darf ich Sie begleiten?", fragte sie einen der Sanitäter mit dünner Stimme.

Der junge Mann schüttelte den Kopf. „Tut mir leid, wenn Sie keine Angehörige sind, darf ich Sie nicht mitnehmen."

Tapfer zog sie die Nase hoch und ließ Herrn Sommerfelds Hand los.

Sofort kam mir Lian in den Sinn. Ich musste ihn dringend informieren, er war in Berlin sein einziger Verwandter. „Wohin fahren sie?"

„Wir bringen ihn in die Charité", antwortete der junge Mann, den ich auf Anfang 20 schätzte.

Ich nickte dankend und wandte mich an Frau Biedermann. „Kommen Sie, wir fahren hinterher. Ich muss nur meinen Autoschlüssel von oben holen."

Die alte Dame ging nicht auf mein Angebot ein, schaute stattdessen abwesend den Sanitätern dabei zu, wie sie die Bahre in den Wagen schoben und die Türen zuklappten. In dem Moment sah sie noch schmaler und zerbrechlicher aus als sonst.

„Ich will ihn nicht auch noch verlieren", sagte Frau Biedermann mit gebrochener Stimme, mehr zu sich selbst. Eine Hand in die Seite gestemmt, hielt sie die andere vor den Mund. Sorgenfalten kräuselten ihre Stirn und ich sah, wie sich ihre stahlblauen Augen mit Tränen füllten. Sie trug ein elegantes Kleid, an ihren Lippen haftete ein letzter Rest rosa Lippenstift, ihr welliges Haar war ordentlich nach hinten frisiert.

Bei dem Gedanken daran, dass sie sich nur für Herrn Sommerfeld so in Schale geworfen hatte, lief mein Herz über vor Rührung. Dass die zwei alten Menschen sich gefunden hatten, erfüllte mich für einen kurzen Moment mit Wärme, die jedoch sofort wieder von der beklemmenden Angst um meinen Nachbarn unterdrückt wurde. Am liebsten hätte ich Frau Biedermann in den Arm genommen und ihr Trost gespendet. Doch dazu kannte ich sie zu wenig, deshalb strich ich ihr nur kurz mitfühlend über den Rücken. Mir war ja selbst zum Heulen zumute.

Etwas Schweres lag mit einem Mal auf meiner Brust. Ich schluckte schwer, um wenigstens den Kloß in meinem Hals loszuwerden. Tapfer presste ich die Lippen zusammen, doch den Kampf gegen die Tränen verlor ich ebenfalls. Rasch wischte ich das warme Nass fort, das meine Wangen hinablief, und blinzelte ein paar Mal hintereinander. Nicht nur für mich musste ich jetzt stark bleiben.

Fünfzehn Minuten später erreichten wir das Krankenhaus. Frau Biedermanns anfänglicher Redefluss hatte sich in Schweigen gewandelt. Die Fahrt über hatte sie keinen Ton hervorgebracht und stattdessen nur sorgenvoll aus dem Fenster gestarrt.

Noch in meiner Wohnung hatte ich Lian eine Nachricht geschrieben. Jetzt warf ich einen Blick auf mein Display, doch bisher hatte er noch nicht geantwortet.

Nachdem ich mich an der Anmeldung nach Herrn Sommerfeld erkundigt hatte, suchten wir uns einen Platz im Warteraum der Ambulanz. Frau Biedermann schnäuzte sich ein paar Mal, ihre Handknöchel traten weiß hervor, während sie das Taschentuch knetete. Doch keiner von uns sagte etwas, um das Schweigen zu durchbrechen. So verging die Zeit nur schleppend, durch die lange Warterei merkte ich, wie bleierne Müdigkeit von mir Besitz ergriff.

Irgendwann musste ich wohl eingenickt sein, denn mein Kopf war nach vorne gesackt und ich zuckte zusammen. Benommen blickte ich auf und sah mich um. Als mir bewusst wurde, wo ich war, schoss ich von der Wartebank hoch. Ich brauchte dringend Koffein.

„Möchten Sie auch einen Kaffee?"

Frau Biedermann sah mich an, ein dankbares Lächeln schlich sich auf ihre Züge, ehe sie nickte. „Gerne."

Am Haupteingang entdeckte ich einen Kaffeeautomaten. Während ich in meinem Portemonnaie nach Münzen kramte, kamen mir die Worte der alten Dame wieder in den Sinn. Offenbar hatte sie ihren Mann verloren und fürchtete jetzt um ihren neuen Gefährten. Sie war also der Grund, für die Umtriebigkeit meines Nachbarn. Wie ich vermutet hatte, mussten die beiden sich beim Jubiläum nähergekommen sein und von da an immer wieder getroffen haben. Das erklärte auch, warum Herr Sommerfeld jetzt fast immer mit Fliege unterwegs war. Mein Herz wurde ganz schwer, ich freute mich so für die beiden, dass sie einander gefunden hatten. Warum gelang es *mir* bloß nicht, einfach glücklich zu sein? Seufzend sammelte ich die durchgefallenen Münzen wieder ein und rieb das Zwei-Euro-Stück am Automaten. Ich spürte einen Luftzug im Nacken, als sich hinter mir die Schiebetür öffnete.

Intuitiv drehte ich mich um und sah gerade noch Lian, der an mir vorbei Richtung Empfangstresen brauste. Mein Herz stolperte und Adrenalin rauschte durch meinen Körper, doch offenbar hatte er mich nicht gesehen.

Ein winziger Hoffnungsschimmer glomm in meiner Brust. Unser Aufeinandertreffen im Warteraum war unvermeidlich. Vielleicht gäbe es Gelegenheit zu einer Aussprache zwischen uns. Aber wie sollte ich mich nur ihm gegenüber verhalten? Dadurch, dass er mir jetzt schon wochenlang aus dem Weg ging, hatte er mir unmissverständlich klargemacht, dass er nichts mehr mit mir zu tun haben wollte.

Zurück im Warteraum fiel mein Blick sogleich auf Lian, der neben Frau Biedermann Platz genommen hatte und sich leise mit ihr unterhielt.

Mit den zwei Pappbechern Kaffee in der Hand atmete ich tief durch und lief ihnen entgegen.

„Hi." Ich lächelte, bemüht, mein Herz unter Kontrolle zu bringen, das aus dem Nichts zu flattern begonnen hatte wie ein Vogel auf der Flucht.

Lian blickte auf. Als er mich sah, verschloss sich sein Gesicht schlagartig.

Ich nahm mir vor, einfach über sein abweisendes Verhalten hinwegzusehen und ihm ganz normal gegenüberzutreten. Schließlich ging es hier nicht um verletzte Eitelkeiten, sondern um das Leben von Herrn Sommerfeld.

Offenbar hatte Lian das Gleiche gedacht, denn im nächsten Moment brachte er ein schmales Lächeln zustande. „D-Danke fürs B-Bescheid geben."

„Nicht dafür. Ist doch selbstverständlich." Ich versuchte ihm ein weiteres Lächeln zu entlocken, doch seine Augen ruhten nur noch einen Moment lang auf meinen, dann nickte er und sah in die andere Richtung.

Nachdem ich den letzten Rest der scheußlichen Plörre heruntergewürgt hatte, um wenigstens einen einigermaßen wachen Eindruck abzugeben, steuerte eine junge Ärztin auf uns zu.

Lian und ich erhoben uns fast gleichzeitig. Mein Blick glitt hinunter auf ihr Namensschild: Frau Dr. Helmholz stand darauf geschrieben.

„Sind Sie die Angehörigen von Herrn Sommerfeld?"

Wir nickten.

„Sein Zustand ist stabil", ließ die Ärztin uns wissen. Das CT hat bestätigt, dass es kein Schlaganfall war."

Das erleichterte Durchatmen von uns dreien verriet unsere schlimmste Befürchtung.

„Es sind jedoch Durchblutungsminderungen aufgetreten und offenbar hat er zu wenig getrunken. Aber er bekommt bereits eine Kochsalz-Infusion, dadurch geht es ihm schon viel besser."

Lian nickte. „Da-darf ich ... d-dürfen wir zu ihm?"

Frau Dr. Helmholz blickte in unsere erwartungsvollen Gesichter und nickte dann knapp. „Aber nur kurz, er braucht noch Ruhe. Zur Sicherheit behalten wir ihn noch zwei Tage zur Überwachung auf der neurologischen Intensivstation, um nach möglichen Ursachen zu suchen."

Wir folgten der Ärztin durch einen langen, sterilen Gang, der Geruch nach Desinfektionsmittel stach mir in die Nase.

Herr Sommerfeld lag in einem durch Vorhänge abgetrennten Bereich in der Notaufnahme. Sein Brustkorb hob und senkte sich in flachen Atemzügen, sein Gesicht hatte wieder etwas Farbe angenommen und war nicht mehr so fahl wie zuvor.

Als er uns kommen hörte, drehte er langsam den Kopf. Eine Kanüle an seinem rechten Arm fixiert, führte zu einem Infusionsbeutel, durch den eine durchsichtige Flüssigkeit rann. Ein kleines Lächeln schlich sich auf seine Lippen, während sein Blick von einem zum anderen wanderte. Bei Frau Biedermann blieb er hängen und sie kam einen Schritt näher.

„Das war ein ganz schöner Schreck, nicht wahr?" Seine Stimme klang belegt, doch sein typisch verschmitzter Blick bewies, dass es ihm den Umständen entsprechend gut ging. Erleichtert entließ ich den angehaltenen Atem.

Die alte Dame nickte, ihre Augen waren mit Tränen gefüllt. „Wenn es dir nicht so schlecht ginge, würde ich dich übers Knie legen und dir den Hintern versohlen.

Du hast mir eine Heidenangst eingejagt." Mit hochgezogener Augenbraue und schiefem Lächeln setzte sie sich vorsichtig auf die Bettkante und griff nach seiner Hand. Herr Sommerfeld lachte leise in sich hinein und lehnte sich ein Stück vor. „Tut mir leid, das wollte ich nicht", raunte er mit leuchtenden Augen in ihre Richtung.

Zum ersten Mal erlebte ich die beiden bewusst zusammen und es rührte mich, wie nahe sie sich schon nach kurzer Zeit standen und wie vertraut ihr Umgang war. Da hatten sie Lian und mir einiges voraus. Die resolute und humorvolle Art von Frau Biedermann erstaunte mich ebenfalls, nie hätte ich sie so warmherzig eingeschätzt. Es war erst einige Wochen her, dass die beiden sich nähergekommen waren, und sie verhielten sich schon jetzt wie ein altes Ehepaar. Vielleicht war es im Alter so, dass man die restliche Zeit, die einem blieb, noch bestmöglich nutzen wollte.

Lian trat neben seinen Opa und strich ihm liebevoll über den Kopf. „B-bin froh, D-D-Dich zu sehen."

Ich schluckte, die beiden miteinander erweichten mein Herz jedes Mal aufs Neue.

„Mein Junge!" Langsam reckte er seine Hand und tätschelte Lians Wange.

„Was machen Sie denn für Sachen?" Ich hatte mich auf der anderen Seite positioniert und nahm seine andere Hand, die mit dem Tropf verbunden war. Sie fühlte sich ganz kühl an. Unter der mit Altersflecken übersäten dünnen Haut des alten Mannes spürte ich seine Knochen, die mir die Vergänglichkeit bewusstmachten, und ganz plötzlich traten mir Tränen in die Augen.

Er drückte meine Hand. „Ist doch schon gut. Sie wissen doch: Unkraut vergeht nicht."

Ich nickte und brachte ein leises Lachen hervor.

„Außerdem hat mir dieser Zwischenfall wiedermal gezeigt, dass das Leben ein Ablaufdatum hat und wir das Beste daraus machen müssen." Er sah zu Frau Biedermann, lächelte sanft, ehe sein Blick zu mir und dann zu Lian glitt.

Ich wusste genau, was er uns damit sagen wollte. Ob Lian den Wink mit dem Zaunpfahl ebenfalls verstanden hatte? Verstohlen linste ich zu ihm hinüber, doch sein Blick war nach wie vor auf Herrn Sommerfeld gerichtet. Wenn er begriffen hatte, worauf sein Großvater anspielte, ließ er es sich zumindest nicht anmerken.

„Schwere Zeiten haben auch immer etwas Gutes. Sie zeigen, wem wirklich etwas an dir liegt und auf wen man sich verlassen kann. Ich bin glücklich, dass ich euch an meiner Seite habe." Er stieß ein schnaubendes Lachen aus. „So, nun aber Schluss mit der Sentimentalität. Ihr habt sicher Besseres zu tun, als eure Zeit in diesem furchtbaren Krankenhaus zu verbringen."

„Haben wir nicht", gab ich entschieden zurück. „Aber Sie sollten sich jetzt besser ausruhen, ich komme morgen wieder. Was brauchen Sie, was kann ich Ihnen mitbringen?"

„Mein Schlafanzug und ein paar Rätselhefte wären schön. Meine Brille oder die Leselupe könnten auch nicht schaden. Lian zeigt Ihnen, wo alles liegt."

Der letzte Satz versetzte meinem Herzen einen kleinen Hüpfer, denn er bedeutete, ich wäre mit Lian allein! Der alte Mann war clever, er wollte, dass wir uns aussprachen.

Ich bemühte mich um einen neutralen Gesichtsausdruck und blickte unauffällig zu Lian, dessen überrumpelte und gleichzeitig unwillige Miene keinen Zweifel daran ließ, was er von dem Vorschlag seines Großvaters hielt.

Ich riss meinen Blick von ihm los, räusperte mich und zwang mir ein Lächeln aufs Gesicht. „Wir kriegen das schon hin, machen Sie sich keine Sorgen."

Lian war schon vor uns angekommen, ich sah sein Motorrad, es parkte direkt vor dem Wohnhaus in einer schmalen Lücke.

Nachdem ich mich von Frau Biedermann verabschiedet hatte, redete ich mir selbst Mut zu. Auf keinen Fall wollte ich die Gelegenheit, mit Lian allein zu reden, verstreichen lassen.

Die Tür war angelehnt, ich trat ein und rief nach ihm, während mein Herz bis zum Hals klopfte.

Er antwortete nicht. Doch nur einen Moment später sah ich ihn aus dem Schlafzimmer kommen, einen Pyjama in der Hand. Den Blick gesenkt, ging er an mir vorbei, als wäre ich Luft.

Wenn er mich doch wenigstens anblaffen würde, aber dieses konstante Schweigen war kaum zu ertragen.

Ich atmete tief ein, setzte an, etwas zu sagen, doch inzwischen war Lian in der Küche verschwunden und der Moment war schneller verstrichen, als er gekommen war.

Von der Anspielung meines Nachbarn beflügelt, suchte ich nach den richtigen Worten, einer Erklärung, die Lian besänftigte und endlich die Wogen zwischen uns glätten konnte. Doch Lian rauschte immer wieder an mir vorbei, gab mir keine Chance, ihn auszubremsen.

Plötzlich stand er vor mir und drückte mir eine kleine Sporttasche mit Herrn Sommerfelds Utensilien in die Hände. Ich versuchte, seinen Blick einzufangen, doch er ließ es nicht zu und war schon an der Tür.

„Lian, wollen ... können wir uns nicht noch einmal aussprechen?"

Für einen Moment verharrte er im Türrahmen.

Hoffnungsvoll starrte ich auf seinen Rücken und vergaß zu atmen. Mit klopfendem Herzen wartete ich darauf, dass er sich umdrehte und mir sein schiefes Lächeln zeigte.

Doch nichts dergleichen geschah. Kaum wahrnehmbar schüttelte er den Kopf, dann setzte er sich in Bewegung und verschwand.

Kapitel 27

Nachdem Lian mir heute noch einmal verdeutlicht hatte, dass er mich abgeschrieben hatte, hielt ich es für angebracht, mit ihm abzuschließen. Das tat weh, und wenn etwas weh tat, half nur, meinen Schmerz beim Kochen zu verdrängen, die beste Ablenkung für mich, die es gab. Da heute Sonntag war, blieb mir nur, mit dem Vorlieb zu nehmen, was mein Kühlschrank so hergab.

Ich schimpfte mit mir selbst, als ich einen Blick hineinwarf und den roten Thunfisch, den ich gestern frisch vom Markt gekauft hatte, entdeckte. Den hätte ich gleich gestern verarbeiten sollen, doch da war mir Zoe in die Quere gekommen, die furchtbaren Heißhunger auf indisches Essen gehabt und mich deshalb überredet hatte, zu unserem Lieblingsinder um die Ecke zu gehen, da ich die einzige in der Familie Berger war, die ebenfalls Gerichte mit starken Gewürzen mochte. Doch jetzt war der Fisch fällig und ich wusste auch schon, was ich damit anfangen wollte: Teriyaki-Thunfisch auf Wasabi-Süßkartoffelpüree und Selleriestroh. Und weil ich das Ganze nicht allein verdrücken konnte, lud ich Bela zu mir ein.

Die Zeit des Wartens vertrieb ich mir mit den ersten Vorbereitungen für unser Abendessen. Ich schälte eine

Knolle Sellerie, schnitt sie in dünne Streifen und verteilte sie vermischt mit Olivenöl, Salz und Pfeffer auf einem Backblech. In dem Moment, in dem ich es in den vorgeheizten Ofen schob, klingelte es schon an der Tür.

Während ich den Thunfisch wusch, abtupfte und in Sesam wälzte, verdonnerte ich Bela zum Süßkartoffelschälen und erzählte ihm von den heutigen Geschehnissen.

„Mann, das ist ja ein turbulenter Tag für dich gewesen. Du wurdest aus der Luft schnell wieder zurück auf den Boden der Tatsachen katapultiert."

Ich musste lachen, als ich feststellte, wie gut Bela meinen Sonntag auf den Punkt gebracht hatte.

Bela hielt im Schälen inne, sein Blick ging verunsichert zur Seite. „Sagt man das nicht so?"

„Doch, genau so sagt man das", erwiderte ich schmunzelnd.

„Aber Gott sei Dank war dein Nachbar nicht allein und konnte gleich behandelt werden. Wäre es wirklich ein Schlaganfall gewesen, hätte jede Minute gezählt."

Ich nickte zustimmend. „Ich war überrascht, als ich auf Frau Biedermann traf, die den Rettungswagen gerufen hatte. Die beiden sind einfach entzückend zusammen, du müsstest sie sehen. Wie ein altes Ehepaar. Ich finde es schön, dass sie sich gefunden haben. Das gibt Hoffnung, dass man im Alter auch noch sein Glück finden ..." Ich stockte, als mir bewusstwurde, dass ich es noch nicht einmal schaffte, in meinen jungen Jahren eine Beziehung zustande zu bekommen und plötzlich überkam mich Traurigkeit.

Bela ließ das Schälmesser sinken und hob mein Kinn. „Hey, was glitzert denn da in deinen schönen Augen?

Wo ist meine taffe Freundin geblieben?" Liebevoll klemmte er mir eine Haarsträhne hinters Ohr und zwinkerte mir aufmunternd zu. „Du wirst auch noch den Richtigen finden. Und wenn Lian es nicht ist, dann halt ein anderer."

Ich seufzte tief, um den Knoten in meiner Brust zu lösen. „Wenigstens einer von uns hat jetzt sein Glück gefunden. Bald ist es soweit. Bist du schon aufgeregt?", lenkte ich schnell vom Thema ab, um den Gedanken an Lian schnell zu verdrängen.

Ein breites Lächeln zog sich über Belas Gesicht. „Du kannst dir gar nicht vorstellen wie sehr."

Zsa Zsas klägliches Maunzen riss uns aus unserem Gespräch und schrillte schmerzhaft in meinen Ohren.

„Das geht jetzt schon seit Tagen so. Sie steht einfach nur vor der Tür und weint. Meine Katze vermisst die Gesellschaft ihres alten Freundes Herrn Sommerfeld sehr."

Bela verzog mitfühlend das Gesicht und sah zur Tür. „Das zerreißt einem ja das Herz. Es klingt, als hätte sie furchtbare Sehnsucht nach ihm. Kann man sie nicht mit irgendwas glücklich machen?"

Ich hob die Schultern und ließ sie kraftlos sacken. „Hab sie gestern schon mit Schabefleisch verwöhnt und stundenlang gekrault, aber mein Nachbar lässt sich halt durch nichts ersetzen. Wegen der Sache mit Lian, bin ich ihm in den letzten Wochen aus dem Weg gegangen und deshalb hat Zsa Zsa ihn lange nicht mehr zu Gesicht bekommen. Das war ein Fehler. Jetzt kann sie gar nicht mehr zu ihm rüber."

Bela runzelte die Stirn. „Wieso denn das nicht?"

„Er hat mir gestern kurz bevor ich ging gebeichtet, dass er Zsa Zsa in Zukunft nicht mehr zu sich nehmen kann. Er hat gemeint, dass es ihm das Herz bricht. Aber Frau Biedermann hat eine schlimme Katzenallergie und bekommt sofort Asthmaschübe. Er hat sogar eine Putzfrau engagiert, um auch noch die letzten Katzenhaare zu beseitigen." Ich stieß einen tiefen Seufzer aus und fuhr dann fort: „Er hat aber betont, dass er Zsa Zsa trotz allem gerne ab und zu besuchen möchte und ich soll mir keine Sorgen machen, bei meinen Reisen würde er weiterhin als Katzensitter zur Verfügung stehen, nur müsste Zsa Zsa dann in meiner Wohnung bleiben."

„Mach dir keinen Kopf, ich bin ja auch noch da. Ich kann sie zu mir rüber nehmen, wenn du willst."

„Das ist total lieb, aber ich würde sie ungern aus ihrem gewohnten Umfeld reißen. Ein Grund mehr für mich, nicht mehr so oft ins Ausland zu reisen."

„Wie meinst du das?"

„Schon seit einigen Wochen spiele ich mit dem Gedanken, mir einen anderen Job zu suchen, um nicht ständig in der Weltgeschichte herumzufliegen. Es klingt vielleicht seltsam, weil das immer mein Traum war, aber ich merke, dass mich das ständige Umherreisen anstrengt und ich lieber kürzertreten möchte. Tim hat zwar gerade seine regionale Phase, aber das wird sich auch schnell wieder ändern."

„Ich dachte, das Reisen ist gerade das, was dir Spaß macht."

„Das war auch eine Zeitlang so. Aber jetzt ist irgendwie die Luft raus. Ich brauche Beständigkeit, schon allein wegen Zsa Zsa."

Bela nickte, während er die Süßkartoffel in kleine Stücke schnitt und sie dann in den Topf warf. „Hast du denn schon eine Idee, was du machen möchtest?"
Ich goss Erdnussöl in die heiße Pfanne und legte den Fisch hinein, der sogleich zu brutzeln begann. „Neben dem Reisen war das Schreiben immer schon eine meiner Leidenschaften. Ich würde gerne ein Kochbuch mit Rezepten aus aller Welt herausbringen."
„Klingt toll!" Belas Augen strahlten. „Stell dir vor, dein Kochbuch liegt in allen Buchläden aus und jeder will deine Gerichte nachkochen."
Die Begeisterung meines Freundes brachte mich zum Lachen, doch rasch wurde ich wieder ernst. „Ich bezweifle nur, dass man auf die Dauer davon leben kann."
„Mmh, und dein Foodblog? Damit kann man doch auch schon gutes Geld nebenbei verdienen."
„Wenn man es professionell aufzieht, ja. In Kombination mit Foodstyling wäre so ein Blog wirkungsvoller, aber mit meinen Handybildern komme ich da nicht weit. Ich bräuchte das passende Equipment, um das Essen bestmöglich in Szene zu setzen." Rasch wendete ich den Fisch, damit er außen knusprig und innen noch fast roh war. „Vom Fotografieren verstehe ich nicht viel, ich muss mich erst näher damit befassen."
Nachdem Bela das letzte Süßkartoffelstück in den Topf geworfen hatte, wusch er das Schälmesser unter dem Wasserhahn ab. „Ich helfe dir gerne, wenn du magst. Kenne mich ganz gut mit Fotografieren aus. Zwar nur hobbymäßig, aber ich denke, das bekommen wir hin." Und nach einer kurzen Pause fügte er hinzu: „Das Bild über der Couch habe ich auch selbst fotografiert."

Während ich die Pfanne mit dem Thunfisch zur Seite schob, riss ich erstaunt die Augen auf. „Das ist von dir? Wow. Und ich dachte, dass hast du in einem Poster-Shop gekauft. Also wenn du das ernst meinst ... Ein bisschen Hilfe könnte ich gut gebrauchen und ich denke, wir wären ein gutes Team."
„Na dann ... abgemacht!" Bela hielt mir seine Faust entgegen und ich stieß lächelnd mit meiner dagegen.

„Es war richtig lecker, Mimi!" Bela lehnte sich zurück und strich über seinen Bauch, der eigentlich gar keiner war. Mittlerweile hatten wir ins Wohnzimmer gewechselt und saßen vor unseren leer gegessenen Tellern.
Ich antwortete nicht, sondern lächelte nur vor mich hin. Nach einer längeren Pause des Schweigens ergriff ich das Wort. „Weißt du, Bela, wir sind uns genau im richtigen Moment begegnet. Ohne dich würde mir wirklich etwas fehlen. Hätte nie gedacht, dass mir ein Mensch schon nach kurzer Zeit so ans Herz wachsen kann. Du hast die Gabe durch deine positive Art alles bunt zu malen, was vorher nur trist und farblos war. Wie ein Filter, der alles erstrahlen lässt."
Verschämt presste ich die Lippen aufeinander, als Bela keine Reaktion zeigte und stattdessen mit gesenktem Kopf sein Haar hinters Ohr klemmte. „Schon gut, ich höre ja schon auf mit der Gefühlsduselei."
Unvermittelt umfingen mich seine langen Arme und ich lachte kurz auf vor Schreck.
„Das bedeutet mir sehr viel." Belas Stimme klang kratzig und belegt zugleich. „Ich bin auch froh, eine Freundin wie dich zu haben." Er löste sich von mir und sah

mir dann einen Moment lang eindringlich in die Augen. Mit einem seligen Lächeln auf den Lippen stand er auf, zog eine Schachtel Zigaretten aus seiner roten Adidasjacke und steckte sich eine davon in den Mundwinkel. „Und Ben? Hast du ihm verziehen?"

Seufzend zuckte ich die Schultern. „Wie könnte ich nicht nach diesem Ballonflug. Ich habe mich wohlgefühlt in seiner Nähe, trotz allem was er sich geleistet hatte. Und weißt du was: Er hat zugegeben, dass er der Verfasser der Songtexte ist."

Schon halb draußen auf dem Balkon, um sich die Zigarette anzustecken, wandte Bela sich um. „Wirklich? Nachdem was du mir von ihm erzählt hast, hätte ich ihm das nicht zugetraut. Offenbar ist er doch tiefsinniger als gedacht." Bela sah zu mir rüber und fing meinen Blick ein. „Und wenn er doch der Richtige für dich ist?"

Ich trank einen Schluck aus meiner Limonadenflasche und stellte dann klappernd die Teller aufeinander. „Merkt man das nicht gleich? Müssten seine Berührungen dann nicht irgendetwas in mir auslösen?"

„Gute Frage." Bela senkte den Blick und kratzte sich am Hinterkopf, während er darüber nachdachte. „Es muss ja nicht immer das große Feuerwerk sein, eine Wunderkerze reicht manchmal auch. Und vielleicht wird diese chemische Reaktion im Körper, wenn man verliebt ist, auch einfach nur überbewertet." Er ratschte ein paar Mal hintereinander über das Rädchen des Feuerzeugs, bis eine Flamme hochsprang. Dann steckte er sich die Zigarette an und blies den Rauch nach draußen. „Vielleicht erweckt er Gefühle in dir, wenn du ihn küsst."

Kopfschüttelnd erhob ich mich und räumte die Teller ab. „Ich kann keinen anderen Mann als Lian küssen, dazu denke ich noch viel zu oft an ihn. Es käme mir vor, als würde ich mich selbst verraten."

Bela seufzte. „Ich kenne weder den einen noch den anderen und kann dir diesbezüglich keinen Rat geben. Nur so viel: Man sollte immer das tun, was der Bauch einem sagt. Wenn du nicht dazu bereit bist, lass es. Wenn du neugierig bist und es dich über den anderen hinwegtröstet, tu es."

Eine Woche war vergangen. Mittlerweile ging es Herrn Sommerfeld wieder besser und sie hatten ihn aus dem Krankenhaus entlassen.

Wir saßen uns schräg gegenüber – er im Strandkorb, ich hatte es mir auf einem Liegestuhl bequem gemacht – neben uns floss die Spree, auf deren Oberfläche Lichtreflexe in der Mittagssonne glitzerten. Fehlte nur noch der Duft nach Sonnencreme und Salzwasser, dann wäre die Strandatmosphäre perfekt gewesen.

Herr Sommerfeld bückte sich auf einmal, zog an den Enden seiner Schnürsenkel, schlüpfte aus den Schuhen und befreite seine Füße aus den Socken. „Keine Angst, die habe ich heute Morgen gewaschen." Augenzwinkernd stopfte er die Socken in die Schuhe und stellte sie ordentlich nebeneinander.

Schmunzelnd sah ich ihm dabei zu, wie er sich die Beine seiner Bundfaltenhose hochkrempelte und dann genießerisch seine nackten Füße im warmen Sand vergrub.

„Hach ist das schön! Danke, dass sie mich hierhergebracht haben. Fast wie ein Tag an der Nordsee." Mit hinter dem Kopf verschränkten Armen lehnte er sich zurück und schloss die Augen. Die dunkelgraue Fliege saß akkurat wie immer, nur die hochgeschobenen Ärmel seines karierten Hemdes verrieten die sommerlichen Temperaturen. Das Thermometer zeigte heute 26 Grad.

„Gern geschehen. Da Sie mir neulich im Krankenhaus anvertraut haben, dass Sie gerne mal wieder barfuß durch warmen Sand laufen würden, kam mir die Idee mit dem Beachclub."

Er lachte auf. „Wusste ich es doch! Sie sind eine gute Fee, die Wünsche wahr werden lassen kann."

Ich erwiderte sein Lachen. *Nur leider nicht meine eigenen*, dachte ich im Stillen.

„Es freut mich für Sie, dass Frau Biedermann und Sie sich nähergekommen sind", sagte ich, nachdem ich bei dem jungen Kellner mit Sommersprossen und Grübchenlächeln unsere Bestellung aufgegeben hatte.

„Rosemarie ist eine wunderbare Frau. Schade, dass wir nicht schon viel früher ins Gespräch gekommen sind. Sie ist ganz anders als meine Helene, aber sie hat mich mitten ins Herz getroffen." Er sah mich an und lächelte schief. „Sie denken bestimmt, für einen alten Zausel wie mich gehört sich das nicht mehr."

Ich schob meine Sonnenbrille tiefer auf die Nase und sah ihn über die Ränder hinweg an. „Ernsthaft? Für so altmodisch halten Sie mich?" Lachend schüttelte ich den Kopf. „Im Gegenteil! Ich denke, Liebe kennt kein Alter. Es ist schön, Sie so glücklich zu sehen."

„Hatten Sie Gelegenheit, sich mit Lian auszusprechen?", fragte er nach einer kurzen Pause.

Bei der Erwähnung seines Namens machte mein Herz einen schmerzhaften Satz. Stirnrunzelnd lehnte ich mich vor und knetete meine Hände. Ob er seinen Enkel auch danach fragte, oder hatte er beschlossen, Themen, die mich betrafen besser zu umgehen? Bisher hatte ich unser missratenes Date nicht erwähnt und er hatte nicht gefragt. Aber der alte Mann war nicht dumm. Er musste geahnt haben, dass zwischen mir und Lian etwas vorgefallen war und ich deshalb vor seinem Krankenhausaufenthalt bewusst einen großen Bogen um ihn gemacht hatte. „Haben Sie ihn denn nicht mehr gesprochen?"

Er schüttelte den Kopf. „Ich habe ihn das letzte Mal im Krankenhaus gesehen, nur da war gerade Visite und wir konnten uns nicht in Ruhe unterhalten. In letzter Zeit hat er sich rar gemacht, hat wohl beruflich grad viel um die Ohren. Am Telefon ist er auch immer nur kurz angebunden."

Ich seufzte tief. Obwohl ich beschlossen hatte, mit Herrn Sommerfeld nicht mehr über seinen Enkel zu sprechen, gab ich mir einen Ruck. „Gelegenheit mit ihm zu sprechen, hätte ich gehabt, als wir beide in Ihrer Wohnung die Sachen fürs Krankenhaus zusammengesucht haben. Ich habe es versucht, aber er wollte nicht mit mir reden." Ich presste die Lippen aufeinander, während sich etwas Schweres in meiner Brust breitmachte. Dieses Thema hätte ich zu gerne umschifft.

„Mein Kind, was ist denn los?" Der besorgte Blick meines Nachbarn erweichte mein Herz. Und dann begann ich ihm alles zu erzählen. Angefangen mit dem missglückten Date, über den Morgen, an dem Lian mit dem

Motorrad an mir vorbei gerauscht war, bis hin zu seinem abweisenden Verhalten in der Wohnung.

Kopfschüttelnd entließ der alte Mann die Luft. „Ich habe mir schon so etwas gedacht. Lian war sehr ausweichend, was Sie betraf. Ich hatte ihn einmal nach Ihrem Rendezvous gefragt, aber aus ihm war nichts rauszubekommen, er wand sich regelrecht. Und Sie sind mir bedauerlicherweise auch aus dem Weg gegangen." Ein trauriger Zug umspielte seine Mundwinkel.

„Es tat mir in der Seele leid, aber ich wollte Sie da nicht mit reinziehen. Ich habe kein Recht, mich zwischen die Beziehung zu Ihrem Enkel zu drängen."

„Ich weiß, das ist Ihnen auch hoch anzurechnen. Sie sind ein sehr rücksichtsvoller Mensch." Sein Blick wanderte aufs Wasser, wo er sich für einen Moment verlor. „Lian steht sich selbst und der Liebe zu Ihnen im Weg, aus Angst verletzt zu werden. Es ist ihm nicht möglich, jemandem zu trauen. Manche Dinge hinterlassen Narben auf der Seele, er hat wohl für sich beschlossen, sich lieber zurückzuziehen, als das noch einmal zu erleben."

„Ich akzeptiere seine Entscheidung und werde ihn nicht länger bedrängen."

Herr Sommerfeld lehnte sich vor und legte seine Hand auf meine, ehe er mit einem tiefen Seufzen antwortete, das von mehrmaligem Kopfschütteln begleitet wurde. Er setzte an, etwas zu sagen, doch dann überlegte er es sich anders, tätschelte noch einmal meine Hand und lehnte sich wieder zurück in den Strandkorb.

Während ich schweigend meinen alkoholfreien Piña Colada schlürfte, spießte mein alter Freund ein Stück Möhrenkuchen auf die Gabel und schob es sich in den

Mund. „Ich hatte gehofft, der kommt an Ihren heran", sagte er kauend, während beim Sprechen ein paar Krümel hervorstoben. „Doch leider ist das nicht annähernd der Fall."

Schmunzelnd stocherte ich mit dem Strohhalm in meinem Cocktail herum. „Sie hätten doch bloß was sagen brauchen. Ich backe Ihnen gerne einen Kuchen." Unsere Blicke begegneten sich und ehe mein Nachbar das Wort ergriff, rutschte mir die Frage raus, die schon die ganze Zeit in mir brannte.

„Darf ich Sie fragen, was zwischen Ihnen und Ihrem Sohn vorgefallen ist?" Ich hoffte, dass ich ihm mit der Frage nicht zu nahetrat.

Herr Sommerfeld blinzelte und stellte seinen Teller lautlos auf dem runden Tisch ab, als wäre ihm gerade der Appetit vergangen. Sein Gesicht war auf einmal wie versteinert.

Mist, verdammter! Falsches Thema, falscher Zeitpunkt. „Nein, vergessen Sie's, das geht mich wirklich nichts an. Ich dachte nur wegen Lian ..." Ich stockte, fragte mich, wie ich da jetzt wieder rauskam ohne indiskret zu wirken. „Für ihn tut es mir leid, dass er Jahre seines Lebens ohne so einen tollen Großvater verbracht hat."

Herr Sommerfeld verzog seine Lippen zu einem traurigen Lächeln, als bedauere er diesen Umstand ebenfalls sehr. „Ich habe Jochen, meinen Sohn, oft dafür kritisiert, wie er mit Lian umging. Das wollte er sich nicht bieten lassen und hat mir deshalb den Kontakt mit ihm untersagt."

Geschockt schnappte ich nach Luft. „Mit Ihrem eigenen Enkel? Aber ..." Mir fehlten die Worte, ich konnte einfach nicht glauben, dass der eigene Sohn zu so etwas fähig war.

Der alte Mann nickte traurig. „Er hat Lian unter Druck gesetzt, wenn die Wörter nicht so schnell kamen, wie sie kommen sollten. Hat ihn angeschrien, er solle sich zusammenreißen. Er hätte ihm Halt geben, den Rücken stärken müssen. Stattdessen hat er es schlimmer gemacht und ihm das Gefühl gegeben, mit seinem Handicap nichts wert zu sein." Er zog die Nase hoch und fuhr sich mit den Handballen über die Augen. „Es fühlt sich so an, als hätte ich Lian im Stich gelassen, aber ich konnte nichts tun." Kopfschüttelnd stieß er einen leisen Seufzer aus, ehe er fortfuhr. „Einmal habe ich ihn nach der Schule abgepasst, nur um zu sehen, wie es ihm geht." Eine Pause entstand, offenbar hing er in seinen Erinnerungen fest.

„Und dann?", hakte ich nach.

„Jochen kam uns zornig entgegen, stieß mich zurück und zerrte seinen Sohn von mir fort. Als wäre ich ein Monster und hätte schlechten Einfluss auf ihn. Ich wusste nicht, dass er ihn überwachte und jeden Tag von der Schule abholte."

Fassungslos schüttelte ich den Kopf. „War er immer schon so?"

Herr Sommerfeld schnaubte bitter. „Ich konnte nicht glauben, dass das mein Sohn sein sollte. Als Kind war er eher schüchtern und dadurch ebenfalls ein Außenseiter. Als Erwachsener dann streng und uneinsichtig. Er hatte immer schon hohe Ansprüche, an sich selbst aber auch an alle anderen. Vor allem an seine Kinder. Die mussten viel leisten, um ihn zufriedenzustellen. Lian war das natürlich in der Form nicht möglich." Er sah mich an und zuckte hilflos die Schultern. „Ich habe ihn nicht so auf Perfektion getrimmt. Seine Mutter und ich haben ihn liberal erzogen, aber er wollte mehr. Ansehen war ihm immer sehr wichtig. Ich glaube, er wusste einfach nicht, wie er mit Lian umgehen sollte und hat dadurch alles falsch gemacht, was es falsch zu machen gab. Durch ihn hat mein Enkel es bis heute nicht geschafft, sein Stottern abzulegen. Durch meinen Sohn."

Verzweifelt versuchte ich den Kloß in meinem Hals herunterzuschlucken, doch es gelang mir nicht. Wie konnte man als Vater so grausam sein? Wenn er schon in der Schule gehänselt wurde, hätte er wenigstens den Rückhalt von seinen Eltern gebraucht. Meine Augen füllten sich mit Tränen. Ich blinzelte, doch schon war eine entwischt und lief heiß über meine Wange. Rasch wischte ich sie weg.

Herr Sommerfeld sah zu mir auf und seine Züge wurden weich. „Bitte nicht weinen, Frau Berger, sonst weine ich gleich mit."

Ich nickte, ein kurzes Glucksen entkam meiner Kehle. „Ich gebe mir Mühe."

Herr Sommerfeld reichte mir seine Serviette und ich schnäuzte hinein. „Und Lians Mutter, wie ist sie damit umgegangen?"

„Ich konnte es irgendwann nicht mehr mit ansehen und habe sie mir zur Seite genommen, um mit ihr darüber zu sprechen. Es stellte sich heraus, dass sie der gleichen Meinung war, dass mein Sohn Lian zu hart rannahm und zu ungeduldig mit ihm umging. Anstatt zu einem klärenden Gespräch führte meine Einmischung zu einem großen Streit zwischen den beiden, letztendlich haben sie sich getrennt. Als Hanna – seine Frau – die Kinder zu sich nahm, wurde Lians Stottern für einige Zeit besser, doch dann muss irgendwas in der Schule vorgefallen sein ..." Hilflos hob er die Schultern und ließ sie wieder sacken. „Jedenfalls hat mein Sohn mir die Schuld an der Trennung gegeben. Sagte, ich hätte Hanna gegen ihn aufgehetzt."

„Manchmal reicht ein einziger Funke, um einen Waldbrand zu entfachen. Der Funke waren Sie, aber die Beziehung muss schon vorher vertrocknet sein, um zu Brennstoff zu werden."

Herr Sommerfeld lachte traurig. „Ja, da haben Sie wohl recht. Hanna und die Kinder sind dann nach Hamburg gezogen und wir haben uns kaum noch gesehen. Mit Jochen, meinem Sohn, ist der Kontakt abgebrochen. Ich habe nie wieder etwas von ihm gehört."

Betreten schüttelte ich den Kopf. „Das ist wirklich eine traurige Familiengeschichte. Ich verstehe nicht, wie jemand so stur und unnachgiebig sein kann. Gott sei Dank haben Sie zu Lian jetzt ein inniges Verhältnis. Und seine Schwester, haben Sie Kontakt zu ihr?"

Er nickte. „Wir telefonieren ab und zu. In den Herbstferien wollte sie mich und Lian besuchen kommen."

„Das freut mich!"

Der alte Mann nickte. Als er lächelte, gruben sich tiefe Falten um seine Augen.

„Und jetzt trinken Sie mal was. Ich habe Ihnen nicht umsonst ein Glas Wasser zu Ihrem Kaffee bestellt."

„Ja, Frau Doktor, ganz wie Sie meinen." Mit verschmitztem Lächeln griff er nach seinem Wasserglas und nippte kurz daran.

„Die Ärztin im Krankenhaus hat gesagt, Sie müssen viel mehr trinken. Oder möchten Sie wieder von der Ambulanz abgeholt werden?"

Herr Sommerfeld schüttelte den Kopf. „Sicher nicht, aber Wasser schmeckt wie eingeschlafene Füße, einfach langweilig. Lieber wäre mir Bier."

Ich warf ihm einen tadelnden Blick zu. „Stellen Sie sich schon morgens eine große Kanne Wasser griffbereit, dort wo Sie sich die meiste Zeit aufhalten, dann vergessen Sie es nicht. Sie können es mit Beeren, Zitronen- oder Orangenstücken und Minze verfeinern, dann bekommt es ein wenig Geschmack. Versprochen?"

Er nickte. „Ich werde mir Mühe geben." Nach einer kurzen Pause, in der er demonstrativ noch einen Schluck Wasser trank, setzte er plötzlich ein feierliches Gesicht auf und sagte: „Frau Berger, wir kennen uns jetzt schon eine ganze Weile. Ich würde Ihnen gerne das „Du" anbieten. Das ist längst schon überfällig, finde ich."

Ich lächelte leise und nickte dann. „Das wäre schön. Wenn *Sie* mir das anbieten ... Ich fühle mich geehrt." Ich erhob mein Cocktailglas. „Mimi."

Er prostete mir mit seiner Kaffeetasse zu. „Ich heiße Wilfried, aber Sie können mich auch Willi nennen. Also, ich meine du, Frau Berger. Mimi, meine ich."

Kapitel 28

Im Juli hatte Tim das *Dans le Coin* für drei Wochen geschlossen, und ich musste Zwangsurlaub nehmen, was mir nur gelegen kam. Jetzt konnte ich mir in Ruhe darüber Gedanken machen, wie es weitergehen sollte.

Meine Mutter lag mir schon wochenlang in den Ohren, wann wir denn nun endlich unser gemeinsames Essen mit Ben nachholen. Nach dem missglückten Date mit Lian damals hatte ich keinen Nerv gehabt, gute Miene zu bösem Spiel zu machen und das Essen unter dem Vorwand, Migräne zu haben, abgesagt. Dieses Mal willigte ich ein, sie würde sonst nie Ruhe geben. Außerdem war ich es Ben schuldig. In der letzten Zeit hatte er sich anständig benommen, sich mit seinen Nachrichten zurückgehalten und war mir nicht auf die Pelle gerückt.

Zoe winkte mir schon entgegen, als wir über die Terrasse die Treppe hinab in den Garten liefen. Zusätzlich hatte meine Mutter noch ihre Schwester und die Nachbarn eingeladen. *Grillabend in ungezwungener Atmosphäre*, so hatte sie es genannt. Das kam mir nur gelegen, so würden meine Eltern sich nicht so auf Ben fixieren und die Stimmung wäre allgemein entspannter. Die Anwesenheit von Zoe erfreute mich in gleicher Weise wie die meines Bruders mich beunruhigte. Ich hoffte, er würde seine Meinung über Ben für sich behalten und sich einen Platz weit weg von ihm suchen.

Am Ende der Wiese auf einem Beet standen Papas zartrosa Strauchrosen in voller Blüte und verströmten einen betörenden Duft, als wir dem Weg über den von der Sonne ausgebleichten Rasen folgten.

„Hallo, Tante Mimi", rief Lily mir zu, ließ sich aber nicht von ihrem Frisbeespiel mit dem zwei Jahre älteren Nachbarsjungen abhalten, der meist rüberkam, wenn sie zu Besuch war.

„Hallo, meine Kleine", rief ich zurück und warf ihr eine Kusshand zu.

Papa stand in entspannter Haltung in der gefliesten Grillecke und wendete Rostbratwürste, deren herrlichen Duft der Wind uns entgegentrug.

„Da seid ihr ja, ihr beiden", begrüßte er uns herzlich und schlang den freien Arm um mich, Ben klopfte er kurz auf die Schulter. „Sucht euch einen Platz und setzt euch, die ersten *Nürnberger* sind gleich fertig."

Max erhob sich, als wir zu ihnen stießen. Ben und er hatten etwa die gleiche stattliche Größe, doch wie mein Bruder ihm mit geschwellter Brust entgegentrat ohne eine Miene zu verziehen, kam es mir eher wie ein Hahnenkampf statt einer Begrüßung vor.

„Ihr kennt euch ja", sagte ich deshalb nur lapidar.

„Hey Alter, schön dich zu sehen", raspelte Ben Süßholz und schlug Max kameradschaftlich auf die Schulter. Der nickte nur und hatte Mühe, seine Mimik unter Kontrolle zu bekommen. „Der Bart steht dir, macht dich männlicher. Ich hätte dich nicht wiedererkannt", fuhr Ben fort und tappte mal wieder voll ins Fettnäpfchen.

„Ja, dachte ich mir auch. So ein Dreitagebart ist ja auch nur was für ganz harte Kerle." Der Sarkasmus in Max' Stimme war nicht zu überhören. Selbst Ben konnte die Anspielung meines Bruders auf seine Bartstoppel nicht entgangen sein.

Mir wurde ganz flau im Magen. Na das konnte ja heiter werden! Ich kommentierte den kurzen Wortwechsel mit einem Augenrollen und warf Max einen vernichtenden Blick zu. Als ich in Zoes Richtung sah, gab sie mir Zeichen, mich zu ihr zu setzen und so quetschte ich mich rasch auf die Zweisitzer-Bank neben sie. Ben bekam von meinem Vater ein Bier gereicht und gesellte sich zu ihm an den Grill.

Ein wieherndes Lachen wehte zu uns herüber. Das konnte nur eins bedeuten: Meine Tante Lotte war im Anmarsch. Mit bebendem Busen und weiter Bluse, die ihren korpulenten Leib umhüllte, stakste sie über den Rasen, blieb dabei ein paar Mal mit ihren Absätzen im Gras stecken und juchzte dabei unaufhörlich. Trotz ihrer unverblümten, lauten Art mochte ich sie, eine Feier mit ihr wurde nie langweilig.

Ich erhob mich, um mich von ihr in die Arme schließen zu lassen. Sie gab mir einen schmatzenden Kuss, und ich ahnte, dass sie wie gewöhnlich einen knallroten Lippenstiftabdruck auf meiner Wange hinterlassen hatte.

Tante Lotte warf einen Seitenblick auf Ben. „Na, da hast du dir ja einen feschen Burschen geangelt", sagte sie im Flüsterton, als sie sich von mir löste, aber immer noch so laut, dass alle anderen es hören konnten.

Ich spürte, wie Hitze in mir hochstieg. „Ben ist nicht mein Freund sondern ein alter Schulfreund, weiter nichts." Meine Stimme klang schroffer als beabsichtig und ich mied den Augenkontakt mit ihm.

„Ach, was nicht ist, kann ja noch werden." Sie winkte ab und stieß ein erneutes Lachen aus. „So ein Prachtexemplar darfst du dir doch nicht entgehen lassen", raunte sie mir hinter vorgehaltener Hand entgegen.

Sofort kamen mir Belas Worte wieder in den Sinn. *Es muss ja nicht immer das große Feuerwerk sein, eine Wunderkerze reicht manchmal auch.* Ich lächelte gequält und nahm wieder neben Zoe Platz, die solidarisch meine Hand tätschelte.

Danach drehte sich das Gespräch eine ganze Weile um ihre Schwangerschaft und das Baby. Derweilen beobachtete ich, wie Ben mit meinem Vater über das geeignete Brennmaterial beim Grillen fachsimpelte und freute mich, dass sie ein gemeinsames Thema gefunden hatten. Wenigstens die beiden schienen auf einer Wellenlänge zu sein.

Mittlerweile war auch das ältere Paar vom Nachbargrundstück eingetroffen und grüßte in die Runde.

Dem Trubel um mich herum zum Trotz wanderten meine Gedanken zu Lian und wie schön es wäre, ihn statt Ben jetzt an meiner Seite zu haben. Ich nahm einen Schluck von dem eisgekühlten Riesling, den mir Zoe inzwischen eingeschenkt hatte, und naschte von den mit Frischkäse gefüllten Peperoni vor mir. *Aber würde Lian sich zwischen all den Leuten wohlfühlen?*, führte ich meine Gedanken weiter. *Vermutlich nicht.* Er würde sich nicht trauen, ein Wort von sich zu geben, aus Angst, jemand könnte sich über ihn lustig machen. Meine Kehle verengte sich bei dem Gedanken. Nach dem, was Wilfried mir über Lians Vater erzählt hatte, wunderte mich seine zugeknöpfte Art nicht.

Zoe nahm meine Hand und legte sie auf ihren Bauch.

„Spürst du, wie er tritt?"

„Wow, der steht Ronaldo ja in nichts nach", sagte ich lachend und es gelang mir, die Grübeleien über Lian abzuschütteln.

Als die Runde vollzählig war und alle ihr Essen genossen, begann Ben von unserer Ballonfahrt zu erzählen. Es war sehr unterhaltsam und er hatte einige Lacher auf seiner Seite. Immer schon hatte er es geliebt, in der Menge zu baden, meine Mutter hing förmlich an seinen Lippen.

„Endlich mal ein Mann, der Mimi was bieten kann", jauchzte sie, während ich spürte, wie meine Wangen vor Wut und Scham glühten. Als ich gerade zu einer Entgegnung ansetzte, stieß Zoe mir ihren Ellbogen in die Seite und ich beließ es bei einem Augenrollen.

Nachdem ich mir den Bauch mit leckerem Hüftsteak, Rostbratwurst und Kartoffelsalat vollgeschlagen hatte, stellte ich ein paar leere Teller zusammen und begann den Tisch abzuräumen. Vor der Holzhütte, in der Vater die Gartengeräte verwahrte, hatte er den alten Kickertisch aufgebaut, um den sich jetzt der Nachbar, Ben, Max und die Kinder versammelt hatten. Erstaunt stellte ich fest, dass mein Bruder offenbar seine Abwehrhaltung Ben gegenüber abgelegt hatte und die beiden jetzt sogar grölend und lachend gegeneinander spielten.

Ich ging ins Haus und brachte die aufeinander gestapelten Teller in die Küche. Meine Mutter war gerade dabei, frisch geschlagene Sahne auf die in Schälchen befindlichen Erdbeeren zu verteilen.

„Und, meinst du deinem Ben hat das T-Bone-Steak geschmeckt, das dein Vater extra für ihn besorgt hat?" Sie sah mich hoffnungsvoll an.

„Es ist nicht *mein* Ben!" Ich hatte mir wirklich vorgenommen, mich von ihr nicht reizen zu lassen, doch sie hatte mich schon während des Essens durch ihre Anspielungen auf die Palme gebracht.

Sie kicherte. „Naja, er hat dir vor kurzem eine Ballonfahrt geschenkt, das macht man doch nicht einfach ..."

„Was hat das bitte damit zu tun?" Verärgert verschränkte ich die Arme. „Er hatte etwas bei mir gutzumachen. Das heißt noch lange nicht, dass zwischen uns was läuft."

Meine Mutter zog eine Augenbraue in die Höhe, fragte aber nicht weiter nach, denn Tante Lottes Absätze klackerten auf den Terrassenfliesen, sie würde jeden Moment hereingeschneit kommen. „Du könntest es zumindest mit ihm probieren", gab sie mir noch mit auf den Weg und drückte mir zwei Schälchen mit Erdbeeren in die Hand.

Geräuschvoll blies ich die Luft aus und ging kopfschüttelnd nach draußen. Es war das Beste, nicht darauf einzugehen und es dabei zu belassen. Je mehr Einspruch ich erhob, desto penetranter wurde sie. Sie war schließlich meine Mutter und hatte einen Ruf zu verlieren.

Langsam brach die Dämmerung herein und mit ihr begannen die ersten Blutsauger ihr Unwesen zu treiben. Mückenkerzen wurden unter und um den Tisch herum verteilt und angezündet, während das Anti-Schwirr reihum ging. Die Atmosphäre wurde immer ausgelassener, die Gespräche lauter. Sie handelten von alltäglichen Dingen wie dem Wetter, Gartenpflege und mein Vater erzählte ein paar lustige Anekdoten aus seinem Krankenhausalltag. Der Wein schmeckte auch nach drei Gläsern noch köstlich und ich fühlte mich angenehm beschwingt. Nie hätte ich damit gerechnet, dass der Tag mit Ben und meiner Familie so entspannt ablief.

Zoe beugte sich zu mir herüber. „Ben beobachtet dich", flüsterte sie mir ins Ohr. „Immer, wenn du gerade mit jemandem im Gespräch vertieft bist, ganz unauffällig."

„Ist mir auch schon aufgefallen, so unauffällig war es daher nicht." Ich kicherte.

„Denkst du manchmal noch an Lian?", streute Zoe Salz in die Wunde.

Ich nickte traurig und ein wehmütiges Gefühl der Sehnsucht zerrte an meiner Brust.

„Es tut mir so leid, Süße." Seufzend legte sie den Arm um mich und ich sah meinem Vater dabei zu, wie er die vier Ölfackeln um uns herum anzündete. Sie sorgten sofort für eine romantische Lagerfeueratmosphäre und mein Herz wurde noch schwerer als es eh schon war. Ich hatte Zoe von meinem letzten Versuch, mit Lian zu reden, erzählt und selbst meine sonst so optimistische Freundin hatte darauf keinen Rat gewusst.

Der Zug mit Lian war eindeutig abgefahren. Ich hatte es vermasselt.

„Vielleicht solltest du ihm doch noch eine Chance geben", unterbrach Zoe meinen Gedankenstrom. „Er ist jetzt einer von den guten." Mit dem Kopf wies sie auf Ben, der neben mir saß und mit Max feurig über Fußball diskutierte.

Ich musste lächeln. Mein Bruder hatte offenbar seine Meinung über Ben geändert. Nur, würde mir das auch gelingen?

Vielleicht hatte ich mich mit Lian auch nur in etwas hineingesteigert. Verrannt in die Vorstellung von uns beiden. Ich blickte dem Rauch der Fackeln nach, der sich in dünnen Fäden hoch in die Dunkelheit kräuselte. Die Nacht mit ihm war romantisch, alles hatte gepasst, da konnte man schnell Gefühle heraufbeschwören. Wegen seiner ablehnenden Haltung mir gegenüber hatte es mich gereizt, ihn näher kennenzulernen, ehe sich herausstellte, dass es gar nichts mit mir zu tun hatte. Und dann ... hatte ich ihn enttäuscht. Sein Vertrauen missbraucht und seine Ängste geschürt. So sah es für ihn aus. Ich seufzte leise und nahm noch einen großen Schluck Wein, der sich angenehm kühl auf meine Zunge legte und mir ein wenig Trost spendete. Doch es war eindeutig, er wollte mir keine zweite Chance geben, mich zu erklären. Ich hatte es versucht, doch war heillos gescheitert. Es machte keinen Sinn mehr, jemandem nachzurennen, der es gar nicht wollte. Ich musste endlich damit abschließen und nach vorne blicken.

Tapfer lächelte ich in die Runde und lauschte den Gesprächen der anderen. Die Luft hatte merklich abgekühlt und eine Gänsehaut wanderte meinen Arm hinauf.

Ben legte mir seine Jacke um die Schultern und ich schenkte ihm ein Lächeln. Er hatte sich wirklich zum Guten verändert. Ich fühlte mich wohl in seiner Nähe und er bemühte sich sehr um mich, so aufmerksam war er früher nie gewesen. Er hatte einen Draht zu Max gefunden, der ihn endlich zu akzeptieren schien – auch wenn sie niemals *best buddies* werden würden, was auch wirklich nicht nötig war. Und für meine Mutter war er sowieso die erste Wahl. Was wollte ich eigentlich mehr?

In dem Moment beschloss ich, ihm eine Chance zu geben.

„Ich würde dich gerne nächsten Samstag zum Essen einladen", sagte Ben, als wir vor meiner Haustür hielten und er den Motor ausschaltete.

„Du meinst, du willst ein Date?" Ich sah ihn an.

Verlegen rieb er sich über die Wange. „Wenn es dir noch zu früh ist und du noch Zeit brauchst ..."

Ich lächelte. „Das ist schon in Ordnung. Lass es uns nochmal versuchen. Ganz von Anfang, so wie du es dir gewünscht hast."

Er sah mich an, ein Lächeln schlich sich auf seine Lippen und seine Augen funkelten aus der Dunkelheit heraus.

Mein Herz klopfte etwas schneller, weil ich nicht wusste, ob er mich gleich zum Abschied küssen würde. Ich war noch nicht so weit. Definitiv nicht.

In dem Moment, als Ben sich zu mir rüber beugte, tasteten meine Hände panisch nach dem Türgriff. Ich starrte ihn an wie ein Reh, gefangen im Scheinwerfer eines heranbrausenden Autos. Sein Blick senkte sich herab auf meinen Mund. Er kam näher. Dann noch näher.

Meine Gedanken rotierten und Schuldgefühle nagten an mir. Konnte ich Lian einfach so gegen einen anderen ersetzen? Gegen denjenigen, der Schuld daran war, dass er nichts mehr von mir wissen wollte?

Kapitel 29

Ich erkannte Bela schon von weitem, als er aus dem Wohnhaus kam. Er war nicht allein, an seiner Seite ging Arian. Es konnte nicht anders sein, so wie die beiden sich anhimmelten. Er war etwa zehn Jahre älter als Bela und sah sehr sympathisch aus. Ich schaute kurz nach rechts und nach links und rannte dann über die Straße. Meine letzten Urlaubstage näherten sich bereits dem Ende und in der vorherigen Woche hatte ich Bela nicht zu Gesicht bekommen.

„Hey", rief ich aus der Puste, als die beiden mir bereits den Rücken kehrten. Kein Wunder, sie hatten nur Augen füreinander.

„Heeeyy!" Bela kam sofort auf mich zu und zog seinen Freund mit sich. „Das ist meine Freundin Mimi, von der ich dir erzählt habe."

Arians Lachfältchen vertieften sich. „Schön, dich endlich kennenzulernen. Wie ich gehört habe, haben wir es dir zu verdanken, dass wir jetzt zusammen sind." Sein Blick wanderte zu Bela und sie grinsten sich an.

„Ach, ist das so?" Schmunzelnd strich ich mir eine Haarsträhne aus dem Gesicht.

Bela legte einen Arm um meine Schulter. „Wollen wir heute Abend zusammen was essen? Ich will, dass ihr euch kennenlernt, schließlich seid ihr die beiden wichtigsten Menschen hier für mich."

„Hier?" Erstaunt sah ich von einem zum anderen. „Das heißt, …"

Bela nickte und bestätigte damit meine Vermutung. „Arian zieht nach Berlin, nach der Sommerpause fängt er bei uns im Orchester an. Zufällig wollte einer unserer Violinisten gerne mal in Wien arbeiten, so haben wir einfach einen Musikertausch vorgenommen. Erstmal auf Probe, aber Arian hat sich getäuscht, wenn er denkt, ich würde ihn gehen lassen."

Arian lachte auf. „Du wirst mich so schnell nicht mehr los, keine Angst."

„Das sind ja tolle Neuigkeiten!" Wenn man die beiden so sah, konnte man direkt neidisch werden. Sie waren wirklich süß zusammen, so vertraut. Doch die Lebensfreude und die Liebe, die aus den beiden leuchtenden Gesichtern sprachen, lösten in mir eine Melancholie aus, die mich völlig unvorbereitet traf und mir bewusst machte, was ich mit Lian hätte haben können.

„Heute geht leider nicht. Ich bin mit Ben verabredet."

Bela riss verwundert die Augen auf und ließ den Arm von meiner Schulter gleiten. „Etwa ein Date?"

„Wenn du es so nennen willst", erwiderte ich achselzuckend.

Ein wissendes Lächeln stahl sich auf Belas Gesicht. „Ich bin gespannt und wünsche dir einen wundervollen Abend."

Ben wollte mich in ein schickes Restaurant ausführen, obwohl ich eigentlich einen legeren Beachclub vorgezogen hätte. Ich hatte schon von diesem neuen feudalen Italiener gehört, aber war noch nie dort gewesen. Um acht Uhr wollte er mich von zu Hause abholen, um sechs Uhr war meine Nervosität bereits so gestiegen, dass ich mir erstmal ein Glas Sekt genehmigen musste. Zur Belohnung zogen sich hektische Flecken über mein Dekolleté und ich beschloss, statt dem sommerlichen kurzen Overall lieber ein hochgeschlossenes Kleid anzuziehen.

Zsa Zsa hatte gerade ihren Fressnapf geleert, schleckte über ihr Mäulchen und hatte nur einen geringschätzigen Blick für mich übrig.

Seufzend verließ ich die Küche, um in meinem Kleiderschrank nach einem anderen Outfit zu suchen.

Mein Blick fiel zu Boden. Ein Briefumschlag war durch den Türschlitz geworfen worden. Ich schmunzelte und hob ihn auf. Ben bemühte sich ja wirklich um einen einzigartigen Abend. Gespannt nahm ich die rote Pappkarte aus dem Kuvert und las die Zeilen.

Du bist es,
ich kann nichts dagegen tun.
Ich sehne mich danach, dir zu sagen,
dass du die Eine für mich bist,
aber ich finde nicht die richtigen Worte dafür.
Bitte, lass es uns noch einmal probieren.
Denn meine Welt bist du.

Der Text zauberte ein Lächeln auf mein Gesicht. Das war wirklich süß von ihm. Zu welchem Song er sich wohl die wunderschönen Worte ausgedacht hatte? Er würde es mir bestimmt sagen und ich würde von ihm verlangen, dass er ihn mir vorsang.

Auf das Glücksgefühl, das dieser Songtext wie sonst in mir auslöste, wartete ich jedoch vergeblich. Die

Schmetterlinge in meinem Bauch hatten sich zur Ruhe gelegt. Stattdessen mochte sich das Unbehagen nicht einstellen, das mir seit heute Morgen die Brust zuschnürte. Was, wenn es mit Ben einfach nicht ging? Ich konnte ihn doch nicht schon wieder abweisen. Andererseits konnte ich auch keine Gefühle vortäuschen, wo keine da waren.

Der Kuss! Mir blieb nichts anderes übrig, als ihn heute Abend endlich zu küssen, das würde Klarheit schaffen. An dem Grillabend im Auto hatte ich in letzter Sekunde noch Reißaus genommen, bevor es dazu hätte kommen können. Ich war einfach noch nicht so weit gewesen. Doch jetzt war ich es. *Auch wenn es dich Überwindung kostet, du wirst ihn küssen*, trichterte ich mir ein. *Und es wird ein riesengroßer Reinfall werden*, flüsterte eine gehässige Stimme gleich im Anschluss.

Die Klingel schrillte und ich schreckte zusammen. *Ben!* War ich so in Gedanken versunken gewesen, dass ich die Zeit vergessen hatte? Ich sah an mir herunter. Noch immer übersäten hektische Flecken mein Dekolleté und ich trug noch immer den weit ausgeschnittenen Overall. Rasch setzte ich mich in Bewegung und warf einen Blick auf die Küchenuhr. Es war erst sieben Uhr, er konnte doch nicht einfach eine Stunde früher kommen. Obwohl ... Ben war es zuzutrauen.

Durchatmen, Mimi! Ich strich unsinnigerweise meinen Overall glatt und öffnete die Tür.

Der unerwartete Anblick raubte mir einen Moment lang den Atem und mein Herz machte einen Satz.

Vor mir stand Lian, eine Gitarre in der Hand.

Mit einem schiefen Lächeln im Gesicht, das mich sofort dahinschmelzen ließ, spielte er den ersten Akkord.

Dann begann er zu singen. Die Zeit schien stillzustehen und alles um mich herum geriet in Vergessenheit.

Du bist es,
ich kann nichts dagegen tun.
Ich sehne mich danach, dir zu sagen,
dass du die Eine für mich bist,

Lians Stimme klang so weich und gleichzeitig rau, er sang den Text mit solch einer Sanftheit, dass meine Knie sich plötzlich anfühlten, als bestünden sie aus Wackelpudding. Während des Singens stotterte er kein einziges Mal, jedes Wort glitt geschmeidig über seine Lippen. Musik war seine Sprache, das wurde mir in diesem Augenblick bewusst.

Ich spürte Glücksfunken in mir aufglimmen. Erst ganz zart, dann immer stärker, sodass mein Magen sich ganz flau anfühlte und mein Herz Anstalten machte, sich aus meiner Brust zu befreien.

Verdattert und sprachlos stand ich da. Ich konnte es nicht fassen. Bis sich nach und nach mein Verstand klärte. Das war genau der Text aus der Briefbotschaft. Ben hatte gelogen. Er hatte mir nie einen Song geschrieben. Die Erkenntnis erwischte mich eiskalt, wurde jedoch umgehend von Lians wundervollem Gesang vertrieben.

aber ich finde nicht die richtigen Worte dafür.
Bitte, lass es uns noch einmal probieren.
Denn meine Welt bist du.
Nur Duuuu

Er steckte dahinter. *Er* war mein heimlicher Verehrer! Und die Schrift? Dafür gab es sicherlich eine ganz einfache Erklärung.

Meine Gefühle überwältigten mich und Tränen traten mir in die Augen. Ich hatte es mir so sehr gewünscht, nun war mein Traum in Erfüllung gegangen.

Ich spürte förmlich, wie ein ganzer Sack Glückshormone über mich ausgeschüttet wurde, das Grinsen auf meinen Lippen wollte gar nicht mehr verschwinden.

Als Lian das Lied beendete, kämpfte ich immer noch mit meinen Emotionen, doch ich verlor den Kampf und eine Träne löste sich aus meinem Augenwinkel.

Wieder verzogen sich seine Lippen zu einem schiefen Grinsen, das das sehnsüchtige Ziehen in meinem Bauch noch verstärkte. Gott, wie schön er war, mit seinen strahlenden Karamellaugen und dem liebevollen und gleichzeitig unsicheren Lächeln. Ich musste etwas sagen.

„Ähm, also ... i-ich ... Du ..." Wie immer, wenn mich meine Gefühle überwältigten, bekam ich keinen Ton raus. Es war, als hätte man mich aller Worte beraubt, die irgendeinen Sinn hätten ergeben können.

Seine Augen blitzten verschmitzt. „W-Wer von uns sto-stottert jetzt eigentlich? Du oder ich?"

Ich gluckste vergnügt, konnte nicht mehr an mich halten vor überschäumender Freude und fiel ihm um den Hals. Gerade noch rechtzeitig konnte er die Gitarre vor mir in Sicherheit bringen.

„S-Sie nannten sie auch Silbenschleuder u-und Stammel-Mimi", scherzte Lian und ich kicherte glücklich in sein Ohr. Endlich schien er gelöst und wieder so witzig wie an unserem ersten gemeinsamen Abend.

„Die b-beiden sind ein T-Traumpaar", ergänzte er.
„Sind sie das?"
Lian schob mich ein Stück von sich, sah mich an und wurde auf einmal ganz ernst. Dann nickte er. „Du bist es, Du bist die Eine", sang er leise und so wunderschön, dass sich die feinen Härchen in meinem Nacken aufstellten. Diese eine geflüsterte Zeile grub sich für immer in mein Herz. Er war der Eine, ich hatte es die ganze Zeit gewusst. Wieder spürte ich ein verdächtiges Brennen hinter den Augen und lachte leise. *Doch nicht jetzt, du gefühlsduslige Kuh*, mahnte ich mich.

„Verdammt, Lian, ich hab d..." Die letzten Worte waren nur noch ein kaum hörbares Ausatmen, ehe unsere Lippen sich berührten. Ein leises Glücksgefühl rieselte durch mich hindurch und mein Herz rief jauchzend: *Endlich!*

In dem Moment ging hinter mir die Tür auf.

Wir drehten uns um.

Wilfried steckte gerade den Kopf durch den Türspalt. „Ich wollte nicht stören ... Hatte nur Lians Gitarrenspiel gehört und ..." Er kratzte sich am Hinterkopf und ich musste über seine Diskretion schmunzeln, hinter der er seine Neugier verbarg.

„Scho-schon in O-Ordnung, Opa. Ohne dich stünde ich n-n-nicht hier."

Verblüfft schaute ich von einem zum anderen. „Steckt er etwa mit dir unter einer Decke?", richtete ich die Frage an Lian.

„Er hat mich sogar zu seinem Komplizen gemacht", erwiderte mein Nachbar mit leisem Schmunzeln im Gesicht.

„Das bedeutet, Sie wussten die ganze Zeit von den Songtexten?" Fassungslos blickte ich von einem zum anderen.

„Waren wir nicht längst beim Du angelangt?"

„Unter den gegebenen Umständen sollte ich vielleicht doch besser zum Sie zurückkehren", sagte ich mit gespielter Ernsthaftigkeit.

Lian warf lachend den Kopf in den Nacken, so ausgelassen, hatte ich ihn noch nie erlebt.

„Ich musste sogar einmal eine Nachricht für ihn schreiben und ab und zu auch die Briefe durch ihren Türschlitz werfen." Wilfried lachte in sich hinein.

„Sie sind mir ja einer..." So war das also. Die ganze Zeit hatte mein Nachbar die Fäden in der Hand gehabt. Er war der gute Geist, der Lian und mich vereint hat. Wenn ich ihm nicht mein Herz ausgeschüttet hätte, dann wäre es wohl nie so weit gekommen. Mir war klar, dass vermutlich viel gutes Zureden nötig gewesen war, um Lian von der Aufrichtigkeit meiner Gefühle für ihn zu überzeugen. Einmal mehr freute ich mich, dass ich diesen wundervollen, alten Herrn in mein Leben gelassen hatte, das er mit seinem Charme, seinem Feingefühl und seiner Weisheit so sehr bereicherte.

Wilfried hob entschuldigend die Schultern. „Am Ende ist doch alles gut ausgegangen. Aber dazu musste ich Lian ganz schön in den Hintern treten ..." Er bedachte seinen Enkel mit einem verschwörerischen Lächeln.

„Ja, das kann ich mir vorstellen. Wie hast du diesen Sturkopf dazu bekommen, mir zu vertrauen?" Langsam gewöhnte ich mich daran, den alten Mann zu duzen.

„Ich habe nur gesagt, dass es keinen anderen Mann in deinem Leben gibt, aber wenn er nicht langsam was unternimmt, dann wird sich das schnell ändern."

Ich sah verlegen zu Lian und wir lächelten uns an. Das Knistern zwischen uns war fast greifbar. Ich konnte es kaum erwarten, gleich mit ihm allein zu sein.

„Kinder, ich freu mich so für euch." Wilfried seufzte aus tiefster Seele und so unaufdringlich, wie er war, sagte er: „Aber jetzt lass ich euch allein. Die frohe Botschaft muss ich gleich meiner Rose erzählen." Zum Abschluss zwinkerte er uns zu, ehe er die Tür hinter sich schloss.

Nur wenige aufgeregte Herzschläge später standen Lian und ich in meiner Wohnung voreinander. Ein paar Sekunden sahen wir uns schweigend an, tasteten unsere Gesichter mit Blicken ab und mussten dann leise lachen. „Es tu-tut mir verdammt l---eid, dass ich so h-hitzig reagiert ha-habe, a-aber ..."

„Nein", unterbrach ich ihn kopfschüttelnd. „Es war dumm von mir, Ben von dir zu erzählen. Es ging gar nicht um dich, er war nur eifersüchtig und verletzt, als er sah, dass ich dich ihm vorziehe."

Lian nickte. „D-Das wurde mir dann auch b-bewusst. Wir hä-hätten uns g-g-gleich aussprechen m-müssen, aber ich k-konnte es einfach n---icht."

Ich beobachtete jede winzige Regung in seinem Gesicht.

„Und als i-ich dann so-soweit w-war, habe ich dich in aller Früh auf d-der Straße gesehen und d-dachte, dass du dich schnell m-m-mit jemand anderem g-ge----tröstet hast. Du kannst dir nicht vo-vorstellen, wie ent-ttäuscht ich war. Es ta-tat so w-w-weh." Ein trauriges Lächeln umspielte seine Mundwinkel. *So zerbrechlich. So wunderschön.*

„Doch, das kann ich." Tränen brannten in meinen Augen, die ganzen Gefühle, die ich versucht hatte zu unterdrücken, überrollten mich mit einem Mal. „Wir haben es uns nicht gerade leicht gemacht, das zwischen uns stand unter keinem guten Stern. Und dann, als du nicht mit mir reden wolltest, beschloss ich mit dir abzuschließen, dich zu vergessen. Ich dachte, es soll einfach nicht sein." Ich senkte den Kopf, als eine Träne meine Wange hinabkullerte. „Aber ich konnte es nicht."

Lian umfasste mein Gesicht und sah mir tief in die Augen. „Die Zeit ohne d-dich w-w-war unerträglich." Mit dem Daumen wischte er die Träne fort. Sein Blick war so voller Liebe, dass er mir ein glückseliges Lächeln entlockte und mir gleichzeitig ein kurzes Schluchzen entwich. „Frag mich mal."

„Ich ha-habe gel----itten wie ein Hund, i-immer w-w-wenn ich dich sah."

Ich runzelte die Stirn. „Du hast mich gesehen?"

Er nickte. „Oft sogar. A-Aber ich habe immer ge-gewartet, bis d-du das Haus verlassen ha-hast, weil ich nicht w-w-wollte, dass du m-mich siehst."

„Ich muss dir etwas sagen, Lian."

Mein Gesicht noch immer in den Händen nickte er auffordernd. Ich sah ihm an, dass er mit allem rechnete.

„Ich hatte so sehr gehofft, dass du es bist, der mir die Songtexte schickt." Ich machte eine Pause, in der ich leise seufzte. „Aber irgendwann sagte Ben, dass er sie geschrieben hat. Und ich glaubte ihm."

Lian stieß ein belustigtes Schnauben aus und bewegte ungläubig den Kopf.

„Ich weiß, es passte gar nicht zu ihm, aber nachdem Bela – mein schwuler Freund, mit dem du mich Arm in Arm gesehen hast – als potentieller Verfasser ausfiel und deine Schrift auf der Nachricht, die du mir geschrieben hast, nicht mit der auf den Liebesbotschaften übereinstimmte, blieb nur er übrig. Er hat sozusagen die Gunst der Stunde genutzt, weil er dachte, so könne er bei mir landen."

„Und k-konnte er?"

„Ich muss zugeben, seine vermeintlich musikalische Seite imponierte mir schon, so viel Kreativität und Einfallsreichtum hatte ich ihm nicht zugetraut. Aber deshalb habe ich doch nicht auf der Stelle Gefühle für ihn entwickelt. Jedenfalls hat er sich sehr um mich bemüht und ich beschloss, ihm eine Chance zu geben. Heute Abend um acht wollte er mich zum Essen einladen." Jetzt war es raus. Mit aufeinander gepressten Lippen schloss ich kurz die Augen, in Erwartung seines enttäuschten Gesichts. Aber er sollte alles wissen, ich wollte keine Geheimnisse mehr vor ihm haben.

Einen quälenden Moment lang schwieg Lian, was genau in ihm vorging, war schwer zu deuten. Dann nickte er knapp und sah mich an. „D-D-Dann hast du ja ein verdammtes G-Glück gehabt, dass ich n---och rechtzeitig aufget-t-taucht b-bin."

Erleichtert entkam mir ein befreiendes Lachen, in das Lian einstimmte. Dann zog er mich an sich und umarmte mich so fest, dass ich sein wummerndes Herz spürte, es schlug ebenso schnell wie meines.

Widerwillig löste ich mich von ihm und sah zu ihm auf. „Ich muss Ben kurz eine Mitteilung schreiben. Nicht, dass er gleich vor der Tür steht, um mich abzuholen."

Lian nickte und ich lief in die Küche.

Rasch erweckte ich das Display meines Handys zum Leben und schrieb:

Ich habe gerade einen neuen Songtext gefunden, da wurde mir klar, dass du es nicht bist und nie sein wirst. Tut mir leid, Ben,
Mimi

„Das wäre erledigt", sagte ich leise, als ich mich wieder Lian zuwandte, der gerade Zsa Zsa im Flur Streicheleinheiten verpasste. Ich zog ihn zu mir hoch, legte meine Arme um ihn. Jetzt gab es nur noch ihn und mich.

Während wir uns küssten und nicht mehr aufhören konnten, erklang ein leises Maunzen. Okay, es gab ihn und mich – und meine Katze.

Kapitel 30

An diesem Abend bat ich Lian, dass er mir alle Songtexte, die er mir geschrieben hatte, vorsang.

„A-Alle auf einm---al? Findest d-du das nicht ein bi-bisschen v-v-viel verlangt?", fragte er mit hochgezogener Augenbraue, während ich zärtlich über seine nackte Brust strich.

„Eigentlich nicht. Es sind doch nur fünf."

Lian lachte leise. „Na gut, w-wenn du m-meinst."

In seinen weißen Boxershorts und mit verstrubbelten Haaren saß Lian in meinem Bett und sang, begleitet von seiner Gitarre, ein Lied nach dem anderen, während ich nicht müde wurde, ihm zuzuhören. In den Gesangspausen sagten wir uns alles, was uns die ganze Zeit auf der Seele gelegen hatte und was endlich raus musste. Lian erzählte mir, dass er sich gleich bei unserer ersten Begegnung im Treppenhaus in mich verliebt hatte, aber nicht wusste, wie er damit umgehen sollte und es deshalb vorzog, mir aus dem Weg zu gehen. Es war so schön zu hören, dass er von Anfang an so empfunden hatte wie ich und brachte mein Herz fast zum Überlaufen.

„Und deshalb kamst du darauf, mir Songtexte zu schreiben?"

Er schluckte und senkte den Blick. „Ich w-w-wollte d-dir so vieles sagen. Und b-bevor mir das w-w-wieder nicht ge-gelang und ich daran v---erzweifelte, d-dachte ich, ich schreibe es auf und s-singe es d-dir irgendwann vor. Das klappt b-b-besser bei m-mir."

„So etwas Wundervolles hat noch nie jemand für mich gemacht", sagte ich gerührt und küsste ihn zärtlich auf den Mund. „Am Anfang dachte ich, das wäre nur ein Spinner und hatte sogar ein wenig Angst, dass ich gestalkt werde. Doch dann haben mich deine Botschaften immer mehr berührt und ich konnte es gar nicht abwarten, mehr davon zu bekommen."

Ein Grinsen schlich sich um Lians Mundwinkel. „D-Das w-war der P-P-Plan."

„Aber warum wolltest du nicht, dass ich herausfinde, dass du dahintersteckst?"

„Das w-wollte ich ja. Aber ich ha-habe immer auf den r-r-richtigen Zeitpunkt gewa-wartet. Es sollte a-alles stimmen."

„Um nicht aufzufliegen, hast du sogar deinen Opa eine Nachricht an mich schreiben lassen und dadurch eine falsche Fährte gelegt. War doch so, oder?"

Er schmunzelte und nickte dann.

„Was hast du damals so früh vor unserem Wohnhaus gemacht, als du mit dem Motorrad an Bela und mir vorbeigerauscht bist?"

Er seufzte leise. „Ich w-war endlich soweit … w-wollte nochmal m-mit dir reden. In der Nacht k-k-konnte ich nicht schlafen und ha-ha-habe dir einen Song g-geschrieben. Den wollte ich d-dir du-durch deinen Türschlitz w-werfen …"

Ich nickte unglücklich. „Doch dann hast du Bela und mich in inniger Umarmung gesehen." *Was für ein dummer Zufall*, dachte ich kopfschüttelnd. „Welches Lied wäre das gewesen?"

„Es ist d-der Song, d-den ich dir heute g-gesungen habe. Es sollte der l-l-letzte sein. Danach w-w-wollte ich mich dir zu erkennen g-geben."

„Und wie kommt es, dass du beim Singen nicht stotterst?"

„D-Durch die durchg-g-gängige Schwingung der Stimmb-bänder fließen die W-Wörter automatisch ineinander." Er zuckte mit den Schultern. „Irgendwie s-so."

Seine Finger griffen in die Saiten, strichen ganz sanft darüber, spielten ein paar Akkorde, die eine zarte Melodie zauberten.

Worte können hinterhältige Biester sein

,sang er leise, aber mit rauer Stimme, die ohne abzubrechen dem Rhythmus folgte.

Manchmal bäumen sie sich vor mir auf,
türmen sich zu einer riesigen Wand
und es ist fast unmöglich sie zu bewältigen
ohne immer wieder zurück zu rutschen.

Als er endete, entkam ihm ein kehliges Lachen. Kleine Lachfältchen tanzten dabei um seine Augen, jede einzelne davon hätte ich am liebsten mit Küssen bedeckt.

Lachend applaudierte ich ihm. „Du bist ein richtiger Poet. Und deine Stimme klingt wundervoll. Du solltest öfters singen ... nein! Du musst singen, es liegt dir einfach im Blut."

„Das w-werde ich", hauchte er und küsste mich auf den Mund. „A-Aber nur f-f-für dich."

Als ich später erschöpft in seinen Armen lag, sagte er plötzlich: „K-Komm, lass uns abh-h-hauen."

„Wo willst du hin, es ist bald Mitternacht?"

Er grinste. „Mit dir eine Spritztour m-machen. Das ha-habe ich dir versprochen, erinnerst d-d-du dich?"

„Jetzt?" Doch je länger ich drüber nachdachte, desto besser fand ich die Idee. Berlin in einer lauen Sommernacht auf dem Motorrad erkunden, wollte ich schon immer mal. „Na dann ... nichts wie los."

Nachdem ich mir eine dünne Jeans und ein Sweatshirt übergezogen hatte, schnappte ich mir den Helm von der Kommode, und freute mich, dass er endlich zum Einsatz kam.

„Du ha-hast ihn b-behalten", sagte Lian mit einem glückseligen Lächeln auf den Lippen und half mir, den Riemen unter meinem Kinn festzuzurren.

„Er war wie das letzte Verbindungsglied zwischen uns, ich konnte ihn unmöglich weggeben."

„An dem Abend ... i-ich ha-hatte den Eindruck, d-du willst einen R-R-Rückzieher machen, d-du warst plötzlich so ..."

„Ich war von meinen eigenen Gefühlen überfordert", unterbrach ich ihn kopfschüttelnd. „Es ging plötzlich alles so schnell. Wir kannten uns doch kaum." Ich sah ihn eindringlich in die Augen.

Lian nickte kurz und erwiderte dann meinen Blick, während ein hauchzartes Lächeln seine Mundwinkel hob. „D-D-Dann sollten w-wir das jetzt schnellstens nachholen und u-uns k-k-kennenlernen."

Die Stadt hatte in der Dunkelheit seinen ganz eigenen Charme. Etwas Melancholisches, fast schon Dramatisches, aber gleichzeitig auch Wunderschönes. Die historischen Gebäude waren in goldgelbes Licht getaucht und die Straßen waren kaum mehr befahren. Nur vereinzelt sah man ein paar Autoscheinwerfer die Dunkelheit durchbrechen. Wir passierten das Schloss Bellevue, das im goldenen Glanz erstrahlte und ein paar hundert Meter weiter thronte die Goldelse majestätisch über uns. Ich sah zu ihr auf, während Lian im Kreisverkehr der Spur Richtung City West folgte.

Die Arme um seinen Oberkörper geschlungen atmete ich tief ein und die milde Sommernachtsluft weitete meine Lungen. *Einfach unbeschreiblich!* Ich genoss den angenehm frischen Fahrtwind und Lians Nähe, spürte, wie sich seine festen Brustmuskeln unter meiner Berührung anspannten.

Dann gab er Gas und dem Knattern des Motorrads nach zu urteilen, holte er alles aus der Maschine raus.

Ein aufgeregtes Flattern machte sich in meinem Magen breit und pures Adrenalin rauschte durch meine Blutbahnen. Kurz befand ich mich im Geschwindigkeitsrausch. Während mein Herz mir bis zum Hals schlug, entkam mir ein schrilles Quietschen, das in ein vor Glück sprudelndes Lachen überging. Doch kurz vor der nächsten Abzweigung drosselte er das Tempo und ich fühlte mich wieder sicher.

Berlin bei Nacht und Lian – es gab nichts Besseres.

Als wir am Interconti Hotel vorbei brausten, schmiegte ich mich noch enger an ihn.

„Hast du Hunger?", rief er über seine Schulter hinweg.

„Einen Bärenhunger", erwiderte ich und biss ihm zärtlich in den Oberarm.

Lachend beschleunigte er, während er geradeaus auf den Tauentzin zusteuerte.

Mein Magen knurrte erfreut auf, als die Maschine vor dem Edelimbiss Bier's Kudamm 195 zum Stehen kam.

„Lust auf 'ne Curryw----urst?"

„Aber wie!", rief ich erfreut und griff nach Lians hingehaltener Hand. Ich grinste in mich hinein. Normalerweise aß ich alle paar Jahre mal eine Currywurst, aber mit den Männern in meinem Leben schien das jetzt zur Gewohnheit zu werden.

Nachdem wir die leckere Wurst samt Pommes am Stehtisch verputzt hatten, sah Lian mich grinsend an. „N-N-Noch fit?"

Wenn er gewusst hätte, was seine Anwesenheit mit meinem Körper machte, hätte er nicht gefragt. Ich war hellwach, seine Blicke setzten mich unter Strom und brachten die Schmetterlinge in meinem Bauch ständig in Aufruhr. Es fühlte sich an, als hätte mein Herz in einem Energydrink gebadet.

Ich nickte und freudige Erregung durchfuhr mich. „Was hast du vor?"

Unschuldig hob er die Schultern. „M-Mal sehen." Ein verschmitztes Lächeln zupfte an seinem Mundwinkel.

Kurze Zeit später fuhren wir über den Ernst-Reuter-Platz in Richtung Alt-Moabit, doch anstatt in meine Straße einzubiegen, folgte Lian der Stromstraße weiter nach Wedding bis zu den Rehbergen.

Ich stieg von der Maschine, setzte meinen Helm ab und reichte ihn Lian. „Willst du wieder im Dunkeln mit mir durch den Park laufen?"

Er verstaute die Helme unter seinem Sitz und brachte ein großes Handtuch zum Vorschein. Erst als ich sein Grinsen bemerkte, ging mir ein Licht auf und ich zog erschrocken die Luft ein. „Dein Ernst? Du willst doch nicht etwa ...? Ich ließ den Satz unvollendet in der Luft hängen und bedachte Lian mit hochgezogener Augenbraue.

Sein Grinsen wurde breiter. „Es w-w-wird dir g-gefallen."

Offenbar kannte Lian sich gut aus. Es war stockduster, die dichten Bäume ragten weit in die Höhe, das Mondlicht erreichte den Boden kaum.

Ein nervöses Lachen entwich mir, während wir um den Plötzensee herumliefen, seine Hand in meiner, bis er mich an einem schmalen, ausgetretenen Pfad Richtung Ufer führte. Die Stelle war nicht einsehbar und perfekt geeignet zum Baden.

Dunkel lag der See vor uns. Der Mond hatte seine silbrige Lichtspur auf dem Wasser gezogen, das leise ans Ufer schwappte.

Lian war schneller aus seinen Klamotten raus, als ich gucken konnte. Seine Silhouette zeichnete sich gegen das Mondlicht ab, als er nackt in den See hechtete und kurz darauf mit dem Kopf unter Wasser tauchte.

Der Geruch von Entengrütze, Sommer und Freiheit stieg mir in die Nase. Freiheit wie ich sie lange nicht mehr erlebt hatte. Ich fühlte mich um Jahre in meine Jugendzeit zurückversetzt und ein Hauch von Unbeschwertheit erfüllte die Luft.

Lachend sah ich Lian dabei zu, wie er die Oberfläche durchbrach. Wassertröpfchen stoben zu allen Seiten, als er den Kopf schüttelte.

Nichts und niemand konnte mich jetzt noch zurückhalten. Ich wollte zu ihm. Also zögerte ich keine Sekunde länger, streifte mein Sweatshirt über den Kopf, schlüpfte aus meinen Sneakers und der Jeans, befreite mich von meinem BH und rannte nur in meinem Slip bekleidet auf den See zu.

Kühles Wasser umspülte meine Knöchel und ließ mich kurz erschauern. Doch das sehnsüchtige Ziehen in meiner Brust trieb mich weiter. Ich spürte weichen Sand und glitschigen Schlamm unter meinen Füßen. Das war nicht wirklich angenehm, deshalb beeilte ich mich weiter hineinzulaufen und ließ mich dann schnell ins Wasser fallen.

Ich stieß einen kurzen Schrei aus, als das kalte Nass meinen Körper umfing. Mit hektischen Bewegungen schwamm ich vorwärts, bis mir langsam wärmer wurde. Ich konnte es gar nicht abwarten, in Lians Armen zu liegen. Mittlerweile war er schon fast in der Mitte des Sees angelangt.

Als ginge es um mein Leben kraulte ich auf ihn zu. Es war so dunkel, dass sein Oberkörper nur als schwarzer Schemen erkennbar war. Normalerweise bekam ich Panik in dunklen Gewässern, aber seltsamerweise fühlte ich mich in Lians Nähe sicher.

„Hey, Sie da vorne", rief ich ihm entgegen. „Haben Sie einen gutaussehenden, jungen Mann gesehen? Ich habe den Eindruck, er wollte mich loswerden, so schnell, wie er im Wasser verschwunden ist."

Sein heiseres Lachen erklang. „Hab ich nicht. Aber n-nehmen Sie doch mit mir Vorlieb. Ich w-w-würde Sie nie loswerden wollen."

Atemlos erreichte ich ihn. Sogleich zog er mich zu sich heran, schlang seine Arme um mich und ehe ich protestieren konnte, tauchte er mit mir unter.

Lachend durchbrachen wir die Wasseroberfläche. „Du mieser Typ", gluckste ich und gab ihm einen zärtlichen Kuss auf die feuchten Lippen, ehe ich ihn in die wogende Dunkelheit des Sees hinabdrückte.

Als er wieder hochkam, prustete er wie ein Walross und brachte mich dadurch erneut zum Lachen. Ewig hatte ich mich nicht mehr so ausgelassen und sorglos gefühlt wie in diesem Moment.

Hand in Hand tauchten wir durchs Wasser, bis wir irgendwann völlig erschöpft wieder Boden unter den Füßen spürten.

Im Schein des Mondes sah ich, wie Wassertropfen von Lians nassem Haar über sein Gesicht perlten und spürte mit einem Mal eine so starke Anziehung, dass mir für einen Moment der Atem stockte.

Scheinbar fühlte er genauso. Als unsere Blicke sich begegneten, blieb er stehen und strich zärtlich mein Haar zurück. „Hey", flüsterte er. Sein warmer Atem und die heisere Stimme lösten einen Schauer der Erregung in mir aus.

„Hey", hauchte ich zurück.

Lian nahm sich Zeit, mein Gesicht zu betrachten. Unendliche Zärtlichkeit lag in seinen Augen. „Du und ich, wie klingt das für dich?", fragte er leise und vergaß dabei glatt zu stottern.

„Du und ich, das klingt perfekt." Sekunden vergingen, unser Atem ging stoßweise, bis Lian mich schließlich an sich zog. Unsere Lippen prallten aufeinander, wir verschmolzen in einem innigen Kuss und ich fühlte mich wie von einem Gespinst aus Glücksfäden umwoben.

Dieser Moment ähnelte dem Heimkehren nach einer langen Reise. Ich war angekommen, jedoch nicht an einem Ort sondern bei Lian.

Epilog

2 Monate später

„Höher, Lian, höher", rief Lily voller Begeisterung. Ihre Locken wehten ihr jedes Mal ins Gesicht, wenn sie nach vorne schaukelte.

„Was, no-noch höher? W-W-Wenn ich noch höher mache, ü-überschlägst du dich." Lian sah lachend zu mir, seine Augen strahlten. Er trug einen legeren grauen Anzug kombiniert mit einem weißen T-Shirt und weißen Sneakers. Die Haare hatte er am Oberkopf etwas länger wachsen lassen und mit Wachs aus der Stirn frisiert. *Einfach zum Anbeißen.*

Lian stotterte nach wie vor, in Gesellschaft von Fremden war es am schlimmsten. In meiner Gegenwart redete er beinah flüssig, weil er sich bei mir sicher fühlte, wie er sagte, und das machte mich unglaublich stolz. In der Öffentlichkeit kamen wir gut damit zurecht. Lian war viel selbstbewusster geworden, ihn störte es kaum noch, sich vor Fremden zu outen. Er redete mit den Leuten, als wäre sein Sprachfehler nicht vorhanden und die meisten gingen dadurch geduldig und verständnisvoll mit ihm um. Seit neuestem besuchte er einmal die Woche eine Hypnose-Therapie, die ihm half, seine Ängste abzubauen und sein Selbstwertgefühl zu stärken. Es hieß, die Patienten blieben nach der Therapie zu neunzig Prozent ohne Beschwerden. Ich wünschte es mir sehr für Lian, vor allem für sein Selbstbewusstsein, auch wenn wir uns gut arrangiert hatten und unser engstes Umfeld ihn mochte und so akzeptierte, wie war.

„Hey, jetzt bin ich mal dran", rief ich lachend. Die Eisenketten der Schaukel fest umklammert lehnte ich mich zurück und meine schulterlangen Haare flatterten im Wind. Das weite Sommerkleid blähte sich bei jeder Vorwärtsbewegung und es kribbelte in meinem Bauch, während ich die Beine erneut ausstreckte und in die Höhe schnellte. Ich konnte nicht aufhören, es machte einen Riesenspaß.

Lian trat hinter mich und begann uns abwechselnd anzuschubsen. Mit ordentlich Schwung schaukelten Lily und ich im Gleichtakt vor und zurück und kreischten dabei um die Wette. In der Luft lag der Duft nach frisch gemähtem Gras und für Ende September zeigte sich der Sommer nochmal von seiner besten Seite.

Nach einer Weile sprang Lily von der Schaukel. „Ich will noch ein Stück von der Schokotorte, bevor sie alle ist", ließ sie uns wissen und rannte zurück zum Restaurant, das direkt am See lag.

Heute war der perfekte Tag, um meinen Geburtstag zu feiern. Ich hatte schon lange kein Fest mehr veranstaltet, aber jetzt, wo ich mein Glück gefunden hatte, fand ich, es wäre an der Zeit, all meine Lieben einzuladen.

Ich hatte eine Location angemietet, als Caterer fürs Buffet hatte sich Tim angeboten und ich hatte seinen Vorschlag mit Freude angenommen.

Ich ließ mich langsam ausschaukeln, Lian schlang seine Arme von hinten um meinen Bauch und stoppte mich.

„M-Meinst du nicht, wir sollten auch m-mal langsam anf-f-fangen ..." Er ließ den Satz unvollendet in der Luft hängen, doch ich wusste, wovon er sprach. Wir hatten die letzten Wochen öfters darüber geredet, ein Kind zu bekommen, und waren beide der Meinung, dass es keinen geeigneteren Zeitpunkt gab als jetzt.

Eigentlich hatte ich beschlossen, meinen Job als Foodhunterin komplett an den Nagel zu hängen, aber Tim war gar nicht einverstanden damit und wollte mich nicht gehen lassen. „Auf deine versierte Spürnase kann und will ich nicht verzichten", waren seine Worte gewesen. Deshalb hatten wir uns auf den Kompromiss geeinigt, dass ich nur noch zweimal im Monat für ihn kulinarische Raritäten in der Welt aufspürte. Außerdem hatte ich ihm von meiner Idee mit dem Kochbuch erzählt. Er war gleich Feuer und Flamme gewesen und hatte vorgeschlagen, es mit mir gemeinsam zu schreiben. Ich hatte nichts dagegen einzuwenden, im Gegenteil – sein Name würde uns bestimmt bei der Veröffentlichung zugutekommen. Und so war es auch. Gleich mehrere Verlage hatten Interesse gezeigt und ihre Gebote abgegeben. Wir hatten den ausgewählt, bei dem wir fast alles selbst entscheiden durften und unser gemeinsames Kochbuch gespickt mit kleinen Anekdoten aus den bereisten Ländern schon nächstes Jahr erscheinen sollte. Das war aber noch nicht alles. Man hatte mich als Redakteurin mit Festanstellung für ein neues Kulinarik-Magazin angefragt. Das war genau das, was ich wollte: Eine Kombination aus etwas Bodenständigem – der Bürojob, Ausbrechen aus dem Alltag – als Foodhunterin die Welt bereisen und meiner Traumverwirklichung – ein Kochbuch herausbringen.

„Mmh?", rief Lian sich wieder ins Gedächtnis. Seine Lippen liebkosten eine empfindliche Stelle an meinem Hals und ein angenehmer Schauer rieselte durch mich hindurch. Auch fast zwei Monate nach unserer Nacht am See hatte ich mich noch immer nicht daran gewöhnt, was jede einzelne seiner Berührungen in mir auslöste.

Ich schüttelte den Kopf. „Nein, sollten wir nicht."

„Hast d-du es dir etwa a-a-anders überlegt?" Der feine Hauch Entrüstung in seiner Stimme war nicht zu überhören.

Ich schaute über die Schulter zurück, Lian direkt in die Augen. „Brauchen wir nicht mehr." Ein kleines Lächeln stahl sich auf meine Lippen.

Seine eben noch verständnislose Miene erhellte sich. „So-Soll das etwa heißen ... Du b-bist ... schwanger?"

Ich nickte. „In der siebten Woche."

Ein ungläubiges Schnauben entkam ihm, ehe sich ein strahlendes Lächeln auf seinem Gesicht ausbreitete. „D-D-Das ist ... unglaublich! D-Du hast doch noch nicht ma-mal deine fruchtb----aren Tage errechnet." Er blinzelte ein paar Mal hintereinander. Als ich das verräterische Schimmern in seinen Augen sah, stiegen mir ebenfalls Tränen in die Augen und mir wurde ganz schwer ums Herz vor lauter Liebe.

Schulterzuckend erhob ich mich von der Schaukel und ehe ich mich versah, lagen wir uns in den Armen. „Das war gar nicht nötig. Als ich schwanger wurde, war von einem Kind noch gar nicht die Rede gewesen. Offenbar sind wir ein Dreamteam was die Fortpflanzung angeht."

Er lächelte leise und hauchte mir einen Kuss auf den Mund. „N-Nicht nur was die F-F-Fortpflanzung angeht." In einer zärtlichen Geste strich er mir das Haar zurück. „M-Meinst du, wir sch-schaffen das?"

„Warum sollten wir nicht? Bisher haben wir alles geschafft."

„Und wenn n-n-nicht?" Ein Schatten legte sich über sein Gesicht, ich konnte nur ahnen, dass er gerade an seinen Vater dachte und Bilder aus seiner Kindheit in ihm aufstiegen.

„Dann bekommst du es mit mir zu tun", sagte ich in gespielter Ernsthaftigkeit, konnte die Fassade aber nicht lange aufrechterhalten und schenkte ihm ein Lächeln. „Mach dir keinen Kopf, du wirst ein wundervoller Vater sein, davon bin ich überzeugt." Zärtlich strich ich ihm seitlich über den Kopf und küsste ihn.

Eine süße Ewigkeit später löste ich mich mit schuldbewusster Miene von ihm. „Sei mir bitte nicht böse ... Zoe weiß es schon. Ich musste es jemandem erzählen, sonst wäre ich geplatzt. Ich wollte dich heute Abend mit dem ersten Ultraschallbild überraschen."

Lians Hände umfingen mein Gesicht, sanft strich er mir mit dem Daumen über die Wangen. „N-Nicht schlimm." Sein liebevoller Blick gab mir das Gefühl, ich wäre sein größtes Glück.

„Wollen wir jetzt d-die frohe Bo-Botschaft verkünden?"

Lächelnd nickte ich.

Lian nahm meine Hand und wir liefen zum Restaurant.

Manchen würde meine Schwangerschaft vielleicht überstürzt vorkommen, doch für Lian und mich war nach dem Abend am See klar gewesen, dass wir zusammengehörten. Schon in der darauffolgenden Woche zog er auf Probe zu mir und nur vier Wochen später kündigte er seine Wohnung. Bisher waren wir uns noch nicht auf die Nerven gegangen. Jeden Tag, wenn ich nach Hause kam und er schon da war, ging mein Herz auf und ich konnte mein Glück kaum fassen, es fühlte sich alles so richtig an. In den vergangenen Wochen hatten wir jede Minute unserer freien Zeit miteinander verbracht und sie genutzt, um uns richtig kennenzulernen. Wir waren bestimmt nicht perfekt, hatten jedoch unsere Macken und Eigenarten gut im Griff. Ich bemühte mich, meine Klamotten nicht überall rumliegen zu lassen, meine Haare aus dem Duschsieb zu entfernen und mich aufzuraffen, wenn Lian mal wieder etwas unternehmen wollte. Er wiederum pinkelte mir zuliebe nicht mehr im Stehen, strich die Bettdecke morgens ordentlich zurück, wenn er nach mir aufstand, und machte seine Probleme nicht mehr mit sich selbst aus, sondern erzählte mir, was ihn beschäftigte. Kleinigkeiten, die in einer Beziehung jedoch schnell zu Konflikten ausufern konnten, wenn man nicht daran arbeitete. Doch was viel wichtiger war: Unsere Beziehung basierte auf Vertrauen, Verständnis und Liebe. Mit Lian konnte man wunderbar diskutieren und jeder kleine Streit machte die Versöhnung danach umso schöner.

„Ich liebe dich", flüsterte Lian, als wir nebeneinander die Stufen zum Restaurant hochstiegen.

„Ich dich noch viel mehr", raunte ich zurück, während sich ein warmes Gefühl in meiner Brust ausbreitete.

Mein Blick wanderte über die Gesellschaft, die an einer rechteckigen Tafel saß. Am Kopfende mein Vater, der mit Wilfried und seiner Rose in ein Gespräch vertieft war. Neben ihm meine Mutter, die über einen von Belas Witze lachte. Ich musste grinsen, als ich Arians Hand auf seinem Oberschenkel bemerkte.

Gleich beim ersten Treffen hatte meine Mutter mir verklickert, dass sie bezweifelte, dass es mit mir und Lian klappen könnte. Er gab sich entspannt, aber ich wusste genau, wie es in ihm drin aussah. Meine Mutter vermied, ihn direkt anzusprechen. Wenn sie eine Frage hatte, richtete sie sie an mich. Ganz anders mein Vater, dem es schnell gelang, eine angenehme Gesprächsatmosphäre zu schaffen und einen guten Draht zu Lian zu finden. Mittlerweile wagte meine Mutter es nicht mehr, sich in unsere Beziehung einzumischen. Durch den liebevollen Umgang zwischen Lian und mir wurde jedem rasch klar, dass nichts zwischen uns kommen konnte.

Ich sah zu Zoe, deren Blick von mir zu Lian glitt. Während sie den Kinderwagen neben sich hin- und her ruckelte, summte sie leise, um den kleinen Milo in den Schlaf zu wiegen. Ich las sofort Erkenntnis in ihrem Gesicht. Sie wusste, dass ich Lian gerade mein süßes Geheimnis offenbart hatte. Unauffällig strich ich über meinen noch nicht vorhandenen Bauch und sie schenkte mir ein verschwörerisches Lächeln.

Einen Moment später gab ich ein demonstratives Räuspern von mir.

Alle wandten sich um, erwartungsvolle Gesichter blickten uns entgegen. „Also, ähm ... Lian und ich wollten ..." Hilfesuchend sah ich ihn an.

„W-W-Wir w-werden Eltern!" Ein befreites Lachen brach aus ihm hervor.

Alle anderen schlossen sich ihm an. Selbst meine Mutter stimmte nach kurzer Schnappatmung in den Applaus und die freudigen Rufe mit ein.

Wilfried erhob sich als erster und klatschte erfreut die Hände zusammen. „Dann heißt das ... ich werde Urgroßvater!" Als ihm diese Erkenntnis kam, lachte er laut auf. „Hätte nicht gedacht, dass ich das noch erleben darf." Sichtlich gerührt kam er uns entgegen und schloss mich fest in die Arme. „Mein Mädchen", raunte er. „Und am Ende wird alles gut."

Wie aus dem Nichts kamen mir Kahils Worte in den Sinn: *Die Liebe versteckt sich vor Ihnen, weil sie Größeres mit Ihnen im Sinn hat.* Selig grinste ich vor mich hin. *Wie recht er hatte. Es hat zwar seine Zeit gedauert, aber es war das Warten wert.*

Als wir uns voneinander lösten, trat Ben neben uns. „Das freut mich sehr für euch." Er gab Lian einen anerkennenden Klaps auf den Rücken und küsste mich auf die Wange.

Ich lächelte ihn an, denn ich wusste, dass seine Worte von Herzen kamen.

Erstaunlicherweise hatte sich Ben schnell damit abgefunden, als er hörte, dass das mit mir und Lian etwas Ernstes war. Er war es nicht gewohnt, als Verlierer herauszugehen, aber er hatte lange genug gekämpft, um einzusehen, dass es vergebliche Liebesmüh war. Seine Lüge wegen der Songtexte konnte ich ihm schnell verzeihen. Er beichtete mir, dass er an dem Tag des Ballonflugs Fotos von den Songtexten gemacht hatte, während ich mich umgezogen hatte. Für den Fall, dass er sie mir als Beweis vortragen musste, hatte er einen davon auswendig gelernt.

Er war und blieb ein Kämpfer, der den Reiz darin sah, das zu jagen, was nicht so einfach zu bekommen war. Das bewies auch seine neue Eroberung.

Mein Blick wanderte zu Chiara, die Ben mit geröteten Wangen entgegenlächelte.

Als er mir ein paar Wochen zuvor seine neue Flamme vorgestellt hatte, und ich sah, wer sie war, verschlug es mir die Sprache: Die nette Bedienung aus der Osteria und Tochter des Besitzers hatte Ben den Kopf verdreht. Und obwohl sie anfangs nicht zu seinem Fanclub gehört hatte, konnte er mit seiner neckenden und humorvollen Art bei ihr punkten. Ich freute mich für ihn. Ihren Blicken nach zu urteilen, waren die beiden verliebt bis über beide Ohren.

Ein klirrendes Geräusch zog meine Aufmerksamkeit auf Wilfried. Er war an seinen Platz zurückgekehrt und stand mit seinem Sektglas und einem Löffel in der Hand da, um sich Gehör zu verschaffen. „Na schön, Herrschaften. Nur ein paar Worte von mir. Keine Angst, es wird kurz." Er lachte leise und seine Augen blitzten verschmitzt, wie sie es gewöhnlich taten. „Ich möchte nur sagen, wie glücklich ich bin, dass sich diese beiden wundervollen Menschen gefunden haben und ihre Liebe nun mit einem dritten Menschen gekrönt wird." Er machte eine kurze Pause und blickte lächelnd über die Umsitzenden hinweg.

Ein tiefes Gefühl von Zuneigung durchströmte mich. Ich presste die Lippen aufeinander, um nicht in Tränen auszubrechen. Es war nicht in Worte zu fassen, wie sehr ich diesen alten Mann ins Herz geschlossen hatte.

„Es ist nicht einfach, die Person zu finden, mit der man sein Leben teilen möchte", fuhr er fort. „Manchmal braucht das Schicksal nur einen Schubs in die richtige Richtung, damit sich alles zum Guten fügt." Wilfrieds Blick huschte zu Frau Biedermann, die ihm ein verlegenes Lächeln schenkte.

„Auf Mimi und Lian! Ihr beiden habt mein Leben bereichert. Ich bin sehr glücklich, dass es euch gibt."

Lächelnd legte ich meinen Arm um Lians Taille und schmiegte mich an ihn, während alle auf unser Wohl tranken. Ich las es in seinen Augen, noch bevor er es aussprach, deshalb flüsterten wir beide zur gleichen Zeit die erste Strophe unseres Liedes:

Du bist es,
ich kann nichts dagegen tun.

Ende

Danksagung

Bei jedem Roman gibt es Menschen, die an deiner Seite stehen und ohne die dieses Buch nicht zu dem geworden wäre, was es jetzt ist.
Zu allererst möchte ich meinen Testleserinnen Sarah Menzel und Lydia Schmölzl danken, die mich oft zum Schmunzeln gebracht haben. Ich danke euch für euren Zuspruch, das Ausmerzen von Fehlern und eure wichtigen Kommentare an den richtigen Stellen. Ohne euch hätte mir das Schreiben nur halb soviel Spaß gemacht!
Des Weiteren möchte ich Katharina Münz und Lia Haycraft danken, die mir dabei geholfen haben, meiner Leseprobe den letzten Feinschliff zu geben.
Stephanie Schilling, ich danke Dir für Deine hilfreichen Anmerkungen und die letzten Schönheitsoperationen an meinem Manuskript.
Aus ganzem Herzen möchte ich mich beim Team vom dp Verlag bedanken, dafür, dass sie die Veröffentlichung von Mimis Liebesgeschichte mit Lian möglich gemacht haben und für die tolle, unkomplizierte Zusammenarbeit.
Nicht zu vergessen meine Agentin Sarah Knofius von der Agentur Schlück, die mir jederzeit mit Rat und Tat zur Seite steht. Ich danke Dir, für Deinen Einsatz und dafür, dass Du an meine Geschichten glaubst.

Zu guter Letzt möchte ich mich bei meinen Leserinnen und Lesern bedanken. Ich hoffe, dass Euch Mimis Geschichte gefallen hat und sie Euch das ein oder andere Mal ein Lächeln ins Gesicht zaubern konnte.